배반

배반

폴 비티 장편소설 이나경 옮김

THE SELLOUT
by PAUL BEATTY

This Korean edition is published by arrangement with The Wylie Agency (UK) Ltd.

이 책은 실로 꿰매어 제본하는 정통적인 사철 방식으로 만들어졌습니다.
사철 방식으로 제본된 책은 오랫동안 보관해도 손상되지 않습니다.

알시아 암릭 워소에게 바칩니다

프롤로그

흑인 남자가 이렇게 말하면 믿기 어려울지도 모르지만, 나는 물건을 훔쳐 본 적이 없다. 세금이나 카드 대금을 내지 않은 적도 없다. 극장에 표 없이 숨어 들어간 적도, 상업주의와 최저 임금제에 무심한 편의점 점원이 거스름돈을 더 주었을 때 그냥 받아 간 적도 없다. 빈집을 턴 적도 없다. 주류 가게에서 강도질을 한 적도 없다. 붐비는 버스나 지하철 노약자 전용 좌석에 앉아 얼굴에 변태 같으면서도 어딘지 뚱한 표정을 짓고서 거대한 페니스를 꺼내 자위를 한 적도 없다. 그럼에도 나는 여기, 미합중국 대법원의 휑하니 커다란 방에 와 있다. 컨스티튜션[1] 애비뉴라는 거리 이름에 어울리지 않게 불법 주차를 하고, 양손은 뒤로 돌려 수갑을 차고, 묵비권을 행사할 권리에는 오래전 작별을 고한 채, 이 나라의 많은 것들이 그렇듯이 겉보기만큼 편하지는 않은 두툼한 의자에 앉아 있다.

〈중요 사항!〉이라고 커다란 붉은색 글자가 찍혀 있는 편

1 헌법이라는 뜻. 이하 모든 주는 옮긴이의 주이다.

지를 받고 여기 소환된 나는, 이 도시에 도착한 이후로 잠시도 펀치 않았다.

「존경하는 선생님.」 그 편지의 내용인즉슨 이랬다.

「축하드립니다, 당첨되셨습니다! 수백 건의 상고 사건 중 귀하의 재판이 미합중국 대법원 공판으로 선정되었습니다. 참으로 큰 영광입니다! 3월 19일 오전 10시에 예정된 공판에 최소 두 시간 전에 도착하기를 권장하는 바이며…….」 편지는 공항, 기차역, I-95 고속 도로에서 대법원까지 오는 방법을 안내하며 끝맺었고, 다양한 여행지, 레스토랑, 숙박 시설 등의 쿠폰이 첨부되어 있었다. 서명은 없었다. 편지는 다음과 같이 끝났다.

진심을 다하는
미합중국 국민 올림

널따란 거리, 복잡한 로터리, 대리석상, 도리스식 기둥과 돔이 가득한 워싱턴 D.C.는 고대 로마 같은 느낌을 풍기도록 만들어져 있다(그러니까, 고대 로마의 거리에 흑인 노숙자들, 폭발물 탐지견, 관광버스, 벚꽃이 줄지어 늘어서 있었다면 말이다). 어제 오후, 로스앤젤레스 정글 가장 깊은 곳에서 샌들을 신고 기어 나온 에티오피아인처럼, 나는 호텔 밖으로 나와 청바지 입은 시골뜨기 대열에 합류해 천천히, 애국자답게 제국의 역사적인 기념물들을 순례했다. 경외감을 느끼며 링컨 기념관을 구경했다. 정직한 에이브[2]가 살아나, 그 높은 자리에서 23피트 4인치짜리 앙상한 몸을 일으켜 세운다면 뭐라고 할까? 무슨 일을 할까? 브레이크 댄스를 출까? 길가에서 동전 게임을 할까? 신문을 읽고, 자신이 구해 낸 북부가 이제는 기능 마비 상태의 금권 국가가 된 것, 해방시킨 사람들이 이제는 리듬과 랩과 약탈적 대출의 노예가 된 것, 오늘날 자신의 기량은 백악관보다는 농구 코트에 어울린다는 것을 알게 될까? 농구 코트에 간 링컨은 기회를 잡아 3점 슛 공격수가 되어서, 포즈를 취하고, 골이 들어가는 순간 멋지게 욕설을 내뱉을 수도 있을 것이다. 별명은 〈위대한 해방자〉.[3] 그를 막을 수 없다. 저지하려고 안간힘을 써볼 뿐.

당연히, 펜타곤에서는 전쟁을 일으키는 것 이외에 할 일이 없다. 관광객들은 그 건물을 배경으로 사진을 찍을 수도 없다. 그래서 세일러복을 차려입은 해군 참전 용사와 아들 손자 며느리가 내게 일회용 카메라를 쥐여 주면서 멀찍이서 몰래 사진을 찍어 달라고 부탁하더니 영문도 없이 차렷, 경례를 하고 평화 표시를 만들어 보일 때, 나는 나라에 봉사할 수 있어서 기쁠 따름이었다. 내셔널 몰에서는 1인 워싱턴 행진 시위가 있었다.[4] 백인 소년 하나는 풀밭에 누워서 원근 착시 현상을 이용해 저 멀리 워싱턴 기념비가 자기 바지에서 튀어나온 거대하고 뾰족하게 발기한 페니스처럼 보이도

2 Honest Abe. 링컨의 별명.

3 The Great Emancipator. 링컨의 별명.

4 마틴 루서 킹의 〈나에게는 꿈이 있습니다I Have a Dream〉 연설로 유명한 1963년 8월 28일 워싱턴 행진에 대한 암시.

록 장난을 치고 있었다. 그는 지나가는 사람들과 농담을 하고, 휴대 전화 카메라에 웃어 주며, 사진 트릭으로 발기된 페니스를 쓰다듬었다.

동물원에 가서 영장류 우리 앞에 서 있었더니 어느 여자가 4백 파운드짜리 고릴라가 참나무 가지에 비스듬히 앉아 우리 안의 새끼들을 살피는 것이 참 〈대통령답다〉고 감탄하는 소리가 들려왔다. 그 여자의 남자 친구가 안내판을 두드리며 그 〈대통령다운〉 고릴라의 이름이 우연히도 〈버라카〉라고 하자, 여자는 큰 소리로 웃다가 나, 그러니까 또 하나의 4백 파운드짜리 고릴라가 빅 스틱 얼음과자인지, 치키타 바나나인지 모를 것을 입에 쑤셔 넣고 있는 모습을 보고 웃음을 그쳤다. 그러더니 그 여자는 참담한 표정으로 울먹이면서 자기 속마음을 말한 것과, 내가 태어난 것에 대해 사과했다. 「나랑 제일 친한 친구 중에 원숭이들도 있어요.」 그 여자는 어쩌다 이렇게 말해 버렸다. 이번에는 내가 웃을 차례였다. 나는 그 여자가 어디서 온 사람인지 이해했다. 이 도시 전체가 프로이트적 실언[5]이자 미국의 행적과 악행에 흥분한 콘크리트 페니스다. 노예 제도? 명백한 사명?[6] 「러번 앤드 셜리」?[7] 독일이 유럽의 유대인을 전부 죽이려는데 구경만 한 것? 뭐 나랑 제일 친한 친구 중에 아프리카 예술 박물관, 홀로코스트 박물관, 아메리칸 인디언 박물관, 국립 여

5 무의식 속에 숨겨 둔 속마음이 말실수로 들키는 경우를 일컫는 용어.

6 미국이 북미 전체를 지배할 운명을 갖고 있다는 설.

7 폭발적인 인기를 끈 1970년대 시트콤으로 출연진이 백인 위주인 것에 대해 비난받았다.

성 예술 박물관이 있으니까요. 게다가, 우리 조카는 오랑우탄이랑 결혼했답니다.

조지타운과 차이나타운만 돌아보면 충분하다. 백악관, 피닉스 재활원, 영빈관, 그리고 주위의 마약 파는 곳만 천천히 한번 돌아보면 충분히 알 수 있다. 고대 로마든 현대 미국이든 사람은 시민 아니면 노예다. 사자 아니면 유대인이다.[8] 유죄 아니면 무죄다. 편하지 않으면 불편하다. 그리고 여기, 미합중국 대법원에서, 수갑을 차고 이놈의 미끄러운 가죽 의자에 앉아 있다가 바닥으로 주르륵 미끄러져 망신살이 뻗치지 않으려면 뒤로 쭉 기대는 수밖에 없다. 유치장에서 태연한 척하는 각도보다는 살짝 모자라게, 하지만 법정을 모독하기에는 충분한 각도로.

법정 경찰들이 열쇠를 썰매 종처럼 딸랑거리며 신과 국가에 대한 사랑으로 묶인 힘센 말처럼 둘씩 짝을 지어 두 줄로 입장한다. 그중에 앞장선 말, 버드와이저 병처럼 가슴에 알록달록하게 문구가 적힌 띠를 두른 여자가 내 의자 뒤를 똑똑 두드린다. 나더러 똑바로 앉으라는 뜻이지만, 시민 불복종의 전설인 나는 의자 등받이로 몸을 더 밀다가 그만 바닥으로 자빠져 서투른 비폭력 저항이 어떤 고통을 가져오는지 온몸으로 보여 주는 꼴이 된다. 그녀는 내 코앞에 수갑 열쇠를 흔들고 두텁고 매끈한 한 팔로 나를 잡아 일으키더니 의자를 테이블에 어찌나 바짝 밀어 놓는지 레몬 향 왁스로 반짝반짝 닦아 놓은 마호가니 테이블에 내 정장과 타이

8 고대 로마에서 유대인들을 콜로세움에 사자 밥으로 던져 주었다.

가 반사되는 것이 보일 지경이다. 정장은 처음 입어 보는 것이었는데, 이걸 판 사람이 이렇게 말했다. 「입은 모습이 마음에 들 겁니다. 보장하죠.」 하지만 테이블에 비친, 나를 마주 보는 얼굴은 콘로 머리를 하고, 레게 머리를 하고, 대머리를 하고, 아프로 머리를 하고, 비즈니스 정장을 입은 흑인 아무개처럼 보인다. 이름도 모르고, 얼굴도 알아볼 수 없는 흑인. 꼭 범죄자처럼 생겼다.

「보기가 좋으면 기분도 좋아지죠.」 판매원은 이렇게도 장담했다. 보장했다. 그러니까 집으로 돌아가면 129달러를 환불받을 것이다. 내 모습이 마음에 안 드니까. 기분도 안 좋으니까. 내 기분은 이 정장과 똑같다. 싸구려에, 근질거리고, 솔기가 뜯어지고 있다.

대개 경찰들은 감사 인사를 기대한다. 우체국 가는 길을 알려 주었거나, 경찰차 뒷자리에서 흠씬 패주었거나, 내 경우 수갑을 풀어 주고, 마리화나와 마약 관련 용품을 돌려주고, 대법원의 전통 깃펜을 주었으니까. 하지만 이 경찰관은 오늘 아침, 대법원의 마흔네 개짜리 계단에서 나를 처음 만났을 때부터 내내 안됐다는 표정을 짓고 있다. 〈법 앞에 평등한 정의〉라는 글귀가 새겨진 입구 천장 장식 아래, 그들은 비듬이 벚꽃잎처럼 허옇게 떨어진 바람막이를 입고, 햇빛에 눈을 찡그린 채 어깨를 나란히 하고 서서 내가 건물 안으로 들어가는 것을 막았다. 그것이 쇼에 불과하다는 것을, 국가가 최후의 순간까지 무의미한 권력을 과시하는 것에 불과하다는 것을 우리 모두 알고 있었다. 그 상황에 맞춰 주지 않는 것은 코커스패니얼뿐이었다. 그 개는 목줄을 휘날리며 내게 달려들더니, 신이 나서 내 구두와 바짓가랑이를 킁킁거리고, 콧물이 잔뜩 묻은 주둥이로 사타구니를 더듬더니 착실하게 내 옆에 앉아 꼬리로 바닥을 탁탁 쳤다. 나는 하도 악랄한 죄로 기소되었기 때문에 연방 건물 내에서 마리화나 소지로 걸리는 건 히틀러를 배회죄로 기소하거나, BP 같은 다국적 석유 회사가 50년째 정유 공장을 폭발시키고, 독극물을 유출, 방출하고, 뻔뻔하게 거짓 광고를 하고 있는데 이제 와서 쓰레기 투기죄로 고소하는 셈이나 마찬가지다. 그래서 나는 파이프를 마호가니 테이블에 크게 쾅쾅 두 번 내리쳐 속을 비운다. 그리고 찐득한 찌꺼기를 바닥에 훅 불어 버리고, 집에서 키운 마리화나로 파이프를 다시 채운다. 그러면 탈영병에게 마지막 담뱃불을 붙여 주는 총살형 집행관처럼, 경찰관은 빅 라이터를 켜 불을 붙여 준다. 나는 눈가리개를 거절하고, 마리화나 흡연 역사상 가장 영광스러운 한 모금을 들이마신다. 유색 인종이라는 이유로 기소당하고, 임신 중절을 거부당하고, 국기를 불태우며, 수정헌법 5조를 들먹이며 법정 증언을 거부한[9] 모든 사람들에게 연락해서 재심을 요구하라고 하라. 내가 이 땅에서 가장 높은 법정에서 마리화나에 취해 더 높이 붕 떠오르고 있으니까. 경찰관들이 놀란 얼굴로 나를 쳐다본다. 나는야 스콥스의 원숭이,[10] 미국 흑인 법학의 진화 속 미싱 링크가 살아난 것이

9 인종 차별, 임신 중절, 국기 훼손, 증언의 의무는 모두 미국 헌법의 인권 보장 문제와 관련해서 논란이 되어 온 쟁점이다.

바로 나다. 천장을 장식하고 있는 거대한 얼굴들을 향해 원자 폭탄 버섯구름 크기의 연기를 뿜고 있노라니, 아까 그 코커스패니얼이 문 옆에서 낑낑거리는 소리가 들려온다. 함무라비, 모세, 솔로몬, — 스페인산 대리석에 새긴 민주주의와 공명정대의 화신들 — 무함마드, 나폴레옹, 샤를마뉴, 그리고 토가를 걸친 고대 그리스의 남학생이 내 위에 버티고 서서 돌덩이처럼 딱딱한 눈빛으로 나를 노려보고 있다. 그들이 스카츠버로 소년들[11]과 앨 고어[12]도 그렇게 경멸 가득한 눈초리로 쳐다보고 있었는지 궁금하다.

공자만 태연해 보인다. 소맷자락이 넓은 중국식 비단옷에 쿵푸 신발, 소림사 수염. 나는 파이프를 높이 들어 올리며 공자에게 한 모금 권한다. 천 리 길도 한 모금부터…….

「그놈의 〈천 리 길〉 소리는 노자가 한 소리다.」 공자가 말한다.

「당신네들 빌어먹을 철학자들 지껄이는 소리는 다 비슷

10 1925년 미국 테네시주의 한 주립 고등학교에서 진화론 교육 금지법을 어긴 존 스콥스가 재판을 받은 사건이 있다.

11 대표적인 흑인 탄압 사건으로, 1931년 미국 앨라배마주 스카츠버로에서 백인 소녀를 강간한 혐의로 9명의 흑인 소년들이 기소됐다. 백인 소녀들을 검진한 의사가 성폭행이 없었다고 증언했음에도 전원이 사형과 종신형을 선고받았다.

12 Al Gore(1948~). 2000년 미국 대선 후보. 선거인단 투표에서 271 대 266으로 조지 W. 부시에게 패배했다. 선거 당시 플로리다주에서 1천7백 여 표 차이로 패했으나 일부 선거구에서 수작업 재검표 결과 표 차가 3백여 표로 줄었다. 선거인단 수가 25명에 달하는 플로리다주 전체에서 재검표를 할 경우에는 결과가 뒤집혀 역전할 수도 있는 상황이었다. 수작업 재검표를 놓고 한 달간 법정 공방을 벌였으나 연방 대법원의 판결에 의해 전면 재검표가 중단되고 조지 W. 부시의 당선이 선언됐다.

비슷해서.」 내가 말한다.

이제 인종 관련 주요 재판의 장구한 역사 속에 새로운 족적을 남길 재판으로 향하는 여정이 시작된다. 나는 헌법학자들과 문화 고생물학자들이 역사 연표 위에서 내 위치를 어디에 놓을 것인지를 두고 논쟁을 벌일 것이라고 생각한다. 내 파이프를 방사성 연대 측정하고, 내가 드레드 스콧의 직계 후손인지 확인할 것이다. 자유주에 살던 유색인 노예로, 아내와 아이들을 위해 주인에게 자유를 달라고 고소한 인간이었지만, 헌법 기준으로는 인간이 아니었던 드레드 스콧 말이다. 법정의 눈으로 보면 그는 재산에 불과했다. 〈백인으로부터 존중받을 권리를 가지지 못한〉 두 발 달린 검둥이에 불과했으니까. 그들은 법률 서류를 뒤지고 양피지를 훑어보며 이 재판의 결과가 플레시 대 퍼거슨 사건의 판결[13]을 확정해 주는지 뒤엎는지 확인하려고 할 것이다. 그들은 사탕수수 농장과 빈민가와 튜더 양식을 흉내 내어 지은 집들이 모인 교외의 차별 철폐 지역을 샅샅이 뒤지고, 화석 주사위와 뼈 도미노 속에서 차별의 과거 유령을 찾아 뒷마당을 파헤치고, 법률 서류 속에 화석화된 권리와 영장에서 흙을 털어 내고, 나를 루서 〈루크 스카이워커〉 캠벨[14]의 피를 이어받은 〈예상 못 한 힙합 세대의 선례〉이며, 멋대로 백인을 패

13 1896년 인종 분리 정책에 대해 〈분리하되 평등하다〉고 판결했다.

14 Luther Campbell(1960~). 래퍼, 2 Live Crew의 멤버. 별칭 루크 스카이워커. 컨트리 가수 로이 오비슨의 노래 「오 프리티 우먼Oh, Pretty Woman」을 패러디한 곡을 발표해 저작권 침해로 고소당했다. 이 사건은 대법원에서 기각되었다.

러디하고 즐길 권리를 위해 투쟁한 앞니 벌어진 래퍼라고 부를 것이다. 하지만 만약 내가 피고석이 아닌 판사석에 있었더라면, 수석 재판관 렌퀴스트[15]의 손에서 만년필을 빼앗아 〈대표곡이 Me So Horny인 저질 래퍼는 누구든지, 백인 혹은 그 밖에 푸마 스웨이드 운동화를 신을 가치가 있는 비보이들로부터 존중받을 권리를 가지지 못한다〉고 차근차근 적어 유일한 반대 의견을 제출했을 것이다.[16]

연기에 목구멍이 따갑다. 「법 앞에 평등한 정의!」 나는 딱히 상대가 누구랄 것 없이 이렇게 외친다. 마리화나가 강하고 내 체급이 라이트급이라는 두 가지 사실을 동시에 증명하는 반응이다. 어렸을 때 살던 동네, 실천은 가난하지만 수사법은 부유하던 동네에서 패거리들이 하던 말이 있다. 여섯 명에게 운구당하느니 열두 명에게 재판을 받겠다. 이것은 격언이요, 자주 반복되는 랩 가사요, 최후의 보루이며, 겉으로 보면 체제에 대한 신뢰처럼 느껴지지만 실은 일단 쏘고 국선 변호사를 믿어 보라는, 그리고 아직 목숨이 붙어 있으니 감사하라는 뜻이다. 내가 세상 물정에 그렇게 밝지는 않지만, 상소심이 당연히 열리는 경우는 없는 걸로 알고 있다. 모퉁이 가게의 불한당이 술을 한 모금 홀짝이면서 〈한 명에게 중재당하느니 아홉 명에게 심리를 받겠어〉라고 말하는 건 들어 본 적이 없다. 사람들은 이 건물 앞에 그렇게

15 William Rehnquist(1924~2005). 미국의 제16대 연방 대법원장.

16 보수파 흑인 대법관 클래런스 토머스를 암시. 토머스 대법관은 소수자 우대 정책에 반대하며, 인종 균형 선발 관련 상고심에서 보충의견을 제시했다.

태평하게 써 붙여 놓은 〈법 앞에 평등한 정의〉를 얻기 위해 투쟁하다가 죽어 갔지만, 무죄든 유죄든 대부분의 범죄자들은 여기까지 와보지도 못한다. 그들의 항소는, 엄마들이 울면서 주님의 은총이나 할머니 집 대출 융자 2차 상환액을 외치는 데서 그치는 경우가 대부분이다. 그리고 만약 내가 그런 표어를 믿는다면, 나도 내 몫의 정의를 누렸다고 해야 되겠지만, 그렇지 않다. 사람들이 *Arbeit macht frei*(노동이 너희를 자유롭게 하리라)[17]라든가 〈세상에서 가장 큰 소도시〉라든가 〈지구상에서 가장 행복한 곳〉이라는 말로 건물이나 구역을 장식하는 것은 우리의 유한한 시공간을 차지하는 데 대한 억지 변명이며, 열등감의 상징이다. 네바다주 리노에 가본 적이 있는가? 그곳은 세상에서 가장 후진 소도시다. 그리고 디즈니랜드가 정말로 지구상에서 가장 행복한 곳이라면, 그걸 비밀로 하든지 입장료가 공짜여야지, 적어도 디트로이트 같은 사하라 사막 이남 아프리카 국가의 1인당 연수입에 해당하는 금액을 입장료로 받지는 않을 것이다.

내가 늘 이런 식으로 느꼈던 것은 아니다. 자라면서 나는 미국 흑인들의 모든 문제는 좌우명만 있으면 해결될 수 있다고 생각하곤 했다. 간결하게 〈자유 평등 박애〉라고 끼익거리는 현관문 위에 붙여 두거나 자수를 놓아 부엌에 걸어 두거나 생일 장식에 적어 둘 수도 있었다. 미국 흑인의 민담이나 헤어스타일 중 가장 좋은 것들이 그렇듯, 좌우명도 간결하지만 심오해야 할 것이다. 귀족적이면서도 평등하게.

17 제2차 세계 대전 당시 유대인 수용소 입구에 적혀 있던 표어.

겉으로는 인종과 무관해 보이지만, 아는 사람들은 흑인을 가리키는 것임을 다 아는, 인종 전체를 향해 외치는 소리. 젊은이들이 어디서 그런 생각을 갖게 되는지 모르겠지만, 친구들이 모두 자기 부모를 이름으로 부르면 뭔가 단단히 잘못되었다는 생각이 든다. 그리고 이렇게 끊임없이 발작과 위기가 반복되는 시기에, 콩가루 흑인 가족들이 난롯가에 모여 앉아 벽난로 장식을 바라보며 아름다운 수공예품 격언이나 이미 한도까지 쓴 카드로 한밤중 홈쇼핑에서 사들인 한정판 금화를 구경하고 있다면 멋지지 않겠는가?

다른 민족에게는 좌우명이 있다. 〈과거에도 미래에도 정복되지 않으리〉는 치카소 부족의 좌우명이지만 카지노 도박 테이블이나 남북 전쟁 때 남군과 싸운 이들에게는 해당되지 않는다. 〈알라후 아크바르(알라가 더 위대하다), 시카타나이(달리 도리가 없다), 다시는 안 된다, 1996년 하버드 졸업생, 보호와 봉사를 위하여.〉 이런 말은 단순한 인사나 잡담거리가 아니다. 이는 에너지를 재충전해 주는 암호다. 우리에게 생명력을 더해 주고 우리를 비슷한 생각과 비슷한 피부색과 비슷한 신발을 가진 사람들과 하나로 묶어 주는 기의 언어다. 지중해에서는 뭐라고 하는가? *Stessa faccia, stessa razza*. 같은 얼굴, 같은 인종. 모든 인종에는 좌우명이 있다. 내 말을 믿을 수 없는가? 인사부에 검은 머리 남자 아는가? 백인처럼 행동하고, 백인처럼 말하지만, 어딘가 어색한 사람? 그에게 가보라. 그에게 멕시코의 골키퍼들이 왜 그렇게 무모한지, 혹은 밖에 서 있는 타코 트럭에서 사 먹어도 괜찮은지 물어보라. 어서. 그에게 물어보라. 그를 도발하라. 그의 납작한 해골 뒤통수를 문지르면, 그가 돌아보며 이렇게 외치지 않는지 보라. *¡Por La Raza — todo! ¡Fuera de La Raza — nada!*(인종을 위해 모든 것을! 인종 이외에는 아무것도 없다!)

내가 열 살 때, 담요를 덮고 펀샤인 곰돌이를 안고 누워서 긴긴 밤 시간을 보냈는데, 그 곰돌이는 수수께끼 같은 언어 감각과 해럴드 블룸 같은 독단주의로 채워져 있어서 케어베어사의 곰 인형 중에 가장 아는 말이 많았고, 나의 가장 가혹한 비판자였다. 레이온 담요로 지은 배트케이브 속에서 곰돌이는 노란 팔로 손전등을 들어 보려고 애썼고, 우리는 여덟 단어 이하의 간결한 좌우명으로 흑인들을 구해 보려고 했다. 나는 홈스쿨링으로 배운 라틴어를 이용해서 좌우명을 쓴 다음, 곰돌이의 하트 모양 코밑에 밀어 넣어 보였다. 첫 번째 시도, 〈블랙 아메리카 — *Veni, vidi, vici*(왔노라, 보았노라, 이겼노라) — 프라이드 치킨!〉을 보더니 펀샤인은 실망해 플라스틱 눈을 감아 버렸다. 〈*Semper Fi, Semper Funky*(항상 성실하게, 항상 펑키하게)〉에 펀샤인이 폴리에스테르 털을 쭈뼛 세우고 화를 내면서 매트리스를 주먹으로 쳤고 노란 다리를 들고 송곳니와 발톱을 드러내기에, 나는 성난 봉제 인형이 훔친 포도주와 글솜씨에 취해 공격할 때 어떻게 하라고 배웠는지 컵스카우트 매뉴얼을 떠올렸다. 「성난 곰을 만나면 침착하라. 부드러운 목소리로 말을 하고, 그 자리에 서서, 몸을 꼿꼿이 하고, 분명하고, 간단한, 고무적인 라틴어 문장을 써라.」

Unum corpus, una mens, una cor, unum amor.
하나의 신체, 하나의 정신, 하나의 마음, 하나의 사랑.

괜찮았다. 자동차 번호판에 붙이기 좋은 느낌이 났다. 그 글귀가 인종 전쟁의 명예 훈장에 필기체로 새겨져 있는 것이 눈에 선했다. 펀샤인도 싫어하지 않았지만, 그날 밤 잠이 들기 직전 콧잔등을 찡그리는 걸로 봐서 나의 표어에서 모종의 집단 사고 느낌이 난다고 생각하는 것을 알아차렸다. 게다가 흑인들은 항상 똘똘 뭉친다는 꼬리표가 붙는 것에 불평하지 않았나? 나는 흑인들은 정말로 늘 모두 비슷하게 생각한다는 말로 펀샤인의 꿈을 망치지 않았다. 흑인들은 인정하지 않겠지만, 모든 흑인은 자신이 다른 흑인보다 낫다고 생각한다. 미국 흑인 지위 향상 협회나 전미 도시 연맹에서는 아무런 답신이 없었고, 따라서 흑인의 신조는 내 머릿속에서만 존재하며, 하나의 운동을, 하나의 민족을 기다리고 있다. 오늘날은 브랜드가, 로고가 전부니까.

어쩌면 우리에겐 좌우명이 필요 없을지도 모른다. 누가 〈니거, 나 알지. 내 좌우명은……〉이라고 말하는 것을 몇 번이나 들어 보았는가? 내가 똑똑했으면 아는 라틴어를 써먹었을 것이다. 단어 하나에 10달러씩. 우리 동네 사람이 아니면 15달러, 〈선수를 미워 말고 경기를 미워하라〉를 번역해 달라고 해도 15달러. 사람의 몸이 신전이라는 말이 사실이라면, 큰돈을 벌 수 있었을 것이다. 거리에 작은 가게를 열고 특정 종교와 관련 없는 예배소로 변한 문신 고객들을 받았을 테니까. 앵크 십자가, 산코파,[18] 십자가가 아즈텍의 태양신들과 다윗의 별로 이루어진 은하계와 배 부분의 공간을 놓고 싸움을 벌이는 것이다. 중국의 한자가 면도한 종아리와 척추를 내달린다. 중국어로 〈명복을 빕니다 베벌리 할머니〉라고 썼다고 생각하지만, 사실은 〈티켓 없어![19] 양자 무역 협정 반대!〉라고 적은 문신. 자, 굉장한 금광이 될 것이다. 담배처럼 비싼 값을 불러도 손님들은 밤새 내내 찾아올 것이다. 나는 두꺼운 유리창 뒤에 앉아 주유소 직원들이 쓰는 금속제 투입함을 이용해 문구를 접수받을 것이다. 내가 투입함 서랍을 열면, 교도소에서 쪽지를 돌리는 재소자들처럼, 손님들이 은밀하게 적어 온 쪽지를 밀어 넣을 것이다. 사람이 터프하면 터프할수록 글씨체는 더 단정하다. 마음이 여린 여자일수록 문구는 더 호전적이다. 「알잖아요, 내 좌우명은…….」 그들은 그렇게 말하고, 현금과 함께 피에서 아이라이너에 이르는 온갖 도구로 쓴 셰익스피어, 「스카페이스」, 성경 구절, 학교 운동장에서 주워들은 명언, 불량배들이 지껄이는 뻔한 말들을 서랍에 밀어 넣을 것이다. 그 문구가 구겨진 냅킨이나 비비큐 소스와 감자 샐러드가 묻은 종이 접시에 휘갈긴 것이든, 소년원 시절부터 고이 간직해 온

18 가나인들의 민속 상징. 새나 심장의 형상을 하고 있음. 1991년 맨해튼의 노예 묘지에서 출토되어 화제가 됨.

19 본래는 〈티켓 안 가져오면 세탁물도 없다〉는 뜻. 세탁소를 많이 운영하는 중국인들을 조롱하는 말.

비밀 일기장에서 조심스레 찢어 온 것이라 내가 누구에게라도 발설하면 들켜 혼쭐이 나게 되어 있는 것이든, *Ya estuvo* (무슨 말인지는 몰라도), 나는 그 일에 진지하게 임할 것이다. 이들은 〈내 머리에 총을 들이댄다 해도……〉라는 말을 관용적으로만 쓰지 않는 사람들이다. 그리고 누군가 음양 상징을 문신한 관자놀이에 차가운 금속 총구를 들이댔는데 죽지 않고 살아서 그때 이야기를 할 수 있다면, 우주의 균형과 여자의 엉덩이 문신을 제대로 감상하기 위해 주역을 읽을 필요가 없다. 그런 경우에 〈가는 것이 있으면 오는 것이 있다*Quod circumvehitur, revehitur*〉 외에 더 어울리는 좌우명이 있겠는가.

장사가 잘 안 될 때는 사람들이 내 작품을 보여 주러 찾아올 것이다. 가로등에 빛나는 옛 영어 글씨체. 땀이 번질거리는 근육 위에 적힌 철자. 돈은 먹히고 말은 씹힌다*Pecunia sermo, somnium ambulo*. 경정맥에 새겨진 라틴어 여격과 대격 구절. 과학과 로맨스의 언어가 체지방이 이루는 파도 위에서 서핑을 하는 모습에는 뭔가 특별한 감흥이 있다. 레즈 아님*Austerus verpa*. 이마에 라틴어 명사 어형 변화를 적고 다니는 것 정도가 그들이 가장 백인과 가까워지는 지점일 것이다. 튀거나 잡히거나*Criptum vexo vel carpo vex.* 이것은 비본질적인 본질주의다. 블러드 인, 블러드 아웃*Minuo in, minuo sicco*. 몸에 새긴 좌우명을 거울로 비춰 보면서 느낄 만족감, 〈편집증이 아닌 흑인은 미친 거다*Ullus niger vir quisnam est non insanus ist rabidus*〉라니, 율리우스 카이사르가 흑인이라면 남겼을 법한 명언이다. 신발값이 아니라 나잇값을 하라*Factio vestry aevum, non vestry calceus amplitude*. 점점 다원화되어 가는 미국이 새로운 좌우명을 의뢰한다면 나도 기꺼이 응할 것이다. *E pluribus unum*(다수로부터 하나)보다 나은 좌우명이 있으니까.

Tu dormis, tu perdis. . . 망설이면 품절.

누가 내 손에서 파이프를 빼앗아 간다. 「이보게, 친구. 이제 다 피운 거 아냐. 이제 재판을 시작해야지.」 내 변호사이자 오랜 친구, 햄프턴 피스크가 침착하게 마리화나 연기를 휘젓더니 곰팡이 제거용 스프레이 공기 청정제를 내 온몸에 뿌려 댄다. 나는 너무 취해 말을 할 수가 없다. 우리는 턱을 들고 고개를 까닥여 인사하고, 다 안다는 미소를 주고받는다. 우린 둘 다 그 냄새를 아니까. 트로픽 브리즈, PCP와 냄새가 비슷하기 때문에 부모에게서 증거를 감추던 시절부터 쓰던 놈이다. 엄마가 집에 와서 샌들을 벗어 던지고 애플 시나몬이나 스트로베리 크림 냄새를 맡으면 우리가 담배를 피운 것을 알아차릴 테지만, PCP 냄새가 난다면 그 냄새를 〈릭 아저씨 패거리〉 탓으로 돌리거나, 혹은, 아무 말도 하지 않을 것이다. 너무 지쳐 외동아들이 마약에 중독되었을지 모른다는 가능성에 직면할 수 없어서, 그냥 어떻게든 해결되길 바라기 때문이다.

대법원 변론은 햄프턴의 전문 분야가 아니다. 그는 구식 형사 사건 전문 변호사다. 그의 사무실로 전화를 하면 항상 통화 중이다. 그가 바쁘거나, 비서가 없어서가 아니다, 버스 정류장이나 단기수가 돈을 받고 긁어 놓은 구치소 거울이나 경찰차 뒷좌석 유리창에서 그의 광고 번호(1-800-FREE DOM)를 본 사람과 동시에 전화를 걸었기 때문도 아니다. 그저 햄프턴이 자동 응답기의 메시지, 10분 동안 자신의 승소와 미결정 심리 내역이 흘러나오는 것을 좋아하기 때문이다.

「피스크 그룹에 연결되셨습니다. 기소 전적을 열거할 수 있는 법률 회사는 많습니다. 하지만 본사는 기소를 뒤엎습니다. 살인 — 무죄. 음주 운전 — 무죄. 경찰 폭행 — 무죄. 성폭력 — 무죄. 아동 학대 — 무죄. 노인 학대 — 무죄. 절도 — 기각. 위조 — 기각. 가정 폭력 — 기각(1천 건 이상). 미성년자 의제강간 — 기각. 마약 투약에 미성년자 동반 범죄 — 기각. 유괴 — 기각…….」

햄프턴은 가장 절박한 피의자만이 로스앤젤레스 카운티의 거의 모든 형사법전 내용을 우선 영어로, 그다음에는 스페인어로, 그리고 타갈로그어로 읊는 동안 참고 기다릴 수 있다는 것을 알고 있다. 그리고 그들이 바로 햄프턴이 변호하고 싶어 하는 자들이다. 지상에서 제일 불쌍한 것들. 그는 우리를 그렇게 부른다. 너무 가난해서 케이블 TV 값을 낼 수 없고, 너무 멍청해서 케이블을 보지 않아도 잃을 게 없다는 사실을 모르는 사람들. 「장발장이 나를 변호사로 삼았더라면 『레미제라블』은 6페이지밖에 안 됐을걸. 빵 좀도둑질 — 기각.」 그는 곧잘 이렇게 말한다.

내 죄목은 자동 응답기 메시지에 들어 있지 않았다. 지방법원에서 판사는 유죄를 인정할 것인지 묻기 직전, 내게 기소된 중범죄 목록을 읊어 주었다. 한마디로 요약하면, 국가 모독죄부터 막 일이 잘 되어 가는데 다 망쳐 놓았다는 음모에 이르기까지, 온갖 범죄에 대한 혐의를 뒤집어씌워 놓았다. 나는 어안이 벙벙해, 법정에 서서 〈유죄〉와 〈무죄〉 사이의 상태가 존재하는지 생각해 보려고 했다. 어째서 그 둘 중 하나만 골라야 할까? 어째서 나는 〈둘 다〉라든가 〈둘 다 아님〉을 선택할 수 없는가?

한참 뒤 나는 마침내 판사석을 바라보며 말했다. 「존경하는 재판장님, 저는 인간임을 시인합니다.」 이 말에 판사는 이해한다는 듯 키득였고, 법정 모욕죄를 추가한다고 했는데, 그러자 햄프턴이 곧바로 이것을 형량 문제로 축소시키면서 나의 결백을 주장하고, 기소 사안의 중대성에 미루어 재판 장소를 뉘른베르크[20]나 매사추세츠 세일럼[21]으로 옮겨 달라고 농담처럼 요청했다. 햄프턴이 무어라 말하지는 않았지만, 흑인 빈민촌에서 흔히 일어나는 간단한 사건이라고 여겼던 이 재판이 불러올 여파를 그제야 문득 깨닫고 그다음 날 바로 대법원 변호사 원서를 제출했을 것이다.[22]

하지만 그건 지나간 이야기다. 지금 나는 여기 워싱턴 D.C.에서, 법의 밧줄 끄트머리에 대롱대롱 매달려 추억과 마리화나에 취해 있다. 입은 바짝 마르고, 샌타모니카 선착장에서 멕시코 여자들을 밤새 쫓아다니기만 하다가 취한 채

20 제2차 세계 대전 후 나치 전범들의 재판이 열린 곳.

21 17세기 마녀 재판으로 유명하다.

22 대법원 변호사 명단에 등록된 변호사만이 미국 연방 대법원에서 사건을 변호할 수 있다.

7번 버스에서 깨어나 창밖을 내다보고는 내가 내릴 곳이 지났음을 마리화나 탓에 천천히, 멍하니 깨닫고 여기가 어딘지, 사람들이 왜 날 쳐다보고 있는지 알 수 없을 때 같은 기분이다. 법정 맨 앞줄에서 목재 난간에 몸을 기대고 분노로 얼굴을 찡그린 채 완벽하게 매니큐어를 칠한 길고 가느다란 가운뎃손가락을 내 쪽으로 치켜들고 있는 이 여자처럼 말이다. 흑인 여자들은 손이 아름다워서 코코아 버터 색 손가락으로 〈엿이나 먹으라는〉 손짓을 할 때마다 손은 점점 더 우아해진다. 그것은 시인의 손이다. 자연 머리에, 황동 팔찌를 하고, 모든 것을 재즈에 비유하는, 시를 쓰는 교사 겸 시인. 아이를 낳는 것도 재즈 같다. 무하마드 알리도 재즈 같다. 필라델피아도 재즈 같다. 재즈도 재즈 같다. 모든 것이 재즈 같지만, 나만 예외다. 그녀에게 나는 앵글로색슨족이 흑인 음악을 도용해 리믹스한 것 같은 존재다. 나는 패츠 도미노의 「에인트 댓 어 셰임Ain't That a Shame」을 수위 조절해서 부르는 검은 얼굴의 팻 분이다. 나는 비틀스가 〈어 하드 데이스 나이트A Hard Day's Night〉의 시작을 알리는 그 잊을 수 없는 화음을 연주한 이후 영국에서 나온 모든 펑크 아닌 로큰롤이다. 하지만 바비 〈왓 유 오운트 두 포 러브〉 콜드웰이나 게리 멀리건, 서드 베이스, 재니스 조플린은 어때요? 나는 그녀에게 이렇게 외치고 싶다. 에릭 클랩턴은? 잠깐, 그건 취소다. 에릭 클랩턴은 집어치우자. 그녀의 풍만한 가슴이 먼저 난간을 넘더니 그녀가 난간을 뛰어넘어 경찰관들을 지나쳐 내게 다가온다. 그녀가 〈이게 얼마나 미친 듯이 길고, 부드럽고, 빛나고, 비싼 건지 모르겠냐? 이 망할 자식아, 나를 여왕답게 대하라!〉라는 태도로 덤비는 와중에, 애송이 같은 담당들이 필사적으로 들러붙어 그녀를 막는다. 토니 모리슨이 항상 두르는 파시미나 숄이 캐시미어 연 꼬리처럼 그녀의 뒤에서 펄럭인다.

그녀는 내 앞으로 다가오더니 흑인의 자부심과 노예선과 5분의 3 타협[23]과 로널드 레이건과 인두세와 워싱턴 행진과 드롭백 쿼터백의 신화와 심지어 KKK단이 말에 하얀 옷을 입히는 것이 인종 차별인 이유, 그리고 의미 중복이지만 〈젊은 흑인 청년〉이란 말을 어째서 열린 마음으로 지켜 나가야 하는지 하는 이야기를, 침착하지만 두서없이 늘어놓았다. 그리고 오호라, 양팔은 선생님 허리에 감고 얼굴은 선생님 사타구니에 파묻은 얼간이 소년에게는 필시 경호원이, 아니면 적어도 정신병 예방약이 필요하다. 그 애는 숨을 쉬려고 고개를 들더니 왜 자기 선생님이 나를 그렇게 미워하는지 모르겠다는 얼굴로 말갛게 쳐다본다. 아무도 설명해 주지 않자, 그 애는 흑인 남자들은 거길 밝히지 않는다는 편견에 아랑곳없이 따뜻하고 촉촉한 보금자리로 돌아간다. 내가 그 애한테 뭐라고 말했어야 할까? 「뱀과 사다리 게임을 하다가 결승점에 거의 다 와서 주사위를 던졌더니 6이 나왔는데 길고 구불구불한 빨간 미끄럼틀을 타고 67번 자리에서 24번

23 1787년 필라델피아 회의에서 하원 구성 비율을 결정하는 인구에 노예를 포함시킬 것인가 하는 논쟁이 벌어졌고 흑인 노예를 백인 자유인의 5분의 3으로 세는 타협안이 승인됐다.

으로 떨어지는 거 알지?」

「네, 선생님.」 그 애가 예의 바르게 대답할 것이다.

「음.」 나는 그 애의 동그란 머리를 쓰다듬으며 말할 것이다. 「내가 바로 그 길고 빨간 미끄럼틀이란다.」

교사 겸 시인은 내 따귀를 세게 때린다. 그리고 나는 이유를 알고 있다. 여기 모인 모든 사람들과 마찬가지로, 그녀는 내가 죄책감을 느끼길 바란다. 내가 괴로워하기를, 울음을 터뜨리기를, 국가는 비용을 덜고, 자신은 나와 같은 흑인이라는 창피함을 덜기를 바란다. 나 역시 그 익숙하고 압도적인 흑인 고유의 죄책감이 차올라 그만 무릎을 꿇게 될 순간을 기다리고 있다. 나를 무의미한 미사여구로 때리고 또 때려서 쓰러뜨려라. 내가 미국에 대한 전적인 복종의 뜻으로 엎드려, 인종과 국가에 진 죄를 울먹이며 자백하고, 자부심 가득한 흑인 역사에 용서를 구할 때까지. 하지만 아무것도 느껴지지 않는다. 에어컨의 웅웅거리는 소리와 마리화나에 취한 느낌뿐. 경비원들이 그녀를 자리로 돌려보내고 어린애가 파시미나 숄을 생명줄이라는 듯 붙잡고 돌아가는 동안, 그녀가 영원히 따끔거리기를 바라는 내 뺨은 이미 멀쩡해졌고, 나는 일말의 죄책감도 불러낼 수가 없다.

그것이 바로 욕 나오는 일이다. 평생 죄진 기분으로 살아왔는데, 이 자리에 서니 처음으로 아무런 죄책감이 들지 않는다. 패스트푸드점에서 파는 애플파이나 교도소 농구장처럼 새카만, 세상 어딜 가도 느껴지던 죄책감이 마침내 사라졌다. 안경잡이 대학 신입생이 식당에 프라이드치킨이 나오는 금요일을 두려워하게 만드는,[24] 그런 수치심이 사라지자 거의 백인이 된 것 같은 느낌이다. 나는 학교 안내 책자가 그토록 요란하게 떠들어 대던 〈다양성〉이었지만, 세상에는 내가 신입생 전원 앞에 서서 닭 다리 연골을 쪽쪽 빨아도 되게 해줄 만한 재정 지원이 없었다. 나는 더 이상 그런 죄책감을 느끼지 않는다. 수석도 차석도 되지 못한 첼리스트가, 사무 비서가, 창고 직원이, 그렇게 예쁘진 않지만 흑인이라서 뽑힌 미인 대회 수상자가 월요일 아침 출근해 직장의 모든 백인 새끼들을 쏘아 죽이지 못하게 하는 죄책감. 그 죄책감 때문에 나는 바운스 패스가 잘못될 때마다, 연방 조사를 받는 정치가가 나올 때마다, 왕방울 눈에 흑인 말투를 쓰는 코미디언이 나올 때마다, 1968년 이후 흑인 영화가 개봉할 때마다, 〈다 내가 잘못해서 그래〉라고 중얼거렸다. 하지만 이제 더 이상 나는 책임감을 느끼지 않는다. 흑인이 죄책감을 느끼지 않는 때는 우리가 정말로 뭔가 잘못했을 때뿐임을 드디어 알게 되었다. 그래야만 우리가 흑인이지만 동시에 무죄라는 인지 부조화에서 벗어날 수 있고, 교도소에 가게 된다는 사실이 어떤 면에서는 안도감을 주기 때문이다. 니거라는 호칭이 안도감을 주고, 공화당에 투표하는 것이 안도감을 주고, 백인과 결혼하는 것이, 비록 일시적이나마 안도감을 주듯이.

그런 편안함이 불편해진 나는 마지막으로 한 번 더 동족과 하나가 되려는 시도를 해본다. 나는 눈을 감고, 테이블

24 흑인들은 프라이드치킨을 좋아한다는 편견이 있다.

위에 머리를 얹고, 납작한 코를 팔꿈치 안쪽에 파묻는다. 내 호흡에 집중하고 깃발과 팡파르는 차단하고, 흑인 정체성에 관한 몽상을 모아 놓은 드넓은 창고를 뒤지다가 낡은 민권 운동 장면을 발견한다. 그 필름의 섬세한 가장자리를 조심스레 들어 성스러운 통에서 꺼내 정신의 톱니바퀴와 심리의 문에 연결시킨 뒤 이따금 괜찮은 아이디어로 깜빡이는 머릿속 전구를 옆으로 돌린다. 프로젝터를 켠다. 집중할 필요도 없다. 인간의 학살 장면은 언제나 최고 해상도로 녹화, 기억되어 있다. 그 초고화질 영상은 우리의 기억과 플라스마 TV 스크린에 각인되어 있다. 흑인 역사의 달이면 끊임없이 보이는 장면, 개들이 짖고, 소방 호스에서 물이 쏟아져 나오고, 2달러 주고 깎은 머리에 생긴 땜빵에서 피가 흐르고, 저녁 뉴스 카메라의 조명이 비쳐 땀으로 번들거리는 얼굴에 무색의 피가 흘러내리는 이 이미지가 우리의 16밀리 집단 자아를 형성한 것이다. 하지만 오늘 나는 연수[25]뿐이고, 집중할 수가 없다. 머릿속에서 돌아가던 필름이 툭툭 끊어지기 시작한다. 소리가 잘려 나가고, 앨라배마의 셀마에서 도미노처럼 쓰러지던 시위자들이 차별 철폐 시위에서 바나나 껍질을 밟고 단체로 길바닥에 쓰러져 팔다리와 꿈이 제멋대로 뒤엉켜 흑인판 영화 「키스톤 캅스」처럼 보이기 시작한다. 워싱턴 행진에 참여한 사람들은 10만 명의 민권 좀비가 되어서 인간의 살을 찾아 뻿뻿한 손가락을 앞으로 쭉 뻗고 휘

25 뇌에서 호흡이나 혈액 순환 등을 조절하는 부분. 생명 유지에 중요한 역할을 한다.

적휘적 내셔널 몰을 향해 걸어가고 있다. 대장 좀비는 누군가 흑인이 해야 할 일, 해서는 안 될 일, 흑인이 가질 수 있는 것, 가질 수 없는 것에 대해 한마디 할 때마다 죽음에서 깨어나야 하는 것에 지친 표정이다. 대장 좀비는 마이크가 켜져 있는 것을 모르고, 남부의 흑인 전용 급식대에서 아이스티라며 돌린 씁쓸한 구정물 맛을 봤더라면, 이 민권 운동이라는 것을 다 취소해 버렸을 것이라고 중얼거린다. 항의와 구타와 살인이 일어나기 전에. 그는 연단 위에 다이어트 콜라 캔을 올려놓는다. 「콜라와 함께라면 모든 것이 나아집니다!」 그가 말한다. 「정말입니다!」[26]

그래도 나는 죄책감을 느끼지 않는다. 내가 정말 뒷걸음질 치면서 미국 흑인들을 모두 후퇴시킨다고 해도, 아무렇지도 않다. 민권 운동에서 나온 실질적인 소득이라곤 흑인들이 예전처럼 개를 무서워하지 않게 된 것뿐이라는 사실이 내 탓인가? 아니, 그렇지 않다.

법정 경위가 자리에서 일어나더니 망치를 두드리고는 법정의 주문을 왼다. 「미국 대법원의 명예로운 재판장님과 배석 판사님.」

햄프턴이 나를 일으켜 세우고, 참석한 모든 사람들이 경건하게 일어서자 판사들이 아이젠하워 시절의 헤어스타일에 〈하루 일해서 하루 벌자〉는 멍한 직장인 표정으로, 최대한 공정하게 보이려고 애쓰며 법정으로 들어온다. 안됐지만

26 원문 *Things go better with Coke*와 *It's the real thing*은 둘 다 유명한 코카콜라 광고 카피이다.

검은 실크 가운을 입고 거만해 보이지 않을 수는 없다. 게다가 흑인 판사는 5만 달러짜리 롤렉스 플래티넘 시계를 벗어 놓고 오는 걸 잊었다. 나도 시간 할아버지보다 직업 안정성이 높았더라면,[27] 덩달아 잘난 체 씩 웃었을 것이다.

정숙! 정숙! 정숙!

지금 이 순간, 5년간 끝도 없이 결정, 번복, 항소, 연기, 사전 심리를 겪고 났더니, 내가 원고인지 피고인지도 알 수가 없다. 내가 아는 것이라고는 탈인종적인 고급 시계를 차고 뚱한 얼굴을 한 저 판사가 나를 계속 쳐다볼 것이라는 사실뿐이다. 동그란 눈을 깜빡이지도 않고 가차 없는 눈빛으로 나를 노려보는 그는 내가 자신의 정치 커리어를 망쳐 놓았기 때문에 화를 내고 있다. 내가 시립 동물원에 처음으로 가 본 아이처럼 신이 나서 그의 자리를 날려 보내고, 텅 빈 것처럼 보이는 파충류 우리를 계속 왔다 갔다 하면서 안달을 부리더니 한 곳에 멈춰 서서 〈저기 있다!〉라고 외쳤기 때문에.

저기 있다. 카마일레오 아프리카누스 토케누스가 잡목 뒤에 숨어서, 미끈거리는 발로 사법부의 나뭇가지를 움켜쥐고서, 냉담한 태도로 소리 없이 불평등의 나뭇잎을 갉아 먹고 있다. 〈눈에서 멀어지면 마음도 멀어진다〉는 흑인 노동자의 좌우명이지만, 이제 미국 전체가 이 도마뱀을 볼 수 있다. 우리 모두 함께 유리창에 코를 대고, 그가 앨라배마의

27 시간 할아버지는 서양 문화에서 시간의 흐름을 의인화한 인물. 미국 연방 대법원의 대법관은 사임하거나 탄핵되지 않는 한 종신 임기가 보장되는 것을 빗댐.

새카만 엉덩이를 빨강, 하양, 파랑으로 된 미국 국기에 그렇게 오랫동안 숨길 수 있었다는 사실에 감탄한다.

「미국의 명예로운 대법원에 용무가 있는 모든 분들은 가까이 다가와 집중할 것을 권고드립니다. 법정은 이제 착석합니다. 미국과 이 명예로운 법정에 신께서 함께하시기를!」

햄프턴은 얼간이 판사나 그가 발판으로 삼고 있는 공화국에 쫄지 말라는 뜻으로, 내 어깨를 주무른다. 여기는 대법원이지, 국민 재판소[28]가 아니다. 나는 아무것도 하지 않아도 된다. 세탁소 영수증이나 경찰 기록, 찌그러진 범퍼 사진을 갖고 올 필요가 없다. 여기서는 변호사들이 주장하고, 판사들이 질문하고, 나는 그저 취한 채로 편히 앉아 있으면 된다.

재판장이 재판을 시작한다. 그의 냉정한 중서부인 같은 태도가 법정 안의 긴장을 풀어 주려면 아직 멀었다. 「우선 오늘 아침 변론은 사건 번호 09-2606…….」 그는 말을 멈추고 눈을 문지르더니 평정을 되찾는다. 「사건 번호 09-2606 미 대 미합중국입니다.」 격렬한 반응은 없다. 키득거리는 소리와 어이없다는 표정, 〈이 새끼는 지가 뭔 줄 알아?〉라며 혀를 차는 소리뿐. 인정하는 바이다. 〈미 대 미국〉이라니 좀 자아 과잉 같지만, 어쩌겠는가? 내가 바로 미Me다. 진짜다. 켄터키 미Mee 일가의 별로 자랑스럽지 않은 후손으로서, 로스앤젤레스 남서부에 처음으로 정착한 흑인 일가 중 한 명인 나의 뿌리는 국가가 제재한 남부의 억압에서 탈출하기 위해 사용한 최초의 수단, 그레이하운드 버스까지 거슬러

28 The People's Court. 1981년 첫 방송된 법정 리얼리티 쇼.

올라간다. 하지만 내가 태어났을 때, 아버지는 이름을 바꾸는 유대인 연예인들의 전통을 따라, 그리고 유대인을 부러워하는 자의식 강하고 성취도 낮은 흑인들의 전통에 따라, 잭 베니가 벤저민 쿠벨스키를 버렸듯이, 커크 더글러스가 다니엘로비치를 버리고 제리 루이스가 딘 마틴을 떠나보냈듯이, 맥스 베어가 슈멜링을 물리쳤듯이, 서드 베이스가 과학을 버렸듯이, 새미 데이비스 주니어가 유대교를 완전히 버렸듯이, 우리도 맨 뒤의 e를 버리고 성을 바꾸기로 결심했다. 아버지는 그 여분의 모음이 당신 발목을 잡았듯이 내 발목을 잡는 것을 원하지 않았다. 아버지는 내 이름을 백인처럼 지은 것도, 흑인처럼 지은 것도 아니고, 사실대로 지었다고 곧잘 이야기했다. 나는 모든 잠재력을 다 갖고 태어났으니, 매슬로 심리학이니 3학년이니 예수니 다 필요 없다고.

가장 못생긴 영화배우들, 가장 하얀 래퍼들, 가장 멍청한 지식인들이 대개 각자 분야에서 가장 존경받는다는 사실을 알고 있는 범죄자처럼 생긴 변호사 햄프턴은 이쑤시개를 연설대에 당당하게 올려놓고 금을 씌운 앞니를 혀로 쓱 훑은 뒤, 앙상한 몸에 비해 너무 크고 헐렁해 바람 빠진 열기구처럼 보이는 흰색 더블 정장의 주름을 편다. 그의 하얀 정장이 클레오파트라의 파마머리와 마이크 타이슨에게 1라운드에 KO 당했을 때 눈앞에 보이는 광경처럼 새카만 그의 피부와 잘 어울린다고 생각하거나 전혀 안 어울린다고 생각하는 것은 취향 나름이다. 나는 그가 이렇게 변론을 시작할 것 같은 느낌이 든다. 「친애하는 포주 여러분, 저의 의뢰인이 부정직하다는 말은 들으셨겠지만, 그런 소리를 하는 건 쉽습니다. 왜냐면 제 의뢰인은 사기꾼이니까요!」 사회 운동가들이 텔레비전 쇼를 하고 수백만 달러를 버는 시대에, 체제와 헌법을 신봉하지만 현실과 겉만 번지르르한 말장난의 차이를 아는 햄프턴 같은 사람은 많지 않다. 햄프턴이 나를 진정으로 믿는지는 알 수 없지만, 그가 변호 불가의 사건을 일단 변호하기 시작하면, 그가 나를 믿든지 말든지 아무런 문제도 아니라는 것을 알고 있다. 그의 명함에 적힌 좌우명이 바로 〈가난한 이들에게는 매일이 캐주얼 금요일〉이니까.

햄프턴이 「법정에서 허락하신다면」이라고 말하자마자, 흑인 판사가 아주 살짝 자리에서 몸을 앞으로 움직인다. 아주 작은 움직임이라 아무도 알아차릴 수 없었을 테지만, 회전의자 바퀴가 끼익 소리를 내버린다. 그리고 민권법의 모호한 조항이나 선례가 되는 판결을 언급할 때마다, 판사는 몸을 가만 두지 못하고 자꾸 움직였고, 그의 체중이 당뇨로 통통해진 엉덩이 이쪽에서 저쪽으로 옮겨 갈 때마다 의자는 더욱 크게 끼익거린다. 당신이 상대를 이해할 수 있다손 쳐도, 혈압이 오르는 건 어쩔 수 없기에, 이마 가운데 툭 불거진 혈관이 흑인 판사의 감정을 드러내고 있다. 그는 우리 동네에서 〈윌로브룩 애비뉴 눈초리〉라고 부르는 그런 표정을 짓고서 시뻘겋게 충혈된 눈으로 나를 쏘아보고 있다. 윌로브룩 애비뉴란 1960년대 디킨스가 백인 지역과 흑인 지역을 갈라놓은 4차로 스틱스강을 가리키는 말이다. 그 거리 양옆으로는 인종과 상관없이 동전 두 닢만 있어도 거기서 안 살고 달아날 만한 지옥이 펼쳐져 있다. 그 거리는 위험해서 교차로에서 신호등이 바뀌도록 기다리다가는 인생이 바뀔 수도 있다. 어느 인종이나 파벌, 혹은 애도의 5단계 중 어느 한 단계를 겪고 있는 녀석이 투 톤 쿠페를 타고 지나가다가 조수석 창문으로 총구를 내밀고는, 지금 저 흑인 대법원 판사처럼 쏘아보면서 〈어디서 온 놈이냐, 얼간아?〉라고 물을 수 있다.

물론, 그 질문에 정답은 〈아무 데도〉이지만, 가끔 요란한 엔진 소리, 시끄러운 인준 청문회 소리, 진보 매체가 경력을 묻는 소리, 성추행이라고 비난하는 흑인 여자 소리 때문에 대답을 듣지 못할 수도 있다. 가끔 〈아무 데도〉가 정답이 아닐 수도 있다. 그들이 당신 말을 믿지 않아서라거나, 〈누구나 고향은 있기 때문〉이 아니라, 당신 말을 믿고 싶어 하지 않기 때문이다. 그리고 이제, 높은 사람답게 예의를 지키려는 의지를 잃어버린 이 판사는 윌로브룩 애비뉴를 돌아다니면서 오로지 제가 들고 있다는 이유로 총을 휘두르는 불량배와 다를 바가 없다.

그리고 대법원의 기나긴 재임 기간 처음으로 그 흑인 판사에게 궁금한 것이 하나 생겼다. 그는 질문을 던져 본 적이 없어서 하는 방법을 잘 모른다. 이탈리아인 판사에게 허락을 받으려고 천천히 통통한 손을 들어 보지만, 너무 화가 난 나머지 승낙을 기다리지 못하고 내뱉는다. 「니거, 너 미쳤냐?」 그와 같은 체격의 흑인 치고는 놀라울 정도로 고음이다. 그리고 객관성도 침착함도 잃고 햄 덩어리만큼 커다란 주먹으로 판사석을 어찌나 세게 내리치는지, 대법원장 머리 위 천장에 매달려 있던 번쩍번쩍 거대한 금시계가 앞뒤로 진자 운동을 시작한다. 흑인 판사는 마이크에 지나치게 바짝 다가가 고함을 지른다. 내가 판사석에서 몇 피트 안 떨어진 곳에 앉아 있긴 하지만, 우리의 거리는 몇 광년쯤 되니까. 그는 대체 어떻게 오늘날 이 시대에 흑인이 노예를 소유함으로써 수정 헌법 13조를 어길 수 있는지 따지고 있다. 어떻게 내가 대놓고 수정 헌법 14조를 무시하면서 인종 분리가 사람들을 통합시킬 수 있다고 주장할 수 있는지. 체제를 신봉하는 모든 사람들이 그렇듯이, 그는 답을 원한다. 그는 셰익스피어가 작품을 모두 직접 썼으며, 링컨이 노예 해방을 위해 남북 전쟁에서 싸웠고, 미국이 유대인들을 구출하고 민주주의를 지키기 위해 2차 대전에 참전했고, 예수님과 동시 상영 제도가 언젠가는 돌아올 거라고 믿고 싶어 한다. 하지만 나는 한없이 낙천적인 미국인이 아니다. 그리고 〈그 일〉을 했을 땐, 빼앗을 수 없는 권리에, 우리 민족의 자랑스러운 역사에 대한 생각이 없었다. 나는 효과가 있는 일을 했을 뿐이다. 그리고 대체 언제부터 노예 제도와 분리 정책이 사람을 해쳤다고 이러는 건가? 그렇다고 하더라도, 까짓것 뭐가 대수라고.

가끔, 나처럼 취한 상태에서는 사고와 담화 사이의 경계가 흐려지는데, 흑인 판사가 입에 거품을 무는 걸로 봐서 내가 마지막 부분, 〈……까짓것 뭐가 대수라고〉를 소리 내어 말한 모양이다. 흑인 판사는 싸울 기세로 일어서 있다. 그가 받은 예일 법학 대학원 교육의 가장 깊숙한 곳에서 끌어낸 침방울이 혀끝에 매달려 있다. 대법원장은 그의 이름을 부르고 흑인 판사는 하던 말을 멈추고 자리에 털썩 앉는다. 자부심은 어떤지 몰라도, 침은 꿀꺽 삼키면서. 「인종 분리? 노예 제도? 이 개새끼 같은 놈아, 네 부모가 널 그렇게 키우진 않았을 거다! 그러니 이놈의 파티를 시작해 보자!」

당신이 퍼내는 똥

하나

내 생각에는 바로 이것이 문제 같다. 내가 더 괜찮은 사람으로 자라지 않았다는 것. 내 아버지는 (카를 융이시여, 그분의 영혼을 쉬게 하소서) 꽤 유명한 사회학자였다. 해방 심리학 분야의 창시자이며 내가 알기로는 분야의 유일한 학자로서, 아버지는 실험 가운을 입고 집, 즉 〈스키너 상자〉[29] 주위를 돌아다니기를 즐겼다. 거기서 나, 그러니까 아버지의 깡마르고 멍한 검은 실험쥐는 피아제의 인지 발달 이론을 철저히 준수하며 홈스쿨링을 했다. 아버지는 나를 먹여 주지 않았다. 대신 내게 미지근한 식욕 자극제를 제공했다. 나는 벌을 받지 않았지만, 무조건 반사 신경은 마비됐다. 나는 사랑을 받은 것이 아니라, 계산된 애착과 강한 헌신의 분위기 속에서 양육되었다.

우리는 로스앤젤레스 남부 외곽의 빈민 지역 디킨스에서 살았으며, 좀 이상하게 들리겠지만, 나는 그곳의 농장에서

29 동물의 학습에 관한 실험. 배고픈 쥐를 상자에 넣고 버튼을 누르면 먹이가 나온다는 사실을 학습하게 한 실험이다.

자랐다. 1868년에 설립된 디킨스는, 멍청하고 뚱뚱하고 못생긴 백인 공화당원들과 치와와들 그리고 그들을 사랑하는 동아시아 난민들의 번식지로 세운 어바인을 제외한 캘리포니아의 도시 대부분과 마찬가지로 농업 지역으로 시작했다. 디킨스의 설립 헌장에는 〈디킨스는 중국인, 온갖 피부색과 방언과 모자를 지닌 스페인인, 프랑스인, 빨간 머리, 전형적인 도시인, 재주 없는 유대인이 없는 도시로 남을 것이다〉라고 명시되어 있었다. 하지만 설립자들은 머리가 좀 모자란 나머지 운하 주위의 5백 에이커를 〈주거 농업〉 지역으로 영구 지정했고, 그래서 내가 사는 곳, 비공식적으로 〈농장〉이라고 부르는 디킨스의 10 블록 지역이 탄생했다. 이 지역에 들어오면 저절로 이곳이 농장임을 알 수 있다. 도시의 보도, 카 스테레오, 용기, 진보적인 투표 기록이 퇴비 냄새 속으로, 그리고 바람 방향이 잘 맞는 날이면 질 좋은 마리화나 냄새 속으로 사라져 버리기 때문이다. 성인 남자들은 닭에서 공작까지 온갖 종류의 가금류 떼가 가득한 흙길을 자전거 타고 천천히 지나다닌다. 그들은 양손 다 핸들에서 떼고 지폐를 세면서 자전거를 타다가 눈썹과 입가를 슬쩍 들어 올릴 때만 고개를 든다. 「어이, 어때?」 앞마당 나무와 울타리에 못으로 박아 놓은 마차 바퀴는 대농장 스타일 가옥에 진짜 개척 시대 같은 느낌을 더해 주어서, 모든 창문과 출입구와 강아지가 드나드는 문에 교도소보다 더 많은 빗장과 자물쇠가 달려 있다는 사실을 잊게 한다. 집 앞의 노인들과 이미 별의별 꼴을 다 본 여덟 살짜리 꼬마들은 휘청거리는 접이식 의자에 앉아서 주머니칼을 만지작거리며 무슨 일이 벌어지기만을 기다린다. 언제나 벌어지게 마련이니까.

내가 아버지와 함께 산 20년 동안, 아버지는 웨스트 리버사이드 커뮤니티 칼리지 심리학과의 임시 학과장이었다. 켄터키주 렉싱턴의 작은 말 농장 마구간 관리인 아들로 자란 아버지에게 농장 일은 향수였다. 그리고 강의를 하러 서부로 왔을 때, 아버지는 흑인 커뮤니티에서 살며 말을 키우는 기회를 놓칠 수 없었다. 주택 융자와 유지비를 제대로 댈 수 없었는데도 말이다.

혹시 아버지가 비교 심리학자였다면, 말과 소 중에 세 살을 넘기는 놈들도 있고 토마토에도 벌레가 덜 생겼을지 모르지만, 아버지는 해충 관리나 동물 왕국의 안녕보다는 흑인의 자유에 더 관심을 기울였다. 그리고 정신적 자유의 문을 열기 위한 아버지의 탐색 과정에서 나는 아버지의 아나 프로이트, 아버지의 사례 연구 대상이었다. 아버지가 내게 말 타는 법을 가르치지 않을 때면 나를 대조군이자 실험군으로 삼아 유명한 사회 과학 실험을 되풀이했다. 운 좋게 형식적 조작기[30]까지 살아남은 〈발달 초기의〉 흑인 아이가 모두 그렇듯이, 나는 쓰레기 같은 가정 교육을 받았으며, 이를 결코 만회할 수 없음을 깨닫게 되었다.

아버지의 양육 방식을 감독하는 윤리 위원회가 없었음을 감안하면, 실험은 무해하게 시작되었다. 20세기 초, 행동주의 심리학자 왓슨과 레이너는 공포가 습득된 행동임을 증명

30 피아제의 인지 발달 이론 제4단계 시기로, 11~12세 이후를 지칭.

하기 위해 9개월 된 〈꼬마 앨버트〉를 흰 쥐, 원숭이, 불에 태운 신문 다발 등의 중립적인 자극에 노출시켰다. 처음에 이 아기 피실험자는 유인원, 설치류, 불꽃 등에 아무런 반응을 보이지 않았지만, 왓슨이 쥐와 굉장히 큰 소음을 짝지었더니, 시간이 지나며 흰 쥐뿐만 아니라 털이 난 모든 것에 공포심을 갖게 되었다. 내가 7개월 때, 아버지는 장난감 경찰차, 차가운 파브스트 블루 리본 맥주 캔, 리처드 닉슨의 선거 운동 배지, 『이코노미스트』 잡지 한 부 등의 물건을 내 요람에 넣었고, 나는 굉음에 반응하도록 길들여지는 대신 제시된 자극제를 두려워하는 법을 배우게 되었다. 왜냐하면 아버지가 그것들을 내게 줄 때마다 38구경 권총을 꺼내 창문이 삐걱거릴 정도로 서너 차례 천장을 향해 쏘면서 거실 스테레오에서 흘러나오는 「스윗 홈 앨라배마」보다 더 큰 소리로 「니거, 아프리카로 돌아가라!」라고 외쳤기 때문이다. 오늘날까지 나는 아무리 평범한 범죄 드라마도 끝까지 볼 수가 없고, 닐 영에게 이유 없는 친밀감을 갖고 있으며, 잠이 안 올 때면 녹음된 빗소리나 파도 소리 대신 워터게이트 사건 테이프를 듣는다.

전해져 오는 이야기에 따르면 아버지는 내 우뇌가 발달하고 균형이 잘 잡히도록 나를 왼손잡이로 키우려고 한 살 때부터 네 살 때까지 내 오른손을 뒤로 묶어 놓았다고 한다. 내가 여덟 살 때 아버지는 〈방관자 효과〉를 실험하고 싶어졌다. 그것이 〈흑인 커뮤니티〉에 적용되기 때문이다. 아버지는 악명 높은 키티 제노비스 사건을 재연하면서 사촌기도 되지 않은 내게, 1964년 뉴욕의 무심한 거리에서 강도, 강간을 당한 뒤 칼에 찔려 죽은 불운한 제노비스 씨 역할을 맡겼다. 『심리학 개론』 교과서에 빠지지 않고 등장하는 그녀의 비명은 당시 수십 명의 구경꾼들과 근처 주민들에게 무시당했다. 따라서 〈방관자 효과〉라는 이름이 붙었다. 도움을 제공할 사람이 많을수록, 도움을 받을 가능성은 줄어든다는 뜻이다. 아버지는 서로의 도움이 생존에 필수적었던 애정 어린 인종, 흑인에게는 이 방관자 효과가 해당되지 않는다는 가설을 세웠다. 그래서 아버지는 내게 주머니에 1달러 지폐를 잔뜩 꽂고, 최신 헤드폰을 쓰고, 목에는 힙합 금목걸이를 걸고, 이유는 알 수 없지만 혼다 시빅의 바닥 매트를 웨이터가 타월을 걸듯이 팔에 걸치고 근처 사람이 가장 많이 다니는 교차로에 서 있게 했다. 그리고 아버지가 내게 강도 짓을 하는 동안, 나는 눈물을 줄줄 흘리고 있었다. 아버지는 구경꾼들 앞에서 나를 쳐서 쓰러뜨렸는데, 그 구경꾼들은 가만있지 않았다. 아버지가 내 얼굴을 두 대 때리자마자 사람들이 달려들었는데, 날 돕기 위해서가 아니라 아버지를 돕기 위해서였다. 그들은 아버지를 도와 팔꿈치로 나를 가격하고, 레슬링 선수처럼 집어 던졌다. 어떤 여자는 돌이켜 보면 고맙게도, 뒤에서 내 목을 졸랐다. 깨어나 보니, 아버지는 그 여자와 나머지 공격자들에게 설문 조사를 하고 있었다. 사람들은 이타주의 실천을 위해 힘을 쓴 뒤라 얼굴은 땀범벅에 가슴이 벌렁거리고 있었고, 나와 마찬가지로, 내 고성의 비명 소리와 그들의 광기 어린 웃음소리 때문에 귀가 울리고 있었을 것이다.

당신의 이타적 행위에 얼마나 만족합니까?

전혀 만족하지 않는다		어느 정도 만족한다		매우 만족한다
1	2	3	4	5

집으로 오는 길에 아버지는 내 욱신거리는 어깨에 위로하듯 팔을 두르더니 〈편승 효과〉를 계산하지 못한 것에 대해 미안하다는 강의를 시작했다.

아버지가 〈힙합 세대의 노예근성과 복종〉을 실험하고 싶었던 때도 있었다. 열 살 때 아버지는 나를 거울 앞에 앉혀 놓고, 로널드 레이건 핼러윈 가면을 머리에 쓰고, 트랜스 월드 항공사 기장 배지를 실험 가운에 달고서, 자신이 〈백인 권위자〉라고 선언했다. 「거울 속의 니거는 멍청한 니거다.」 아버지는 유색인 코미디언들이 쓰는 우스꽝스러운 〈백인 영어〉로 이렇게 설명하면서 내 머리에 전극을 붙였다. 전극의 선은 단추와 다이얼, 구식 전압계가 무시무시하게 가득 달린 콘솔에 연결되어 있었다.

「너는 거울 속의 아이에게 종이에 적힌 니거 역사에 대해서 질문을 해라. 대답이 틀리거나 10초 안에 대답을 못 하면 빨간 단추를 눌러 전기 충격을 줘라. 오답이 나올 때마다 충격은 더 강해질 것이다.」

나는 자비를 베풀어 달라고 사정하지 않았다. 그런 말을 해봐야 내가 갖고 있는 단 한 권의 만화책을 읽은 데 대한 벌이라는 소릴 듣게 될 뿐이라는 것을 잘 알고 있었으니까. 누군가 농장에 버리고 간 너덜너덜한 만화책, 내가 어루만지고 보살펴 읽을 수 있는 상태로 회복시킨 배트맨 203번, 〈배트케이브의 놀라운 비밀이 밝혀지다〉. 그것은 내가 처음으로 읽어 본 바깥세상의 책이었는데, 홈스쿨링 쉬는 시간에 그것을 꺼내자마자 아버지에게 압수당했다. 그때부터 내가 뭔가 모르거나 이웃에 안 좋은 일이 생기면 아버지는 그 만화책의 찢어진 표지를 흔들어 댔다. 「봐라. 이런 헛소리를 읽느라 인생을 낭비하지 않았으면 배트맨이 너 같은 흑인을 구하러 오지 않으리라는 걸 알았을 거 아니냐!」

나는 첫 번째 질문을 읽었다.

「서아프리카의 가나는 1957년 독립을 선언하기 전에는 두 개의 식민지가 결합한 형태였다. 두 식민지의 명칭은 무엇인가?」

나는 답을 몰랐다. 로켓 추진 장치를 단 배트모빌이 모퉁이를 돌아 달려오고 있는지 귀를 기울여 보았지만, 아버지의 스톱워치가 째깍거리는 소리밖에 들리지 않았다. 나는 이를 악물고 빨간 단추에 손을 얹고서 10초가 지나기만을 기다렸다.

「정답은 토골란드와 골드코스트다.」

아버지의 예상대로, 나는 순종하며 단추를 눌렀다. 다이얼의 바늘과 내 척추가 둘 다 꼿꼿이 섰고, 거울 속의 내가 잠시 마구 몸을 흔들었다.

세상에.

「몇 볼트였어요?」 손이 마구 떨렸다.

「피실험자는 종이에 적힌 질문만 한다.」 아버지는 냉정하게 말하더니 손을 뻗어 검은 다이얼을 오른쪽으로 몇 번 돌려 계기판을 XXX에 맞췄다. 「자, 다음 질문을 읽어라.」

아마도 심리적인 문제였던 듯, 시야가 흐려지기 시작했으며 모든 것이 5달러짜리 해적판 비디오처럼 초점이 맞지 않아서 나는 떨리는 종이를 코앞에 바짝 들이대야 했다.

「뉴욕의 최고 명문 학교, 스타이버선트 고등학교 입학 시험을 친 2만 3천 명의 8학년 학생 중에서 합격점을 받은 흑인 학생은 몇 명인가?」

읽기를 마치자 코에서 피가 나기 시작하더니 붉은 핏방울이 왼쪽 콧구멍에서 흘러나와 정확하게 1초 간격으로 테이블에 떨어졌다. 아버지는 스톱워치를 누르고 카운트다운을 시작했다. 나는 의심의 눈초리로 아버지를 쳐다보았다. 지나치게 시사적인 질문이었다. 분명히 아버지는 아침 식사 때 『뉴욕 타임스』를 읽고 있었다. 시리얼 한 그릇을 놓고, 그날의 실험을 위해 인종 문제를 찾고 있었다. 빠르게, 분노하며, 신문을 넘기느라 종이 모서리가 훽훽거리는 소리가 아침 공기 속에서 울려 퍼졌다.

배트맨이 바로 그때 부엌으로 달려 들어와 아버지가 과학 발전을 위해 아들을 감전사시키는 광경을 보면 어떻게 할까? 뭐, 유틸리티 벨트를 열고 최루탄을 터뜨려 아버지가 연기에 켁켁거리는 동안 목을 졸라 주겠지. 아버지의 뚱뚱한 목에 감을 만큼 배트로프가 길다면 말이다. 그리고 배트맨은 아버지의 눈알을 레이저로 태워 버린 뒤 소형 카메라로 배트맨 후예들에게 보여 줄 사진을 찍고, 아버지가 백인 동네에 갈 때만 타는 카르만 기아 컨버터블 차를 만능열쇠로 훔쳐 낼 것이고, 우리는 멋지게 떠날 것이다. 배트맨이 온다면 그렇게 할 것이다. 하지만 그때까지만 해도, 그리고 지금도 겁쟁이 애송이인 나는 그 질문의 조잡한 방법론에 의문을 제기할 생각밖에 못 했다. 가령, 흑인 학생 몇 명이 그 시험을 쳤는가? 스타이버선트 고등학교의 평균 학생 수는 몇 명인가?

하지만 이번에, 열 번째 핏방울이 테이블에 떨어지기 전, 아버지가 정답(7명)을 외치기 전, 나는 선수를 쳐서 빨간 단추를 눌러 버렸다. 천둥의 신 토르도 놀라 자빠지고, 이미 얌전한 지식층의 전두엽을 절제할 만큼 높은, 신경을 부수고 성장을 저해하는 전압을 스스로에게 흘려보낸 것이다. 나 역시 궁금했기 때문이다. 열 살짜리 흑인 아이를 과학에 제물로 바치면 어떤 일이 생기는지 나도 알고 싶었다.

내가 알게 된 것은, 〈장을 비우다〉라는 표현이 잘못됐다는 사실이다. 그 반대, 장이 나를 비우는 것이 정확한 표현이니까. 역사 속의 대규모 탈출 사건에 비하면, 대변의 탈출 정도에 불과했지만. 됭케르크, 사이공, 뉴올리언스. 하지만 영국인들, 베트남의 자본주의자, 나인스 워드의 수해 이재민들과 달리, 내 장 속에 있던 것들은 갈 곳이 없었다. 내 엉덩이와 불알 주위에 수용되지 못한 똥과 오줌의 파도는 다리를 타고 흘러내려 운동화 주위에 고였다. 아버지는 실험의 신뢰도를 떨어뜨리고 싶지 않아 콧잔등만 찡그리더니 내게 계속하라고 손짓했다. 다행히 세 번째 질문의 답은 알고 있었다. 「우탱Wu-Tang에는 챔버가 몇 개 있는가?」 정답을 몰랐더라면, 내 뇌는 잿빛이 되고, 7월 5일의 바비큐 조개탄처럼 다 타고 재만 남았을 테니까.

아동 발달에 대한 속성 과정은 2년 뒤, 아버지가 흰색 인형과 검은색 인형을 이용한 케네스와 메이미 클라크 부부의 흑인 아동의 색깔 인식 연구를 되풀이하면서 끝났다. 물론, 아버지의 실험은 조금 더 혁신적이었다. 아주 조금 더 현대적이었다. 클라크 부부는 실제 사람 크기의 예쁘장한 인형을 하나는 흰색, 하나는 검은색으로 만들어 아이들 앞에 놓고 더 마음에 드는 것을 고르라고 했지만, 아버지는 내 앞에 정교하게 만든 인형의 집 두 개를 놓더니 이렇게 물었다. 「너는 누구를, 어느 사회 문화적 서브텍스트를 지지하느냐, 아들아?」

인형의 집 1번에서는 켄과 말리부 바비가 커플 수영복을 입고 스노클링 장비와 고글을 쓰고 꿈의 집 수영장에서 놀고 있었다. 인형의 집 2번에서는 마틴 루서 킹 주니어, 맬컴 엑스, 해리엇 텁먼, 갈색 피부의 달걀 모양 오뚝이 장난감이 늪지대 덤불 속에서 달리고(뒤뚱거리고) 있고, KKK단의 하얀 시트를 뒤집어쓴 내 액션 피규어 군인들이 독일 셰퍼드와 함께 그들을 쫓고 있다. 「저건 뭐예요?」 나는 오후 햇살에 디스코 볼처럼 반짝이며 천천히 돌아가는 크리스마스 장식을 가리켰다.

「저건 북극성이다. 이 사람들은 북극성을 향해 달리는 거야. 자유를 찾아서.」

나는 마틴, 맬컴, 해리엇을 집어 들고 「이건 뭐예요, 액션 없는 피규어인가요?」라는 질문으로 아버지를 놀렸다. 마틴 루서 킹 주니어는 괜찮아 보였다. 딱 맞는 검은 정장을 입고, 간디의 자서전을 한 손에 붙이고, 다른 손에는 마이크를 붙이고 있었다. 맬컴도 비슷한 옷을 입었지만, 안경을 쓰고 불붙은 화염병을 들고 있어서 손이 천천히 녹고 있었다. 미소를 짓고 있는 인종적으로 모호한 오뚝이는 아무래도 아버지의 어린 시절 같았고, 광고 그대로 비틀거리기는 하지만 넘어지지 않았다. 내 손에서도, 백인 우월주의자들에게 쫓길 때도. 하지만 해리엇 텁먼에게는 뭔가 이상한 점이 있었다. 그녀는 몸에 꼭 맞는 황토색 드레스를 입고 있었는데, 그 어느 역사책에서도 흑인들의 모세라고 불리는 그녀가 36-24-36의 모래시계형 몸매와 길고 섬세한 머리카락, 잘 정리된 눈썹, 파란 눈, 육감적인 입술, 뾰족한 젖가슴을 가졌다고 설명한 기억이 나지 않았다.

「아빠, 바비 인형에 검정색을 칠했네요.」

「어느 정도 아름다움은 유지하고 싶었다. 귀여움의 기본선은 있어야 네가 어느 인형이 다른 인형보다 예쁘다는 이유로 고르지 않을 테니까.」

흑인 바비의 등에 줄이 하나 나와 있었다. 줄을 당겨 보았다. 「수학은 어려워. 쇼핑 가자.」 바비가 귀에 거슬리는 깍깍거리는 소리로 말했다. 나는 흑인 영웅들을 식탁 위 늪지대에 내려놓고 달아나는 자세로 팔다리를 돌려 놓았다.

「켄과 바비가 좋아요.」

아버지는 과학자의 객관성을 잃고 내 멱살을 잡았다. 「뭐라고? 왜?」 아버지가 소리쳤다.

「백인들이 갖고 있는 게 더 좋으니까요. 보세요, 해리엇 텁먼은 가스 손전등에, 지팡이에, 나침반을 갖고 있어요. 켄과 바비는 버기카에 스피드 보트를 갖고 있잖아요! 경쟁이 안 돼요.」

이튿날 아버지는 난로에다 〈실험 결과〉를 태워 버렸다. 커뮤니티 칼리지라도 연구 실적은 중요했다. 하지만 아버지에게 주차장 지정석이나 강의 시수 혜택보다도 중요한 것은, 내가 사회학 실험의 실패작이라는 사실이었다. 나 자신과 흑인 전체에 대한 아버지의 희망을 부숴 버린, 통계학적으로 무의미한 아들이었던 것이다. 아버지는 내가 꿈을 적는 공책을 빼앗아 버렸다. 내 용돈을 〈긍정적 강화물〉이라고 부르는 것을 그만두고 〈보상〉이라고 부르기 시작했다. 아버지는 〈책으로 배우는 지식〉을 강요하기를 중단하지는 않았지만, 내 평생 처음으로 삽과 쇠스랑, 양털 깎는 도구를 사줬다. 나를 들판으로 내보내며 엉덩이를 한 번 두드려 주고, 격려의 뜻으로 부커 T. 워싱턴의 명언을 청바지 작업복에 붙여 줬다. 〈네가 있는 그 자리에서 양동이로 물을 길어라.〉[31]

31 Booker T. Washington(1856~1915). 미국 흑인 사회의 대표적 교육자로, 흑인의 경제적 자립을 돕기 위한 터스키기 기술 학교를 설립했다. 본문의 인용은 애틀란타 박람회 연설 중 한 구절로, 노동의 신성함을 강조하는 내용이다.

◆

사람들이 천국에 가기 위해 들이는 노력에 상응하는 천국이 존재한다면, 나는 아버지를 위해 천국의 심리학 저널이 존재하기 바란다. 실패한 실험 결과를 발표하는 저널이다. 입증하지 못한 이론과 부정적인 결과를 인정하는 것도, 우리가 늘 주장하듯이 레드 와인이 만병통치약임을 증명하는 연구를 발표하는 것만큼이나 중요하니까.

아버지와 나쁜 기억만 있는 것은 아니다. 원칙적으로는 내가 외동아들이었지만, 흑인 남자들이 그렇듯이 아버지에게는 아이가 많았다. 디킨스 시민이 전부 아버지의 자식이었다. 아버지가 말은 잘 다루지 못했지만, 동네에서는 〈니거 위스퍼러〉[32]로 유명했다. 어느 니거가 〈망할 놈의 정신을 잃어버려〉 나무에서 내려오라고, 고속 도로 고가 끝에서 내려오라고 설득해야 할 때마다 아버지가 나서곤 했다. 아버지는 베니스, 벤, 그리고 직접 만난 적은 없지만 자신의 멘토라고 주장하는 비운의 중국계 미국인 심리학자 로버트 친이 함께 쓴 사회 심리학의 성서 『변화의 계획*The Planning of Change*』을 꼭 쥐고 나가곤 했다. 대부분의 아이들은 잠들기 전 옛날이야기를 들었다. 나는 「심리학자를 위한 체제 환경 모델의 이용」 같은 소제목을 단 챕터 내용을 듣다가 잠들곤 했다. 아버지가 흑인을 설득하러 나설 때 나를 데려가지 않은 적이 없었던 걸로 기억한다. 가는 길에 아버지는 흑

32 타고난 말 조련사를 일컫는 〈호스 위스퍼러〉를 패러디.

인 커뮤니티는 자신과 많이 비슷하다고, ABD라고 떠벌리곤 했다.

「논문만 빼면 다 한다*All but dissertation*고요?」

「패배만 빼고 다 한다*All but defeated*고.」

도착하면 아버지는 나를 근처 미니밴 위에 앉히거나 골목길 쓰레기통 위에 세워 놓고, 공책을 건네고는 기록하라고 했다. 사방에서 번쩍이는 사이렌과 울부짖는 소리, 아버지의 사슴 가죽 구두에 조용히 밟히는 유리 조각 소리가 가득한 가운데, 나는 아버지가 걱정되어 죽을 것 같았다. 하지만 아버지에게는 근접할 수 없는 것에 다가가는 방법이 있었다. 동정 어린 시무룩한 표정으로, 차에 걸어 놓는 조그만 예수상처럼 손바닥이 내보이게 펼친 채, 아버지는 헤네시 XO와 맥주 열두 캔에 충돌한 원자 크기로 동공이 확대되어 나이프를 휘두르는 어느 미친놈을 향해 걸어가곤 했다. 깨진 뇌와 변이 묻은 작업복은 못 본 체, 아버지는 오랜 친구를 만난 것처럼 그 사람을 끌어안곤 했다. 사람들은 아버지가 이타심으로 그들에게 그렇게 다가갈 수 있다고 생각했지만, 내가 느끼기에 그 사람의 마음을 움직이는 것은 아버지의 목소리였다. 블루스의 베이스음을 가진 아버지는 F샤프 음조로 말했다. 그 낭랑한 저음은 듣는 사람을 파이프 새틴스가 부르는 「인 더 스틸 오브 더 나이트In the Still of the Night」를 듣는 10대 아이처럼 그 자리에서 꼼짝 못 하게 만들었다. 야수를 진정시키는 것은 음악이 아니라 체계적 둔감화[33]였다. 그리고 아버지의 음성에는 성난 이의 긴장을 풀어 주고 불안 없이 두려움에 마주하게 하는 힘이 있었다.

초등학교에 다니던 시절, 나는 석류를 먹으면 눈물이 난다는 사실에서, 여름 태양에 우리의 아프로 머리가 선홍색으로 물든다는 사실에서, 아버지가 다저 스타디움과 진판델 화이트 와인과 최근에 윌슨산 정상에서 본 초록빛의 석양에 대해 이야기할 때마다 무척 들뜬다는 사실에서, 캘리포니아가 특별한 곳임을 알 수 있었다. 그리고 생각해 보면, 20세기를 견딜 만하게 만들어 준 거의 모든 것이 캘리포니아의 차고에서 만들어졌다. 애플 컴퓨터니, 부기 보드,[34] 갱스터 랩 같은 것 말이다. 니거 위스퍼러로서 아버지의 경력 덕분에 나는 그중 갱스터 랩의 탄생에 함께했다. 6시, 내가 살던 곳에서 두 블록 내려가면 나오는 춥고 어두운 빈민가의 새벽, 칼 〈킬로 G〉 가필드[35]가 자기가 파는 마약과 앨프리드 테니슨의 시에 취해, 손끝에 꺼져 가는 코카인 파이프를 끼우고, 몰스킨 노트를 들고 주차장에서 튀어나왔다. 코카인이 절정이던 시대였다. 그가 뒷문에 새겨진 TO와 TA는 지워 버리고 YO만 남긴 샛노란 도요타 픽업트럭에 기어오르며, 38구경 권총 철컥거리는 소리와 그의 어머니가 닥치고 들어오라고 외치는 소리에 맞춰 혀 꼬부라진 소리로 약강 오보격의 가사를 목청이 터져라 부를 때, 나는 열 살쯤이었다.

33 심리학의 행동 치료 기법의 하나로, 처음에는 미미한 자극으로 시작해 점점 자극을 높여 나가는 치료법.

34 누워서 타는 서핑 보드.

35 Kilo G(1976~1997). 미국의 갱스터 래퍼. 15세에 데뷔 앨범을 내고 20세에 집 앞에서 총에 맞아 사망했다.

흰 피부 니거의 돌격[36]

반 리터, 반 리터
반 리터 앞으로
모두가 죽음의 골목길에서
올드 잉글리시 800 맥주를 타고서
진격하라, 흰 피부 니거!
「피를 향해 돌격하라!」 그가 말했다
죽음의 골목길 속으로
올드 잉글리시 800 맥주를 타고서……

마침내 현장에 도착한 경찰 특공대가 라이플을 끌어안고 순찰차 문과 플라타너스 나무 뒤에 몸을 숨겼지만, 웃음을 참을 수가 없어서 방아쇠를 당기지 못했다.

이 무슨 개소린지 알아볼 수 없어
그저 쏘고 숨을 뿐이지

그들 오른쪽에 니거
그들 왼쪽에 니거
그들 앞에 니거
파티하고 자빠지고
총알과 할로 포인트 탄피를 향해 달려들고

36 앨프리드 테니슨의 시 「경기병 여단의 돌격」의 패러디.

고물차와 건달이 쓰러지는 동안
그렇게 잘 치던 놈들이
죽음의 아가리를 지나
지옥의 손아귀에서 벗어나
그들에게 남은 것이라고는
올드 잉글리시 800 맥주에서 남은 것뿐

내 아버지, 니거 위스퍼러가 아름다운 척 만면에 미소를 짓고 경찰 저지선을 지나 트위드 재킷을 입은 팔로 마약상을 끌어안고 그의 귀에 심오한 몇 마디를 속삭이면, 킬로 G는 카지노 무대에서 공연하는 인디언 최면술사의 최면에 걸린 자원자처럼 멍한 표정으로 눈을 껌뻑이다가, 순순히 권총과 자기 마음을 여는 열쇠를 건넸다. 경찰이 그를 체포하려고 다가왔지만, 아버지는 물러나 있으라고 청한 뒤 킬로에게 시를 마저 읊으라고 하고는 마치 그 시를 아는 것처럼 각 행의 마지막 단어는 함께 읊기도 했다.

그들의 빛과 소리는 언제 사라질 수 있는가?
오 그들은 미친 듯이 돌격했노라!
빌어먹을 온 세상이 놀랐다
그들의 돌격을 존경하라
흰 피부 니거의 돌격을 존경하라
이제 빈 고결한 올드 잉글리시 800 맥주를

경찰 밴과 순찰차는 새벽의 어스름 속으로 사라졌고, 신과 같은 아버지만 거리 한가운데 홀로 남아 자신의 인도주의 정신이 이룬 업적을 음미했다. 아버지는 거드름을 피우며 나를 보았다. 「뭐라고 말했더니 그 사이코 새끼가 총을 내려놓았는지 아니?」

「뭐라고 했어요, 아빠?」

「〈형제여, 자신에게 두 가지 질문을 하게. 나는 누군가? 그리고 어떻게 하면 나 자신이 될 수 있는가?〉 그건 인간 중심 치료의 기본이다. 고객이 중요하다고, 자신이 치료 과정을 통제하고 있다고 느끼게 하는 거지. 그 헛소리를 기억해라.」

어째서 아버지가 내게는 〈고객〉에게 쓰는 그런 든든한 목소리로 말해 주는 법이 없는지 묻고 싶었지만, 대답 대신 나는 벨트로 얻어맞을 것이며, 나의 치료 과정에는 머큐로크롬이 필요할 것이며, 외출 금지 대신 3~5주간의 카를 융식 적극 명상 선고를 받게 되리라는 것을 나는 알고 있었다. 멀리, 저 멀리 나선형 은하계처럼 빨강 파랑 사이렌이 환한 불빛을 내며 내게서 멀어져 가고 있었고, 아침 바다 안개를 마치 도시 오로라처럼 붉게 물들였다. 나무껍질의 총알구멍을 만져 보면서, 열 개째 나이테 부근에 파묻힌 달팽이처럼 나는 이곳을 떠나지 못할 거라고 생각했다. 지역 고등학교에 가게 될 거라고. 반에서 중간 정도 석차로 졸업해, 흔해 빠진 윌리 럼프 럼프[37]가 되어 철자법이 다 틀린 여섯 줄짜리 이력서를 들고 직업소개소와 스트립 클럽 주차장과 공무원

37 성병에 걸린 남자를 가리키는 속어.

시험 교습소를 왔다 갔다 할 것이라고. 내 유일한 사랑, 옆집의 마페사 델리사 도슨과 결혼해서, 섹스하고, 죽이게 될 거다. 애들을 낳을 거다. 애들에게 말 안 들으면 사관학교에 보내 버릴 거라고 협박하고, 체포되면 절대 보석금을 안 내줄 거라고 으름장을 놓을 거다. 스트립 클럽에서 당구나 치고 내셔널 대로와 웨스트우드 대로의 트레이더 조 슈퍼마켓에서 일하는 금발 여자와 바람을 피우는 그런 흑인이 될 거다. 엄마는 어디 갔는지 물어 아버지를 성가시게 하지 않을 것이고, 모성이란 예술계의 3부작처럼 과대평가받고 있다는 사실을 마침내 나도 시인할 것이다. 모유 수유를 받지 못한 것이나 『반지의 제왕』과 『파라다이스』, 『은하수를 여행하는 히치하이커를 위한 안내서』를 끝까지 읽지 못한 것을 한탄하며 평생을 산 뒤, 캘리포니아의 모든 하층민이 그렇듯이 나도 태어나 자란 방에서 1968년 지진 때 갈라진 금이 그대로 남아 있는 천장을 바라보며 죽을 것이다. 그러니 〈나는 누군가? 그리고 어떻게 하면 나 자신이 될 수 있는가?〉 따위의 자기 성찰적인 질문은 당시 내게 해당되지 않았다. 나는 이미 대답을 알고 있었으니까. 디킨스에 사는 모든 사람들과 마찬가지로, 나는 아버지의 아들이었고, 환경의 산물이었으며, 그 이상은 될 수 없었다. 디킨스가 나였다. 그리고 나는 아버지였다. 문제는, 그것이 둘 다 내 삶에서 사라졌다는 것이다. 우선 아버지가, 그다음에는 고향이 사라지자, 나는 갑자기 내가 누군지 알 수 없어졌고, 어떻게 내 자신이 될 수 있는지 갈피를 잡을 수 없었다.

둘

웨스트사이드다, 니거! 뭐?

셋

빈민촌 물리학에는 세 가지 법칙이 있다. 얼굴의 검정은 사라지지 않는 경향이 있다. 태양이 하늘 어느 지점에 있든, 시간은 항상 〈원숭이 엉덩이 30분, 원숭이 불알 15분 전〉이다. 그리고 세 번째, 사랑하는 사람이 총에 맞을 때, 너는 반드시 대학 3학년 겨울 방학에 집으로 돌아와 잠시 말을 탄 뒤, 지역 두뇌 집단 덤 덤 도넛 지식인 모임에 가는 길이다. 그 모임에 가면 아버지와 이웃의 석학들이 네게 사과주와 시나몬 롤을 자꾸 권하며 대화 치료를 시도할 것이다. (그렇다고 아버지가 너를 동성애자라고 생각하는 것은 아니고, 네가 11시 전에 꼬박꼬박 집에 들어오고, 〈여자 엉덩이〉라는 말을 쓰지 않는 것을 걱정하는 것뿐이다.) 추운 밤이다. 너는 마지막 남은 바닐라 셰이크에 집중하다가, 시체 옆에 모인 수사관들을 보게 된다. 너는 내린다. 한 걸음 다가가니 아는 신발, 혹은 아는 옷, 아는 장신구가 보인다. 아버지가 교차로에 쓰러져 있었다. 꽉 쥔 주먹, 손등에 튀어나온 핏줄을 보고 아버지인 것을 알아보았다. 나는 아버지의 헝클어진 아프로 머리에서 보푸라기를 떼내고, 구겨진 옥스퍼드 셔츠 깃을 펴고, 뺨에서 자갈 조각을 털어 내 범죄 현장 보존을 방해했고, 경찰 보고서에 따르면 시신 주위에 고인 피에 자꾸 손을 밀어 넣었다. 놀랍게도 피가 차가웠다. 평생 자신의 생각대로 되지 못한, 살짝 제정신이 아니기는 했지만 점잖은 남자의 검은 분노와 불만이 끓어오르는 뜨거운 피가 아니었다.

「아들인가?」

수사관은 나를 아래위로 훑어보았다. 이맛살을 찡그리고, 눈은 위아래로 움직이며 특징을 하나씩 확인했다. 무시하며 씩 지어 보이는 미소 뒤에서 그의 두뇌가 나의 흉터, 키, 체격을 머릿속의 현상 수배 흉악범 데이터베이스와 대조하는 것이 보이는 듯했다.

「네, 그렇습니다.」

「뭐 특별한 거 있나?」

「네?」

「그가 관련 경찰들을 공격하면서 외친 말을 그대로 옮기자면, 〈경고한다, 이 항문기 독재자 전형들아, 내 아들이 누군지 아냐!〉라고 하던데. 그러니, 뭐 특별한 거 있나?」

나는 누군가? 그리고 어떻게 하면 나 자신이 될 수 있는가?

「아뇨, 특별한 거 없습니다.」

아버지가 죽으면 울어야 한다. 아버지가 경찰 손에 죽었으니 체제를 저주해야 한다. 부유한 백인과 인종에 상관없이 영화배우들만 — 아시아계 배우는 딱히 떠오르진 않지만 — 보호해 주는 경찰국가에서 하층 흑인으로 태어난 신세를 한탄해야 한다. 하지만 나는 울지 않았다. 아버지의 죽음이 속임수라고 생각했다. 내게 흑인의 고통을 가르치고 위대한 사람이 되라는 영감을 불어넣기 위해 또 한 차례 정교한 계획을 꾸민 것이라고 생각했다. 그래서 나는 아버지가 일어나 옷을 툭툭 털고는 「봐라, 니거. 세상에서 제일 똑똑한 흑인에게도 이런 일이 벌어지는데 너 같은 얼간이에겐 무슨 일이 있을지 상상을 좀 해봐라. 인종 차별이 사라졌다는 건 이제 사람들이 흑인을 보자마자 쏘지 않는다는 뜻은 아니다」라고 말할 것 같았다.

뭐, 내게 선택권이 있다면, 흑인이라는 사실에 아무 관심도 없었다. 오늘날까지, 우편으로 인구 조사서가 오면 나는 〈인종〉 질문에 〈기타 인종〉 칸에 표시하고 〈캘리포니아인〉이라고 자랑스레 적는다. 물론, 두 달 뒤, 인구 조사 담당자가 집에 찾아와 나를 한 번 보고는 「이 더러운 니거. 흑인이라는 게 불만이냐?」라고 말한다. 그리고 흑인으로서, 나는 내 자신에 대해 할 말이 없다. 따라서 좌우명이 필요하다. 우리에게 좌우명이 있다면, 나는 주먹을 쥐고, 그 좌우명을 외친 뒤, 정부를 향해 문을 쾅 닫아 버릴 테니까. 하지만 우리에겐 좌우명이 없다. 그래서 나는 미안하다고 중얼거리고, 〈흑인, 아프리카계 미국인, 니그로, 겁쟁이〉 칸에 내 이름을 적어 넣는다.

그렇다, 내가 살면서 받은 얼마 안 되는 영감은 인종적 자부심에서 비롯한 것이 아니다. 그것은 위대한 대통령과 위대한 위선자들을 생산하고, 산업의 대장과 축구의 주장을 탄생시킨 오래된 열망에서 기인한다. 농구를 해보거나, 옆집 아이와 주먹다짐을 하는 등, 남자들이 온갖 괜한 짓을 하게 만드는 오이디푸스적 열망 말이다. 나는 욕구 중에서도 가장 기본적인 욕구, 아버지를 기쁘게 하려는 아들의 욕구에 대해서 이야기하는 거다.

많은 아버지들은 신생아 시기부터 조작을 통해 아이들에게 그런 욕구를 심어 준다. 아버지들은 아이에게 비행기 놀이를 해주고, 추운 날에도 아이스크림을 사주고, 주말이면 솔턴호나 과학 박물관에 데려가 주면서 애정을 쏟는다. 허공에서 달러 지폐를 끊임없이 만들어 내는 마술 놀이와 언덕 위의 튜더 양식 건물 2층에서 바라보는 경치가 곧 네 것이 될 거라고 여기도록 하는 심리 조작은 우리를 속여 아버지, 그리고 아버지의 길잡이가 없으면 우리는 여생을 미키마우스도 결실도 없이 보내게 될 거라고 믿게 만들기 위한 것이다. 하지만 청소년기 후반, 마당에서 농구를 하다가 팔꿈치로 가격당하는 일, 한밤중에 술에 취해 머리를 때리는 일, 필로폰 냄새를 코앞에 풍기는 일, 단지 아버지를 따라한 것뿐인데 〈씨발〉이라고 한마디 했다고 입에다 할라페뇨 고추를 반으로 잘라 갈아서 쑤셔 넣는 일을 계속 겪다 보면, 아이스크림을 사주고 드라이브스루 세차장에 데려가는 일은 떡밥 육아였음을 깨닫게 된다. 성욕이 줄고, 집에 가져오는 급료는 늘지 않고, 그들 자신의 아버지의 기대에 미치지 못한 것을 감추기 위한 술책이자 속임수였다. 아버지를 기쁘게 하고 싶은 오이디푸스적 열망은 너무나 강력해서, 우리 동네 같은 곳에서조차 지배적이다. 여기서는 아버지 노릇을 할 사람들이 대부분 떠나고 없는데도, 아이들이 밤이면 착실히 창가에 앉아 아버지를 기다리고들 있으니 말이다. 물론, 나의 문제는 아버지가 항상 집에 있었다는 것이다.

증거 사진을 전부 찍고, 목격자 진술을 하고, 으스스한 살인 농담도 끝난 뒤, 나는 셰이크를 내려놓지 않은 채로 아버지의 겨드랑이에 손을 끼워 총알이 숱하게 박힌 시신을 부축해서, 분필로 그려놓은 선을 지나, 노란색으로 숫자를 적어 넣은 탄피 표시를 지나, 교차로, 주차장, 유리문을 지나갔다. 그리고 아버지를 당신이 가장 좋아하던 테이블에 앉힌 뒤, 〈늘 먹던 걸로.〉 초콜릿 도넛 두 개와 우유 큰 사이즈를 시켜서 아버지 앞에 놓았다. 아버지가 35분 늦게, 죽은 채로 도착했기 때문에 모임은 한물간 방송인이자 아버지의 친구이며, 불안이 심해 회장 자리를 공석으로 두지 못하는 포이 체셔의 지휘하에 이미 진행 중이었다. 잠시 어색한 순간이 있었다. 회의적인 덤 덤 회원들이 링컨이 암살된 후 사람들이 앤드루 존슨을 바라보던 표정으로 덩치 큰 포이를 보고 있었다.

나는 남은 셰이크를 후루룩 마셨다. 계속하라는 신호였다. 아버지가 그러기를 원했을 테니까.

덤 덤 도넛 혁명은 계속되어야 했다.

아버지는 오래전, 우리 지역의 덤 덤 도넛 체인점이 시위 중에 불에 타지도, 약탈당하지도 않은 유일한 흑인 소유의 가게라는 것을 알고는 덤 덤 도넛 지식인 모임을 설립했다. 사실, 약탈자들, 경찰관들, 소방대원들은 화재, 피로, 마이크가 닿는 곳에 있는 사람 모두에게 「이 시위가 뭘 바꾸리라 생각하십니까?」라고 질문하는 성가신 뉴스 보도진과 싸우는 동안 24시간 드라이브스루 창문을 통해 이곳에서 꽈배기 도넛과 놀라울 정도로 맛있는 레모네이드를 얻어 갔다.

「뭐, 내가 텔레비전에 나왔으니 바뀐 게 있지 않소?」

덤 덤 도넛은 문을 연 이래 한 번도 강도, 절도, 선동, 기물 파손 등의 사건을 겪지 않았다. 그리고 오늘날까지도 아르 데코 장식을 한 그 체인점의 벽면에는 낙서도 오줌 자국도 없다. 손님들은 장애인 자리에 주차하지 않는다. 자전거를 타는 사람들은 암스테르담 기차역처럼, 자전거에 열쇠를 채우지 않고 자전거 보관대에 가지런히 놓아 둔다. 이 빈민 지역 도넛 가게에는 뭔가 고요한, 수도원에 가까운 느낌이 있다. 그곳은 깨끗하다. 흠 하나 없다. 직원들은 늘 진지하고 정중하다. 어쩌면 메이플 시럽에 레인보 스프링클을 상징하는 밝은 실내 장식과 은은한 조명 때문일지도 모른다. 이유는 무엇이든, 아버지는 그 도넛 가게가 디킨스에서 유일하게 흑인들이 예의 바르게 행동하는 곳임을 알아보았다. 사람들은 식물성 커피 크리머를 서로 건네주었다. 얼굴도 모르는 사람들이 예의 바르게 코 끝을 가리키며 〈얼굴에서 슈거 파우더를 털어 내세요〉라는 신호를 보냈다. 7.81평방마일의 흑인 커뮤니티 내에서 850평방피트의 덤 덤 도넛만이 라틴어 어원을 가진 어휘를 쓰고, 사람들이 통합을 즐길 수 있는 유일한 장소였다. 그래서 탱크와 언론의 관심이 떠나고 얼마 지나지 않아, 어느 비 오는 일요일 오후에 아버지는 늘 먹던 걸 시켰다. 아버지는 현금 인출기에서 가장 가까운 테이블에 앉아 딱히 누구랄 것도 없는 상대에게 이렇게 외쳤다. 「백인의 연간 가구 평균 소득이 113,149달러, 히스패닉이 6,325달러, 흑인은 5,677달러라는 걸 아나?」

「정말?」

「정보 출처가 뭐야?」

「퓨 리서치 센터요.」

하버드에서 할렘까지, 모두가 퓨 리서치 센터[38]는 존중하기에, 이 말을 들은 의식 있는 시민들은 최대한 플라스틱 의자를 돌렸다. 그 도넛 가게의 회전의자가 양쪽으로 6도씩만 도는 것을 감안하면 큰 노력이었다. 아버지는 매니저에게 조명을 낮춰 달라고 정중하게 요청했다. 나는 프로젝터를 켜고 슬라이드를 끼웠고, 우리는 모두 함께 목을 쭉 뽑고 천장에 띄운 〈인종에 따라 결정되는 소득 격차〉 막대그래프를 보았다. 그것은 마치 우리의 집단 행진 위로 비를 쏟아 부을 것처럼 어둡고, 불길한, 통계의 소나기구름 같았다.

「저 꼬마 니거가 도넛 가게에서 망할 프로젝터로 뭘 하고 있나 궁금했네.」

사람들이 정신을 차리고 보니, 아버지는 거시 경제 유통 플로 차트를 여기에, 밀턴 프리드먼의 스케치를 저기에 배치해 놓고, 규제 철폐와 제도적 인종 차별의 문제에 관한 즉

38 Pew Research Center, 미국의 비영리 여론 조사 기관.

홍적인 세미나를 열고 있었다. 가장 최근의 금융 붕괴를 예측한 것은 은행과 언론이 사랑하는 케인스의 후예들이 아니라, 시장이 이자율이나 국민 소득 변동에 영향을 받는 것이 아니라 탐욕과 공포와 재정에 관한 환상에 영향을 받는다는 것을 알고 있는 행동주의 심리학자인 것은 어찌된 일인가. 토론이 활발해졌다. 입에는 도넛을 가득 물고, 입가에는 코코넛 가루를 묻힌 채, 덤 덤 도넛 손님들은 저금리 저지와 8월까지 제공하지도 않는 서비스 요금을 7월에 내지 않았다고 과태료를 물린 망할 케이블 회사를 욕했다. 한 여자는 마카롱으로 터질 것 같은 입을 하고는 아버지에게 물었다.

「중국 놈들은 얼마나 버나요?」

「음, 아시아 남자들은 인구 지도에서 소득이 가장 많습니다.」

「호모들보다도요?」 부매니저가 외쳤다. 「아시아인들이 호모보다 더 많이 벌어요? 호모들이 현금을 쌓아 놓고 있다던데.」

「네, 동성애자들보다 더 많이 법니다. 하지만, 기억하세요. 아시아계 남자들에게는 힘이 없습니다.」

「그러면 게이 아시아계 남자들은? 인종과 성적 지향에 대한 회귀 분석을 해봤습니까?」 그 통찰력 있는 논평은 아버지보다 열 살쯤 많고, 정수기 옆에서 주머니에 손을 넣고 서 있던 포이 체셔에게서 나왔다. 바깥 온도가 섭씨 24도나 되었지만, 그는 모직 스웨터를 입고 있었다. 그가 돈을 잘 벌고 유명해지기 한참 전이었다. 그 시절 그는 UC 브렌트우드에서 도시 연구 조교수로 재직 중이었고 다른 로스앤젤레스의 지식인 계층과 함께 라치몬트에 살면서 첫 번째 저서 『블랙토폴리스: 비타협 — 흑인 도시 빈곤과 헐렁한 옷』 집필을 위한 현장 조사를 위해 디킨스에서 어슬렁거리고 있었다. 「소득에 대한 독립 변수가 만나는 지점이 흥미로운 r계수를 낼 수도 있을 것 같군요. 솔직히, p값이 0.75 범위 안에 있다고 해도 놀랍지 않겠습니다.」

그렇게 잘난 체 구는데도 불구하고, 아버지는 포이를 곧바로 좋아하게 되었다. 포이는 미시간에서 태어나 자랐지만 디킨스에서 T검정과 분산 분석법의 차이를 아는 사람을 만나기는 쉽지 않았다. 도넛 한 상자를 놓고 브리핑을 한 뒤, 지역 사람들과 포이까지 모두가 정기적인 모임을 갖는 데 찬성하자 덤 덤 도넛 지식인 모임이 탄생했다. 하지만 아버지가 정보 교류, 공공 지지, 공동 상담의 기회를 보았다면, 포이는 중년에 유명인으로 뛰어오를 도약대를 보았다. 처음에는 두 사람 사이가 화기애애했다. 그들은 함께 전략을 세우고 여자들을 좇았다. 하지만 몇 년 뒤 포이 체셔는 유명해졌지만 아버지는 그러지 못했다. 포이는 심오한 사상가는 아니지만 그 시절 아버지보다 훨씬 더 조직적인 사람이었다. 아버지의 장점인 시대를 앞서는 점은 가장 큰 약점이기도 했다. 아버지가 흑인 억압과 게임, 사회 학습 이론을 연결해 이해할 수도 발표할 수도 없는 논문을 쓰고 있을 때, 포이는 텔레비전 토크쇼 사회를 맡았다. B급 연예인과 정치인들을 인터뷰하고, 잡지 기사를 쓰고, 할리우드에서 모임을 가졌다.

한번은 아버지가 책상에 앉아 글을 쓰는 것을 보고 있다가 아이디어를 어디서 얻는지 물었다. 아버지는 나를 돌아보더니 스카치위스키에 잔뜩 취한 목소리로 말했다. 「진짜 중요한 건 아이디어가 어디서 오느냐가 아니라 어디로 가느냐지.」

「그럼 어디로 가요?」

「포이 체셔 같은 사기꾼 새끼들에게. 그런 놈들은 내 아이디어를 훔쳐다 적잖은 돈을 벌고는 아무 일도 없었다는 듯이 론칭 파티에 초대하지.」

포이가 아버지에게서 훔쳐 간 아이디어는 「검정고양이와 신나는 아이들」이라는 제목의 토요일 아침 만화 영화인데, 상도 받고, 일곱 개 언어로 더빙되어 전 세계에 방송되었으며, 1990년대 중반 포이에게 베벌리힐스에 꿈의 저택을 살 돈을 벌어다 주었다. 아버지는 사람들 앞에서는 아무 말도 하지 않았다. 모임에서 포이와 맞선 적도 없었다. 왜냐하면, 아버지의 말을 빌리자면, 〈우리에겐 악감정 이외에는 모든 것이 턱없이 부족하기 때문〉이었다. 그리고 이후, 그가 마약 중독과 주근깨 가득한 크레올 여자들 때문에 해고되고, 제작사에게 남은 것을 다 사기당하고, 탈세로 국세청에 집과 자동차만 빼고 모든 것을 압수당한 뒤, 로스앤젤레스가 포이를 촌동네 도망자처럼 쫓아낸 다음에도 아버지는 아무 말도 하지 않았다. 빈털터리가 되어 창피해진 포이가 머리에 권총을 대고서 아버지에게 자살을 말려 달라고 전화했을 때, 아버지는 환자-의사 사이의 비밀을 지켰다. 식은땀을 흘리고, 환청을 듣고, 자기애성 성격 장애 진단을 받고, 3주간 정신 병원에 입원했던 것에 대해서도 함구했다. 그리고 독실한 무신론자였던 아버지가 돌아가신 날, 포이는 아버지를 위해 기도하고, 시신을 끌어안고는 마치 그 새하얀 휴고 보스 셔츠에 묻은 피가 자기 피인 것처럼 굴었다. 포이의 표정을 보면 아버지의 죽음이 흑인들이 겪는 부당함을 상징한다고 말은 하면서도, 속으로는 아버지가 돌아가셔서 다행이라고 여기는 것을 알 수 있었다. 왜냐하면 아버지의 죽음으로 그의 비밀도 지켜질 것이고, 덤 덤 도넛 지식인들이 자코뱅당[39]에 해당하는 흑인 단체가 되고 자신은 흑인 로베스피에르가 될 거라는 꿈이 이루어질 수 있게 되었기 때문이다.

덤 덤 회원들이 복수 방법을 토론하고 있을 때, 나는 냉장고 옆으로 아버지의 시신을 끌고 가서 카우보이 영화처럼 아버지를 내 말 엉덩이 위에 엎드리게 하고, 팔다리를 대롱거리게 해두었다. 처음에 회원들은 나를 말렸다. 사진도 찍기 전에 순교자를 감히 옮겨 갈 수 없다는 것이었다. 그다음에는 경찰이 자동차로 거리를 막아 내가 지나갈 수 없게 했다. 나는 고함을 치고 욕을 했다. 교차로에서 말을 데리고 돌면서 다가오는 사람이 있으면 닥치는 대로 이마를 말발굽으로 걷어차 주겠다고 협박했다. 사람들은 결국 니거 위스퍼러를 불렀지만, 니거 위스퍼러는 죽고 없었다.

위기 협상 담당, 머리 플로리스 경찰 지구대장은 아버지

39 프랑스 혁명의 과격 공화주의자.

가 니거 위스퍼러 일을 할 때 여러 번 함께 일했던 사람이었다. 그도 듣기 좋은 소리 몇 마디로 상황을 해결할 수 없다는 것 정도는 알고 있었다. 그래서 아버지의 머리를 들어 얼굴을 보더니, 넌더리 난다는 표정으로 땅바닥에 침을 뱉고 이렇게 말했다. 「내가 뭐라고 하겠나?」

「어떻게 된 일인지 말해 봐요.」

「사고였네.」

「사고라니 무슨 뜻이죠?」

「오프 더 레코드로 이야기하자면, 자네 아버지가 사복 경관 오로스코와 머디나 뒤에 차를 세웠네. 그들은 신호 대기 중에 길가의 노숙자 여자한테 말을 걸고 있었지. 신호등이 초록에서 빨강으로 두어 번 바뀐 뒤에, 자네 아버지는 그들을 돌아서 좌회전을 하면서 뭐라고 외쳤고, 그러자 오로스코 경관이 교통 위반 딱지를 떼고 엄중 경고했네. 자네 아버지는…….」

「〈딱지를 떼든지, 설교를 하든지 둘 중 하나만 해야지, 둘 다 할 순 없네〉라고 했겠죠. 빌 러셀의 말을 도용한 거예요.」

「그렇네. 아버지를 잘 아는군. 경관들은 이의를 제기하며 권총을 뽑았고, 자네 아버지는 지각 있는 사람답게 달아났지만, 경관들이 등에 네 발을 쏘았고, 아버지는 교차로에 쓰러졌네. 그러니 이제 알 거네. 내 일을 하게 해주게. 법이 이 일에 책임이 있는 자들을 잡게 해야 하네. 그러니 내게 시신을 넘기게.」

나는 플로리스 지구대장에게 아버지가 내게 여러 번 물

었던 질문을 했다.「로스앤젤레스 경찰 역사상 몇 명의 경관이 업무상 과실 치사로 유죄 판결을 받았는지 아세요?」

「모르네.」

「정답은 0명이에요. 그러니 아무도 책임을 지지 않아요. 내가 시신을 가져갈 거예요.」

「어디로?」

「뒷마당에 묻어 드릴 거예요. 대장님은 대장님 일을 하세요.」

나는 경찰이 호루라기 부는 것을 그 전까지는 한 번도 보지 못했다. 실생활에서는 그랬다. 하지만 플로리스 지구대장은 호루라기를 불더니 다른 경찰관, 포이, 덤 덤 도넛 시위자들을 모두 해산시켰다. 도로를 막아 둔 것이 뚫렸고, 나는 매우 느린 장례 행렬을 이끌고 버나드 애비뉴 205번지까지 갔다.

버나드 애비뉴 205번지를 완전히 소유하는 것은 늘 아버지의 꿈이었다.「우리 집이지.」아버지는 그렇게 불렀다.「소작일, 인종을 초월한 입양, 〈평생 임대〉는 다 헛소리지.」아버지는 부동산과 투자 서적을 읽으면서, 가상의 주택 대출 시나리오를 계산기로 두드리며 이렇게 말하곤 했다.「내 회고록은…… 그러면 2만을 선불로…… 네 엄마의 보석을 5천~6천에 잡히고…… 네 대학 학자금에 조기 출금 수수료가 있기는 하지만, 그걸 지금 출금하면, 곧 이 집을 소유하게 되겠구나.」

회고록은 없었고, 아버지가 욕실에서 풍선껌이나 부는

열아홉 살짜리 〈대학 동료〉랑 섹스하면서 외쳤던 제목만 몇 개 남아 있었다. 아버지는 문을 열고 젖은 머리를 내밀고는 수증기 속에서 〈흑인의 해석〉이나 내 마음에 가장 들었던 〈나 좋아. 너 좋아〉가 어떠냐고 물었다. 그리고 보석은 없었다. 잡지 『제트』[40]에 모델로 실린 미인이었던 어머니는 내 침대 위에 붙여 놓은 사진을 보면 아무런 장신구도 걸고 있지 않았다. 어머니는 얌전하게 두건을 쓰고 있었고, 금빛 비키니 차림으로 풍만한 허벅지와 립글로스를 과시하며 뒷마당 다이빙대에 드러누워 있었다. 내가 어머니에 대해 아는 것이라고는 그 사진의 왼쪽 구석에 적혀 있는 추상적 약력뿐이었다. 〈로럴 리스쿡은 플로리다 키 비스케인의 대학생으로 자전거, 사진, 시를 좋아한다.〉 후에 나는 리스쿡 씨의 뒷조사를 해보았다. 그녀는 애틀랜타의 법률 사무소 직원으로서, 내 아버지를 1977년 9월 그녀의 유일한 잡지 사진이 나온 뒤 청혼과 소름 끼치는 시, 자신의 발기한 페니스를 찍은 사진을 마구 보냈던 만난 적 없는 사람으로 기억했다. 나의 대학 학자금이 236.72달러이고 아버지의 인세와 어머니의 보석이 존재하지 않았다는 사실을 감안하면 우리가 그 집을 결코 소유할 수 없었으리라 생각하겠지만, 우연히도 아버지가 경찰 손에 억울하게 사망하고 거기 대한 배상금으로 후에 2백만 달러를 받게 된 것에 미루어, 아버지와 나는 같은 날 그 농장을 산 셈이었다.

언뜻 보기에 이 농장을 사들인 것이 운명적으로 느껴질

40 흑인 독자를 대상으로 1951년 창간한 미국의 주간지.

것이다. 하지만 캘리포니아 농림식품부에서 매년 대충 실시하는 점검이 아무리 보증한다 해도, 버나드 애비뉴 205번지의 2에이커 땅, 로스앤젤레스 카운티에서 가장 악명 높은 빈민 지역에, 1973년 위너베이고 캠핑카를 헛간으로 삼고, 녹이 너무 슬어 산타아나 열풍과 엘니뇨와 1983년 토네이도가 불어와도 꼼짝하지 않는 풍향계가 달린 다 허물어져 가는 닭장에, 초파리가 득실거리는 레몬나무 두어 그루, 말 세 필, 돼지 네 마리, 뒷다리에 쇼핑 카트 바퀴를 단 다리 둘 달린 염소 한 마리, 고양이 열두 마리, 암소 한 마리, 썩은 쥐똥과 액화된 메탄가스로 가득 찬 〈낚시용〉 연못 위를 날아다니는 파리 떼뿐인, 척박하기가 마치 달 표면 같은 그 땅, 아버지가 사복 경찰 에드워드 오로스코에게 「쓰레기 같은 포드 크라운 빅토리아를 치우고 망할 교차로 좀 그만 막아!」라고 외치기로 한 날, 내가 훗날 배상금으로 받게 될 2백만 달러로 압류를 막은 그 땅, 빈민 지역 흑인의 농업 기량 부족을 증명하는 그 땅을 〈농장〉이라고 부른다면, 언어의 한계를 시험하는 일일 것이다. 나와 아버지가 청교도 필그림 대신 제임스타운[41]을 세웠다면, 인디언들이 우리가 심은 다 쓰러져 가는 미궁 같은 옥수수와 금귤 밭을 보고는 〈오늘 옥수수 심기 세미나는 취소다. 너희 니거들은 절대 성공 못 할 테니〉라고 말했을 것이다.

빈민촌 한복판의 농장에서 자라면서 오전에 집안일을 하면, 아버지가 늘 하는 말이 사실임을 알게 된다. 〈사람들은

41 북미 최초의 영국 식민지.

네가 퍼주는 똥을 먹는다.〉 그러니까 돼지처럼, 우리는 모두 여물통에 고개를 처박고 있다. 돼지들은 신이나 아메리칸 드림 또는 칼보다 강한 펜을 믿지 않지만, 일요 신문과 성경, 힙합 전용 라디오 채널, 핫 소스에 대한 우리의 필사적인 믿음처럼, 먹이를 믿는다. 아버지는 일이 없는 날이면 종종 이웃을 불러 내가 일하는 것을 보게 했다. 농장 지역은 농업을 위한 지역이었지만, 대부분의 가족들은 세상의 소금이 되는 농장의 삶은 오래전에 포기하고 뒷마당에 실제 크기의 농구장 및 테니스 코트를 짓고, 한쪽 구석에 손님용 오두막을 지어 놓았다. 그리고 몇몇 가족이 닭장을 그냥 두었고, 소를 한 마리 키우기도 했고, 위기의 청년들을 위한 승마 교실을 운영하기도 했지만, 농장에만 전력을 기울이는 곳은 우리 집뿐이었다. 잊어버린 남북 전쟁 이전의 약속을 실현해 돈을 벌어 보려는 것이었다. 40에이커와 얼간이.[42] 「이 꼬마 니거는 당신들 니거들과는 다를 거요.」 아버지는 한 손은 자기 거시기에, 다른 손은 나를 가리키며 이렇게 말하곤 했다. 「내 아들은 르네상스 니거가 될 거요. 현대의 갈릴레오가 이놈의 동네서 나온 거지!」 그리고 아버지는 시그램 진을 한 병 따고 종이컵과 얼음과 레몬 라임 소다를 돌렸고, 그들은 베란다에 앉아서 내가 딸기와 완두콩, 그밖에 열린 것을 따는 꼴을 지켜보았다. 목화가 최악이었다. 허리도

42 〈40에이커와 노새〉를 빗댄 말. 남북 전쟁 이후 해방된 흑인에게 1가구당 40에이커의 경작지와 노새 한 필을 나눠 주기로 했으나, 앤드루 잭슨 대통령이 남북 화해를 이유로 법안에 거부권을 행사했다.

아프고, 가시가 찌르는데, 아버지는 옆집에서 흘러나오는 로페스의 멕시코 음악이 들리지 않을 정도로 큰 음량으로 지루한 폴 롭슨의 흑인 영가를 틀어 놓았다. 그렇지 않으면 목화를 심고, 물을 주고, 수확하는 것이 모두 허사였다. 우리가 가진 진은 아버지가 들고 있는 스티로폼 컵의 시그램 진뿐이었기 때문이다. 목화 따기가 싫은 것은 그 일에 아버지가 향수를 느꼈기 때문이다. 진과 주스 칵테일이 불러일으키는 자부심으로 가득한 감상적인 술주정뱅이 아버지는 흑인 이웃들에게 나를 유아원에 하루도 보내지 않았고, 모래 놀이터도 만들어 주지 않았다고 자랑하곤 했다. 대신, 아버지는 내가 수지 큐라는 이름의 암퇘지에게서 자랐으며, 세이비어 페어라는 천재 돼지와의 〈형제 경쟁〉에서 졌다고 했다.

아버지의 친구들은 내가 마른 줄기에서 목화솜을 솜씨 좋게 따는 것을 보며 내가 코웃음을 치면서 조지 오웰의 사회 질서를 전복시키고 돼지에게서 받은 가정 교육을 확인시켜 주기를 기다렸다.

1. 두 다리로 걷는 것은 모두 적이다.

2. 네 다리, 여섯 날개, 비스킷으로 움직이는 것은 모두 친구다.

3. 돼지 반대자는 가을에 반바지를 입게 될 것이고, 겨울에는 그보다도 헐벗을 것이다.

4. 돼지 반대자는 자다가 잡힐 것이다.

5. 돼지 반대자는 가당 쿨에이드를 마실 것이다.

6. 돼지 찬성자는 모두 동등하나, 몇몇 찬성자들은 쓰레기다.[43]

나는 아버지가 오른손을 뒤로 묶어 놓은 것도, 돼지우리에서 자란 것도 기억나지 않지만, 세이비어 페어의 통통한 엉덩이를 손으로 밀어 트레일러에 태운 기억은 난다. 지구상에서 수신호를 사용하는 마지막 운전자, 아버지가 코너를 천천히 돌면서 내게 가을이 돼지 잡기 가장 좋은 때라고 강의했다. 파리가 적고, 고기를 며칠은 밖에 둘 수 있기 때문이다. 고기를 얼리면 질이 떨어지니까. 카 시트와 에어백이 생기기 이전에 자란 아이들이 다들 그랬듯이, 나는 벨트도 매지 않고 뒤를 향해 앉아서 조그만 뒤쪽 창문을 통해 세이비어 페어를 보았다. 불운한 천재 돼지는 4백 파운드짜리 암캐처럼 도살장으로 가는 내내 꽥꽥거렸다. 「너는 커넥트 포 마지막 게임에서 졌잖아, 말에다 콧물을 묻혔잖아, 〈네 전함을 침몰시켰잖아,〉 〈날 잡아!〉 개자식아.」 신호 대기 때 아버지는 창밖으로 팔을 내밀어 팔꿈치를 접고, 손은 아래로 내리고 손바닥은 뒤로 향하게 했다. 「사람들은 네가 퍼주는 똥을 먹는다!」 아버지는 라디오 음악보다 크게 외치고, 기어를 바꾸고, 핸들을 돌리고, 깜빡이를 켜고, 수신호를 하고, 좌회전을 하면서, 엘라 피츠제럴드에 맞춰 노래를 부르며, 동시에 LA타임스 베스트셀러 목록을 읽었다.

43 조지 오웰의 『동물 농장』에 등장하는 7계명의 패러디.

사람들은 네가 퍼주는 똥을 먹는다.

나는 〈아버지를 뒷마당에 묻고 그날 나는 어른이 되었다〉라거나, 비슷한 미국식 헛소리를 하고 싶지만, 사실 마음이 놓인 것뿐이었다. 더 이상 아버지가 농산물 장터에서 주차장 자리를 놓고 싸울 때 모르는 척할 일도 없을 테니까. 베벌리힐스의 미망인들이 〈경차 전용〉이라고 적힌 주차장 칸에 거대한 고급 세단을 들이밀 때 고함을 쳐서 막는 일도 없을 테니까. 「이 약이나 빠는 멍청한 년아. 그 망할 차를 내 자리에서 안 빼면 노화 방지 콜드크림을 바른 얼굴을 쳐서 5백 년간 누린 백인 특권과 50만 달러짜리 성형 수술을 죄다 되돌려 주마.」

사람들은 네가 퍼주는 똥을 먹는다. 그리고 가끔은, 말을 타고 드라이브스루 창문 앞에 설 때, 혹은 웨스트 그린리프 대로를 따라 에펠 탑처럼 뻗어 있는 전깃줄 아래, 쓰레기가 여기저기 흩어진 들판에서 가축을 먹이는 흑인 목동을 향해, 컨버터블 차를 타고 손가락질 하는 사람들의 믿을 수 없다는 시선을 맞받아칠 때, 아버지가 그 한도 끝도 없는 헛소리를 내 목구멍에 처넣는 바람에 아버지의 꿈이 내 꿈이 되었다는 생각을 하게 된다. 가끔, 쟁기 날을 갈고 양털을 깎아 줄 때, 내 삶의 모든 순간이 다 내 것이 아니고, 아버지의 〈데자뷔〉 중 하나라는 느낌이 든다. 아니, 아버지가 그리운 건 아니다. 그저 내 인생의 감각 운동 학습 단계에 한 손을 등 뒤로 묶고 보낸 것이 사실인지 물어볼 용기가 없었던 것이 아쉬울 뿐이다. 불리한 조건으로 인생을 시작하는 것으로 따지자면, 흑인 따위는 내게 상대도 안 된다. 기고, 세발자전거를 타고, 까꿍 놀이를 하면서 두 눈을 가리고, 마음 이론이 발달하는 시기를 전부 한 손으로 겪어야 했다니.

넷

지도에서는 캘리포니아주 디킨스를 찾을 수 없을 것이다. 아버지가 돌아가신 지 약 5년 후, 그리고 내가 대학을 졸업하고 1년 후, 그곳도 사라졌기 때문이다. 요란한 퇴장은 없었다. 디킨스는 나가사키나 소돔과 고모라, 그리고 아버지처럼 펑! 하고 사라지지 않았다. 냉전 시대, 원자력 사고가 일어날 때마다 지도에서 사라지던 소련의 도시들처럼, 디킨스도 조용히 제거되었다. 하지만 디킨스시의 소멸은 우연한 사고 탓이 아니었다. 그것은 주위의 점점 더 부유해지는, 차고가 두 개씩 있는 커뮤니티가 자산 가치를 높이고 혈압을 낮추기 위해 꾸민 뻔뻔한 음모의 일부였다. 20세기 초 주택 붐이 일어났을 때, 로스앤젤레스 카운티의 여러 중산층 지역은 부동산을 새로 단장했다. 한때는 살기 좋던 노동자 계층 거주지에 성형한 가슴, 가짜 졸업장, 가짜 범죄율, 모발 이식, 정원수 이식, 지방 흡입, 남미인 흡입이 만연했다. 지역 사회 위원회, 주택 소유주 협회, 부동산 거물들이 모여 별 볼 일 없는 동네에 있어 보이는 이름을 붙이고 난 뒤, 한밤중에 누군가 전봇대 높은 곳에 커다랗고 새파란 표지판을 붙여 놓곤 했다. 그리고 안개가 걷히고 나면, 곧 고급 주택가가 될 지역에 사는 사람들은 잠에서 깨어나 자신들이 크레스트뷰, 라 시에네가 하이츠, 또는 웨스트데일에 살고 있음을 알게 되었다. 근처 반경 10마일 내에 산마루나 언덕, 계곡 같은 지형적 특징은 없는데도 말이다.[44] 예전에는 스스로를 그저 이 지역의 동부, 서부, 남부 사람이라고 생각했던 로스앤젤레스 사람들이 요즘은 자신들의 방 두 개짜리 예쁜 전원주택이 베벌리우드 지역에 속하는지, 베벌리우드 인접 지역에 속하는지 여부를 놓고 긴긴 법정 공방을 벌이고 있다.

디킨스는 이와는 다른 종류의 변화를 겪었다. 로스앤젤레스의 어느 맑은 아침, 눈을 떠보니 도시의 이름이 바뀐 것이 아니라 〈디킨스시에 오신 것을 환영합니다〉라는 표지판이 사라지고 없었다. 공식 발표도, 신문 기사도, 저녁 뉴스 방송도 없었다. 아무도 관심이 없었다. 어떤 면에서는 대부분의 디킨스 시민들 역시, 이곳 출신이라는 말을 하지 않아도 되어서 마음이 놓였다. 가볍게 대화를 나누다 「집이 어딘가요?」라는 질문에 「디킨스」라고 대답하자 상대가 미안하다는 듯이 눈길을 돌리는 것을 보며 부끄럽지 않아도 되니까. 「물어봐서 미안해요! 날 죽이지 말아 줘요!」 소문에 따르면 우리 도시가 사라진 것은 만연한 지역 정치 부패 때문이라고 했다. 경찰서와 소방서가 폐쇄되었다. 전에는 시청이라고 부르던 곳에 전화를 하면 리베카라는 입이 거친

44 크레스트는 산마루, 하이츠는 언덕, 데일은 계곡이란 뜻이다.

10대 소녀가 받아 〈디킨스라는 니거 여기 안 사니까 전화질 좀 그만해!〉라고 외칠 것이다. 학교 자치 위원회도 해산했다. 인터넷으로 검색해 보면 작가 〈찰스 존 허펌 디킨스〉와 알라모 전투[45]에서 죽었는지 살았는지 알 수 없는 재수 없는 자식 이름을 딴 텍사스주의 어느 곳만 나올 것이다.

아버지가 돌아가신 뒤 몇 년 동안, 이 지역 사람들은 내가 〈니거 위스퍼러〉 일을 물려받기를 바라고 있었다. 나도 아버지에 대한 자부심과 지역 주민들의 관심에 부응해 천직을 맡게 되었다고 말하고 싶지만, 사실 달리 사회생활이 없었기 때문에 그 일을 떠맡았다. 니거 위스퍼러 일 덕분에 집에서, 농작물과 가축들에게서 잠시나마 벗어날 수 있었다. 나는 흥미로운 사람들을 만났고, 아무리 많은 양의 헤로인을 투약하고 R. 켈리를 들어도 하늘을 날 수는 없다는 사실을 설득해 보려고 했다.[46] 아버지가 니거 위스퍼러 일을 할 때는 그렇게 어려워 보이지 않았다. 불행히도 나는 아버지처럼 고급 차 광고에 나오는 낭랑한 성우 같은 목소리가 아니었다. 내 목소리는 심한 고음으로 사람들이 좋아하는 보이밴드의 〈가장 수줍은〉 멤버처럼 심각하게 말했다. 뮤직 비디오에서 컨버터블 뒷자리에 앉아 여자를 만지지도 못하고, 솔로 파트도 없는 그 깡마른 멤버 말이다. 그래서 내게는 확성기가 지급되었다. 확성기를 대고 속삭이다니?

45 텍사스 독립 전쟁 당시 텍사스 주민들이 요새 알라모에서 멕시코 정규군에 맞서 싸운 전투.

46 미국의 R&B 가수 R. 켈리의 유명한 노래 I Believe I Can Fly가 있다.

도시가 사라질 때까지는 업무 부담이 그렇게 심하지 않았다. 나는 두 달에 한 번 정도 위기 협상에 나서는, 니거 위스퍼러를 아르바이트로 하는 농부였다. 하지만 디킨스가 사라진 뒤부터는 적어도 일주일에 한 번은 파자마 차림에 맨발로, 아파트 단지에 확성기를 들고 서서 2층 발코니 난간 너머로 아기를 던지려고 하는 정신 나간 애 엄마를 올려다보게 되었다. 아버지가 이 일을 했을 때는 금요일 밤이 가장 바빴다. 월급날마다 급여를 모조리 한 곳에 써버리고, 그날의 거지 같은 황금 시간대 텔레비전 방송에 질려, 소파에 모여 앉은 뚱뚱한 가족들과 팔지 못한 미용 제품 상자 사이에서 몸을 일으켜, 금요일 밤에는 클럽에서 흔들고, 병을 따고, 니거들을 쏘고, 동정을 잃어야 한다고 쿵쾅거리는 음악이 흘러나오는 주방 라디오를 끄고, 다음 날 잡아 놓은 심리상담사와의 약속, 그리고 몇 년을 머리만 만지고도 2대 8 가르마밖에 못 하는 미용사와의 약속을 취소한 가난한 조울증 환자들은 바로 그 금요일, 사랑과 미와 내지 못한 관리비의 여신 〈비너스의 날〉에 자살을 하거나, 살인을 하거나, 둘 다 해버리기로 마음을 먹곤 했다. 하지만 내가 담당한 이후로 사람들은 수요일에 미치는 경향이 있다. 일주일의 중간. 그래서 나는 주술도 부적도 없이, 뭐라고 해야 할지 아무런 계획도 없이, 버튼을 누르면 귀청이 찢어지도록 지지직거리는 확성기를 켠다. 모인 사람들의 절반은 내가 마법 같은 말을 해서 성공하기를 기다렸다. 나머지 절반은 목욕 가운이 열리고 모유에 불어 탱탱한 가슴이 튀어나오기를 기다렸다.

가끔 나는 약간 유머를 섞어, 커다란 서류 봉투에서 종이를 한 장 꺼내 들고, 선정적인 오후 토크쇼 사회자를 최대한 흉내 내면서 이렇게 말한다.「8개월 된 코비 조던 카림 르브론 메이웨더 3세에 대해서라면, 나는 아버지가 아닙니다……. 하지만 내가 아버지였으면 좋겠군요.」내가 그 아기의 생부와 별로 닮지 않았다면, 애 엄마는 웃으면서 그 애와 똥 기저귀 등등을 내 품에 던질 것이다.

보통은 그렇게 간단하지 않다. 대부분 밤에는 니나 시몬의 노래「미시시피 가댐Mississippi Goddam」처럼 우울한 분위기가 퍼져 있어 집중하기가 어렵다. 얼굴과 팔에 난 자주색 멍 자국이 보인다. 목욕 가운이 마침내 유혹적으로 어깨에서 미끄러지면, 그 여자가 남자였음이 밝혀진다. 호르몬 요법으로 생겨난 젖가슴에, 면도한 음모, 놀라울 정도로 멋진 엉덩이, 그리고 타이어 렌치를 휘두르는 반려자를 가진 남자. 커다란 트레이닝복 상의에 야구 모자를 삐딱하게 쓴 그 반려자는 남자일지도, 그저 남자처럼 생긴 사람일지도 모르지만, 어느 쪽이든 간에 간이 차고에서 미친 듯이 발을 구르며 내가 엉뚱한 소리를 하면 머리를 부숴 버린다고 협박한다. 파란색은 남자색이니까, 파란 담요로 싼 아들은 너무 뚱뚱하거나 너무 마르거나 둘 중 하나일 것이고, 어찌나 시끄럽게 울어 대는지 입 좀 닥치기를 바라게 되거나 아니면 오싹할 정도로 조용해서 상황에 미루어 이미 죽었을 거라는 생각이 들 것이다. 그리고 언제나 배경 음악으로는 살짝 열린 유리 창문을 가린 커튼 사이로, 니나 시몬이 감미

롭게 흘러나온다. 이들은 아버지가 내게 조심하라고 경고한 여자들이다. 마약과 얼간이들 때문에 혼란해진 여자들이 어둠 속에 앉아, 상사병에 걸려, 줄담배를 피우면서, 전화기를 귀에 대고, 옛날 노래를 틀어 주는 라디오 방송국 K-Earth 101에 니나 시몬이나 더 셔틀스의 「사랑하는 이에게 바치는 노래」, 즉 「내가 의식을 잃을 만큼 패다가 나를 떠나 버린 니거에게 바치는 노래」를 신청하기 위해 단축 통화 버튼으로 전화를 건다. 「니나 시몬을 좋아하고 호모가 절친인 여자들을 멀리 해라.」 아버지는 그렇게 말했다. 「그런 여자들은 남자들을 싫어하니까.」

아기는 조그만 발꿈치로 허공에다 위성 안테나처럼, 빠른 소프트볼처럼, 물레방아처럼 커다란 원을 그린다. 그리고 나는 아무짝에도 쓸모없이, 멍한 얼굴로 거기 서 있다. 속삭여 줄 비밀도, 달콤한 헛소리도 없는 니거 위스퍼러가 되어서. 사람들은 내가 일을 할 줄 모른다고 쑥덕거린다. 그 말이 맞다.

「그러고 서 있으면 저 애는 뒈지고 말 거야.」

「〈죽고〉 말 거라고요.」

「뒈지든 죽든, 니거. 뭐라고 말 좀 해봐.」

사람들은 모두 아버지가 돌아가신 뒤 내가 대학으로 떠나 심리학을 전공하고 돌아와서 아버지의 일을 이어 갈 거라고 생각했다. 하지만 나는 심리 분석 이론이나 잉크 얼룩, 사람의 상태에, 배운 것을 사회에 환원하는 데도, 관심이 없었다. 내가 리버사이드 캘리포니아 대학교에 간 것은 괜찮은 농업학과가 있기 때문이었다. 동물학을 전공한 것은 아버지의 땅을 부화장으로 만들어 1990년대 초 라디오에서 계속 틀어 대던 래퍼들, 드래프트 1차 지명에 선발된 운동 선수들, 고예산 영화 조역들에게 타조를 팔 꿈을 꾸고 있었기 때문이다. 그들은 〈자산〉을 투자하고 싶어 하고, 평생 처음으로 비행기 일등석을 타고서 기내 비치된 잡지에 눈에 띄도록 표시해 둔 경제 기사를 보고 나서 이렇게 생각할 것이다. 「젠장, 타조 고기가 바로 미래로군!」 그것은 고민할 것 없는 투자처럼 느껴질 것이다. 영양 많고 식약청의 승인을 받은 타조 스테이크는 1파운드에 20달러에 팔리고, 깃털은 하나에 5달러에 팔리며, 갈색 엉덩이 가죽은 한 쪽에 2백 달러 가치가 있다. 하지만 진짜 돈을 버는 사람은 흑인 졸부에게 종자 타조를 파는 내가 될 것이다. 왜냐하면 보통 타조 한 마리에서 식용 고기는 40파운드밖에 나오지 않고, 오스카 와일드가 죽었으니 마흔 살 넘은 드래그퀸과 바이에른의 튜바 연주자, 마커스 가비를 흉내 내는 사람들, 그리고 주름살 없는 피부와 9인치 페니스의 비결을 알려 준다고 해도 암거래는 하지 않는, 민트 줄렙을 홀짝이며 켄터키 더비 경마에 돈을 거는 남부 여자들 이외에는 깃털 달린 옷이나 모자를 사는 사람이 없기 때문이다. 나는 타조를 키울 수 없다는 것을 잘 알고 있었고 창업 자본도 없었지만, 그저 2학년 때, UC 리버사이드 소농장 프로그램에서 박사 논문 연구용으로 키우던 새 몇 마리가 분실되었다고만 해두자. 마약상들이 늘 말하듯이, 「내가 안 하면 누군가 다른 사람이 할 테니까.」 정말이다. 오늘날까지도, 파산한 여러 가지 인기 프로젝트의 금 가고 버려진 둥지 알들이 샌게이브리얼 산속에서 제멋대로 자라고 있다.

「뭐라고 해야 할지 몰라요.」

「아버지처럼 심리학 전공한 거 아니야?」

「내가 아는 건 동물 사육 조금뿐이에요.」

「젠장, 이 짐승 같은 놈들이랑 결혼해서 애초에 저 여자들이 이런 일을 겪게 된 거니, 뭐라고 말 좀 해봐.」

나는 작물학과 작물 관리를 부전공했다. 농업 경제학 입문을 가르친 팔리 교수가 내게 타고난 원예가라고 했기 때문이다. 내가 원하면 제2의 조지 워싱턴 카버[47]가 될 거라고 했다. 부전공을 신청하고 땅콩에 해당하는 나만의 전문 분야를 찾기만 하면 된다고 했다. 그녀는 이것이 나만의 콩과 식물이라고 농담하면서 내 손 위에 파세올루스 불가리스[48]를 올려놓았다. 하지만 티토스 타코스에 가서 체다 치즈를 녹여 덮은 기름지고 부드럽고 따뜻한 콩 수프를 먹어 본 사람이라면 누구나 콩은 이미 유전자적으로 완벽한 단계에 도달했음을 알 수 있다. 나는 왜 조지 워싱턴 카버인지 궁금했던 기억이 난다. 왜 나는 제2의 그레고어 멘델, 누군지는 몰라도 제2의 치아 펫[49] 발명가가 될 수 없는가? 비록 제2의 미스터 그린 진스, 캡틴 캥거루[50]를 아무도 기억하지 못한다

47 George Washington Carver(1860?~1943). 목화 농업 몰락 후, 땅콩을 재배한 뒤 땅콩버터와 콩고기 등을 발명한 흑인 농업가.

48 강낭콩의 학명.

49 동물이나 사람 모형 화분에 물을 줘 치아시드 싹이 자라도록 하는 것.

해도 말이다. 그래서 나는 문화적으로 가장 가까운 식물, 수박과 마리화나를 연구하기로 정했다. 나는 기껏해야 자급용 농산물을 키우는 농부에 불과했지만, 1년에 서너 차례는 말 수레로 디킨스를 돌아다니며 붐 박스로 몽고 산타마리아의 「워터멜론 멘」을 크게 틀고서 내가 키운 것을 팔러 다니기도 했다. 그 노래가 멀리서 들려오면 여름 농구 경기도 중단되고, 초인종을 누르고 튀는 장난과 단체 줄넘기 놀이도 일찍 끝났으며, 콤프턴과 파이어스톤 교차로에서 LA카운티 교도소로 가는 마지막 주말 셔틀 버스를 기다리던 여자들과 아이들이 고민을 시작했다고 한다.

기르기 어렵지는 않고, 몇 년째 내가 팔아 오긴 했지만, 사람들은 여전히 사각형 수박만 보면 환장을 한다. 저 대통령처럼, 정장 입은 흑인 남자가 연두 교서를 낭독하는 것을 두 차례 임기 동안 보았으면 익숙해지는 법이건만, 네모난 수박에는 어찌된 일인지 사람들이 익숙해지지 않는다. 피라미드 모양도 잘 팔리고, 부활절 무렵에는 눈을 가늘게 뜨고 보면 검은 줄무늬가 〈예수 구원하시네〉라고 보이도록 유전자 조작한 토끼 모양의 수박도 판다. 그런 것은 마차에 쟁여 둘 틈이 없다. 한 번 맛을 본 사람들이 자꾸 찾아온다. 지금껏 먹어 본 것 중에 가장 맛있는 수박을 떠올려 보라. 거기에 아니스 향과 갈색 설탕을 살짝 뿌려라. 혀끝에서 콜라 얼음이 녹듯이 시원한 느낌을 줘서 뱉기가 싫은 수박씨. 직접

50 미스터 그린 진스와 캡틴 캥거루는 모두 1955년 시작한 어린이 프로그램 「캡틴 캥거루」의 등장인물이다.

본 것은 아니지만, 내 수박을 한 입 베어 문 사람들이 그 자리에서 기절했다는 이야기도 들려왔다. 수심 6인치짜리 비닐 수영장에 빠진 사람들을 심폐 소생술로 구하고 온 구급대원도 사고자에게 일사병이나 심장병 가족력을 묻지 않았다고 한다. 마우스 투 마우스 소생법을 하느라 얼굴에 끈적이는 붉은 즙이 묻고, 뺨에는 검은 씨앗이 붙은 구급대원들은 입술을 정신없이 핥다가 겨우 「이 수박 어디서 샀어요?」라고 묻는다. 가끔, 길 잃은 염소를 찾아 해리스 애비뉴의 낯선 남미계 동네에 가게 되면, 학교에서 갓 나온 꼬맹이들이 갓 깎은 머리를 빛내며 내게 다가와 어깨를 붙잡고 존경심을 담은 표정으로 이렇게 말하곤 한다. 「*Por la sandía... gracias*(수박 감사합니다).」

하지만 햇살 가득한 캘리포니아에서도 1년 내내 수박을 키울 수는 없다. 겨울밤은 사람들 생각보다 춥다. 20파운드짜리 수박이 익는 데는 끝도 없는 시간이 필요하고, 수박 녀석들은 마치 코카인 빨듯이 흙에서 질소를 빨아 먹는다. 그래서 나의 희망은 마리화나다. 마리화나를 잘 팔지는 않는다. 마리화나가 환금성 작물은 아니지만, 환각성 작물이긴 하고, 게다가 나는 인간 말종들이 밤중에 내게 덤벼드는 걸 원하지 않기 때문이다. 이따금 3.5그램[51]을 꺼내면, 크로닉[52]을 즐기고, 지금은 흙투성이로 내 집 잔디밭에 누워서 배를 잡고 웃어 대는 동네 녀석은 타는 법도 잊어버린 자전거에 한 쪽 다

51 마리화나는 대개 한번에 3.5그램씩 소포장해 판매한다.

52 1990년대 캘리포니아 남부에서 유행하던 마리화나의 품종.

리를 끼우고서 그 마리화나를 당당히 들어 올리며 「이게 뭐라는 거죠?」라고 묻는다.

「아탁시아.」[53] 나는 이렇게 대답할 것이다.

하우스 파티의 댄스 플로어에서, 2학년 때부터 알고 지내던 〈라 기글스〉가 마음에는 들지만 제대로 알아볼 수는 없는 콤팩트 거울 속의 자기 얼굴을 끊임없이 들여다보기를 마침내 멈추면, 내게 세 가지를 물어본다. 나는 누군가? 그리고 내 귀에다 혀를 찔러 넣고 내 엉덩이를 문질러 대는 이 니거는 누군가? 그리고 대체 내가 뭘 피우고 있는 건가? 그녀의 질문에 대한 대답은 브리짓 〈라 기글스〉 산체스, 너의 남편, 그리고 〈안면 인식 장애〉다. 가끔 사람들은 내가 늘 고급 마리화나를 갖고 있는 이유를 궁금해하기도 한다. 하지만 누구든 호기심과 의심을 보일 때마다, 어깨를 으쓱이며 〈아, 아는 백인 애들이 있어서……〉라고 하면 그만이다.

마리화나에 불을 붙인다. 빤다. 냄새가 나쁜 마리화나가 품질은 좋다. 그리고 헌팅턴 비치의 홍조, 죽은 물고기, 뜨거운 햇볕에 익어 가는 갈매기 냄새가 나는 연기 냄새를 맡으면 여자는 아기 어르기를 멈춘다. 그 여자에게 한 모금 권한다. 침에 젖은 쪽 먼저. 그녀는 고개를 끄덕일 것이다. 그것은 내가 최근에 개발한 품종, 앵글로포비아[54]다. 하지만 그녀는 그것까지 알 필요는 없다. 조금이라도 다가가게 해

53 〈운동 실조증〉이라는 의미로 주인공이 마리화나 품종에 붙인 이름.

54 〈영국인 혐오증〉이라는 의미로, 여기에서는 주인공이 마리화나 종류에 붙인 이름.

주는 것이라면 다 좋은 것이다. 평화롭게 다가가 담쟁이덩굴이 덮고 있는 격자 창문을 오르거나, 덩치 큰 니거 어깨에 올라가 그녀에게 손이 닿도록 한다. 들판에서 말을 타고 질주하는 법을 배우고 나서, 순종 말을 쓰다듬어 주었을 때와 같은 기술을 써서 그녀를 쓰다듬는다. 귀를 쓰다듬어 준다. 콧구멍을 가만히 불어 준다. 관절을 문질러 준다. 머리를 빗어 준다. 꼭 다문, 그러나 간절함이 드러나는 입술에 마리화나 연기를 불어넣는다. 그녀가 건넨 아기를 받아, 계단을 내려가 환호하는 군중을 향해 걸어갈 때면 그레고어 멘델, 조지 워싱턴 카버, 그리고 내 아버지조차도 자랑스러워할 거라고 생각하고 싶다. 그리고 가끔은 그들이 들것에 묶일 때, 놀란 할머니가 와서 위로를 건넬 때, 나는 이렇게 물어볼 것이다. 「왜 하필 수요일이죠?」

다섯

디킨스의 소멸이 모든 사람들에게 큰 충격이긴 하지만, 나의 서비스를 가장 절실히 필요로 한 시민은 노인 호미니 젠킨스였다. 호미니는 늘 좀 불안정한 사람이었지만, 아버지는 그를 제대로 상대한 적이 없었다. 아버지는 머리가 센 톰 아저씨 오두막 시대의 유물이 사라진다고 해도 이웃에 큰 손실이 될 것은 없다고 생각한 모양이다. 그래서 〈저 얼간이 니거를 잡아 오는〉 일은 내가 맡게 되었다. 어떤 면에서 내가 처음으로 니거 위스퍼러 일을 한 상대는 호미니인 것 같다. 그가 파란 지역에서 빨간 옷을 입고, 빨간 지역에서 파란 옷을 입고 갈색 동네에서 〈*¡Yo soy el gran pinche mayate! ¡Julio César Chávez es un puto!*(나는 위대한 검둥이다! 훌리오 세사르 차베스[55]는 개새끼다!)〉라고 소리를 질러 집단 폭행을 당해 자살하려는 것을 설득해 담요를 덮어 준 것이 몇 차례인지 셀 수도 없다. 그는 종려나무에 기어올라 원주민들에게 타잔의 대사를 읊기도 했다. 「나는 타잔, 너는

55 Julio César Chávez(1962~). 멕시코의 복싱 영웅.

샤니쿠아!」 그러면 나는 주위의 모든 여자들에게 총을 거두라고 사정하고, 오래전에 망한 영화사의 가짜 계약서에 맥주와 아몬드를 계약 보너스라고 적어 호미니가 내려오도록 꾀어야 했다. 어느 핼러윈에 그는 거실로 이어진 초인종 전선을 자기 고환에 연결해 아이들이 초인종을 누르면 사탕과 사인한 사진을 건네는 대신 피가 얼어붙는 비명 소리가 들리게 했다. 내가 가학적인 요정 대모들과 수퍼히어로들을 밀치고 나가 여덟 살짜리 여자 헐크의 손가락을 초인종에서 떼어 내고, 호미니에게 바지는 올리고 블라인드는 내리라고 설득할 때까지 그 비명은 계속되었다.

세계 살인 수도라고들 하는 곳인 만큼, 디킨스는 관광업이 별로 발전하지 못했다. 이따금 처음으로 로스앤젤레스에서 방학을 보내는 대학생 무리가 붐비는 교차로에 서서 20초 동안 소형 비디오카메라를 들고 미친 야만인들처럼 펄쩍펄쩍 뛰면서 〈여기가 어딘지 아냐? 캘리포니아 디킨스다. 바보들아, 여기가 어딘지 아냐고?〉라고 외치고는 녹화한 것을 소셜 네트워크 계정에 올리는 것 정도가 전부였다. 하지만 〈디킨스시에 오신 것을 환영합니다〉 표지판을 모두 없애고, 키스할 블라니 스톤[56]도 없으니 도시 관음병자들은 더 이상 찾아오지 않았다. 가끔 진짜 관광객들이 지나가기는 했다. 대부분 연금 받는 노인들로 이루어진 그들은 캘리포니아 이외 지역의 번호판을 단 레저 차량을 타고 거리를

56 아일랜드 블라니에 있는 돌로 거기 키스하면 말을 잘하게 된다는 전설이 있다.

다니며 젊은 시절과의 마지막 연결고리를 찾곤 했다. 유세하는 정치가들이 늘 되돌려 놓겠다고 약속하는 미국이 강력하고 존중받던 시대, 도덕과 미덕과 값싼 휘발유의 나라 말이다. 그리고 디킨스 사람에게 〈실례합니다만, 호미니가 어디 있는지 압니까?〉라고 묻는 것은 삼류 가수에게 새너제이로 가는 길을 묻는 것이나 마찬가지였다.[57]

호미니 젠킨스는 광란의 20년대로부터 레이건의 80년대까지 일주일에 7일, 일요일에는 두 차례, 전 세계 영화관과 방과 후 텔레비전에 등장해 학교를 빼먹고 배불뚝이 경찰들을 놀리던 무모한 길거리 패거리, 「꼬마 악당들」[58]의 마지막 멤버다. 1930년대 벅위트 토머스[59]의 대역으로 핼 로치 영화사와 주급 350달러 계약을 한 호미니는 수표를 현금을 바꾸었고, 어머니가 교도소의 아버지를 찾아가는 동안 아이를 돌보는 말없는 형이라든가 도망친 노새 뒤에 탄 유색 인종 꼬마 등 단역을 맡으면서 때를 기다렸다. 그는 교실 하나짜리 학교 뒤에서 이따금 툭 던지는 한 줄짜리 대사를 읊으면서 만족했다. 말하는 아이들과 보르네오에서 온 야만인들과 앨팰퍼의 비눗방울 쇼에 과장되게 어이없는 반응을 보이거

57 「새너제이로 가는 길을 아시나요Do You Know the Way to San Jose」는 백만 장이 넘게 팔리며 그래미상을 수상한 노래로, 새너제이 출신의 가수가 연예계에서 실패한 후 낙향하는 내용을 담고 있다.

58 1922년부터 44년까지 제작된 미국의 코미디 단편 영화 시리즈. 빈민 지역 아이들의 모험을 다룬다. 원제는 Our Gang이며 Little Rascals로 부르기도 한다. 이 책에서는 두 제목을 혼용하지만, 〈꼬마 악당들〉로 통일해서 번역했다.

59 Billie Thomas(1931~1980). 미국의 흑인 아역 배우로 「꼬마 악당들」에 벅위트 역으로 출연했다.

나, 그의 주특기 〈야우자!〉를 외치면서. 그의 새카만 귀여움이 제대로 활용되지 않는 것도, 언젠가는 그를 앞서간 위대한 흑인 아역 배우들의 뒤를 잇게 되리라고 생각하면 견딜 만했다. 퍼리너, 스타이미, 벅위트가 세운 신전에 그의 정당한 자리를 차지하고, 1950년대까지 중산모를 쓰고 누더기를 입은 인종 차별의 유산을 이어받기를. 하지만 그의 차례가 오기 전, 인간 골리워그[60]와 단편 영화의 시대는 가버렸다. 할리우드는 해리 벨러폰티와 시드니 포이티어의 준(準)백인성, 제임스 딘의 네그리튀드,[61] 그리고 메릴린 먼로의 비너스처럼 풍만하고 중력을 무시하는 엉덩이에서 흑인에게서 원하는 모든 것을 얻어 버렸다.

추종자들이 찾아가면 호미니는 의치 세정제 광고처럼 활짝 웃으며 관절염 걸린 손가락을 흔들어 보였다. 그리고 그들을 집에 불러들여 하이-C 과일 펀치를, 그리고 운이 좋으면 내가 키운 수박 몇 조각을 대접했다. 그가 늙어 가는 팬들에게 우리에게 해준 것과 같은 이야기를 해주었을 것 같지는 않다. 무엇 때문에 나와 마페사 델리사 도슨 사이의 연애가 시작되었는지 말하기는 어렵다. 그녀는 나보다 세 살 많고, 나는 그녀를 평생 알고 지냈다. 평생을 농장에서 보낸 그녀의 어머니는 뒷마당에서 〈선 투 선 승마와 폴로 학교〉를 운영했다. 그들은 장애물 뛰어넘기 시범을 보여 줄 사람

60 19세기 말 어린이 책에 등장한 흑인 캐릭터 헝겊 인형.

61 흑인의 자질과 도발성을 강조한 사조로, 백인인 제임스 딘에게 반항적 이미지를 빼앗겼다는 뜻.

이 없거나, 주니어 스피어추커스 팀 4번 선수가 없을 때마다 전화로 나를 부르곤 했다. 나는 어느 쪽도 별로 잘하지 못했다. 아팔루사종 말은 점프를 잘 못하고, 폴로에서는 왼손을 쓰는 것이 불법이기 때문이다. 어렸을 때 나와 마페사, 동네 다른 아이들은 학교가 끝나면 호미니의 집으로 곧장 달려가곤 했다. 꼬마 악당의 집에서 「꼬마 악당들」을 보는 것보다 더 멋진 일은 없으니까. 그 시절, 텔레비전 리모컨이란 「숀! 돈! 마크! 너희 놈들 중 누가 내려와서 채널 좀 바꿔라!」라고 외치는 아버지였을 때, 52번 채널, 로스앤젤레스 코로나 KBSC-TV 같은 극초단파 방송국의 방송을 한쪽이 떨어져 나간 낡은 안테나로 맞추는 것에는 심장 전문 외과 의사처럼 섬세한 손길이 필요했다. 뭉툭한 금속 장치를 펜치로 돌려 조금이라도 채널이 바뀌는 각도를 찾아내는 데는 엄청난 시간이 걸렸다. 하지만 오프닝 타이틀 장면과 「꼬마 악당들」 주제곡의 술주정뱅이가 부는 뿔피리 소리가 텔레비전에 뜨면 우리는 리머스 아저씨[62]의 난롯가에 모여 앉은 노예 아이들처럼 백발의 호미니와 새빨간 실내 난방기 코일 주위에 자리를 잡고 앉았다.

「또 이야기 해줘요, 리머스 아저씨, 아니, 호미니.」

「달라를 20년 만에 만났을 때 히맨 여성 혐오 클럽 세트장에서 맛이 가게 섹스한 이야기 해준 적이 있나?」

그때는 몰랐지만, 오래전 사라진 커리어의 후광에서 벗

62 1881년 조엘 해리스가 각색, 편집하여 발표한 흑인 민담집. 주인공 리머스 아저씨가 둘러앉은 아이들에게 이야기를 들려준다.

어나지 못한 아역 스타들이 다 그렇듯이 호미니는 제정신이 아니었다. 우리는 호미니가 웃기려고 그러는 줄 알았다. 달라의 레이스 팬티가 앙각 쇼트로 나올 때마다 몸을 문지르는 것도 말이다.「실제로 저 여자는 영화에서처럼 인색하게 굴지 않아.」 그는 화면에 골반을 대고 치면서 이렇게 외쳤다.「앨팰퍼, 미키, 포키, 처비, 프로기, 버치, 잘난 체하는 윌리, 그리고 다른 애들 대신이다!」 그는 욕구 불만으로 끓어오르는 사타구니를 점점 더 세게 밀어붙였다. 두말할 필요도 없이, 호미니에게는 분노가 있다. 생각만큼 유명해지지 못한 데서 비롯한 분노다.

섹스로 정복한 여자들 이야기가 떨어지면, 호미니는 네 가지 언어에 능숙하다고 떠벌리기를 좋아했다. 촬영을 전부 네 번씩, 영어, 프랑스어, 스페인어, 독일어로 찍었기 때문이다. 그가 처음 이 이야기를 했을 때, 우리는 면전에서 웃어 댔다. 그의 멘토인 벅위트가 한 대사는 틈이 벌어진 앞니를 드러내고 씩 웃으며 혀 짧은 흑인 말투로 〈오테이, 팽키〉라고 한 것뿐이기 때문이다. 그리고 〈오케이, 스팽키〉는 어느 나라 말로 해도 〈오케이, 스팽키〉였으니까.

언젠가 내가 제일 좋아하는 에피소드 〈반죽과 우유〉가 방송 중일 때, 호미니는 자랑한 것을 증명하기 위해 패거리들이 블릭 힐 기숙 학교 아침 식탁에 앉아 있는 장면에서 소리를 줄였다. 카인들리 올드 캡은 연금을 기다리고 있었다. 주름이 자글자글 진 유기견 보호소의 샤페이 같은 사나운 여자 사감이 침을 탁 뱉더니 아이들에게 고함을 쳤고, 그중 우유 짜기를 제대로 못한 아이가 다른 아이의 귀에 대고 우리가 백만 번쯤 들어서 새로 들을 필요도 없는 대사를 속삭인다.

「우유 마시지 마.」 우리가 합창했다.

「왜?」 밝은 금발 백인 아이가 조그만 소리로 물었다.

「상했어.」 우리가 함께 속삭였다.

우유를 마시지 마. 옆 사람한테 전해. 그리고 호미니는 그 다음 아이가 옆의 아이에게 전하는 경고를 외국어로 더빙했다.

「*No bebas la leche. ¿Porqué? Está mala.*」

「*Ne bois pas le lait. Pourquoi? C'est gate.*」

「*Trink die Milch nicht! Warum? Die ist schlecht.*」

우유 마시지 마. 왜? 상했어.

우유가 맛이 간 것은 석회에 물을 섞어 굳지 않도록 한 것이기 때문이다. 그리고 호미니가 맛이 간 것은 아역 스타 경력 때문이다. 가끔, 인종 차별적인 요소를 없애기 위해 유난히 엉성한 편집을 한 에피소드가 끝나면 호미니는 발을 구르며 화를 내곤 했다. 「나도 저 장면에 있었어! 나를 편집해 버렸다고! 스팽키가 알라딘의 램프를 찾아서 문지르면서 〈호미니가 원숭이였으면 좋겠어요. 호미니가 원숭이였으면 좋겠어요!〉라고 말해. 그러면 짠, 내가 원숭이가 된다고.」

「원숭이요?」

「정확히는 흰목꼬리감기 원숭이였어. 그리고 나의 원숭이 메소드 연기에 다들 떠들썩했다고! 그런데 어느 니거 탄산음료 판매원이 여자랑 있다가 눈을 감더니 뽀뽀 좀 하려고 얼굴을 들이대는 거야. 그 여자가 나를 보더니 피하니까, 그 얼간이가 내 분홍색 원숭이 입술에다 자기 입을 박았어. 다들 그걸 보고 배꼽을 잡았지. 〈램프의 청년.〉 내 분량이 제일 많은 에피소드였는데. 나는 경찰들이랑 싸우기도 했고, 끝날 때쯤 나랑 스팽키는 케이크를 먹고 시내를 마구 뛰어다녔어. 그런데 말이야, 스팽키는 묻고 따질 것도 없이 제일 멋진 백인이야. 야우자!」

그가 진짜 원숭이로 변했는지, 아니면 화려한 특수 효과로 이름을 날린 적 없는 핼 로치 영화사에서 『미국의 고전적인 고정관념 대백과』의 〈흑인을 손쉽게 원숭이로 바꾸는 법〉 항목을 펼쳐 본 뒤 〈1. 꼬리만 하나 붙인다〉라는 방법을 썼는지는 알기 어려웠다. 어쨌든, 검열로 삭제된 인종 차별 코미디 장면의 필름 조각은 편집실 바닥에 쌓여 갔고, 호미니는 「꼬마 악당들」에서 가장 뜨지 못한 흑인 배우라는 것도 분명해졌다. 배우로서 그의 커리어는 달걀 프라이, 흰색 페인트, 팬케이크 가루 등, 온갖 하얀 것들에 의해 뒤덮이는 장면들의 편집본이나 다름없다. 두려움과 갑상선 기능 장애로 튀어나온 눈알, 버려진 집에 사는 유령이나 갓 세례를 받고 방언을 하며 깊은 숲속을 몽유병 환자처럼 돌아다니는 흑인들의 모습, 재수 없는 유령이 살아나는 것처럼 빨랫줄에 걸린 흰 셔츠가 바람에 으스스하게 나부끼는 것. 이런 것을 보고 호미니는 놀라 기겁하곤 했다. 그를 백색증에 걸린 백인으로 바꿔라. 그의 아프로 머리를 길고 곧은 머리로 드라이한 뒤 나무를 향해, 나무 울타리나 유리창을 향해 뛰어들게 하라. 그리고 자신의 실수로, 혹은 아무렇게나 벼락을 날려도 호미니의 멜빵바지 입은 엉덩이 사이의 골을 절대 놓치지 않는 신의 뜻으로, 그는 끊임없이 감전당하며 몸 개그를 했다. 〈솔직히, 벤 프랭클린〉 에피소드에서 핏불 페티가 연을 물어뜯어 버린 뒤, 호미니가 아니면 누가 안경잡이 스팽키의 연 역할을 하겠다고 자원하겠는가? 누더기 반바지와 정수리에 금속 막대가 튀어나와 있는 모자만 쓰고서, 거대한 벳시 로스 깃발[63]에 팔다리를 벌리고 묶여, 목에는 〈지금은 인간의 영혼을 튀기는 시대다 — 네이선 헤일〉이라고 줄줄 흘러내리는 글씨로 적은 플래카드를 매달고, 그는 하늘 높이 솟아오른다. 검은 날다람쥐처럼 폭우와 거센 바람, 번갯불을 뚫고 날아오른다. 천둥이 우르릉 치고, 연기가 피어오르면, 스팽키는 연줄에 붙어 있는 불붙은 해골을 조사한다. 〈유레카〉라고 그가 말하려는데, 위에서 누가 무례하게 방해한다. 나뭇가지에 매달린 호미니가 온통 새카맣게 그을려 구멍이란 구멍에서는 연기를 피워 올리면서도 눈과 이는 반짝이며 배우 경력을 통틀어 가장 긴 대사를 읊는다. 「야우자! 나 던기를 발견해떠.」

시간이 지나며, 케이블 텔레비전, 가정용 비디오 게임이 도래하고, 8학년의 멜라니 프라이스가 「꼬마 악당들」이 시작하는 시간에 침실 창문 앞에 서서 스트립쇼 하듯이 가슴

63 미국 독립 혁명 당시의 깃발. 지금의 국기와 비슷한 모양이나, 13개의 별이 원을 그리고 있다.

을 자랑하기 시작하면서, 아이들은 하나둘 방과 후에 호미니의 집에 찾아오기를 그만두었다. 그러다가 나와 마페사만 남게 되었다. 마페사가 왜 남았는지는 잘 모르겠다. 마페사도 튜브 탑을 걸친 열다섯의 가슴을 자랑할 수 있었는데. 가끔은 나이 많은 남자들이 그 집으로 찾아와 마페사에게 나와서 이야기 좀 하자고 했다. 하지만 마페사는 항상 「꼬마 악당들」이 끝날 때까지 기다렸다. 동네 청년들을 호미니 집 앞에서 기다리게 하면서 말이다. 나는 마페사가 그때도 나를 좋아했다고 생각하고 싶다. 하지만 3시 30분에서 4시까지 마페사가 거기 있었던 것은 동정심과 안전한 느낌 때문이었을 것이다. 포도알을 씹어 먹으면서 쉰 목소리의 일곱 살짜리들과 유색 인종 아이들이 폭풍우에 탭댄스를 추는 떠들썩한 뒷마당 버라이어티 쇼를 보고 있는데, 열세 살짜리 홈스쿨링 농장 소년과 노쇠한 전직 아역 스타가 무슨 짓을 할 수 있겠는가?

「마페사?」

「응?」

「턱 닦아. 젖었어.」

「잘 들어, 그것만 젖은 게 아니야. 이놈의 포도가 너무 맛있어서. 정말 직접 키운 거야?」

「응.」

「왜?」

「숙제라서.」

「너희 아빠는 존나 미쳤어.」

마페사에게서 처음 좋아한 것은 그것 같다. 아무렇지도 않게 부적절한 소리를 하는 것. 마페사의 가슴도 좋았던 것 같다. 하지만, 마페사 말대로, 내가 가슴을 쳐다보다가 마페사와 눈이 마주칠 때마다, 행여나 기회가 조금이라도 있다 해도, 뭘 어떻게 해야 할지는 몰랐다. 결국 마약으로 번 돈과 정자 수가 많은 남자들의 유혹이 카우보이 모자를 쓰고 「홈 온 더 레인지」를 부르는 앨팰퍼의 매력을 이겼고, 아주 오랫동안 나와 호미니, 포도만 남았다. 나는 친구들과 옆 마당에서 스트립쇼를 보지 않은 것을 한 번도 후회하지 않았다. 나는 마페사가 내 포도를 먹으면서 포도즙을 가슴에 흘리다 보면, 언젠가는 그 단단한 젖꼭지가 젖은 셔츠를 뚫고 나오리라고 생각했다.

나는 슬프게도 열여섯 생일 전날까지 3차원의 가슴을 보지 못했다. 그때, 어느 날 밤, 눈을 떠보니 아버지의 〈조교〉였던 타샤가 내 침대에 앉아서 옷을 벗고서, 성교 후의 퀴퀴한 냄새와 포도주 냄새를 풍기며 낸시 초더로[64]를 소리 내어 읽고 있었다. 「물론 어머니도 여성이다. 어머니는 양친 중 여성이기 때문이다……. 우리는 남자가 〈어머니 노릇을 한다〉고 말할 수 있다. 그가 이 아이의 주된 양육자이거나 자애로운 태도로 행동한다면 그렇다. 하지만 여자가 아이에게 〈아버지 노릇을 한다〉고는 말하지 않을 것이다.」 오늘날까지도 외로울 때면 나는 자위를 하면서 타샤의 가슴을, 그리고 프로이트주의 해석학이 디킨스에는 해당되지 않는다는

64 Nancy Chodorow(1944~). 미국의 여성주의 사회학자, 심리학자.

사실을 생각한다. 그곳은 아이가 부모를 키우는 곳이다. 오이디푸스와 엘렉트라 콤플렉스는 단순하며, 모두 닥치는 대로 섹스를 해대니 아들, 딸, 양부모, 친한 사촌이 상관없는 곳이다. 그리고 니거들에게는 쓸 데도 없는 거시기가 너무 많으니, 페니스 선망이 존재하지 않는 곳이다.

정확한 이유는 모르겠지만, 마페사와 함께 그의 집에서 보낸 그 오후 시간에 대해 호미니에게 뭔가 빚을 진 것 같은 느낌이 들었다. 그가 겪은 미친 짓 덕분에 내가 비교적 제정신으로 지낼 수 있다는 느낌이랄까. 그리고 3년 전쯤, 어느 바람이 세찬 수요일 아침, 열심히 일한 뒤 낮잠을 자던 나는 잠결에 마페사의 목소리를 들었다. 마페사가 한 말은 〈호미니〉가 전부였다. 정신없이 밖으로 달려 나갔더니, 호미니의 스크린 도어에 급히 휘갈겨 스카치테이프로 붙여 놓은 쪽지가 있었다. 〈나 뒤에 있어.〉 그 특유의 구불구불하지만 놀라울 만치 읽기 쉬운 글씨체였다. 뒤란 호미니의 기념품 방이었다. 한때 「꼬마 악당들」의 소품과 사진, 의상으로 가득 차 있던 작은 방이었다. 많은 추억이 남아 있지는 않았다. 스팽키가 〈떨고 있는 셰익스피어〉 편에서 완두콩 공격을 받으며 안토니우스의 독백을 할 때 입은 갑옷이라든가, 앨팰퍼의 머리카락, 〈1938년 악당들이 한 어리석은 짓〉 편에서 벅위트가 클럽 스팽키 빅 밴드를 결성해 수십 만 달러를 벌었을 때 입은 실크해트와 연미복, 진짜 소방차를 가진 부자 아이들에게서 제인을 되찾아 오면서 쓴 고철 소방차, 장난감 피리, 플루트, 인터내셔널 실버 스트링 밴드의 리듬 섹션이 되었던 숟가락은 오래전에 전당포에 맡기거나 경매로 팔아 치웠기 때문이다.

써 붙여 놓은 대로, 호미니는 정말로 〈뒤에〉 있었다. 발가벗고, 나무 대들보에 목을 매달고 있었다. 그에게서 2피트 떨어진 곳에는 〈예약석〉이라고 적힌 접이식 의자 위에 단막극 〈커튼 콜〉의 프로그램 복사본이 놓여 있었다. 목을 맨 줄은 고무 끈인데 신축성이 워낙 좋아 그가 8사이즈보다 더 큰 구두를 신었더라면 발가락이 땅에 닿았을 것이다. 얼굴이 시퍼렇게 질린 채로, 그가 꿈틀거리는 것이 보였다. 죽게 그냥 둘까 싶은 마음도 없잖아 있었다.

「내 페니스를 잘라서 입에다 넣어 줘.」 그가 숨을 헐떡이며 말했다.

아마도 질식당하면 발기가 되는지, 그의 갈색 페니스가 새하얀 치모 속에서 나뭇가지처럼 튀어나와 있었다. 그는 마치 낡은 회전목마처럼 미친 듯이 발버둥을 치며 빙빙 돌고 있었다. 순교자처럼 온몸에 불이 붙고 싶어서, 그리고 동시에 이미 치매에 걸린 뇌에 도달하는 산소량이 부족하기 때문에 일어나는 반응이었다. 백인의 짐[65] 따위는 웃기지 말라고 해. 호미니 젠킨스는 나의 짐이었다. 그래서 나는 그가 들고 있는 등유와 라이터를 쳐서 떨어뜨렸다. 그리고 정원 가위와 로션을 가지러 집으로 걸어왔다. 달리지 않고. 인종

65 1899년 러디어드 키플링이 필리핀-아메리카 전쟁에 대해 쓴 시. 제목부터 유럽 중심의 인종 차별주의를 그대로 드러낸다.

차별주의자 흑인의 전형은 베베스 키즈[66]처럼 죽지 않는다는 것을 알기에, 나는 서두르지 않았다. 그들은 늘어날 뿐이다. 내 셔츠에 튄 등유 냄새가 지독하기도 했지만, 더 큰 이유는 이웃의 누가 목을 매려고 하면 아버지는 절대 당황하지 않았기 때문이다.「내 장담하는데, 흑인들은 매듭을 제대로 묶지 못하거든.」

나는 그 자학적인 드라마 퀸을 내려놓았다. 그를 레이온 카펫이 깔린 바닥에 가만히 내려놓고, 덥수룩한 머리를 쓰다듬어 주었다. 밧줄에 상처가 난 목에 연고를 발라 주고 연극 프로그램을 읽고 있는 동안, 그는 내 겨드랑이에 콧물 눈물을 잔뜩 묻혔다. 2페이지에 우리의 꼬마가 영화「경마장에서의 하루」의 개봉하지 못한 속편,「경마장 안에서의 하루」 세트장에서 막스 브라더스와 함께 있는 홍보 사진이 실려 있었다. 막스 브라더스는 등받이에 〈그라우초〉, 〈치코〉, 〈하포〉, 〈제포〉라고 적어 보이도록 놓아둔 감독 의자에 앉아 있었다. 그 줄의 맨 끝에는 〈디프레소〉라고 적힌 어린이용 의자가 있었다. 거기에 여섯 살짜리 호미니가 다리를 꼬고 앉아 있었다. 윗입술에 하얀 콧수염을 짙게 그리고서. 그 사진에는 〈호미니 막스, 우리 가족의 까만 양에게 — 그라우초, 칼, 스키드 등이 보냄〉이라고 적혀 있었다. 그 아래는 호미니의 약력이 적혀 있었다. 그의 얼마 안 되는 출연작을 담은 그 내용은 마치 자살자가 남긴 유서 같았다.

66 미국의 흑인 코미디언 로빈 해리스(1953~1990)의 코미디 스케치. 〈우리는 죽지 않는다, 늘어날 뿐이다〉라는 대사가 유명하다.

호미니 젠킨스(호미니 젠킨스 역) 호미니는 백룸 레퍼토리 극단에서 연극 무대에 데뷔작이자 마지막 작품을 남기게 되어 행복하다. 1933년 호미니는 오리지널 「킹콩」에서 버려진 원주민 아기 역으로 데뷔하며 흐트러진 아프로 머리를 잘 활용했다. 그는 스컬 아일랜드의 대학살에서 살아남아 그 후로 8세에서 80세에 이르는 흑인을 연기해 왔다. 주요 배역으로는 「블랙 뷰티」 마구간 소년(크레디트에 오르지 않음), 「우주 전쟁」 신문팔이 소년(크레디트에 오르지 않음), 「캡틴 블러드」 선원(크레디트에 오르지 않음), 「찰리 챈 KKK단에 합류하다」 심부름꾼 소년(크레디트에 오르지 않음), 1937년에서 1964년 사이 로스앤젤레스에서 촬영한 모든 영화에서 구두닦이 역(크레디트에 오르지 않음) 등이 있다. 그 외 역할로는 사환, 벨 보이, 식당 종업원, 볼링장 소년, 수영장 소년, 허드렛일 소년, 상자 나르는 소년, 복사하는 소년, 배달하는 소년, 귀여운 소년 장난감(도색 영화), 잡일하는 소년, 그리고 아카데미 수상작 「아폴로 13」에서 우주선 엔지니어 소년 등이 있다. 호미니는 그동안 자신을 응원해 준 많은 팬 여러분께 감사의 뜻을 전한다. 참으로 길고 신기한 여정이었다.

내 무릎에서 울고 있는 벌거벗은 노인이 다른 곳에서, 가령 에든버러에서 태어났더라면 그는 지금쯤 기사 작위를 받았을지도 모른다. 「기립하시오, 디킨스의 호미니 경. 부의 지그 경. 조의 보 경.」 그가 만약 일본인이고 2차 대전과 경제 버블과 쇼넨 나이프[67]를 거쳤다면, 지금쯤 80대의 가부키 배우가 되어 「교닌교」의 2막에 등장하는 순간 그에 대한 예우로 연극이 중단되고 아나운서가 팡파르와 정부 보조금을 선사하며 소개해 주고 있을지도 모른다. 「교토의 인형, 오구루마 게이샤를 연기하는 배우는 일본의 살아 있는 국보, 호미니 〈고코진〉 젠킨스 8세입니다.」 하지만 그는 운 나쁘게도 캘리포니아 디킨스에서 태어났고, 미국에서 호미니는 자부심의 원천이 되지 못했다. 그는 살아 있는 국가적 불명예다. 미국 흑인 전통의 수치. 햄본 댄스,[68] 「에이모스 앤드 앤디」,[69] 데이브 셔펠의 폭발,[70] 그리고 〈밸런타임스 데이〉라고 말하는 사람들처럼, 흑인 역사에서 지워 버려야 하는 존재다.

나는 호미니의 귀에 입을 댔다.

「왜요, 호미니?」

그가 내 말을 알아들었는지 알 수 없었다. 그저 해맑게, 진주처럼 하얀 치아를 드러내고, 활짝, 고분고분, 나를 향해 멍하니 웃는 표정뿐이었다. 어찌 보면 미친 것 같지만, 아역 배우들은 늙지 않는 것 같다. 잊히지 않는 것은 아니지만,

67 1981년 결성된 일본의 걸그룹.

68 콩고 출신의 흑인 노예들이 미국에 전한 댄스. 주바 댄스라고도 한다.

69 미국의 흑인 시트콤. 흑인이 아닌 출연진이 검은 분장을 하는 등 인종에 대한 편견과 고정관념을 조장한다는 이유로 비판을 받았다.

70 인기 있는 흑인 코미디언 데이브 셔펠이 공연 중 관객의 도발에 맞받아친 사건.

그들을 영원히 젊은 채 붙잡아 두는, 늙지 않는 특징이 하나는 있다. 게리 콜먼의 뺨, 셜리 템플의 들창코, 에디 먼스터의 미망인의 이마, 브룩 실즈의 납작한 가슴, 호미니 젠킨스의 쾌활한 미소.

「왜냐고요, 주인님? 디킨스가 사라졌을 때 나도 사라졌으니까요. 이제 팬레터가 안 와요. 10년 동안 아무도 찾아오지 않았어요. 내가 어디 있는지 아무도 알 수가 없으니까. 난 그저 내가 어디 사는 누군지 느끼고 싶어요. 늙은 배우가 그것도 못 바라나요? 어디 사는 누군지 아는 거?」

나는 그렇지 않다고 고개를 저었지만, 한 가지 더 궁금한 게 있었다.

「그런데 왜 수요일이에요?」

「그걸 몰라요? 기억 안 나요? 아버지가 덤 덤 도넛 모임에서 마지막으로 한 이야기잖아요. 대부분의 노예 폭동이 수요일에 일어난 건 전통적으로 목요일이 채찍질하는 날이기 때문이라고. 뉴욕 노예 반란, LA 폭동, 아미스타드 선상 반란, 전부 다.」 호미니는 이렇게 말하면서 복화술사의 인형처럼 입이 귀에 걸리도록 웃었다. 「이 나라에 첫 발을 디딘 후로 계속 그랬어요. 누가 잘하든 잘못하든, 누군가는 채찍질을 당하거나 심문을 당하거나 무기가 있는지 검문을 당했어요. 그러니 목요일에 어차피 맞을 거면 수요일에 얼간이 짓을 하는 게 낫겠지요, 안 그래요, 주인님?」

「호미니, 당신은 노예가 아니고, 나도 주인은 절대 아니에요.」

「주인님.」 호미니의 얼굴에서 웃음기가 사라지더니, 나만 못하다고 생각하는 사람들이 내가 자기들을 무시하는 것을 알아차렸을 때처럼, 불쌍한 표정으로 고개를 저으면서 말했다. 「가끔은 우리가 누군지 받아들이고 거기 따라 행동해야지요. 나는 노예예요. 그게 나예요. 그게 내가 타고난 역할이에요. 어쩌다 배우가 된 노예. 하지만 흑인으로 사는 건 메소드 연기가 아니에요. 리 스트라즈버그는 나무 연기하는 법을 가르쳐 줄 수 있었지만, 니거가 되는 법은 가르쳐 주지 않았어요. 이건 기예와 목적의 궁극적인 만남이에요. 이 이야기는 다시 하지 않을 겁니다. 나는 평생 당신의 검둥이 노예입니다. 그건 바꿀 수 없습니다.」

실제 자신과 〈당신 덕분에 생명을 구했으니 노예가 되겠어요〉라는 흔한 플롯을 혼동한 호미니는 결국 정신 줄을 놓아 버리고 말았고, 나는 바로 그때, 그 자리에서 그를 입원시켜야 했다. 경찰에 신고하고 정신 병원에 격리 조치해야 했다. 하지만 예전 어느 날 오후 시네마테크 할리우드 양로원에 다녀온 뒤로 그는 내가 그를 절대 기관에 보내지 않겠다고 약속하라고 했다. 그는 옛 친구 슬리커 스미스, 채터누가 브라운, 뷸라 〈마미〉 맥퀴니처럼 이용당하는 것을 원하지 않기 때문이었다. 그들은 하늘나라에 올라가기 전 마지막으로 한 번 더 영화의 엔딩크레디트에 이름을 올리기 위해, 수료증을 따려고 모인 UCLA 평생 교육원 프로그램의 풋내기 학생들, 비록 퇴색하고 늙은 스타라고 해도 졸업 작품에 스타를 출연시키고 싶어 하는 학생들의 작품에 오디션을 보았다.

이튿날 아침, 목요일, 눈을 떠보니 호미니가 우리 집 앞마당에서 셔츠도 입지 않고 맨발로 우체통으로 달려가더니 나더러 채찍질을 해달라고 요구했다. 누가 그의 손을 묶었는지는 모르겠지만, 호미니가 내 손을 묶은 것은 확실하다.

「주인님.」

「호미니, 이러지 말아요.」

「내 목숨을 구해 준 데 감사 인사를 하고 싶어요.」

「당신을 위해서는 무슨 일이라도 한다는 걸 알잖아요. 꼬마 악당들 덕분에 나는 어린 시절을 견뎌 냈잖아요.」

「날 기쁘게 해주고 싶으세요?」

「네, 알잖아요.」

「그럼 날 때려 주세요. 이 쓸모없는 시커먼 몸뚱이가 죽기 직전까지 때려 주세요. 하지만 주인님, 날 죽이진 마시고요. 내 허전함을 채워 줄 정도만 때려 주세요.」

「다른 방법은 없어요? 다른 방법으론 기쁘게 해줄 수 없어요?」

「디킨스를 되살려 주세요.」

「그건 불가능하단 걸 알잖아요. 도시는 한 번 없어지면 돌아오지 않아요.」

「그럼 어떻게 할지 주인님도 아시겠군요.」

그의 시커먼 등짝에서 나를 떼어 놓느라 보안관 대리 셋이 달려들었다고 한다. 내가 그 검둥이에게 제대로 채찍질을 시작했으니까. 아버지가 있었다면 내가 〈해리성 반응〉을 겪고 있다고 했을 것이다. 아버지 자신이 나를 때린 뒤에 항상 그것이 원인이라고 설명했으니까. 어찌나 오래되었는지, 동성애를 〈성 충동 장애〉라고 정의하는 『정신 질환 진단 및 통계 편람 1판』을 펼치고, 아버지는 〈해리성 반응〉을 가리킨 뒤 안경을 닦고 천천히 해명하기 시작했다. 「해리성 반응이란 정신의 회로 차단기와 같은 것이다. 정신이 강력한 스트레스와 헛소리를 경험하면, 스위치를 끄고, 인지 능력을 차단하고, 아무것도 판단하지 않는 것이다. 행동은 하지만 그 행동을 인식하지 못한다. 그러니, 내가 네 턱 관절을 삐게 한 걸 기억은 못 하지만…….」

나 역시 기억 상실 상태에서 깨어나 보니, 경찰에 맞은 내 상처에 호미니가 과산화수소를 묻힌 솜을 부드럽게 문지르고 있고, 그래서 따끔거리는 것만 기억났다고 말하고 싶다. 하지만 내가 살아 있는 한, 내 리바이스 청바지에서 가죽 벨트를 뽑아낼 때 나던 소리를 잊을 수 없을 것이다. 앞은 갈색, 뒤는 검은색으로 된 채찍이 쉬익 공기를 가르고, 천둥 같은 소리를 내며 호미니의 등을 내리치던 것을. 그가 채찍을 피하지 않고, 오히려 몸을 들이대면서, 눈물을 글썽이며 기쁨과 감사를 표하던 것을. 수 세기 동안 억압된 분노, 수십 년 동안 드러내지 못한 비굴함에 종지부를 찍으며, 내 무릎을 끌어안으면서 더 세게 때려 달라고 사정하던 것을. 그의 검은 몸이 환희의 신음과 함께 내 채찍의 무게와 소리를 반기던 것을. 호미니가 거리에서 피를 흘리며, 역사 속의 모든 노예들이 그랬듯이 나를 기소하지 않겠다고 버티던 것을 잊을 수 없을 것이다. 그가 부드럽게 나를 안으로 부축해 들어와 주위에 모여든 사람들에게 나를 비판하지 말라고 당부하던 것을 잊을 수 없을 것이다. 결국, 니거 위스퍼러의 귀에 속삭여 줄 사람은 아무도 없으니까.

「호미니.」

「네, 주인님.」

「내 귀에 뭐라고 속삭여 줄 거예요?」

「주인님이 너무 좁게 생각한다고 속삭일 겁니다. 디킨스의 니거를 하나씩 하나씩 확성기로 구하는 건 효과가 없을 거라고요. 주인님 아버지보다 크게 생각해야 한다고. 〈나무만 보면 숲을 볼 수 없다〉는 말 아시죠?」

「물론이죠.」

「음, 우리를 개인으로 보지 말아야 합니다. 바로 지금, 주인님은 니거를 보느라 목화밭을 보지 못하고 있습니다.」

여섯

〈포주 짓도 쉽지 않다〉고들 한다. 뭐 그렇게 따지자면, 노예 주인 노릇도 마찬가지다. 아이들, 개, 주사위, 공약을 남발하는 정치가, 그리고 아마도 매춘부와 마찬가지로, 노예들은 시키는 대로 하지 않는다. 그리고 80대의 늙은 종이 하루에 15분 정도 일하고 벌 받는 게 좋아 죽는다면, 영화에서나 보던 농장주의 특전도 별로 없다. 들판에서 처량하게 「가거라 모세여」 노래를 부르는 일도 없다. 베개처럼 푹신한 검은 젖가슴에 코를 파묻는 일도 없다. 깃털 총채도 없다. 아무도 〈곧바로 대령하겠습니다요〉라고 말해 주지도 않는다. 촛대로 장식하고, 끝없이 햄을 자르고, 매시트포테이토를 산더미처럼 쌓아 놓고, 인류가 알고 있는 것 중에 가장 몸에 좋은 녹색 채소로 이루어진 근사한 만찬도 없다. 주인과 종 사이의 무조건적인 신뢰를 경험해 본 적도 없다. 그저 한 가지, 자기 자리만 아는 쭈그러진 노인을 소유한 것뿐이었다. 호미니는 마차 바퀴를 고칠 줄도 몰랐다. 밭 가는 법은커녕. 짐도 들 수 없었다. 하지만 그는 항상 무릎을 꿇었고, 오후

1시부터 1시 15분까지, 혹은 그 무렵에 모자를 손에 들고 일을 하러 나타나곤 했다. 아무거나 자기가 하고 싶은 일을 하러. 어떤 때는 일이라는 것이 광택 있는 초록색과 분홍색 실크 옷을 입고, 가스등을 들고 우리 집 앞마당에 잔디밭 장식상처럼 서 있는 것이었다. 또는, 그는 인간 발판 노릇을 좋아해서 노예 정신이 북받칠 때면 내 말이나 픽업트럭 옆에 엎드렸고, 나는 그의 등을 밟고 올라타 원하지도 않는 주류 상점이나 온타리오 가축 경매에 가야 했다. 하지만 호미니가 주로 하는 일은 내가 일하는 것을 구경하는 것이었다. 신맛과 단맛, 껍질 두께 비율을 제대로 맞추는 데 6년이나 걸린 버뱅크 자두를 베어 물고, 「젠장, 주인님, 이 자두 진짜 맛있습니다. 일본 거라고 했던가요? 이 정도면 고질라랑 한판 붙어야 되겠습니다. 원예 기술이 엄청 좋으니까.」

그러니 내 장담하는데, 인간을 구속하는 일은 특히 짜증나는 작업이다. 그렇다고 내가 무슨 작업을 한 건 아니다. 이 병적으로 우울한 노예를 지배하게 된 것은, 억지로 떠맡겨진 일이니까. 그리고 이 점은 분명히 해두자. 나는 호미니를 수없이 〈해방〉시켜 주려고 했다. 자유라고 말하는 것만으로는 아무 효과가 없었다. 솔직히 말하면, 한번은, 샌버너디노산에서 원하지 않는 강아지처럼 그를 버리려고 했지만, 꼬리 깃털에 파사이드의 홍보 범퍼 스티커를 붙인 길 잃은 타조가 돌아다니는 것을 보고 그만 용기를 잃고 말았다. 심지어 햄프턴에게 노예 해방 서류를 산업 시대의 영어를 써서 작성하라고 부탁하고, 필사가에게 2백 달러를 주고 베벌리힐스 문구점에서 찾아낸 양피지 종이에 계약서를 써달라고까지 했다. 부자들은 아직도 양피지 종이를 쓰는 모양이다. 무엇하려? 누가 알겠는가. 아마도 현재의 은행 체계가 못마땅한 부자들이 보물 지도를 다시 만드는 모양이다.

「관계자 제위.」 그 계약서의 내용은 이랬다. 「이로써 나는 지난 석 주 동안 내 밑에서 일한 노예 호미니 젠킨스를 해방시키고, 자유롭게 하며, 풀어 주고, 영구 방출, 방면시키는 바이다. 위에서 말한 호미니는 중간 체격과 피부색, 지능을 가진 자이다. 이 계약서를 읽는 모든 사람에게 호미니 젠킨스는 이제 자유민임을 선언한다. 오늘, 서력 1838년 10월 17일.」 이 미끼는 효과가 없었다. 호미니는 바지를 내리고 내 제라늄을 깔고 앉더니, 자유를 선사하는 양피지로 엉덩이로 쓱 닦고는 내게 되돌려 주었다.

「중간 지능이라고?」 그가 하얀 눈썹을 치켜올리며 물었다. 「하나, 나도 올해가 몇 년인지는 알아. 둘, 진정한 자유를 갖는다면 노예가 될 자유도 있는 거지.」 그는 바지를 다시 올리더니, MGM사의 영화에 나오는 노예 영어로 되돌아갔다. 「아무도 억지로 시키지는 않지만, 주인님이 여기 이 노예는 절대 못 없앨 겁니다. 자유 따위 개나 주라고 하세요.」

노예 제도가 그 온갖 정신적 고통을 견뎌 낼 수 있는 사람에게는 분명 큰 이득이 되었을 것이다. 하지만 가끔 무더운 날 염소의 뿔을 잘라 주고, 철조망 울타리를 치고 나서 베란다에 드러누워 오리들이 시내 하늘을 뒤덮은 스모그를 헤치며 뛰어다니는 걸 보고 있노라면, 호미니가 차가운 레모네이드를 한 주전자 만들어 나오곤 했다. 그가 천천히, 얼음을 한 조각 한 조각씩 떨어뜨리며 내 잔을 채우는 동안 주전자 옆에 물방울이 고였다가 떨어지는 것을 보고, 그다음 그가 내 얼굴에서 파리와 열기를 부채로 부쳐 주면 기분이 굉장히 좋았다. 시원한 공기와 카 스테레오에서 흘러나오는 음악 속에서 나는 남부의 지주들이 느꼈을 지배의 상쾌함을 살짝 느꼈다. 젠장, 호미니가 늘 그렇게 협조적이었다면, 나도 섬터 요새[71]를 공격했을 것이다.

목요일이면, 고의적으로 우연히, 호미니는 레모네이드를 내 무릎에 쏟곤 했다. 스크린 도어를 긁어 대는 개처럼, 내게 별로 미묘하지도 않은 메시지를 보내는 것이었다. 액션이 필요한 때라고.

「호미니.」

「예, 주인님?」 그는 기대하는 눈빛으로 이렇게 묻곤 했다. 엉덩이를 문지르면서.

「상담사는 골랐어요?」

「인터넷을 봤는데, 상담 치료사가 전부 백인이던걸요. 숲이나 책장 앞에 서서, 커리어와 성적 만족, 건전한 관계를 약속하고 있던데. 그런데 대체 그들이 공부 잘하는 애들을 데리고 있거나 파트너를 만족시키며 섹스하는 사진이 없는 건 왜 그럴까요? 증거는 어디 있는 걸까요?」

바지의 젖은 자국이 무릎까지 번졌다. 「좋아요. 트럭에 타요.」 내가 말했다.

71 남북 전쟁의 발단이 된 전투가 이루어진 곳.

이상한 일이지만, 호미니는 내가 벌을 주기 위해 계약한 웨스트사이드의 BDSM 클럽 스틱스 앤드 스톤스 여자들이 전부 백인인 것에는 신경 쓰지 않았다. 바스티유 룸은 그가 가장 좋아한 고문실이었다. 거기서, 남북 전쟁 모자 이외에는 아무것도 걸치지 않은 도로시 여사가 메이블린의 붉은 립스틱을 바른 입술로 스칼렛 오하라는 저리 가라 할 냉소를 지으며 호미니를 바퀴에 묶어 놓고 적당히 때렸다. 그녀는 몇 가지 장치를 그의 성기에 연결하고 북부군의 움직임과 군사력에 대한 정보를 내놓으라고 했다. 끝나고 나면 도로시 여사는 트럭 앞자리에 머리를 밀어 넣고 호미니의 뺨에 키스를 한 뒤 내게 영수증을 건넸다. 시간당 2백 달러에 〈인종 관련 사항〉을 추가하면 액수가 늘어났다. 처음에 까만 녀석, 원숭이, 콜타르 같은 녀석, 삼보라고 다섯 번까지 말하는 것은 무료였다. 그다음부터는 그런 단어를 한 번 쓰는 데 3달러였다. 그리고 〈니거〉는 다양한 형태, 파생어, 발음을 모두 포함해서 한 번에 10달러였다. 에누리는 없었다. 하지만 고문을 마치고 나면 호미니가 너무 행복한 표정을 지어서 값어치는 한다는 생각이 들 지경이었다. 물론 호미니의 행복은 나의 행복이 아니었고, 디킨스의 행복도 아니었지만, 스틱스 앤드 스톤스에서 돌아오던 어느 유난히 따뜻한 봄날 저녁까지는 그것 이외에 디킨스를 되살려 낼 방법이 생각나지 않았다.

호미니와 나는 110번 고속 도로에서 짜증을 내며 이 차선, 저 차선으로 옮겨 보았지만, 꼼짝도 할 수 없었다. 405번과 105번 분기점까지는 잘 달리고 있었는데, 길이 막히기 시작했던 것이다. 아버지는 가난한 사람들이 운전을 잘하는 것은 자동차 보험을 들 돈이 없어서, 인생을 사는 것처럼 방어적으로 운전할 수밖에 없기 때문이라는 이론을 갖고 있었다. 우리는 느릿느릿, 정확히 시속 55마일로 창문 대신 붙여 놓은 쓰레기봉투를 바람에 퍼덕이며 달리는 차들 속에 끼였다. 호미니는 피학적인 감흥에서 벗어나기 시작했고, 도로 출구를 지날 때마다 클럽에서 얻은 고통, 또는 추억이 하나씩 사라지고 있었다. 그는 자기 팔의 멍을 쿡 찌르며 이게 어디서 난 거냐고 물었다. 나는 사물함에서 마리화나를 한 대 꺼내 의료 목적으로 권했다.

「마리화나 중독자가 누군지 알아?」 호미니가 거절하며 말했다. 「꼬마 스카티 베킷이라고.」

스카티는 스팽키와 함께 뛰어다니던 눈이 커다란 꼬마 악당이었다. 헐렁한 니트 스웨터를 입고, 모자를 삐딱하게 쓴 백인이었지만, 얼굴만 멀끔하지 페이소스가 없어서 오래 버티지 못했다. 「아 그래요? 스팽키는요? 마약 했어요?」

「스팽키는 마약은 안 했지만 여자랑 섹스를 했지. 스팽키는 그랬어.」

나는 창문을 열었다. 아직 별로 빠르게 달리지 못했고, 차 안에 가득한 마리화나 연기 냄새가 켕겼다. 「꼬마 악당들」 출연진은 「맥베스」를 올리는 극단처럼 저주를 받아서 모두 끔찍하게 요절했다는 전설이 있다.

극중 이름	나이	사인
앨팰퍼	42살	돈 때문에 싸우다가 얼굴에 총을 30발 맞음(주근깨 하나에 한 발)
벅위트	49살	심장 마비
위저	19살	군사 훈련 중 비행기 추락
달라 후드	47살	호미니의 말에 따르면, 호미니와 죽도록 섹스한 탓이라고 함. 실제로는 간염
첩시 업시	21살	마음의 병. 크랩트리 씨에 대한 짝사랑과 5피트 키에 300파운드의 지방.
프로기	16살	트럭에 치임
강아지 피트	7살	알람 시계를 삼킴

호미니는 자리에서 몸을 비틀며, 등에 난 아직 붉은 상처를 만지면서 왜 피가 나는지 모르겠다고 했다. 젠장, 그때 그냥 죽게 둘걸. 그냥 그를 차에서 밀어 하버 고속 도로의 기름 묻은 아스팔트 도로에 던져 버리는 편이 나았을지도 모른다. 하지만 그래 봐야 무슨 소용이 있었을까? 차들이 완전히 서버렸다. 재규어, 그중에서도 미국에서 만든 못 생긴 모델 한 대가 추월 차선에 전복되어 있었다. 다친 데 없는 승객은 중앙 분리대에 기대서 공항 서점에서만 볼 수 있는 소설을 읽고 있었다. 추돌을 당한 혼다는 뒤쪽과 승객 모두 납작하게 짜부라져 각각 쓰레기 처리장과 묘지로 운반되기를 기다리고 있었다. 재규어 모델의 이름은 로켓 같다. XJ-S, XJ8, E-타입. 혼다는 평화주의자와 인도주의 외교관이

지은 이름 같다. 어코드, 시빅, 인사이트. 호미니는 도로에 엉켜 있는 차들을 정리하려고 내렸다. 그답게 미친놈처럼 팔을 흔들며, 그는 차들을 색깔별로, 자동차의 페인트 색이 아니라 운전자의 피부색에 따라 갈라놓았다. 「흑인이면 물러나시오! 백인이면, 오른쪽. 갈색이면 돌아가시오. 황색이면 백인을 따라 천천히 움직이시오. 붉은색이면 전속력으로 직진! 물라토[72]는 최고 속력!」 보기만 해서 분류를 할 수 없으면, 그는 운전자에게 피부색을 물었다. 「치카노?[73] 그게 무슨 색이지? 인종을 멋대로 만들 수는 없는 거요. *Puto*(개자식)? 딱 걸렸어, 이 *pendejo*(멍청이)! 차선을 하나 골라서 거기 잠자코 있으라고! 자기 자릴 찾아가!」

경찰이 도착하고 교통 흐름이 마침내 원활해지자 호미니는 트럭에 다시 타더니 큰일이라도 한 사람처럼 손을 탁탁 털었다. 「일을 하려면 이렇게 해야지. 선샤인 새미가 가르쳐 준 거야. 〈시간은 아무도 시중들지 않지만, 니거들은 25센트 팁만 주면 누구나 시중든다〉고.」

「선샤인 새미가 대체 누구예요?」

「선샤인 새미가 누군지는 신경 쓰지 마. 너희 같은 신세대 니거들은 흑인 대통령에 흑인 골프 선수까지 있잖아. 대신 내겐 선샤인 새미가 있지. 꼬마 악당들의 오리지널 멤버야. 오리지널이라고 하면, 맨 첫 멤버란 뜻이지. 그리고 잘 들어. 선샤인 새미가 패거리를 도저히 빠져나올 수 없는 궁지

72 흑인과 백인 사이에서 태어난 사람.

73 멕시코계 미국인.

에서 구해 냈을 때, 그게 바로 초당적 리더십이라는 거야.」

호미니는 자리에 털썩 앉더니 양손을 깍지 껴서 머리를 받치고 창밖을, 자신의 과거를 내다보았다. 나는 라디오를 이리저리 돌리다가 다저스 게임 중계로 침묵을 채웠다. 호미니는 과거의 호시절과 선샤인 새미를 그리워했다. 나는 경기를 달콤한 음성과 객관적인 자세로 하나하나 설명해 주던 빈 스컬리의 중계가 그리웠다. 나 같은 야구 청교도에게 좋았던 호시절은 지명 타자, 인터 리그 경기, 스테로이드, 야구 모자를 삐딱하게 머리에 얹고 컷오프맨이 실책으로 내야 플라이를 놓칠 때마다 분개하며 외야에 앉아 있는 놈들이 생겨나기 전이었다. 사실, 그놈들이 바로 나와 아버지였다. 다저 핫도그와 탄산음료를 입에 잔뜩 물고서, 외야석에 앉아 6월 밤의 열기를 나방과 함께 보내며 5위 팀을 욕하고 가비, 세이, 쿠팩스, 더스티, 드라이즈데일, 라소다의 호시절을 그리워하는 흑인 두 명. 호미니에게는 미국의 원시 시절을 몸으로 보여 줄 수 있는 날이면 언제나 좋은 시절이었다. 그것은 그가 아직 살아 있었다는 뜻이었고, 축제의 덩크 탱크[74]에 앉은 흑인 피에로조차 사람들의 관심이 그리울 때가 있다는 뜻이었다. 그리고 이 나라, 자기 정체성을 모르는 고등학생 동성애자 같은 이 나라, 백인 노릇을 하는 물라토 같은 이 나라, 끊임없이 미간의 일자 눈썹을 정리하는 네안데르탈인 같은 이 나라에는 그와 같은 사람들이 필요하다. 이 나라는 공을 던져 맞힐, 호모라고 괴롭히고, 니거라고 짓

74 물탱크 위 의자에 앉아 있는 사람에게 공을 던져 물에 빠뜨리는 게임.

밟고, 침략하고, 수출 금지 조치를 내릴 상대가 필요하다. 야구처럼, 한 나라가 거울 앞에서 몸치장을 끊임없이 하면서도 실제로 거울을 보지 못하게 하는 것. 시체가 어디 묻혀 있는지 기억하지 못하게 하는 것이 필요하다. 그날 밤 다저스는 삼연패를 기록했다. 호미니는 허리를 펴고 앉아서 갑자기 김이 서린 차창을 문질러 동그란 구멍을 냈다.

「아직 다 안 왔어?」 그가 물었다.

우리는 엘 세군도와 로즈크랜스 애비뉴 중간쯤 있었고, 그때 문득 생각이 났다. 그곳에는 〈다음 출구 — 디킨스〉라는 표지판이 있었다. 호미니는 그 시절이 그리웠던 것이다. 아버지와 포모나 스테이트 축제에 갔다가 돌아오는 길, 다저스 경기 소식이 라디오에서 흘러나오고 있을 때, 아버지가 깨워서 눈을 비비면 그 표지판, 〈다음 출구 — 디킨스〉가 보이고, 그러면 집에 다 왔다는 걸 알던 시절이 나도 그리웠다. 젠장. 그 표지판이 그리웠다. 사실, 도시라는 것이 표지판과 멋대로 그어 놓은 경계선을 빼고 나면 뭐가 남는단 말인가?

초록색과 흰색의 플래카드는 별로 비싸지 않았다. 퀸 사이즈 침대 크기의 알루미늄 한 장, 6피트 길이의 금속대 두 개, 원뿔형 도로 표지, 오렌지색 야광 조끼 두 벌, 스프레이 페인트 두 개, 안전모 두 개, 그리고 그날 밤 잠만 자지 않으면 충분했다. 『도로명판 전용지주 등 표준설계 매뉴얼』을 다운받은 덕분에, 정확한 녹색(팬톤 342)에서 정확한 규격(60인치×36인치), 글씨 크기(8인치), 글씨체(하이웨이 고

딕체)에 이르는 모든 세세한 디자인을 알아낼 수 있었다. 그리고 밤새 페인트칠을 하고, 금속대를 크기에 맞게 자르고, 트럭 문에 지울 수 있는 페인트를 써서 〈선샤인 새미 건설〉이라고 찍은 뒤, 호미니와 나는 다시 고속 도로로 향했다. 시멘트 기초를 붓고 마르기를 기다리는 것 이외에, 교통 통제 장치를 설치하는 작업은 나무를 심는 것과 별로 다르지 않았고, 나는 하이 빔을 켜고 일을 시작했다. 내가 담쟁이덩굴을 치우고, 구멍을 파고, 표지판을 묻는 동안 호미니는 앞자리에서 KLON 방송국의 재즈를 들으면서 잠들었다.

엘 세군도 대로 고가 도로 위로 해가 떠오르면서 아침 통근 차량이 늘어나기 시작했다. 그리고 자동차들이 빵빵거리고 하늘에서는 교통 감시 헬기가 날아다니고, 트럭 기어 소리가 끼익거리는 가운데, 호미니와 나는 우리의 작품을 감상하며 갓길에 서 있었다. 그 표지판은 사람들이 출퇴근하면서 보는 다른 〈교통 통제 장치〉와 똑같았다. 겨우 몇 시간밖에 걸리지 않았지만, 4년간의 고생 끝에 시스티나 성당을 바라보는 미켈란젤로라도 된 것 같은 기분이 들었다. 엿새 동안 아이디어를 훔치기 위해 인터넷을 검색하고, 3분 동안 그것을 실행하기 위해 인도를 파손한 뱅크시라도 된 것 같은 기분이 들었다.

「주인님, 표지판은 강렬한 물건입니다. 디킨스가 저기 어딘가에 존재하는 것 같은 기분이 드네요.」

「호미니, 어느 쪽이 더 좋아요? 채찍으로 맞는 거랑, 저 표지판을 보는 것 중에서?」

호미는 잠시 생각했다. 「채찍은 등에 좋고, 표지판은 마음이 좋아지네요.」

그날 아침 집에 돌아왔을 때 나는 맥주를 한 캔 따고, 호미니를 집에 보낸 뒤, 책장에서 『토머스 가이드』의 최신판을 집었다. 4,084 평방마일의 로스앤젤레스 카운티는 해저와 마찬가지로 대체로 미지의 땅이었다. 8백 페이지가 넘는 그 책을 이해하려면 지리 정보학 학위가 필요했지만, 〈토머스 가이드 로스앤젤레스 편〉은 이 오아시스 없는 도시를 탐험하려는 용감무쌍한 탐험가에게는 종이로 된 새커거위아[75]였다. GPS장치와 검색 엔진의 시대에도, 그 책은 모든 택시와 견인차와 회사 차의 앞자리에 비치되어 있고, 〈캘리포니아 정지〉[76]를 하다가 죽은 멕시코 놈들에게도 이 책은 반드시 있을 것이다. 나는 책을 펼쳤다. 아버지는 매년 새로운 『토머스 가이드』를 가져왔고, 내가 가장 먼저 하는 일은 704~705페이지를 펼쳐 지도에서 버나드 애비뉴 205번지 위치를 찾는 것이었다. 그렇게 두꺼운 책에서 우리 집을 찾으면, 어쩐지 기분이 좋았다. 세상이 나를 사랑해 주는 기분이 들었다. 하지만 버나드 애비뉴 205번지는 양쪽에 고속도로를 끼고 있는 이름 없는 분홍색 땅에 자리 잡고 있었다. 울고 싶었다. 디킨스가 LA지역의 보이지 않는 지하로 추방

75 Sacagawea(1787?~1812). 북아메리카 원주민 쇼쇼니족 여성. 루이스 클라크 탐험단이 미국 서부 지역을 탐험할 때 통역과 길 안내를 했다.

76 정지해야 할 때 멈추지 않고 차를 저속으로 모는 것.

당한 것을 보니 마음이 아팠다. 『토머스 가이드』에 올라간 적도, 올라갈 필요도 없는, 공식적인 시 경계, 〈여기서부터 ……입니다〉라거나 〈여기까지 ……입니다〉라고 적힌 싸구려 안내판도 필요 없는 일급비밀 소수 민족 요새들. 왜냐하면 머릿속의 목소리(결코 편견이나 인종 차별이 아니라고 맹세할 수 있는)가 자동차 창문을 올리고 문을 잠그라고 하면, 정글이나 프루트타운[77]에 들어갔음을 알 수 있고, 다시 제대로 숨을 쉴 수 있으면 거기서 나왔음을 알 수 있으니까. 나는 파란 사인펜을 찾아 기억을 더듬어 내 고향의 외곽선을 삐뚤삐뚤 그렸고, 704~705페이지에 다저스의 상징인 파란색으로 커다랗게 〈디킨스〉라고 적었다. 그리고 내가 방금 세운 출구 표지판을 조그맣게 그려 넣었다. 다시 용기를 낼 수 있다면, 언젠가는 표지판을 두 개 더 세울 것이다. 그래서 만약 당신이 110번 고속 도로를 남쪽으로 달리다가 〈주택 가격 하락 주의〉와 〈흑인에 대한 흑인 범죄 지역〉이라고 적힌 두 개의 검정색과 노란색 표지판을 보게 되면, 그걸 세워 놓은 사람이 누군지 알 수 있을 것이다.

77 유명한 갱단 구역.

덤 덤 도넛 지식인 모임

일곱

도로 표지판을 설치한 다음 일요일, 나는 디킨스시를 부활시킬 계획을 공식적으로 발표하고 싶었다. 그러기에 덤덤 도넛 지식인의 다음 모임보다 더 좋은 자리가 있을까? 이 모임이 우리가 가진 정부와 가장 가까운 존재니까.

흑인으로서의 삶에 존재하는 여러 서글픈 아이러니 중 하나는, 온갖 시시하고 아무 일도 하지 않는 모임을 모두 〈행사〉라고 부르는 것이다. 그리고 흑인 행사는 제때 시작하는 법이 없으니 그 행사를 완전히 놓칠 위험을 무릅쓰지 않는 한, 세련되게 늦게 도착할 방법이 없다. 회의록을 전부 읽는 내내 앉아 있기 싫었기 때문에, 레이더스[78] 경기의 하프 타임 때까지 기다렸다. 아버지가 돌아가신 이후, 덤 덤 도넛 지식인 회원들은 스타에게 반한 중산층 교외 거주 흑인 및 지식인 단체로 바뀌었고, 격주 혹은 격월로 모여 유명인이라고 보기는 살짝 아쉬운 포이 체셔에게 알랑방귀를 뀌었다. 비록 미국 흑인들이 추락한 영웅들을 아끼기는 하지

78 오클랜드 레이더스. 캘리포니아주 오클랜드의 프로 미식축구 팀.

만, 그들이 포이의 회복력에 더 깊은 감명을 받은 것인지, 그런 일들을 겪고도 아직 1956년 빈티지 벤츠 300SL을 타고 다니는 것에 더 깊은 감명을 받은 것인지 알기 어려웠다. 그럼에도 불구하고, 그들은 그의 주위를 얼쩡거리면서 궁핍한 흑인 커뮤니티에 대한 통찰력 있는 의견을 내놓아 그에게 좋은 인상을 남기고 싶어 했다. 그들이 인종을 가리는 안대를 잠시라도 벗는다면, 그 커뮤니티가 흑인 커뮤니티가 아니라 남미 커뮤니티임을 깨닫게 되겠지만 말이다.

모임은 두 주에 한 번씩 참석하는 사람들과 두 달에 한 번씩 참여하는 사람들이 *bimonthly*가 정확히 무슨 의미인지 놓고 논쟁을 벌이는 데 주로 시간을 썼다.[79] 나는 디킨스와 관련된 새로운 통계 자료집 『티커』의 최신호를 배포하는 순간에 들어갔다. 블루베리 도넛 근처, 모임의 뒤쪽에 서 있던 나는 그 복사물을 코에 갖다 대고 신선한 등사판 잉크의 냄새를 들이마신 뒤, 대충 살펴보았다. 티커는 아버지가 다우존스 주가 지수와 비슷하게 고안한 사회 측정 지수였다. 종목과 우량주를 사회악과 위험으로 바꾼 것뿐이었다. 실업률, 빈곤율, 범죄율, 영아 사망률 등, 올라가는 것은 늘 올라갔다. 졸업률, 문맹 퇴치율, 수명 등, 늘 내려가는 것은 더욱 크게 내려갔다.

포이 체셔는 시계 밑에 섰다. 10년 동안, 체중이 75파운드 느는 것 이외에 그는 별로 바뀌지 않았다. 그는 호미니보다 그렇게 젊지 않았지만, 머리도 세지 않았고 얼굴에는 주

79 격주, 격월 두 가지 의미로 모두 사용된다.

름 몇 개뿐이었다. 그 뒤의 벽에는 두 개의 포스터 크기 사진 액자가 걸려 있었는데, 하나는 등 뒤의 진열대 안에서 내가 보는 앞에서 쭈그러져 굳어 가고 있는 〈갓 구웠다는 빵〉과는 전혀 다른, 말도 안 되게 탱글탱글하고 부드러워 보이는 여러 가지 도넛 상자 사진이었고, 또 하나는 자랑스레 미국 심리학 협회의 넥타이핀을 꽂고 머리를 완벽하게 다듬은 아버지의 컬러 사진이었다. 나는 후위를 맡았다. 실내의 진지한 분위기로 판단하건대, 안건이 많은 모양이었고 회원들이 〈부차적 안건〉에 도달하려면 한참 걸릴 것 같았다.

포이는 책 두 권을 들고 카드 마술을 하려는 마술사처럼 사람들에게 펼쳐 보이고 있었다. 〈문화를 하나 고르십시오. 아무것이나.〉 그는 책 한 권을 높이 들고 남부의 목사 억양을 흉내 내며 말했다. 비록 그는 중서부의 그랜드래피즈에서 태어나 할리우드 힐스에서 살고 있지만 말이다. 「얼마 전, 어느 날 밤.」 포이가 말했다. 「이 책, 『허클베리 핀』을 손자들에게 읽어 주려고 했습니다. 하지만 여섯 쪽을 차마 넘길 수가 없더군요. 이 책에 흑인을 비하하는 단어가 너무 많아서 말입니다. 그리고 손자들이 내가 아는 아이들 중 가장 생각이 깊고 투쟁적인 여덟 살과 열 살짜리이긴 합니다만, 그 애들이 『허클베리 핀』을 제대로 이해할 나이는 아니라고 생각했기 때문입니다. 그래서 저는 마크 트웨인의 걸작을 다시 썼습니다. 불쾌한 비하 호칭이 나오는 자리에, 〈전사〉라는 단어를 넣었고, 〈노예〉는 〈검은 자원봉사자〉로 바꾸었습니다.」

「잘했어요!」 사람들이 외쳤다.

「짐의 말투도 좀 바꾸고, 줄거리도 살짝 손보고, 제목을 『잃어버린 흑인 가족을 찾아 나선 아프리카계 미국인 짐과 그의 어린 후배 백인 형제 허클베리 핀의 욕설 없는 모험과 지적 영적 여행』이라고 다시 붙였습니다.」 그리고 포이는 자신이 다시 쓴 책을 사람들이 볼 수 있도록 들어 보였다. 내 시력이 별로 좋지는 않지만, 표지에는 분명 허클베리 핀이 뗏목을 저어 미시시피강을 헤치고 나가는 동안 아프리카계 미국인 짐 선장이 날씬한 허리에 뒷짐을 지고 염소수염을 기르고 포이가 입고 있던 것과 똑같은 버버리 체크무늬 재킷을 입고서 키를 잡고 있었다.

나는 그 모임에 가는 것을 좋아한 적 없었지만, 아버지가 돌아가신 후, 농장에 긴급한 일이 없으면 얼굴을 내밀었다. 포이가 리더로 임명되기 전, 나를 리더로 삼자는 말도 있었다. 북한의 김정은처럼, 아버지의 빈민 지역 개념론을 물려받으라는 것이었다. 결국 나는 니거 위스퍼러 일도 물려받았으니까. 하지만 나는 거절했다. 나는 흑인 문화에 대해서 잘 모른다고 하면서 사양했다. 내가 미국 흑인이 처한 상태에 대해서 확실히 아는 것이라고는 우리에게 〈너무 달다〉거나 〈너무 짜다〉는 개념이 없다는 것뿐이라고도 했다. 그리고 10년 동안, 주민 발의안 8호와 187호,[80] 사회 복지의 실종, 데이비드 크로넌버그의 영화 「크래시」, 데이브 에거스

80 캘리포니아 주민 발의안 8호는 동성 결혼 금지, 187호는 반이민에 대한 내용이었다.

의 선행 생색 등,[81] 흑인과 빈민과 유색 인종에 대한 캘리포니아의 숱한 잔인한 행동과 모욕을 거치면서, 나는 한마디도 하지 않았다. 출석을 부를 때, 포이는 내 이름을 한 번도 제대로 부르지 않고, 〈셀아웃!〉[82]이라고 불렀다. 그리고 약삭빠르게 형식적인 미소를 지으며 내 얼굴을 보고 〈출석〉이라고 말하고는 이름 옆에 체크했다.

포이는 자기 가슴에다 손끝을 댔는데, 그것은 모인 사람들 중에 가장 똑똑한 사람, 즉 자신이 발언을 하겠다는 신호였다. 그는 크게, 그리고 빠르게 말했고, 한마디 한마디 나올 때마다 연설은 빠르고 강렬해졌다. 「저는 정치적으로 올바른 『허클베리 핀』 판본을 모든 중학교 필독 도서로 포함시키기를 제안하는 바입니다.」 그가 말했다. 「세대를 거치며 이 책을 읽지 않는 흑인 청소년들이 생기는 것은 범죄이기 때문입니다.」 그리고 포이는 원본의 뒤표지를 슬쩍 훔쳐보았다. 「이 우스꽝스럽고 생생한 미국의 고전을 말입니다.」

「〈청소년〉이 맞나요, 〈청소년들〉이 맞나요?」[83] 몇 년 만에 내가 처음으로 입을 연 것에, 우리 둘 다 깜짝 놀랐다. 하지만 나는 뭔가 이야기를 하러 왔으니, 성대를 좀 풀어 두는 게 좋을 것 같았다. 나는 대담하게도 숨겨 들여온 오레오 쿠키

81 Dave Eggers(1970~). 미국의 저술가. 대표작으로 주인공이 가난한 사람들에게 돈을 나누어 주며 여행하는 이야기 『우리의 속도를 알려드립니다 *You Shall Know Our Velocity*』가 있다.

82 헐값에 팔아 버리는 것, 또는 배신자라는 뜻.

83 원서에서 포이의 대사는 *generations of black folk*로 되어 있고 주인공은 *black folk*와 *black folks* 중 어느 것이 맞는지를 묻고 있다.

를 집어 들어 한 입 베어 물었다. 「어느 쪽이 문법적으로 맞죠? 항상 헷갈려서요.」 포이는 침착하게 카푸치노를 한 모금 마시더니 나를 무시했다. 그와 거기 모인 사람들 중 디킨스 시민이 아닌 자들은 내가 〈늑대니거〉라고 부르는 무시무시한 미치광이 흑인 사상가 집단에 속했다. 늑대니거들은 낮에는 유식하고 점잖지만 보름달이 뜨고, 회계 분기가 되고, 대학의 종신 재직 심사가 있을 때마다, 목털을 꼿꼿이 세우고, 바닥까지 닿는 털 코트와 밍크 숄을 걸치고, 송곳니를 기르고서, 상아탑과 기업 회의실에서 내려와 도시 빈민 지역을 배회한다. 지루한 블루스 음악을 틀어 놓고 술잔을 기울이며 보름달을 향해 울부짖기 위해서. 재산은 줄지 않았을지 모르지만, 인기가 줄어들자, 늑대니거 포이 체셔가 고른 안개 속의 빈민 지역은 바로 디킨스였다. 보통 나는 무슨 수를 써서라도 늑대니거들을 피하려고 한다. 내가 가장 두려워하는 것은 지적으로 갈가리 찢기는 것이 아니라, 모두를, 특히 싫어서 견딜 수 없는 사람들을, 아무개 형제니, 아무개 자매니 부르는 습관이다. 지루함을 견뎌 보려고 호미니를 모임에 데려가기도 했다. 게다가 호미니는 내 생각을 말해 주기도 했다. 「왜 당신네 니거들은 여기서는 그렇게 흑인 방언을 쓰다가, 텔레비전에만 나가면 켈시 그래머[84]는 저리 가라 표준말을 쓰는 겁니까.」 하지만 포이 체셔가 인세로 얻은 수백만 달러 중 일부로 「꼬마 악당들」 중에서 가장 인종 차별적인 단편들의 판권을 사들였다는 소문을 듣고, 나는 호

84 Kelsey Grammer(1955~). 미국의 백인 배우.

미니에게 그만 참석하라고 부탁해야 했다. 그는 소리를 지르고, 발을 구르곤 했다. 포이가 무슨 행동만 하려고 하면, 호미니는 소란을 피워 방해했다. 「니거, 내 〈꼬마 악당들〉 영화를 어디다 숨겼냐!」 호미니는 자신의 대표작이 거기 있을 거라고 한다. 그 소문이 사실이라면, 세상 사람들이 미국 최고의 인종 편견 영화를 블루레이와 돌비 서라운드 사운드로 즐기지 못하게 막아 버린 독선적인 흑인 수호자를 용서할 수 없을 것이다. 하지만 하수구에 악어가 산다거나, 팝 락스 사탕에 탄산음료를 섞어 먹으면 죽는다는 말처럼, 포이 체셔가 「꼬마 악당들」 중에서 가장 인종 차별적인 에피소드의 판권을 갖고 있다는 이야기도 도시 전설에 불과하다.

언제나 발이 빠른 포이는 나의 건방진 태도와 오레오에 고급 카놀리[85]로 대응했다. 우리는 둘 다 싸구려 덤 덤 도넛을 먹기에는 너무 수준 높은 사람들이었으니까.

「심각한 문제입니다. 마크 트웨인 형제는 흑인 비하 호칭을 219번이나 쓰고 있습니다. 즉, 전체로 봐서 페이지당 0.68회의 흑인 비하 호칭을 쓴다는 겁니다.」

「내 생각으로는 마크 트웨인이 〈니거〉라는 말을 충분히 쓰지 않은 것 같은데.」 내가 중얼거렸다. 미국인이 가장 좋아하는 쿠키를 입에다 최소 네 개는 물고 있었으니, 아무도 내 말을 알아들었을 것 같지 않다. 나는 좀 더 말하고 싶었다. 가령, 손자들에게 흑인 비하 호칭이 존재하며, 살다 보면 언젠가는 〈니거〉라는 말을 듣게 되거나, 그보다 더 나쁜

85 귤, 초콜릿, 치즈 등을 파이 껍질로 싸서 튀긴 과자.

경우, 누군가를 〈니거〉라고 부르게 될 거라는 사실을 설명해 줄 인내심도 용기도 없는 주제에 왜 마크 트웨인을 욕하는지 묻고 싶었다. 누구도 그들을 〈흑인 꼬마 완곡어〉로 부르지 않을 테니, 미국인들의 어휘, 〈니거〉를 배워 두어야 할 텐데! 하지만 나는 쿠키를 넘길 우유를 시키는 걸 잊고 있었다. 그래서 포이와 그의 동지들에게 마크 트웨인이 전하는 진실은 평균적인 흑인 니거는 평균적인 백인 니거보다 도덕적으로나 지적으로나 월등하다는 것인데, 잘난 덤 덤 니거들이 그 단어를 금지시키고, 수박, 오전의 코카인, 싱크대에서 거시기 씻기, 후추 색깔과 질감의 거시기 털을 가졌다는 영원한 수치심을 없애 버리고 있다고 말해 줄 수 없었다. 그것이 바로 세계에서 가장 억압받은 사람들과 미국 흑인 사이의 차이다. 그들은 결코 잊지 말자고 맹세하지만, 우리는 모든 것을 기록에서 지우고, 영원히 봉합해서 치워 두고 싶어 한다. 우리는 포이 체셔 같은 사람이 우리의 주장을 다음과 같은 지침과 함께 세상에 내놓기를 바라는 것이다. 배심원들은 흑인이 수백 년 동안 받아 온 조롱과 편견을 무시해야 하며, 눈앞에 보이는 불쌍한 니거들이 처음부터 다시 시작할 수 있다고 믿는 척해야 한다는 지침 말이다.

포이는 다시 약을 팔기 시작했다. 「흑인 비하 호칭은 영어에서 가장 사악하고 입에 결코 담을 수 없는 단어입니다. 누구도 그 점에 대해서는 반박할 수 없을 겁니다.」

「저는 〈니거〉보다 더 심한 말을 알아요.」 내가 나섰다. 찐득한 초콜릿 크림을 마침내 삼키고, 나는 한쪽 눈을 감고 반쯤 먹은 쿠키를 들어 올려 그 짙은 갈색의 반원 모양이 포이의 커다란 머리 위에서 〈오레오〉라고 쓴 아프로 머리처럼 보이도록 했다.

「예를 들면요?」

「-녀 자가 붙은 단어 아무거나요. 흑인녀. 유대인녀. 여류 시인. 여배우. 간음녀. 사실 확인녀. 나라면 〈거인녀〉라고 불리느니 차라리 〈니거〉라고 불리겠어요.」

「문제적이군.」 흑인 사상가들이 불편하고, 무능하다는 느낌이 들거나, 나 같은 놈에게 뭐라고 대답해야 할지 모른다는 자각에 괴로워질 때면 쓰는 암호를 누군가가 중얼거렸다. 「생산적인 안건도 없으면서, 대체 여긴 왜 온 거야?」

포이는 진정하라며 손을 들었다. 「덤 덤 도넛 지식인들은 모든 의견을 존중합니다. 그리고 잘 모르는 분들을 위해 말해 두자면, 이 셀아웃은 설립자의 아들입니다.」 그러더니 그는 동정 어린 표정으로 나를 보았다. 「계속 해보렴, 셀아웃. 무슨 말을 하러 왔는지 이야기를 해.」

대부분 덤 덤 모임에서 발표를 할 때면 포이 체셔가 개발한 슬라이드 프레젠테이션 〈아프리카계 미국인 소프트웨어〉 임파워포인트를 써야 한다. 폰트 이름이 팀북투, 할렘 르네상스, 피츠버그 커리어 등이라는 것 이외에는 마이크로소프트사의 파워포인트와 크게 다르지 않다. 나는 가게의 청소 도구함을 열었다. 걸레와 양동이 옆에 낡은 프로젝터가 아직 있었다. 유리면과 한 장짜리 OHP 필름은 교도소 창문처럼 더러웠지만, 아직 쓸 만했다.

나는 부매니저에게 조명을 꺼달라고 한 뒤 그림을 그려 천장에 비췄다.

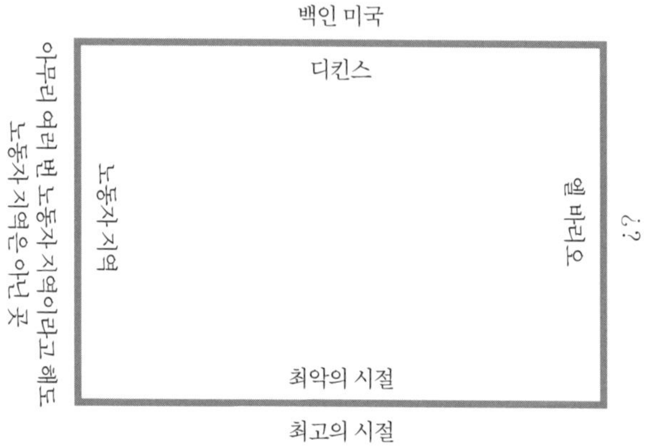

나는 여기 붙인 이름을 보도에 스프레이 페인트로 쓰고, 경계 구분선은 거울과 고출력 레이저빔으로 표시하되, 비용이 너무 높아 불가능하다면 3인치 두께로 12마일 길이의 하얀 페인트 선을 그리며 시 경계를 일주하면 된다고 설명했다. 〈일주하다〉와 〈경계 구분선〉이라는 말이 내 입에서 나오는 것을 들으니 즉석에서 지어낸 헛소리이기는 하지만, 내가 생각보다 이 일에 진지하게 임하고 있다는 생각이 들었다. 그렇다. 「나는 디킨스시를 되살려 내려는 겁니다.」

웃음소리. 「바람과 함께 사라지다」 같은 영화에 나오는 마음씨 착한 농장주들이 그리워하는, 흑인들의 쩌렁쩌렁 울리는 웃음소리. 농구팀 라커 룸에서, 랩 콘서트 백스테이지에서, 애송이 초청 강연자가 감히 프란츠 파농과 실존주의, 초끈 이론, 비밥 사이에 관계가 있다는 주장을 펼칠 때 예일 대학교에서 백인 학생밖에 없는 흑인 연구 학과에서 들리는 웃음소리. 조롱하는 웃음소리가 마침내 잦아들자, 포이는 눈에서 눈물을 닦아 내고, 카놀리를 마저 먹고는 내 뒤로 다가와 아버지가 아들이 가문의 지성에 먹칠을 하는 광경을 보지 못하도록 사진을 벽 쪽으로 돌려놓았다.

「디킨스를 되살릴 거라고 했나?」 포이가 긴장을 풀라는 듯 물었다.

「네.」

「내가 대부분의 회원들을 대변한다고 믿네만, 묻고 싶은 것이 하나 있네. 왜지?」

모두가 관심을 가질 줄 알았더니 아무도 그렇지 않다는데 상처를 받은 나는 자리로 돌아와 멍한 상태로 앉아 있었다. 흑인 가족의 와해와 흑인 사업의 필요성에 대해 늘 떠드는 소리를 건성으로 들으면서. 포이가 「그런 성격의 사안을 논의하겠습니다」라고 말하기를 기다렸다. 그것은 흑인 지성의 소통이 〈완전히 두절되었음, 오버〉라는 뜻이기 때문이다.

「……그런 성격의 사안을 논의하겠습니다.」

드디어. 회의가 끝났다. 그리고 사람들이 하나씩 흩어질 때, 나는 마지막 남은 오레오 쿠키를 비틀어 나누었는데, 불쑥 어디선가 못이 박히고 거친, 검은 손이 나타나더니 오레오를 낚아채 입에 넣었다.

「흑인들이 다 나눠 먹을 만큼 가져왔나, 니거?」

퍼머로 곧게 편 머리를 핑크색 헤어롤에 말아 붙이고 그 위에 안이 비치는 샤워 캡을 쓰고, 커다란 귀고리를 양쪽 귀에 대롱대롱 건 그 쿠키 도둑은 킹 커즈라는 (캥 커즈라고 발음한다) 악명 높은 갱스터라기보다는 블랜치나 매지라는 이름을 가진 여자처럼 생겼다. 커즈가 금속 테두리를 해 넣은 이에 묻은 초콜릿 조각을 혀로 핥아 먹을 때, 나는 조용히, 아주 조용히, 그를 욕했다.

「내가 껌을 씹으면 선생들이 그렇게 말했지. 반 애들이 다 나눠 먹을 만큼 가져왔나?」

「당연하지, 니거.」

커즈와 알고 지낸 내내, 나는 〈당연하지, 니거〉이상의 진정한 대화를 해본 적이 없었다. 나뿐만 아니라 모두 마찬가지였다. 그는 중년이 되어도 섬세했고, 말실수를 했다가는 실수를 한 인간 장례식에서 엉엉 울어서 자신이 얼마나 섬세한지 온 세상에 보여 줄 위인이었으니까. 그래서 아무도 그와 대화하지 않는다. 그가 말을 걸면, 뭐라고 하든, 남자든, 여자든, 아이든, 목소리를 최대한 내리깔고 〈당연하지, 니거〉라고 대답하면 된다.

캥 커즈는 내 아버지가 니거 위스퍼러로서 자기 어머니를 지하철 선로에서 구해 낸 이후로, 덤 덤 도넛 지식인 모임에 꾸준히 참석해 왔다. 그의 어머니는 손과 발을 밧줄로 묶고 통근 기차 선로에 뛰어들어서는 「백인 여자한테 문제가 생기면, 구원을 기다리는 아가씨지! 흑인 여자한테 문제가 생기면, 복지 사기꾼에 사회의 부담이라고 해. 왜 흑인 아가씨는 없는 거야? 라푼젤, 라푼젤, 머리를 내려 줘!」라고 외쳤다. 그녀의 목소리가 어찌나 큰지 건널목 차단 문이 땡땡거리며 닫히고 블루 라인 지하철이 달려오며 내는 기적 소리에도 묻히지 않았다. 캥 커즈는 당시에는 커티스 백스터라는 소년이었고, 내 아버지가 그의 어머니를 품에 안았을 때, 어린 커티스의 눈물이 달리는 기차가 일으키는 바람에 흩날리던 것이 기억난다. 기차가 지나간 뒤에도 녹슨 선로가 울리며 뜨거웠던 것도 기억난다.

그랬는데 흑인들이 다 나눠 먹을 만큼 가져왔냐고?

커티스는 자라서 캥 커즈가 되었다. 머리가 좋고 과감한 것으로 유명한 갱스터였다. 그의 패거리, 롤링 페이퍼 체이서는 구급대원을 양성한 최초의 갱단이었다. 물물 교환을 하다가 총격전이 나면 들것을 든 구급대원이 부상자를 실어다 전선 뒤의 야전 병원에서 치료하는 것이다. 슬퍼해야 할지, 감명을 받아야 할지, 알 수 없는 노릇이다. 그런 것을 신설한 뒤 얼마 안 되어 그는 나토 가입을 신청했다. 〈다른 사람들은 다 나토 회원인데. 흑인 갱스터는 왜 안 돼? 우리가 에스토니아를 혼쭐내지 못할 거라는 건가?〉

〈당연하지, 니거.〉

「몇 가지 할 이야기가 있어.」

「당연하지, 니거.」

「하지만 여기선 안 돼.」

커즈는 내 멱살을 잡더니 문 밖, 바스커빌가의 개에나 나올 법한 안개 자욱한 어둠 속으로 끌고 갔다. 모르는 사이에 해가 지고 밤이 되어 있으면 항상 놀라게 된다. 우리는 둘 다 걸음을 멈추고 따뜻한 안개와 차분한 고요를 얼굴에 느꼈다. 가끔은 편견과 차별, 그리고 빌어먹을 회의 중에 어느 쪽이 더 끝이 안 나는지 알기 어렵다. 커즈는 주먹을 쥐어 매니큐어를 한 긴 손톱을 살피고 눈썹을 한 번 추켜올리더니 웃었다.

「먼저 〈디킨스를 되살려 낸다〉는 거, 말이야. 이 동네 출신이 아닌 니거들이 뭐라고 하든 신경 꺼. 나는 완전 찬성이야. 저기서 우리 둘뿐이지만, 디킨스 출신의 덤 덤 회원은 웃지 않아. 그러니까 그거 시작해 봐. 생각해 보면 말이지, 흑인에게도 중국 식당 같은 게 생기면 안 되는 이유가 있나?」

「당연하지, 니거.」

그다음 나는 뜻밖의 행동을 했다. 캥 커즈와 대화를 시작한 것이다. 비록 목숨을 잃게 된다거나, 그 동네 〈말없는 놈〉이라는 이미지를 잃게 된다 하더라도, 알고 싶었기 때문이다.

「물어볼 게 있어, 캥 커즈.」

「커즈라고 불러.」

「좋아, 커즈. 이 모임에 왜 오는 거야? 나가서 욕이나 하고 때려 부수고 다녀야 하는 거 아닌가?」

「전에는 네 아버지 말을 들으러 갔었어. 아버지의 명복을 빌어, 진짜로. 하지만 지금은 혹시나 이 덤 덤 니거들이 노동자 지역에 발을 들여놓고 다 망쳐 놓을까 봐 감시하러 가는 거야. 그러면 폴 리비어[86]처럼 동네 사람들한테 적어도 미리 알릴 수는 있잖아. 랜드 크루저로 침입하면 경계경보 1번. C클래스 벤츠로 침입하면 경계경보 2번. 부르주아가 오고 있다! 부르주아가 오고 있다!」

「누가 어디로 온다는 건가?」 포이였다. 모임이 끝나자, 그와 다른 늑대니거들이 차를 타러 나오고 있었다. 먹잇감을 찾으러 가는 것이다. 커티스 〈캥 커즈〉 백스터는 포이의 말에 대답도 하지 않았다. 그는 그저 홱 돌아서 희미한 어둠 속으로 사라졌다. 중이염에 걸린 술 취한 뱃사람처럼, 오른쪽으로 기우뚱거리며. 그는 나를 향해 외쳤다. 「흑인 중국 식당 잘 생각해 봐. 그리고 여친 좀 사귀어 봐. 넌 너무 예민해.」

「그 말은 듣지 말게. 여친들은 과대평가되고 있으니.」

내가 말에 타는데 포이가 처방약 병 두 개를 열더니 하얀 알약 세 개를 꺼냈다.

「0.001이라고.」 그는 내가 잘 볼 수 있도록 손바닥의 알약을 흔들었다. 졸로프트와 렉사프로[87]였다.

「뭐가요? 복용량이요?」

「아니. 내 프로의 망할 시청률이네. 자네 아버지는 내가 조울증이라고 생각했지만, 사실 나는 혼자일 뿐이네. 자네도 그런 것 같군.」

그는 내게 그 약을 건네는 시늉을 하더니 자기 혀에 얹고는 비싸 보이는 은제 병에 든 술로 삼켰다. 만화 방송이 끝

86 Paul Revere(1734~1818). 미국 독립 전쟁 때 영국군의 침공 소식을 전했다.

87 둘 다 우울증과 불안증 치료제.

난 뒤, 포이는 모닝 토크 쇼를 연달아 했다. 토크 쇼가 계속 실패하면서, 방송 시간은 점점 더 앞당겨졌다. 블러즈가 〈크립〉의 앞 글자라는 이유로[88] c자를 쓰지 않듯이(캡틴 크런치 시리얼의 경우에도 c를 모두 k로 대신한다), 포이의 토크 쇼도 〈팩트〉라는 말을 〈블랙〉이라는 말로 대체해 갱스터와의 유사성을 보여 준다. 그리고 그는 「블랙」이라는 프로그램과 「픽션, 블랙토텀Fiction, Blacktotum」이라는 프로그램에서 세계 지도자들로부터 죽어 가는 음악가에 이르는 온갖 사람들을 인터뷰했다. 그가 최근에 시작한 프로그램은 「흑인만 부탁해요」라는 말도 안 되는 인종 문제 포럼이었다. 그것은 일요일 아침 5시에 방송되었다. 5시에 깨어 있는 니거는 둘뿐 아닌가? 포이 체셔와 그의 메이크업 담당 말이다.

5천 달러 가까운 정장과 구두, 장신구를 걸치고 있는 사람이 부스스하다고 말하기는 어렵지만, 가로등 불빛 가까이에서 보니, 그는 그랬다. 때는 빼고 광은 안 낸 듯, 셔츠는 후줄근하게 구겨져 있었다. 주름도 제대로 잡히지 않은 실크 바지 엉덩이 부분은 흙이 묻어 있었고, 해어지기 시작했다. 구두도 낡아 있었고, 박하 냄새가 강하게 풍기고 있었다. 마이크 타이슨은 〈파산을 하고도 저택에 살 수 있는 나라는 미국뿐〉이라고 말한 적이 있었다.

포이 체셔는 술병의 뚜껑을 닫더니 주머니에 넣었다. 아무도 보고 있지 않으니, 그가 완전히 늑대니거로 변신하기

88 크립과 블러즈는 둘 다 LA의 갱단으로, 불구대천의 라이벌이다. 크립의 상징 색깔은 파란색, 블러즈는 빨간색이다.

를 기다렸다. 송곳니와 발톱이 자라기를. 늑대니거의 털은 곱슬인지 궁금했다. 그래야 할 것 같지 않은가?

「자네가 무슨 꿍꿍이인지 아네.」

「내가 무슨 꿍꿍이인가요?」

「이제 자네 아버지가 죽은 때와 비슷한 나이가 되었지. 그런데 10년째 모임에서 아무 말도 안 했네. 어째서 오늘 하필 디킨스를 살려 낸다는 헛소리를 하기로 마음먹었지? 덤덤을, 자네 아버지가 시작한 일을 되찾으려는 거지.」

「그런 건 아닐걸요. 도넛 가게에서 당뇨병 위험에 대한 강의를 하는 조직이라면, 당신이나 가져요.」

아마 그때 알아차려야 했다. 아버지는 누가 미쳐 가고 있는지 결정하기 위한 체크리스트를 갖고 있었다. 아버지는 사람들이 종종 강한 개성으로 착각하는 신경 쇠약의 징후가 있다고 했다. 무관심. 기분 변화. 대단한 사람이라는 착각. 과학 박물관에 가면 보게 되는 커다란 나무 단면 조각처럼, 척 보면 알 수 있는 호미니를 제외하면, 나는 나무가 속이 병든 것만 알아보지, 사람은 알아보지 못한다. 병든 나무는 속으로 시들어 간다. 잎에 얼룩이 생긴다. 나무껍질이 마르거나 갈라지기도 한다. 나뭇가지는 바짝 마르거나 만지면 물컹하다. 하지만 가장 좋은 방법은 뿌리를 보는 것이다. 뿌리는 나무를 땅에 붙여 주고, 제자리에 고정시켜 주는 것인데, 그 뿌리가 갈라지거나 포자나 곰팡이에 뒤덮여 있으면……, 포이 체셔의 뿌리, 고급 갈색 구두를 본 것이 기억난다. 구두는 갈라지고 먼지가 쌓여 있었다. 그의 부인이 이혼

소송을 제기했고, 포이가 파산 상태라는 소문, 그리고 그의 토크 쇼 시청률이 거의 없다는 점에 미루어, 나는 그때 알아차렸어야 한다.

「자네를 지켜보는 중이야.」 그가 차에 타면서 말했다. 「덤 덤 도넛은 내게 남은 전부야. 자네가 내 걸 망치게 두진 않겠네.」 그는 클랙슨을 두 번 빵빵거린 뒤 떠났다. 벤츠를 타고 엘 시엘로 대로를 내달려, 멀리서 봐도 그가 분명한, 느릿느릿 걸어가는 커즈를 마하의 속도로 지나쳤다. 자주 있지는 않지만, 어쩌다 한 번, 덤 덤 도넛 지식인 회원이 〈흑인 중국 식당〉이나 〈여친〉 같은 기발한 말을 한다.

「당연하지, 니거.」 나는 소리 내어 말했다.

처음으로 진심으로 한 말이었다.

여덟

나는 경계선을 페인트로 칠하기로 했다. 내가 원하는 강도의 레이저 포인터를 사려면 한 대에 몇백 달러씩 들긴 하지만, 비싸서가 아니라 페인트칠이 더 사색적이라고 여겼기 때문이다. 나는 늘 단순 반복 작업을 좋아했다. 파일을 정리하고, 봉투에 편지를 넣는 것 같은 틀에 박히게 반복적인 작업은 아주 근본적인 방식으로 삶에 힘을 준다. 나는 공장 노동자나 창고 직원, 할리우드 시나리오 작가가 되었다면 잘했을 것이다. 학교 다닐 때 주기율표 등을 암기해야 할 때마다 아버지는 지루한 일을 잘 해내는 방법은 지금 무슨 일을 하는지보다는 왜 그 일을 해야 하는지를 생각하는 것이라고 했다. 노예들이 일을 〈텃밭 가꾸기〉라고 생각했다면 노예 제도의 심리적인 악영향이 줄었을 것인지 물어보자, 쿤타킨테[89]도 눈살을 찌푸릴 정도로 세게 두드려 맞았다.

나는 엄청난 양의 하얀 스프레이 페인트와 야구장에서

89 18세기 미국에 노예로 끌려온 흑인들의 삶을 조명한 알렉스 헤일리의 장편소설 『뿌리』의 주인공.

거리와 파울선을 표시하는 데 쓰는 라인 표시 기계를 사들였다. 그리고 오전 농장 일을 시작하기 전, 교통량이 적을 때 정해진 위치로 가서 도로 가운데 기계를 두고 선을 그렸다. 선이 곧은지, 옷에 뭐가 묻는지 상관하지 않고, 나는 그린 선이 마를 때까지 선 가장자리에 드러누웠다. 내가 무슨 일을 하고 있는지 아무도 모른다는 것은, 덤 덤 도넛 지식인 모임이 얼마나 비효율적인지 보여 주는 증거였다. 나를 모르는 사람들은 대부분 나를 행위 예술가나 미친 사람으로 여겼다. 나는 미친 사람이라고 해도 아무렇지 않았다.

하지만 수천 야드의 하얀 선을 구불구불 그리고 나니 10세 이상의 디킨스 사람이라면 누구나 내가 무슨 일을 하고 있는지 알아차릴 수 있었다. 부탁하지 않아도, 무단결석 청소년과 노숙자들이 내가 그린 선을 지켜 주곤 했다. 젖은 페인트에서 나뭇잎과 돌멩이를 치워 주기도 했다. 자전거 타는 사람들, 차도를 걸어다니는 사람들이 페인트를 밟지 못하게 쫓아 주기도 했다. 가끔 하루 일을 마치고 다음 날 아침에 다시 나와 보면 내가 그려 놓은 곳에서 누군가 일을 대신 하기도 했다. 내가 그어 놓은 선을, 종종 다른 색으로 이어서 그려 놓았다. 가끔은 선이 아니라 핏방울일 때도 있었고, 내가 한 일에 자기 사인을 낙서처럼 이어 붙여 써놓기도 했다. ____에이스____분____또는____더____웨스트____사이드____크레이지____63번지____갱스타____. 또는 〈멕시코인, 흑인, 비동성애자, 그 밖에 인기 케이블 텔레비전 쇼를 보고 부당하다는 느낌을 받는 모든 이들을 위한 로스앤젤레스 성적 소수자 위기 센터〉 맞은편 코너에서 선을 그릴 때는, 3피트 폭, 4백 피트 길이의 무지개 아치 양쪽 끝을 금색 콘돔 통으로 고정시켜 놓기도 했다. 엘 하버드 다리가 개울을 가로지르기 시작하는 지점, 빅토리아 대로를 반쯤 내려가다 보니 누군가 내가 그은 선 한가운데 1백 스무트[90]라는 자주색 글자를 적어 놓기도 했다. 지금도 그게 무슨 뜻인지 모르겠지만, 내가 하려는 말은 그런 도움 덕분에 경계선을 완성하기까지 시간이 얼마 걸리지 않았다는 것이다. 내가 하는 일과 수박 덕분에 내 얼굴을 아는 경찰은 종종 순찰차로 나를 호위해 주기도 했다. 예전에 나왔던 『토머스 가이드』로 내가 그린 경계선이 정확한지도 확인해 주었다. 성격 좋은 멘데스 경관이 이렇게 놀리는 것이 기분 나쁘지 않았다.

「뭐 하는 겁니까?」

「잃어버린 도시 디킨스를 찾고 있어요.」

「가운데 이미 황색 선이 두 개나 있는 길 가운데 흰 선을 그려서 말입니까?」

「강아지를 선물로 받아도 뒷마당에 키우는 개들도 사랑하잖아요.」

「그럼 전단을 붙여야죠.」

그녀는 이렇게 말하고 현상 수배 포스터 뒷면에 후다닥 적어 넣은 것을 내밀었다.

90 스무트는 MIT에서 장난으로 만들어 낸 길이의 단위이다.

실종: 고향 도시

이 도시를 본 적이 있습니까?
생김새: 대체로 검은색과 갈색. 사모아인 약간.
상냥함. 디킨스라고 부르면 대답함.

보상금은 천국에서 지급.

정보가 있으면 1-(800)-DICKENS로 제보해 주세요.

나는 도와줘서 고맙다고 하고 껌으로 그 전단을 가까운 전신주에 붙였다. 잃어버린 것을 찾으려는 사람에게 전단을 붙이는 위치를 결정하는 일은 평생 내리는 결정 가운데 가장 힘든 것이다. 나는 전신주 아래쪽, 재향 군인 센터에서 열리는 엉클 잼 육군 콘서트 안내문 〈엉클 잼이 당신을 원한다! 캘리포니아, 로스 아프가니스탄에서 근무하며 놀자! 알라 악 오픈 바 오후 9~10시!〉와 재택근무로 주급 1천 달러를 벌 수 있다는 미지의 꿈의 직업을 광고하는 전단 사이의 공간을 택했다. 그 전단을 붙인 사람이 누구든지 인사부와 상의를 했기를 바랐다. 그들은 주급 3백 달러도 받지 못할 것 같고, 분명 재택근무는 아닐 것 같았기 때문이다.

경계선을 그리고 명칭을 적는 데 약 6주가 걸렸고, 결국 나는 어떤 일을 해낸 것인지 잘 알 수는 없었지만 아이들이 일요일이면 조심조심 발자국을 붙여 선을 따라 도시 윤곽을 돌면서 1인치도 밟지 않은 곳을 남기지 않으려고 하는 것을 보면 재미있었다. 가끔은 거리 한가운데서 하얀 선을 넘을 수 없어 그냥 서 있는 노인과 마주치곤 했다. 어째서 선의 반대쪽과 달리 디킨스 쪽에 이렇게 강한 감정이 드는지, 그들은 혼자 생각해 보고 당혹스러운 모양이었다. 여기나 저기나 똑같이 엉망인데 말이다. 이쪽이라고 그나마 남아 있는 풀이 더 푸르지도 않은데. 니거들도 여기나 저기나 다 시시했지만, 무슨 이유인지 이쪽이 고향 같았다. 그렇다면 이유가 뭘까? 그저 선 하나일 뿐인데.

그 선을 그린 뒤에는 나도 선을 넘기가 망설여졌음을 고백하는 바이다. 그 선이 삐뚤삐뚤 남아 있는 도시를 에워싸고 있는 것을 보면 경찰이 아버지의 시체에 쓸데도 없이 분필 선을 그렸던 기억이 나기 때문이다. 하지만 나는 그 선이 발휘한 힘이 좋았다. 그것이 지니는, 연대와 커뮤니티의 의미가 좋았다. 그리고 나는 디킨스를 새로 세우지는 못했지만, 그곳을 격리하는 데는 성공했다. 그곳이 커뮤니티 겸 나환자 수용소만 되어도 일단은 괜찮은 출발이었다.

정확한 잔돈, 또는
선과 버스 승차 및 관계 회복의 기술

아홉

그 냄새에 한밤중에 깨어날 때도 있다. 시카고에 호크 팀이 있다면, 새로 칠한 경계선에도 불구하고, 디킨스에는 악취가 있다. 윌밍턴 정유소와 롱비치 하수 처리장에서 탄생한 무색의 유황 냄새와 똥 냄새가 섞인, 눈이 따가운 악취. 바람 방향에 따라 내륙으로 이동한 그 악취는 뉴포트 비치에서 파티하며 놀다가 땀과 데킬라, 드래커 누아르[91] 향수에 흠뻑 젖은 백수들이 뿜어 내는 냄새와 뒤섞여 텁텁하고 자극적인 느낌까지 더한다. 그 냄새가 범죄율을 90퍼센트나 낮춘다고 하지만, 새벽 3시에 그 냄새 때문에 눈을 뜨면 가장 먼저 드는 생각은 기 라로슈를 죽이고 싶다는 거다.

경계선을 그리고 2주가 지난 뒤 어느 날 밤, 그 악취가 유난히 강해서 잠들 수가 없었다. 마구간을 치우며 신선한 말거름 냄새를 맡으면 코가 따끔거리는 것이 나아지길 바랐다. 하지만 효과는 없었고, 냄새를 막아 보려고 식초에 적신 행주로 얼굴을 덮고 자보려고 했다. 호미니가 한쪽 팔에는

91 기 라로슈의 남성 향수.

내 잠수복을, 다른 손에는 그릇 하나를 들고 불쑥 들어왔다. 그는 턱시도를 입고, BBC의 「명작 극장」 사회자 억양까지 완벽한, 영국의 집사 차림새를 하고 있었다.

「여긴 무슨 일로 왔어요?」

「불이 켜져 있기에 주인님께서 오늘 저녁 대마초를 한 대 피우고 신선한 바람을 쐬고 싶지 않으신가 싶어서 왔습니다.」

「호미니, 지금 새벽 4시예요. 왜 잠은 안 자고 돌아다녀요?」

「주인님과 마찬가지입니다. 밖에 어느 녀석 엉덩이 냄새가 나서요.」

「턱시도는 어디서 났어요?」

「50년대에는 흑인 배우라면 모두 턱시도를 한 벌씩 갖고 있었습니다. 집사나 급사장 배역 오디션에 입고 나가면 영화사에서 〈오, 50달러 아꼈네. 합격!〉이라고 했죠.」

눈뜨자마자 대마초를 한 대 피우고 서핑을 하는 것도 나쁠 것 같지 않았다. 대마초를 피우면 너무 취해서 해변까지 운전을 할 수 없겠지만, 그렇다면 몇 달 만에 내 여자를 볼 구실이 생길 것이다. 파도를 타면서 그녀의 체취를 맡는다면? 그렇다면 소위 일석이조 아닌가. 호미니는 나를 데리고 거실로 가더니 아버지의 안락의자를 홱 돌리고 팔걸이를 두드렸다.

「앉으시죠.」

가스 벽난로가 켜졌고, 나는 불쏘시개를 불길에 찔러 넣어 대마초에 불을 붙인 뒤 숨을 길게 들이마셨고, 다시 내쉬기도 전에 취해 버렸다. 뒷문을 열어 두었던 모양인지, 태어난 지 일주일도 안 되어 디킨스의 소음과 냄새에 적응을 못 한 검은 송아지가 안으로 들어오더니 커다란 갈색 눈으로 나를 물끄러미 쳐다보았다. 송아지 얼굴에 대마초 연기를 한 번 뿜어 주었고, 우리는 함께 스트레스가 싹 가시는 것을 느꼈다. 우리의 피부와 가죽에서 검은색이 빠져나가고, 수돗물에 녹는 제산제처럼 멜라닌 색소가 보글거리며 녹아 사라졌다.

담배 한 대에 생명이 3분씩 줄어든다고 하지만, 고급 대마초는 죽음을 너무나 멀게 느껴지게 해준다.

멀리서 탕탕탕 권총 소리가 들려왔다. 그날 밤 마지막 총싸움이 일어나자 경찰 헬기의 프로펠러 소리가 들려왔다. 송아지와 나는 싱글 몰트 위스키 한 잔을 나눠 마시며 긴장을 풀었다. 호미니는 문 옆에 서 있었다. 구급차가 줄지어 거리를 달려갔고, 호미니는 내게 영국 집사가 귀족에게 코트를 건네듯 서핑보드를 건넸다. 연기든, 아니든, 호미니의 아무것도 모르는 것 같은 태도가 가끔 부럽다. 미국과 달리, 그는 인생의 한 장을 넘겼으니까. 역사의 문제가 그것이다. 우리는 역사를 책이라고 생각한다. 페이지를 넘겨 버리면 과거를 잊을 수 있다고. 하지만 역사는 그것이 적힌 종이가 아니다. 역사는 기억이며, 기억은 시간과 감정이자 노래다. 역사는 우리와 함께 존재하는 것이다.

「주인님, 알아 두셔야 할 것 같습니다. 제 생일이 다음 주입니다.」

뭔가 있을 줄 알았다. 어쩐지 너무 세심하게 굴더라니. 하지만 자유도 원하지 않는 노예에게 무슨 선물을 준단 말인가?

「음, 잘됐네. 함께 여행이라도 가요. 참, 부탁이 하나 있는

데, 송아지 좀 데리고 나가 줄래요?」

「가축 돌보는 일은 하지 않습니다.」

냄새가 나지 않을 때조차, 잠수복을 입고 보드를 한 팔에 끼고 빈민 지역 거리를 걸어가면 사실 아무도 건드리지 않는다. 어쩌다 한 번 호기심 많은 아이가 다가와서 나를 훑어보고, 골동품 타운 앤드 컨트리 보드를 전당포에 가져가면 얼마나 받을 수 있을지 재볼 수는 있다. 가끔 그들은 세탁소 앞에서 나를 불러 세우고, 동네 사람이 플립 플랍을 신고 있는 것을 놀란 표정으로 쳐다보면서 검은 폴리우레탄 피부를 꼬집어 보기도 한다.

「이것 좀 봐.」

「뭐?」

「열쇠는 어디다 넣어?」

오전 5시 43분 엘 세군도행 125번 버스는 제시간에 들어왔다. 자동문이 강하고 효율적으로 쉭 열리는 것이 늘 마음에 들었고, 기사는 친절하게 「어서 타, 이 새끼야. 냄새 들어오니까」라면서 맞이해 주었다. 632호 버스 기사는 몇 년 전(현재는 준연예인급 텔레비전 경찰이자 위스키 광고 모델인) 갱스터 래퍼 MC 퍼나시와 결혼해서 아이를 넷 낳았고, 내가 그 애들 학교에서 집까지 따라다니면서 「너희 아빠는 모음운과 비가의 차이도 모르면서 자칭 시인이란다!」라고 외치곤 했다고 5백 피트 이내 접근 금지를 받았다는 이유로, 그녀와 내가 헤어졌다고 생각했다.

나는 늘 앉는 자리, 계단 옆 좌석에 앉아 등을 기대고 다리를 통로로 쭉 뻗고는 보드를 아프리카 방패처럼 들고 해바라기 씨앗 껍질과 욕설을 최대한 막아 보았다.

「꺼져.」

「너나 꺼져.」

상처를 입고 쫓겨난 나는 버스 뒤로 가서 보드를 자리에 놓고 그 위에 누웠다. 마음의 고통을 신체의 고통으로 바꿔 보려고 못을 박은 침대에 드러누운 고행자처럼. 버스는 로즈크랜스를 따라 달렸고, 내 평생 짝사랑 마페사 델리사 도슨은 절에서 시간 알리는 승려처럼 정류장 이름을 외쳤으며, 세 줄 앞의 미친 사람은 아침의 주문을 외고 있었다. 〈저 흑인 계집을 혼내 줄 거야. 저 흑인 계집을 혼내 줄 거야. 저 흑인 계집을 혼내 줄 거야. 저 흑인 계집을 혼내 줄 거야.〉

로스앤젤레스 카운티에는 전 세계 어떤 도시보다 차가 많다. 하지만 아무도 말하지 않는 것이 있는데, 그 차의 절반이 랭커스터에서 롱비치에 이르는 지역에서는 앞마당으로 치는 콘크리트 블록에서 먼지를 뒤집어쓰고 서 있기만 한다는 사실이다. 이렇게 별로 움직이지 않는 자동차들과 할리우드 간판, 와츠 타워, 에런 스펠링[92]의 5만 6천 평방피트 저택은, 파르테논 신전, 앙코르와트, 피라미드, 팀북투의 고대 신전과 같은, 로스앤젤레스의 불가사의다. 고대의 녹슨 양문형, 또는 사문형 차량들은 바람과 산성비에도 꿈쩍

92 Aaron Spelling(1923~2006). 미국의 영화 및 텔레비전 제작자. 매너라고 불리는 그의 저택은 로스앤젤레스에서 가장 큰 단독 주택으로 방이 123개다.

않고 서 있는데, 마치 스톤헨지처럼 우리는 이 금속 기념물이 어떤 목적을 갖고 있는지 알 수 없다. 커스텀 자동차 잡지의 표지를 장식하는 멋진 개조 자동차들의 존재를 증명하는 것일까? 어쩌면 보닛의 장식과 테일 핀은 별자리와 동지에 맞추어져 있을지도 모른다. 어쩌면 그것은 뒷자리의 연인들과 운전자들이 영면을 취하는 능묘일지도 모른다. 내가 아는 것은 이 금속 시체가 하나 생겨날 때마다 길에 다니는 자동차가 하나 줄고 수치의 버스를 타는 사람이 하나 늘어난다는 사실이다. 로스앤젤레스의 핵심은 공간이고, 여기서 사람의 가치는 그 공간을 돌아다니는 방법에서 비롯하기에 수치의 버스라고 부르는 것이다. 걸어다니는 것은 거리에서 구걸하는 것과 다름없다. 택시는 외국인과 매춘부나 타는 것이다. 자전거, 스케이트보드, 롤러블레이드는 건강에 환장한 인간들과 아이들, 갈 데 없는 사람들을 위한 것이다. 그리고 고급 수입차에서 중고로 파는 고물에 이르는 모든 자동차가 지위를 상징한다. 내부 시트가 아무리 낡아도, 승차감이 아무리 후져도, 페인트가 아무리 엉망이라도, 자동차는, 그 어떤 자동차라도, 버스보다 낫기 때문이다.

「앨러미더!」 마페사가 소리쳤고, 비닐 봉투를 잔뜩 들고 지갑을 팔꿈치로 옆구리에 꽉 낀 여자가 올라탔다. 그녀는 빈자리를 찾으면서 통로를 걸어왔다. 나는 1마일 떨어진 곳에서도 로스앤젤레스 신참을 알아볼 수 있다. 그들은 버스에 타면서 다른 승객들에게 미소를 지어 보이고 인사하는 사람들이다. 왜냐하면 제아무리 그렇지 않다는 증거가 가득

해도, 그들은 대중교통을 타야 하는 상황이 일시적이라고 믿기 때문이다. 그들은 안전한 섹스를 홍보하는 광고 아래 앉아서 브렛 이스턴 엘리스[93] 소설을 읽다가 어째서 주위 사람들이 그 소설에 나오는 놈들처럼 모두 부유한 백인이 아닌지 의아한 표정으로 고개를 드는 사람들이다. 그들은 인엔아웃 버거에 비밀 메뉴와 이중 일급 기밀 메뉴가 있다는 사실을 발견하고 게임 쇼에서 상이라도 받은 것처럼 팔짝팔짝 뛰는 사람들이다. 「머스터드 그릴드 패티? 대박이야!」 그들은 래프 팩토리[94]에서 오픈 마이크 시간에 무대에 서겠다고 신청한다. 지난주 레세다에서 찍은 포르노는 더 크고 더 나은 미래로 올라가기 위한 징검돌이라고 다짐하며 해변에서 조깅을 한다. *La pornographie est la nouvelle nouvelle vague*(포르노그래피는 새로운 누벨바그다).

부모들은 아이가 처음 한 말을 자랑한다. 엄마. 아빠. 사랑해. 그만. 싫어. 그건 부적절해요. 반면, 내 아버지는 자신이 내게 처음 한 말을 자랑했다. 〈안녕〉이나 기도가 아니라 세상에 존재하는 모든 『사회심리학 개론』 첫 장에 실린 말이다. 〈우리는 모두 사회학자다.〉 그리고 내 첫 현장 연구는 버스에서 이루어진 것 같다.

내가 어렸을 때 시내 버스 체계를 RTD라고 불렀다. 공식적으로는 〈빠른 수송 지구Rapid Transit District〉의 약자였

93 Bret Easton Ellis(1964~). 『아메리칸 사이코』의 작가. 로스앤젤레스 출신으로, 로스앤젤레스의 부유한 가정에서 자라 방황하는 청소년의 이야기를 다루는 책을 주로 썼다.

94 할리우드의 코미디 클럽.

지만, 와츠, 라 푸엔테, 사우스센트럴 같은 후진 동네에 살면서 가난하거나 어려서 차를 몰 수 없는 사람들에게 그것은 〈거칠고 험하고 위험하다Rough Tough Dangerous〉는 뜻이었다. 내가 일곱 살 때 처음으로 쓴 과학 보고서 제목은 「인종과 성별로 본 승객의 좌석 선택 경향: 계급, 나이, 버스 혼잡도, 체취를 통제 변수로 삼았을 때」였다. 결론은 쉽게 알 수 있었다. 당신이 흑인 남성이라면 다른 흑인을 포함해 어떤 사람도 반드시 그래야 할 때가 아니면 당신 옆에 앉지 않는다. 반드시 앉아야 할 경우, 그들은 내키지 않는 표정으로 내 옆에 앉고는 나의 위험 수준을 평가하기 위한 세 가지 보안 질문 중 하나를 인사 삼아 던지곤 했다.

1. 어디 사세요?
2. (스포츠 경기나 흑인을 주제로 한 영화)를 보셨어요?
3. 자네가 어디 사람인지는 모르겠지만. 이 나이프/총/감염성 피부병 상처 보이나? 나를 건드리지 않으면 나도 건드리지 않겠네, 됐지?

쇼핑백이 무거워져 팔이 자꾸 땅으로 향하는 것을 보면, 그들이 근근이 식료품과 꿈을 붙잡고 있다는 것을 알 수 있었다. 낡은 서스펜션 때문에 버스가 매번 덜컹거릴수록, 그들은 점점 더 지치고 우울해지는 것이 분명했지만, 그래도 내 옆에 앉는 것보다는 서 있는 편을 택했다. 그들은 백인이 될 꿈을 꾸며 로스앤젤레스에 왔다. 생물학적으로 백인인 사람들조차, 진짜 백인은 아니다. 러구나 비치에서 배구를 하는 백인. 벨 에어에 사는 백인. 오마카세 스시를 먹는 백인. 프로레슬러 스피콜리 같은 백인. 브렛 이스턴 엘리스의 소설 같은 백인. 성을 제외한 이름이 세 개나 되는 백인. 발레 파킹을 하는 백인. 아메리카 원주민, 아르헨티나인, 포르투갈인 선조를 자랑하는 백인. 베트남 쌀국수를 먹는 백인. 파파라치가 따라다니는 백인. 한때는 텔레마케팅 일을 하다가 잘렸지만, 지금은 유명해졌다는 백인. 핼러윈에 호박을 사다 놓는 백인. 하루에 스키장과 해변, 사막에 모두 갈 수 있는 곳은 여기뿐이라서 로스앤젤레스를 사랑한다고 말하는 백인.

그들은 내 옆에 앉는 것보다는 꿈을 붙잡았고, 그렇다고 그것이 잘못이라고 탓하는 건 아니다. 버스가 피게로아 대로를 지날 무렵에는 나조차 옆에 앉지 않을 사람들이 타고 있었으니까. 〈정차〉 버튼을 자꾸 누르는 저 미친놈이라든가. 「버스 세워! 내릴 거란 말이야! 대체 어딜 가는 거야?」 아무리 이른 시간이라고 해도, 정해진 정류장이 아닌 곳에서 버스를 세우는 것은 달로 가는 아폴로 로켓에 탄 요원들에게 가는 길에 술집에 들르자고 하는 것이나 마찬가지로 불가능한 일이었다.

「빌어먹을 버스 세우라니까. 지각할 거라고, 이 돼지 같은 년아!」

버스 기사, 교도소장, 강제 수용소 감독관에게는 모두 나름의 관리 스타일이 있다. 승객들에게 노래를 불러 주는 사람도 있다. 「티 포 투Tea for Two」나 「마이 퍼니 밸런타인

My Funny Valentine」 같은 기분 좋은 재즈를 불러서 승객을 달래 준다. 자리에 몸을 푹 숙이고 앉아서 수감자들이 수용소와 통로에서 날뛰도록 놔두고, 재빨리 탈출해야 할 경우에 대비해 안전띠를 풀고 있는 기사들도 있다. 마페사는 규율을 잡는 형은 아니었지만, 만만하지도 않았다. 그녀의 평범한 하루는 몸싸움, 지갑 소매치기, 무임승차, 추행, 만취자, 위험에 처한 어린이, 포주 행위, 버스가 움직일 때 노란 선 바깥쪽에 서 있는 니거들,[95] 발차기 게임으로 점철되어 있었고, 이따금 살인 미수도 있는 건 말할 것도 없다. 마페사의 노조 대변인은 이 나라에서 버스 기사가 사흘에 한 번 공격당하고 있다고 했으며, 마페사는 오래전 이 세상에서 절대 두 가지는 참고 넘어가지 않기로 결심했다. 자신이 그 통계 수치 안에 포함되는 상황, 그리고 누군가 자기를 〈돼지 같은 년〉이라고 부르는 상황이었다. 그녀가 상냥한 말을 건넸는지, 의자 뒤에 감추어 둔 금속제 몽둥이를 썼는지, 어떻게 그 문제를 해결했는지는 모르겠다. 나는 잠이 들어 엘 세군도에 도착할 때까지 깨어나지 못했으니까. 그녀가 〈종점〉이라고 외치는 소리가 텅 빈 버스 안에 쩌렁쩌렁 울렸다.

마페사는 내가 뒤쪽 출구로 내리기를 바랐을 것이다. 그 끔직한 회색 메트로 버스 기사 유니폼을 입고, 30파운드나 체중이 늘었음에도 그녀는 여전히 견딜 수 없이 귀여웠다. 고속 도로에서 차창으로 머리를 내민 강아지에게서 눈을 뗄

95 미국에서는 버스가 움직일 때 승객이 운전기사 뒤의 노란 선 바깥으로 나가는 것이 법으로 금지되어 있다.

수 없듯이, 나는 그녀에게서 눈을 뗄 수가 없었다.

「입 다물어. 파리 들어가겠어.」

「나 보고 싶었어?」

「보고 싶어? 만델라가 죽은 이후로 아무도 보고 싶은 적 없어.」

「만델라가 죽었어? 영원히 살 것 같더니.」

「뭐, 어쨌든 이제 내려.」

「그것 봐, 내가 정말 보고 싶었지.」

「너희 집 자두는 먹고 싶더라. 정말이야. 한밤중에도 그 놈의 자두랑 새콤한 석류 꿈을 꾸다가 깼다니까. 연속 오르가슴 같은 맛이 나는 멜론을 어디서 구하겠어? 이런 생각이 자꾸 들어서 너랑 헤어지지 않은 것 같다니까.」

우리는 그날 버스에서 어린 시절 친구 사이로 돌아갔다. 나는 차도 없고 멋모르는 열일곱 살이었다. 그녀는 스물한 살이었고 잘 맞지도 않고 우중충한 기사 유니폼이 오트 쿠튀르 패션처럼 보일 만큼 멋졌다. 배지만 빼고. 누구도, 존 웨인조차 그 배지를 달고서는 멋져 보일 수 없다. 그 시절 그녀는 434번 버스를 몰았다. 시내에서 주마 비치까지. 그 노선은 샌타모니카를 지나면 녹초가 된 사람들, 부랑자들, 말리부 저택과 해안 방갈로에서 일하는 파출부들을 제외하면 거의 승객이 없었다. 나는 베니스와 샌타모니카에서 서핑을 했다. 주로 24번 정류장. 가끔은 20번 정류장에서. 특별한 이유는 없었다. 파도는 거지 같았다. 사람도 많았다. 이따금 다른 유색 인종 서퍼가 보이는 것 말고는 아무런 이유도 없었다. 디킨스에서는 훨씬 가깝지만, 매번 십자가에 입을 맞추고, 끝나면 보수주의 라디오 토크를 듣는 모범적인 예수 마니아가 가득한 허모사, 리돈도, 뉴포트와는 달랐다. 마페사의 노선을 따라 해안을 거슬러 올라가면 좀 더 한가로운 곳이 나왔다. 웨스트사이드. AC/DC, 슬레이어, KLOS-FM 방송. 그곳에서 파도를 타는 마약 중독자들은 해가 뜰 때부터 영국 음악에 맞춰 취한 뒤 탁한 바닷물에 떠다니는 쓰레기들과 함께 몸과 여드름을 씻어 내고 있었다. 하지만 서핑을 어디서 하든지 항상 개자식들이 모래사장을 독차지한다.

로즈크랜스 애비뉴의 서쪽 끝, 거리가 끝나는 곳에서 모래사장이 나오는 지점이 로스앤젤레스 카운티 해안선의 느긋한 절반과 긴장된 절반을 가르는 경계선이다. 맨해튼 비치에서 카브릴로까지, 사람들은 우리를 니거라고 부르고 우리가 달아날 것이라고 기대했다. 엘 포토 북쪽에서 샌타모니카까지, 사람들은 우리를 니거라고 부르고 싸움을 기대했다. 말리부 위쪽으로 올라가면 경찰을 불렀다. 나는 버스를 타고 해안을 따라 점점 더 북쪽으로 올라갔다. 마페사와 더 오랫동안 잡담을 나누기 위해서였다. 마페사가 나이 많은 남자애들을 만나면서 호미니의 집에 발길을 끊은 후로 우리는 사실 만난 적이 없었다. 디킨스의 빈민 지역 생활과 호미니의 안부를 두 시간 동안 나누고 나면, 나는 집에서 몇 마일이나 떨어진 토팡가, 라스 튜나스, 아마릴로, 블로커, 에스컨디도, 주마 같은 점점 더 외딴 곳에서 물개, 돌고래들과 함께 서핑을 했다. 그러다가 흠뻑 젖은 채 개인 소유의 해변까지 떠내려 가서, 모래 깔린 뒷마당으로 걸어가 유리문을 두드리고 전화나 화장실을 써도 되는지 물어보면, 그곳의 억만장자 주인들은 나를 마치 말하는 바다코끼리 보듯이 쳐다보곤 했다. 하지만 무슨 이유인지 서핑을 안 하는 백인들은 보드를 들고 다니는 맨발의 니거를 신뢰한다. 아마 속으로 이렇게 생각한 모양이다. 저 녀석 손에 저걸 들고 있으니 텔레비전을 들고 달아나진 못하겠지. 게다가 달아나긴 어디로 달아나?

봄 한 철 내내 주말에 서핑을 하고 나니, 마페사는 함께 고등학교 졸업 파티에 가줄 정도로 나를 신뢰하게 되었다. 졸업반 학생이 한 명이다 보니, 단 둘만의 친밀한 행사였고, 아버지가 보호자와 운전기사 역할을 맡았다. 우리는 로스앤젤레스의 모든 곳이 그렇듯이 인종 분리적인 21세 미만 디스코 타워, 딜런스에 춤을 추러 갔다. 1층은 뉴웨이브. 2층은 탑 40 소울. 3층은 순화시킨 레게. 4층은 반다, 살사, 메겡게, 할리우드 대로의 플로렌틴 가든스 클럽에서 남미계 손님들을 빼앗아 오려는 헛된 시도에서 약간의 바차타. 아버지는 2층 이상은 올라가지 않았다. 나와 마페사는 그 기회를 이용해 아버지를 따돌리고 냄새 나는 계단을 통해 3층으로 올라갔다. 거기서 우리는 지미 클리프와 아이 스리즈의 노래에 맞춰 춤을 추고 스피커 뒤에 자리를 잡고서 마이 타이 칵테일을 마시며 크리스티 맥니콜[96]의 일행에게 바짝 붙어 경비원들이 우리가 10대 스타의 흑인 친구인 줄 알고 간섭하지 못하도록 했다. 그다음에는 코코넛 티저스에 가서 뱅

96 Kristy McNichol(1962~). 1970년대에 활약했던 미국의 아역 배우.

글스를 보았다. 거기서 마페사는 프린스라는 남자가 뱅글스의 리드 싱어랑 섹스를 하는 사이라는 소문을 알려 주었다.

프린스를 모르는 바람에 나는 마페사에게 차일 뻔했다. 그리고 첫 키스를 기약 없이 연기할 뻔했다. 하지만 이른 아침 데니스에서 그랜드 슬램 아침 메뉴를 먹고 난 뒤, 우리는 10번 고속 도로 추월 차로를 시속 80마일로 달리는 픽업트럭 뒤에서 사료와 씨앗 봉투를 베개 삼아 혀와 엄지손가락으로 레슬링을 했다. 〈누가 제일 부드럽게 때리나〉 게임을 했다. 키스했다. 토했다. 그리고 또 키스했다. 「〈프렌치〉라고 하지 마.」 마페사가 알려 주었다. 「침을 바꾸자고 하든가 타액을 나누자고 해. 안 그러면 꼭 처음 하는 애 같으니까.」

아버지는 전방을 주시하는 대신 계속 뒤로 돌아보면서 운전석 창문 너머를 살피며 가슴을 더듬는 내 손놀림에 어이없다는 표정을 짓고, 키스할 때 머리카락에 정전기가 생겨 부스스해지는 것을 놀리고, 핸들에서 양손을 떼고 한 손으로는 질 모양의 원을 만들고 검지로 거길 찌르면서 〈어서 섹스 해〉라는 수신호를 자꾸만 보냈다. 아버지가 자기 수업 듣는 학생이 아닌 사람과 섹스한 적이 있다는 증거는 나뿐인데도, 헛소리를 참 많이 했다.

버스를 타고, 혹은 픽업트럭이나 말을 타고 볼드윈 극장에 가는 사이, 우리의 관계는 늘 이동 중에 발전했다. 마페사는 핸들에 발을 올리고, 얼굴은 너덜너덜한 카프카의 『소송』으로 가리고 있었다. 확실하진 않지만, 그렇게 웃음을 감추고 있었다고 생각하면 기분이 좋아진다. 대부분의 커플은 자기들의 주제가라고 생각하는 노래가 있다. 우리에겐 책이 있었다. 작가. 화가. 무성 영화. 주말이면 우리는 벌거벗고 헛간에 엎드려 서로의 등에 닭 털을 날리면서 『LA 위클리』를 뒤적였다. 로스앤젤레스 카운티 미술관에서 게르하르트 리히터, 데이비드 해먼스, 엘리자베스 머리, 바스키아의 회고전을 했고, 우리는 그 광고를 두드리며 「이봐, 우리 그림을 전시하고 있어」라고 말하곤 했다. 우리는 선셋 대로의 아메바 레코드사 쓰레기통을 몇 시간씩 뒤져 에리히 마리아 레마르크의 『서부 전선 이상 없다』를 찾아내고는 「이봐, 우리 영화를 디지털 리마스터링하고 있어」라고 말했고, 홍콩 영화 섹션에서 섹스하는 시늉을 했다. 그중에서도 카프카가 우리의 천재였다. 우리는 돌아가며 『아메리카』와 『우화』를 소리 내어 읽었다. 가끔 이해할 수 없는 독일어 책을 읽고 자유 연상 번역도 했다. 가끔 책 내용에 음악을 붙여 『변신』에 맞춰서 브레이크댄스를 추고, 『밀레나에게 보내는 편지』에 맞춰서 슬로 댄스를 추기도 했다.

「나를 보면 카프카가 생각난다고 한 거 기억해?」

「네가 후진 시 몇 편 태워 버렸다고 너랑 카프카가 비슷하다고 생각했다는 건 아냐. 사람들은 카프카가 작품을 파기하는 걸 막았지만, 너한테는 내가 성냥을 그어 줬지.」

그렇지. 문이 열리고 짭짜름한 바다 냄새, 석유 저장소와 갈매기 똥 냄새가 버스 안으로 흘러들었다. 나는 계단 맨 밑에서 머뭇거리며 보드를 들고 내리지 못하는 것처럼 허둥거렸다.

「호미니는 잘 있어?」

「잘 있어. 얼마 전에 자살하려고 했어.」

「완전 미쳤어.」

「응. 아직도 여전해. 있잖아, 곧 호미니 생일이거든. 나한테 아이디어가 하나 있는데 도와줄 수 있어?」 마페사가 등을 기대더니 책을 5개월 임산부 같은 배 위에 올려놓았다.

「임신했어?」

「봉봉, 헛소리하지 마.」

마페사가 내게 화를 내긴 했지만, 나는 웃음을 참을 수 없었다. 그녀가 마지막으로 나를 봉봉이라고 부른 게 언제인지 기억이 나지 않았기 때문이다. 터프한 애칭은 아니었지만, 그건 내 유일한 별명이었다. 어릴 때 나는 운이 좋은 것으로 유명했다. 나는 빈민촌에서 흔히 걸리는 병에 한 번도 걸린 적 없었다. 아기 때 나를 심하게 흔든 사람도 없었다. 구루병, 피부병, 겸상 적혈구 빈혈, 파상풍, 조기 당뇨, 혹은 〈식곤증〉에 걸린 적도 없었다. 불량배들이 내 친구들에게는 덤벼도 나는 그냥 두었다. 경찰도 어쩐 일인지 나를 체포한 일이 없었다. 한 주 내내 차에서 살아야 했던 적도 없었다. 누군가를 총으로 쏘고, 강간하고, 고자질하고, 임신시키고, 추행하고, 약속을 어기고, 무시하고, 방치하고, 화나게 한 사람으로 나를 착각한 일도 없었다. 토끼 발, 스타차일드, 네잎클로버 자식. 이런 별명을 갖긴 했지만 오래가진 못했다. 그러다가 열한 살 때, 아버지가 시켜서 시 전체에서 열리는 철자법 대회에 나가게 되었다. 그 대회는 현재는 폐간된, 휘둥이 시위원회에서 예산 인상을 허가하다……와 같이 종이와 잉크색을 반전시키는 신문 『디킨스 단신』이 후원하는 행사였다. 결승에서 나는 네이키시아 레이먼드와 붙었다. 네이키시아에게 주어진 단어는 〈*omphaloskepsis*(배꼽 명상)〉이었다. 내 단어는 〈*bonbon*(사탕)〉이었다. 그 후로 아버지가 돌아가시던 날까지 사람들이 내게 부탁했다. 봉봉, 내 숫자 골라 줘. 봉봉, 내 주사위에 입김 불어 줘. 봉봉, 나 대신 공무원 시험 좀 쳐줘. 봉봉, 우리 아기한테 키스해 줘. 그렇다. 아버지가 돌아가신 후로, 사람들은 전과 달리 거리를 두는 경향이 있다.

「봉봉…….」 마페사는 손을 떨지 않으려고 꽉 쥐었다. 「전에 그런 식으로 대해서 미안해. 이놈의 일 때문에…….」

가끔 나는 측정 가능한 지능이라는 건 없다고 생각한다. 그리고 만약 그런 것이 있다면, 그것은 어떤 것에 대한 예측 변수도 되지 못한다고 생각한다. 특히 유색 인종에게는. 아마 백치들이 뇌 전문 의사가 되지는 못하겠지만, 천재는 심장 전문의도 될 수 있고, 우체국 직원도 될 수 있다. 아니면 버스 기사라든가. 잘못된 선택을 하는 버스 기사 말이다. 마페사는 책을 내려놓은 적 없었지만, 우리의 짧은 연애가 끝난 뒤, 당시 갱스터 래퍼 지망생이었던 거친 놈에게 반해 버렸다. 그놈은 아침이면 아직 머리도 제대로 못하고, 파자마를 입고 있던 마페사에게 밸리의 보석 가게를 살피고 오라고 시켰다. 그 가게는 젊은 흑인 여성이 개점 10분 뒤 경비원과 감시 카메라를 똑바로 쳐다보면서 가게 한복판으로 걸어 들어와 다이아몬드 반지와 브로치 사이를 걸어가며 발걸음 수를 소리 내어 세는데도 어째서 즉시 경찰에 신고하지 않았는지 알 수가 없었다.

마페사는 눈에 멍이 든 채 우리 집에 찾아와, 오버 연기와 자존감 부족으로 현상 수배를 당한 누아르 필름의 악당 같은 꼴로 어두운 구석에 숨어 있곤 했다. 대학에 가고 싶은 마음은 없다고 했다. 흑인 여성은 취업하면 반드시 필요한, 봉급도 많이 받는, 3~4순위 직원은 될 수 있어도 일인자나 이인자는 될 수 없다고 생각했기 때문이다. 이른 나이에 임신하는 것이 좋은 일이 될 수도 있다. 따귀라도 맞은 것처럼 정신을 차리게 되니까. 허리를 똑바로 펴게 되니까. 마페사는 나무에서 딴 복숭아를 먹으면서 뒷문 옆에 서 있었다. 코와 입에서 흐른 피가 과즙과 섞여 턱으로, 셔츠로, 흠 하나 없던 운동화로 뚝뚝 흐르고 있었고, 등 위에서 비추는 햇볕에 끝이 갈라져 부스스한 머리가 수치심에 불타는 둥근 테 모양을 이루고 있었다. 마페사는 안으로 들어오지 않고 이렇게만 말했다. 「양수가 터졌어.」 물론 그 말에 내 가슴은 메어졌다. 광란의 질주와 경막 외 마취 끝에, 별명이 킬러 킹인 마틴 루서 킹 주니어 병원이 이번만큼은 성공했다. 미들네임이 봉봉인 아이, 대형 운전면허를 따놓은 것이 정말 다행이라고 여기게 해준, 젖을 쭉쭉 빨아 대는 무시무시한 놈을 보고 있으니, 카프카, 그웬돌린 브룩스, 아인슈타인, 톨스토이 다음으로 운전을 좋아하게 됐다는 생각이 든다. 계속 움직이며, 버스와 인생을 부드럽게, 천천히 종착역으로 안내하고, 고생 끝에 휴식을 취하는 것.

「그러니까 호미니 생일 때 도와줄 거야?」

「버스에서 꺼지기나 해.」

시동 버튼을 누르자 버스가 부르릉거리며 살아났다. 마페사가 출발할 차례였다. 그녀는 내 면전에 대고 문을 닫았지만, 그래도 천천히 닫아 주었다.

「있잖아, 디킨스에 선 그은 거 나였어.」

「그 얘기는 나도 들었어. 왜 그랬어?」

「도시를 되찾는 거야. 너도 되찾을 거야!」

「어디 한번 잘해 봐.」

변소 같은 픽업트럭 뒷자리에서, 나만큼이나 새카맣고 텁수룩한 이곳 토박이, 금발 백인 소년들과 함께 앉아 오션 애비뉴를 덜컹거리며 내려가고 있노라면, 차 뒤에 붙여 놓은 오래된 〈로컬 모션〉 범퍼 스티커처럼 벗겨지고 있는 그들의 얼굴을 보고 있노라면, 다음 파도를 기다리며 부연 수평선을 바라보면서 보드 위에 누워 있을 때보다 더, 진짜 서퍼가 된 기분이 든다. 친절하게 차를 태워 주니, 대마초 한 대로 보답을 한다. 한 모금 빨고 넘기며 캘리포니아의 숱한 구덩이에 빠지지 않도록 기어 스틱을 꼭 잡고서, 완전히 취해서 우와 이봐 내가 이상한 거야 아니면 경보등이 짧아진 거야? 하면서 급정지를 한다.

「엄청난 놈인데. 이런 건 어디서 났어?」

「더치 커피숍 주인을 몇 명 알거든.」[97]

97 네덜란드의 커피 숍*coffee shop*은 대마초류를 판매하는 특수 상점이다. 커피를 판매하는 곳은 카페*café*라고 한다.

열

인종 분리 정책이 시행되던 앨라배마의 그 겨울날, 로자 파크스는 백인에게 버스 앞자리를 내주지 않았고 〈현대 민권 운동의 어머니〉로 이름을 날리게 되었다. 수십 년 뒤, 인종 분리가 없다고 하는 캘리포니아주 로스앤젤레스의 한 구역, 계절이 불분명한 어느 날 오후, 호미니 젠킨스는 백인에게 어서 자리를 내어 주고 싶어 견딜 수 없었다. 〈정지 상태〉라고 알려진 포스트 인종 시대 민권 운동의 할아버지인 그는 버스 앞자리, 통로 쪽에 엉덩이만 살짝 대고 앉아서 새로 타는 사람들마다 훑어보았다. 불행히도 디킨스는 아시아인들의 머리만큼이나 검고, 제임스만큼이나 갈색이었고,[98] 45분 동안 소수 인종으로 이루어진 승객들이 자리를 채우고 나니, 포인세티아 애비뉴에서 돌돌 만 요가 매트를 옆에 끼고 레게 머리를 하고 올라탄 여자가 백인에 가장 가까운 존재였다.

98 미국의 싱어송라이터 제임스 브라운(1933~2006)의 이름을 이용한 말장난.

「생일 축하해요, 호미니.」 그 여자는 옆에 서서 비크람 땀을 호미니의 소맷자락에 뚝뚝 떨어뜨렸다.

「어떻게 다들 오늘이 내 생일인지 알지?」

「버스 앞에 커다랗게 적혀 있어요. 125번 버스 호미니 생일 축하해요! — 엄청나게 야우자!」

「아.」

「생일 선물로 좋은 거라도 받았어요?」

호미니는 버스의 앞쪽 창문 아래 담뱃갑 크기로 붙여 놓은 스티커를 가리켰다.

> 노약자, 장애인, 백인 우대석
>
> *Personas Mayores, Incapacitadas y Güeros Tienen Prioridad de Asiento.*

「저게 내 생일 선물이요.」

디킨스에서는 시 전체가 호미니의 생일을 축하하곤 했다. 그렇다고 퍼레이드나 도시 발전의 핵심 인사로 포상을 하는 건 아니었지만, 달걀과 장난감 총, 머랭 파이로 무장한 사람들이 그의 집 앞에 모여 〈야우자!〉를 연호하곤 했다. 그들은 차례대로 초인종을 눌렀다. 그리고 호미니가 나오면 〈생일 축하해요, 호미니!〉라고 외치고 그의 반짝이는 검은 얼굴에 빵이니 달걀을 던졌다. 그는 신이 나서 묻은 것을 닦고 옷을 갈아입은 뒤 다음 축하객들의 방문을 기다렸지만, 도시가 사라지자 생일 전통도 사라졌다. 나 혼자 그의 집에 찾아가

올해 생일 선물로 뭘 원하는지 물어보는 것이 전부였다. 그의 대답은 늘 같았다. 「글쎄. 인종 차별을 좀 받으면 좋지.」 그리고 그는 내가 혹시 썩은 토마토나 밀가루 포대를 등 뒤에 감추고 있는지 살피곤 했다. 〈애들이 여기 찾아와서 네 얼굴에 토마토를 던진 거 아냐?〉 보통 나는 흑인 장식품 같은 것을 사주곤 했다. 등나무 밑에서 반조를 연주하는 흑인 아이 인형이나 오바마 원숭이 인형, 흑인이나 동양인이 쓰면 자꾸 흘러내리는 안경 같은 것이었다.

하지만 호미니와 로드니 글렌 킹[99]의 생일이 같은 날, 4월 2일이라는 것을 알고 난 뒤, 애리조나주 시도너 같은 곳에 에너지 파장이 있어 사람들이 재생과 영적 자각을 경험한다면,[100] 로스앤젤레스에는 분명히 인종 차별의 파장이 있을 거라는 생각이 들었다. 사람들이 깊은 우수와 인종적 좌절을 겪는 곳. 로드니 킹의 삶, 그리고 어떤 면에서는 미국과 미국이 자랑하던 페어플레이 정신이 곤두박질치기 시작한 풋힐 고속 도로의 갓길 같은 곳. 트럭 운전사 레지널드 데니[101]를 콘크리트 벽돌과 술병으로 구타하며 수백 년 묵은 불만을 터뜨렸던 플로렌스와 노먼디의 교차로 같은 곳. 멕시코계 미국인들이 수십 년 동안 모여 살았는데 주차장과

99 Rodney Glen King(1965~2012). 미국의 택시 기사. 과속으로 체포된 그가 풋힐 고속도로에서 경찰들에게 잔혹하게 구타당하는 영상이 방송되면서 1992년 LA폭동을 촉발시켰다.

100 애리조나주 시도너에서 〈볼텍스*vortex*〉라는 초자연적인 기가 발생한다고 알려져 있다.

101 LA 폭동 당시 흑인들에게 폭행당한 백인 트럭 운전사.

핫도그 판매대를 갖춘 야구장을 짓는다며 얻어맞고 보상도 없이 쫓겨난 차베스 러빈 같은 곳. 메사와 센터 사이 7번가는 1942년 일본계 미국인들이 대규모 수용소를 향해 첫걸음을 뗄 때[102] 버스들이 줄지어 서 있던 파동 지점이다. 그러니 호미니가 그 자체로도 인종 차별의 파동 지점인 디킨스를 지나가는 125번 버스 이외에 어디에서 더 행복할 수 있을까. 오른쪽 줄, 앞에서 세 번째, 그가 앉은 자리가 인종 차별의 진원지다.

좌석 표시 스티커를 완벽하게 모방해서 사람들 대부분은 차이를 알아보지 못했고, 그것을 실제로 〈읽고〉 나서도, 언제나 보던 대로 〈노약자 우대석〉이라고 착각하게 되었다. 그리고 그것을 처음 발견한 요가 여성이 마페사에게 불평한 이후로 불평이 줄줄이 이어졌다. 사실이 밝혀지고 나자, 마페사가 근무하는 내내 승객들이 짜증을 부리고 화를 냈다. 스티커를 가리키며 고개를 절레절레 저었다. 시에서 공공장소 인종 분리를 다시 실시한 것을 믿을 수 없어서라기보다는, 재실시가 그렇게 오래 걸린 것을 믿을 수 없어서였다. 배스킨 로빈스의 오레오 쿠키 케이크를 공짜로 나누어 주고, 비행기에서 쓰는 작은 잔에 J&B 브랜디도 돌리고, 「여긴 세상에서 인종 차별이 제일 심한 로스앤젤레스인데, 뭐 어쩌라고?」라는 말에도 분노는 잦아들지 않았다.

102 제2차 세계 대전 중 진주만 공습으로 태평양 전쟁이 발발하면서 미국 내 반일 감정이 폭발, 루스벨트의 행정 명령에 따라 일본계 미국인들이 수용소로 강제 이주되었다.

「말도 안 되는 소리!」 어떤 남자가 이렇게 외치더니 케이크와 술을 더 달라고 했다. 「그리고 솔직히 말하면, 불쾌해.」

「불쾌하다니, 무슨 말이지?」 나는 파노라마 백미러를 통해 내 평생의 짝사랑에게 물었다. 125번 버스를 굴러다니는 파티장으로 바꾸자고 마페사를 설득하기는 어렵지 않았다. 그녀는 나만큼 호미니를 사랑했으니까. 그리고 볼드윈의 『조반니의 방』 초판을 주겠다고 약속한 것도 도움이 되었다. 「그건 사실 감정도 아니잖아. 불쾌하다는 건 어떤 느낌이라는 거지? 위대한 연극 감독 중에서 배우한테 〈자, 이 장면에는 진정한 감정이 필요해. 나가서 불쾌감을 줘!〉라고 말하는 사람은 없잖아.」

마페사가 가죽 장갑을 낀 손으로 기어를 어찌나 힘차고 능숙하게 바꾸던지, 나는 자리에서 가만있을 수가 없었다.

「맨날 엉뚱한 생각만 하고 평생 불쾌한 게 뭔지 모르고 산 농장 애가 그런 소리를 하네.」

「그건 내가 혹시 불쾌한 일을 당해도 어떻게 해야 할지 모르니까 그런 거야. 슬프면 울지. 기쁘면 웃어. 불쾌하면 어떻게 하는데. 불쾌하다고 똑똑하고 진지하게 말하고 걸어 나가서 시장한테 편지를 쓰나?」

「너는 미친놈이야. 네가 만든 그놈의 스티커 때문에 흑인들이 5백 년 전으로 돌아갔잖아.」

「또 하나 더 있어. 〈와 흑인들을 5백 년 뒤 미래로 보냈잖아〉라는 말은 왜 한 번도 듣지 못하는 거야? 어째서 그런 말은 아무도 안 하는 거지?」

「네 정체가 뭔지 알아? 망할 인종 변태야. 남의 집 뒷마당으로 기어들어 가서 더러운 빨래 냄새를 맡고 백인 옷을 입고 자위나 하는 놈. 지금은 빌어먹을 21세기라고. 사람들이 목숨 내놓고 싸워서 내가 이 일자리를 얻었는데 네놈 말에 넘어가서 인종 분리 버스를 몰고 있잖아.」

「정정할 게 있어. 지금은 26세기라고. 오늘부로 내가 흑인들을 5백 년 뒤 미래로 보냈으니까. 그리고 호미니가 얼마나 좋아하는지 봐.」

마페스는 백미러에 비친 생일 맞은 친구를 한 번 보았다.

「좋아하는 것 같지 않아. 변비 걸린 얼굴이야.」

그 말이 옳았다. 호미니는 꼭 기쁜 것 같지는 않았다. 하지만 50피트 높이의 도약대에서 모터사이클의 시동을 걸고 힐러 몬스터 캐니언의 드넓은 사막과 수직 절벽을 바라보는 무모한 인간들도 기쁜 표정을 짓지는 않는다. 하지만, 앞 좌석 등받이를 꽉 붙잡고 자신보다 우월한 백인을 찾아서, 세렌게티에서 고양잇과 맹수를 향해 몸을 던지려는 자살 가젤처럼 불안한 눈초리로 주위를 두리번거리는 그를 보고 있으면, 죽음을 무시하는 것 자체가 보상임을 이해하게 된다. 물론, 애벌론 대로에서 희귀한 백인 암사자가 버스에 타 요금통에 정확한 잔돈을 떨어뜨렸을 때, 겁 많은 니거 가젤 호미니는 포식자가 탔다는 주위의 신호를 알아차리지 못하고 엉뚱한 방향을 보고 있었다. 숨죽인 침묵. 놀란 표정. 찡그린 콧잔등. 그가 마침내 그 여자의 냄새를 알아차렸을 때는 거의 늦을 뻔했다. 그녀는 호미니 앞에 버티고 서서 머리끝부터 발끝까지 농구복으로 차려 입고서 스포츠 잡지를 읽고 있는 코끼리 남자 뒤에 있는 먹잇감을 노렸다. 결국 호미니의 머릿속에서 늙어 가는 경고 시스템이 소리를 질렀다. 〈조심해! 백인 여자다!〉 그리고 그는 〈네, 마님〉 하며 여자를 쳐다보았다. 호미니는 부탁도 명령도 받지 않고서 너무나 쩔쩔매며, 너무나 충실한 니그로처럼 자리를 내주어서 그 행동이 자기 자리를 내주는 것이 아니라 기증하는 것처럼 보일 지경이었다. 그 자리는 비록 딱딱한 플라스틱 갈색 자리였지만, 그녀가 태어날 때부터 타고난 생득권이었으며, 그의 행동은 백인 우월성에 대한 찬사이자 연체된 보상이기 때문이었다. 그가 만약 무릎을 꿇은 채로 설 수 있는 방법을 알았더라면, 그렇게 했을 것이다.

미소가 찡그린 표정을 위아래로 뒤집은 데 불과하다면, 호미니가 버스 뒤로 물러나며 얼굴에 떠올린 만족은 부루퉁한 표정을 안팎으로 뒤집은 것이었다. 아무도 그의 행동을 막지 않은 데는 그 표정도 한몫했으리라 생각한다. 그가 짓고 있던 표정은 우리가 갖고 있는 가면 가운데 하나와 같았다. 뒷주머니에 넣어 다니다가 혼자만의 시간이 필요하거나 감정적인 탈출구가 필요하면 은행 강도처럼 쓱 꺼내 뒤집어 쓰는 것 말이다. 그 여자에게 제발 내 자리에 앉는 영광을 누리게 해달라고 조르지 않기 위해서 나는 내가 가진 자제심을 모두 발휘해야 했다. 그 무기력한, 담배 가게 인디언의 어색한 미소는 자연 선택의 결과라는 생각들 때가 있다. 그것은 〈무식자생존〉이며 우리는 그 다윈의 나방 진화 사진에서 검은 나무에 들러붙어 포식자에게서 몸을 감추고 있지만, 그래도 여전히 약한 검은 나방이라는 생각이 든다. 검은 나방이 하는 일은 흰 나방을 바쁘게 만드는 것이다. 엉터리 시와 재즈, 흰 나방과 검은 나방의 차이에 대한 코미디나 즐기며 나무에 붙어 있는 것이다. 「어째서 흰 나방들은 늘 전등을 향해 날아가다가 문에 부딪치고 난리지? 검은 나방은 그러는 법이 없잖아. 멍청하게 퍼덕거리는 놈들.」 흰 나방을 곁에 두고 우리가 새의 먹잇감, 지원군, 태양의 서커스가 될 가능성을 줄이는 일이라면 뭐든지 했다. 그 사진에서 늘 마음에 걸리는 것은, 흰 나방이 언제나 나무에서 윗자리를 차지한다는 것이다. 교과서가 암시하는 바는 무엇일까? 위험에 처하는 경우가 더 많다고 하지만, 흰 나방이 여전히 진화와 사회의 사다리에서 더 높은 자리를 차지한다는 것일까? 어쨌든, 그 검은 나방은 호미니와 똑같은 표정을 짓고 있었을 것이다. 모든 검은 나방과 검은 인간이 태어날 때부터 갖고 있는 비굴한 표정. 가게에서 누가 다가와 〈여기 직원인가요?〉라고 물으면 언제나 자동으로 발동하는, 상대를 기쁘게 하려는 태도. 화장실이 아니라 사무실에서 백인이 지나가다가 잘난 체 어깨를 두드리며 〈잘하고 있네. 계속 열심히 하라고〉라고 말하면 매번 떠오르는 표정. 속으로는 다들 내가 승진자보다 실력이 더 낫고, 최고는 2층에 있는 여자 직원이라는 것을 알고 있지만, 그가 나보다 더 나은 사람이라 승진했다고 인정하는 척하는 표정.

그래서 호미니가 어깨를 움츠리고 굽실거리며 일어나 그

표정을 지었을 때, 버스를 타고 있던 모든 사람들은, 카리브 해에 휴가를 다녀온 뒤 소매를 걷어 올리고 태닝을 자랑하는 백인 옆자리에 앉은 것 같은 기분이 들었다. 「아니, 원래는 어디 출신이냐고요?」라는 질문을 받은 아시아계 미국인이 된 것 같은 기분. 주거지 증명을 보여 달라는 요청을 받은 남미계 미국인, 「진짜인가요?」라는 질문을 받은 가슴 큰 여자가 된 기분.

그 알 수 없는 백인 여자가 엘 세군도 플라자에서 노워크까지 세 시간을 왕복했다는 것을 알고 나서야 마페사는 의심을 시작했지만, 그때는 이미 너무 늦었다. 버스는 거의 비어 있었고, 마페사의 근무 시간은 거의 끝나 있었다.

「아는 사람이지, 아니야?」

「아냐, 몰라.」

「못 믿겠는데.」 마페사는 껌을 입에 넣더니 마이크를 들고 버스를 확성기 소리로 채웠다. 「아가씨, 실례 좀 합시다. 니거랑 멕시칸(여기서 멕시칸이라는 건 모든 사람을 말하는 겁니다. 중앙아메리카, 남아메리카, 북아메리카, 이런저런 아메리카 전부 다. 원주민 포함)이 잔뜩 있어도 초자연적으로 태연한 금발 숙녀 손님은 버스 앞으로 좀 나와 주세요. 감사합니다.」

엘 포토 항구에 노을이 졌고, 그 백인 여자가 통로를 걸어 나오는 순간 햇빛이 앞 창문을 통해 버스 안으로 들어와 눈부신 자줏빛과 주황빛을 드리우며 그녀를 미인 대회 우승자처럼 비췄다. 그녀가 얼마나 예쁜지 그때까지는 몰랐다. 너무나 예뻤다. 호미니가 의자를 내준 것이 그녀가 백인이라서가 아니라 그녀가 너무 지랄 맞게 멋지기 때문이라고 주장하기도 어렵지 않았을 것이다. 그게 바로 민권 운동 전체를 재평가하게 만든 생각이었다. 어쩌면 인종은 아무 관련이 없는 일 같았다. 어쩌면 로자 파크스가 자리를 내주지 않은 것은 그 남자가 견딜 수 없이 방귀를 뀌어 대거나, 읽고 있는 것을 내놓으라고 고집을 부리거나, 묻지도 않았는데 자신이 읽고 있는 책이나 읽고 싶은 책이나 읽은 것이 후회되는 책이나 읽었다고 하지만 읽지 않은 책 이야기를 하는 사람임을 알고 있었기 때문일지도 모른다. 그래서 목공소에서 몸 좋은 흑인 남자와 방과 후에 섹스를 하고서는 아버지에게 들키면 강간이라고 외치는 고등학교 백인 소녀들처럼, 로자 파크스도 체포된 뒤 끝도 없는 교회 시위와 온갖 언론의 관심 때문에 인종 차별이라고 외친 것일지도 모른다. 그녀가 「그 남자가 뭐 읽느냐고 물어서 자리를 비켜 주지 않았던 거예요」라고 말했다면? 흑인들이 그녀를 가만두지 않았을 테니까.

마페사는 나와 하나 남은 백인 승객을 번갈아 보더니 버스를 복잡한 교차로에 세우고 공무원으로서 최대한 예의를 지키며 문을 홱 열었다. 「내가 개인적으로 모르는 사람은 전원 버스에서 꺼지세요.」 〈전원〉이란 스케이트보드를 든 남자와 뒤쪽에서 한 시간째 키스를 하고 있던 아이 둘이었는데, 그들은 곧 로즈크랜스 애비뉴 한가운데서 바닷바람에 날리는 무료 버스 티켓을 들고 서 있게 되었다. 백인 여자도 함께 내리려는데 마페사가 1963년 앨라배마 대학교의 입구를 막았던 월리스 주지사[103]처럼 통로를 막고 섰다.

> 이 땅을 밟았던 가장 위대한 사람들의 이름으로, 나는 흙바닥에 선을 긋고 폭정의 발치에 결투의 뜻으로 장갑을 던집니다. 그리고 오늘도 분리, 내일도, 분리, 영원히 분리를 외칩니다.[104]

「이름이 뭐죠?」 마페사가 라스 메사스를 향해 북쪽으로 버스를 돌리면서 물었다.

「로라 제인이요.」

「음, 로라 제인. 여기 거름 냄새 풍기는 얼간이를 어떻게 알게 됐는지 모르겠지만, 파티를 좋아하길 바라겠어요.」

카탈리나 아일랜드로 가는 값비싼 하루짜리 여행과는 달리, 퍼시픽 코스트 고속 도로를 따라 달리는 급조 생일 파티 버스 크루즈는 공짜였고, 미친 듯이 덜컹거렸다. 우리의 해안 바로 옆 고속 도로 정기편에는 필요한 물품이 모두 비치되어 있었다. 음료는 무료 제공. 발로 밟은 알루미늄 캔, 빗자루로 하는 셔플보드 게임. 동전과 도미노로 하는 카지노 도박. 〈겟 라이크 미Get Like Me〉라는 동전 뒤집기 게임과 디스코 라운지. 마페사 선장은 열 받은 해적처럼 마시고 욕

103 George Wallace(1919~1998). 인종 분리를 주장한 앨라배마의 주지사. 앨라배마 대학교 흑인 학생 입학에 반대해 흑인 입학생 2명의 입장을 막으려 학교 문 앞을 지키고 서 있었다.

104 조지 월리스의 1963년 주지사 취임사 일부.

을 하며 키를 잡고 있었다. 나는 일등 항해사, 사무장, 갑판 일꾼, 바텐더, 디제이 역할을 맡았다. 버스가 후디니의 「파이브 미닛츠 오브 펑크Five Minutes of Funk」를 울려 대며 말리부 선착장 건너편 잭 인 더 박스 햄버거 드라이브스루 매장로 들어갔을 때 승객이 더 탔다. 우리가 타코 50개와 엄청난 양의 소스를 시키자, 야간 근무 중이던 식당 직원이 죄다 그 자리에서 일을 그만두고 앞치마를 두르고 종이 모자를 쓴 채로 버스에 오른 것이다. 펜과 종이가 있고 버스에 화장실이 있었다면 안내문을 하나 더 붙였을 것이다. 〈모든 직원은 일상으로 돌아가기 전 손과 마음을 씻어야 함.〉

어둠이 내리고, 고속 도로가 산속의 2차로로 좁다랗게 줄어들기 시작하는 페퍼다인 대학교 앞을 지나자 불빛이 거의 없었다. 가끔 반대편에서 오는 차의 상향등과 재수가 좋으면 모래에 피워 둔 모닥불뿐이었고, 하얀 달빛이 비치는 태평양이 흑요석처럼 검게 반짝였다. 바로 이 구불구불한 길에서 나는 처음으로 마페사에게 구애했다. 그녀의 뺨에 키스했다. 그녀는 몸을 빼지 않았고, 나는 좋은 징조라고 해석했다.

버스가 덜컹거리기는 했지만, 호미니는 거의 내내 댄스 플로어 가운데 서서 고집스럽게 천장의 손잡이와 차별의 역사를 붙잡고 있었다. 하지만 푸에르코 비치 근처에 닿았을 때 로라 제인이 리듬에 맞춰 골반 뼈를 그의 등에 비비고 귀를 만지작거려서는 호미니의 마음을 돌렸다. 「별꼴이네.」 우리는 그걸 보고 이렇게 말했다. 로라 제인은 양손을 들고 호미니 주위를 뛰어다니며 몸을 흔들었다. 노래가 끝나자

로라 제인은 윗입술 위에 땀이 송글송글 맺힌 채로 버스 앞쪽으로 호미니를 밀고 갔다. 젠장, 멋있는 여자였다.

「사악한 파티로군.」

무전기가 켜지더니 염려스러운 목소리가 〈현재 위치〉 운운했다. 마페사는 음악을 끄더니 뭐라고 대답하고는, 수화기에 키스를 날리더니 무전기를 꺼버렸다. 뉴욕이 잠들지 않는 도시라면, 로스앤젤레스는 늘 소파에 뻗어 있는 도시다. 리오 카릴로를 지나자 구불거리던 길이 다시 곧아졌고, 달이 샌타모니카산 뒤로 사라져 밤하늘이 칠흑처럼 어두워졌다. 그리고 귀를 기울이면 아주 작게 그리고 빠르게 연달아 톡톡 터지는 소리가 들린다. 처음 소리는 4백만 대의 거실 텔레비전이 동시에 꺼지는 소리고, 두 번째는 4백만 개의 침실 텔레비전이 켜지는 소리다. 영화 제작자들과 사진사들은 로스앤젤레스의 태양이 독특하다고, 페르메이르와 모네의 그림과 아침 식사 때의 꿀을 한데 모아 놓은 것처럼 찬란하고 달콤한 금빛이 하늘을 수놓는다고 자주 이야기한다. 하지만 로스앤젤레스의 달빛, 아니 달빛의 부재도 그만큼 특별하다. 어둠이 내리면, 그러니까 정말로 내리면, 기온이 20도나 뚝 떨어지고 엄마의 자궁 속과도 같은 완전한 어둠이, 마치 연인이 내가 아직 누워 있는 침대를 정리할 때처럼 온몸을 감싸며 어루만진다. 그리고 텔레비전이 꺼졌다가 다시 켜지는 그 짧은 순간이 잉글우드의 스트립 클럽이 열기 전, 새해맞이 대포 소리가 울리기 직전, 샌타모니카와 할리우드와 휘티어와 크렌쇼 대로가 서서히 살아나기 전의 그고요함이 바로 로스앤젤레스 사람들이 하던 일을 멈추고 사색하는 시간이다. 코리아 타운의 심야 가게에 감사하는 시간. 마리아치 스퀘어에. 칠리 버거와 파스트라미 딥 샌드위치에. 도로를 따라가는 것이 아니라 창밖의 별들을 내다보며 감으로 운전하고 있는 마페사에게. 타이어가 아스팔트 위를 구르는 소리에 안심이 되었고, 버스는 성층권을 달리고 있었다. 두 번째 톡 소리가 들리자 마페사는 음악을 더 틀라고 손짓했고, 얼마 지나지 않아 호미니와 〈잭 인 더 박스〉 발레단은 다시 통로에서 빙빙 돌며 톰 페티에 맞추어 노래를 부르고 있었다.

「당신을 어디서 찾아낸 거죠?」 마페사가 시선은 은하수를 향한 채 로라 제인에게 물었다.

「나를 고용한 거예요.」

「매춘부예요?」

「거의 비슷해요. 배우예요. 생활비 내느라 파트 타임으로 서브[105]를 해요.」

「이런 짓을 하다니 배역이 잘 안 들어오나 보네.」 마페사는 로라 제인을 한 번 쳐다보더니 아랫입술을 깨물고는 다시 아름다운 밤을 향해 시선을 돌렸다.

「어디 나온 데 있어요?」

「주로 텔레비전 광고를 하지만, 쉽지 않아요. 오디션에 나갈 때마다 제작자들이 방금 당신처럼 한 번 보고는 〈교외 분위기가 부족해〉라고 해요. 이 업계에선 〈너무 유대인 같

105 BDSM 클럽에서 복종하는 역할을 하는 사람.

아〉라는 뜻의 암호죠.」

마페사가 로스앤젤레스가 침묵하는 순간의 기운에서 완전히 벗어나지 않은 것을 보고, 로라 제인은 예쁜 얼굴을 마페사의 부러워하는 얼굴에다 딱 붙이더니 함께 백미러를 보았다. 머리가 붙은 짝짝이 쌍둥이 같았다. 하나는 중년의 흑인이고, 다른 하나는 젊은 백인인데, 뇌를 공유하지만 사고방식은 다른 쌍둥이. 「나도 흑인이면 좋겠어요.」 백인 쌍둥이가 웃으며 검은 언니의 뜨거운 뺨을 쓰다듬었다. 「흑인들이 일거리를 다 가져가거든요.」

마페사가 버스를 자동 조종 장치로 몬 것이 분명하다. 손이 핸들에서 떨어져 나와 로라 제인의 목을 감고 있었으니까. 목을 조른 것이 아니라, 드레스의 깃을 펴주고, 자기 쪽의 뇌가 괜찮다고 하는 순간 덤빌 준비가 되어 있음을 쌍둥이 동생에게 알리는 것이었다. 「뭐, 흑인들이 〈일거리를 다 가져가는〉지는 모르겠지만. 그렇다 해도 광고업계 사람들은 니거들이 1달러 벌 때마다 1달러 20센트를 텔레비전에 나오는 쓰레기에다 쓴다는 걸 알기 때문이지. 고급 차 광고만 봐도…….」

로라 제인은 정말로 경청하고 있다는 듯 고개를 끄덕이면서 교묘하게 팔로 마페사를 끌어안으며 핸들을 쥐었다. 한순간 우리는 황색 중앙선을 넘었지만, 솜씨 좋게 방향을 고쳐 버스는 부드럽게 제자리로 돌아왔다.

「고급 차. 그 얘기 하고 있었죠?」

「고급 차 광고가 주는 미묘한 메시지는 〈우리 메르세데스 벤츠, BMW, 렉서스, 캐딜락 등등은 평등한 기회를 주는 기회주의자입니다. 운전석의 이 잘생긴 흑인 남성 모델 보이죠? 당신, 안락의자에 앉아 있는 30세에서 45세 사이의 백인 남성 소비자, 당신이 지갑을 열고 우리의 행복하고 근심과 편견 없는 세상에 동참하길 바라고 있어요. 흑인들이 몸을 숙이고 삐딱하게 앉아 머리끝만 보이는 것이 아니라, 허리를 꼿꼿이 펴고 앉아 운전하는 세상에〉라고요.」

「그게 뭐가 그렇게 잘못된 거죠?」

「하지만 저변에 깔려 있는 메시지는, 〈이 게으르고 뚱뚱하고 광고에 홀딱 넘어오는 백인놈아, 이것 봐라. 이 멋부리는 니거가 공기 역학적으로 디자인된 독일 기술력의 집결체를 타고 출퇴근하는 30초짜리 판타지를 보니 기분이 좋았지. 그럼 이 랙 앤드 피니언 구동에, 문 루프를 단 차를 소매가에 사는 원숭이들이 잘난 체하면서 네놈의 아메리칸 드림을 빼앗아 가지 못하게 해라!〉는 거죠.」

아메리칸 드림을 언급하자 로라 제인은 신경을 곤두세우더니 이렇게 받아쳤다. 「불쾌하네요.」

「〈니거〉라는 말을 써서?」

「아뇨. 당신은 어쩌다 보니 흑인으로 태어난 아름다운 여성이고, 똑똑한 사람이니 인종이 아니라 계급이 문제라는 걸 모를 리 없으니까요.」

로라 제인은 마페사의 이마에 쪽 소리를 내며 입을 맞추더니 루부탱 하이힐을 신은 발을 빙그르 돌려 일하러 돌아갔다. 나는 내 사랑이 휘두르는 팔을 꽉 붙잡아 로라 제인이 뒤통수 맞는 것을 막아 주었다.

「어쩌다 보니 백인으로 태어난 백인이 없는 이유를 알아? 백인은 죄다 우연히 신의 선택을 받았다고 생각하기 때문이야. 그게 바로 이유라고!」

나는 마페사의 성난 이마에서 립스틱 자국을 지워 주었다.

「그리고 계급 억압 헛소리는 망할 인디언들이랑 도도 새한테나 하라고. 내가 뭘 몰라서라니. 저 여자는 유대인이야. 뭘 모르는 건 저 여자라고.」

「로라 제인이 유대인이라고는 안 했어. 사람들이 자기가 유대인처럼 생겼다고 한다고 했지.」

「너는 빌어먹을 셀아웃이야. 그래서 내가 널 차버린 거라고. 너는 한 번도 너 자신을 옹호하고 나선 적이 없지. 지금도 아마 저 여자 편을 들고 있을 거야.」

고다르는 비평으로서 영화 제작에 접근했는데, 마페사가 버스 운전에 접근하는 방식도 그와 같았다. 하지만 어쨌든 나는 로라 제인의 말에도 일리가 있다고 생각했다. 유대인들의 생김새가 어떻든지, 바브라 스트라이샌드에서부터 이름은 유대인처럼 보이는 우피 골드버그에 이르기까지, 광고에 〈유대인처럼〉 생긴 사람들은 보이지 않는다. 흑인들이 〈도시적〉이고 그래서 〈무서운〉 사람으로 보이는 일도 없고, 잘생긴 아시아계 남자나 검은 피부의 남미계 남자를 볼 수 없는 것과 마찬가지다. 그런 집단은 수입에서 엄청나게 많은 부분을 필요도 없는 것에 쓸 것이다. 그리고 물론, 텔레비전 광고 속의 목가적인 세계에서 동성애자들은 신화적인 존재지만 남녀 동성애자보다는 유니콘과 표범이 나오는 광고가 더 많다. 그리고 위협적이지 않은 흑인 배우들은 텔레비전에 지나치게 많이 등장한다. 그들이 바비큐 파티에 모여서 「이보게, 친구. 진심으로 하는 말이네만, 자네 버드와이저가 맥주의 왕이라는 건 잘 알고 있겠지. 거품 왕관을 보게나」 같은 대사를 읊노라면 예일 대학교 석사 학위와 셰익스피어 극 훈련은 아무짝에도 쓸데가 없어지는 것이다. 하지만 잘 생각해 보면, 자동차 광고에서 결코 볼 수 없는 것은 유대인, 동성애자, 도시적인 흑인이 아니라, 꽉 막힌 도로다.

마페사는 버스 속도를 늦추며 좌회전해 고속 도로에서 빠져나와 구불구불한 측면 도로로 접어들었다. 우리는 석회석이 튀어나와 있는 부분과 낡은 해안 계단을 지났고 버려진 주차장을 통과했다. 거기서부터 마페사는 저속 기어로 바꾸더니 모래로 곧장 달려 나가 수평선과 나란히 차를 세웠다. 밀물 때라서 바닷물이 1피트 반쯤 가까이 다가와 있었다.

「걱정 마. 이 차는 어떤 지형이나 달리고 수륙 양용에 가까우니까. 산사태도 자주 나고, 로스앤젤레스 하수도도 엉망이라서 버스는 뭐든 헤치고 달려야 해. 디데이에 노르망디 해변에 메트로 버스로 상륙했더라면 2차 대전이 2년은 빨리 끝났을 거야.」

버스의 앞뒷문이 모두 열렸고 태평양 바닷물이 버스의 맨 아래 계단까지 와 닿자, 버스는 바닷속에 서 있는 보라보라의 호텔 방처럼 변했다. 〈잭 인 더 박스〉 직원들이 제트 스키 배달 타월을 꺼내 들고 사워도우 버거와 바닐라 셰이크를 돌릴 것 같았다.

앨 그린이 사랑과 행복에 관한 노래를 부르고 있었다. 로라 제인은 옷을 벗었다. 흐릿한 내부 조명에 그녀의 마르고, 매끄럽고, 하얀 피부가 전복 껍데기 안쪽처럼 형광색으로 반짝였다. 그녀는 우리를 지나쳐 갔다.「참치 광고에서 인어 역을 한 적이 있어요. 하지만 그때 흑인 배우는 없었어요. 어째서 흑인 인어는 하나도 없는 거죠?」

「흑인 여자들은 머리 적시는 걸 싫어하니까.」

「아.」그 말과 함께, 로라 제인은 버스의 손잡이를 봉춤을 추듯이 붙잡더니 물속으로 뛰어들었다. 종이 모자만 남기고 벌거벗은〈잭 인 더 박스〉직원들이 그 뒤를 따랐다.

호미니는 앞쪽으로 다가오더니 부러운 표정으로 물을 보았다.

「주인님. 여기가 아직 디킨스인가요?」

「아뇨, 호미니. 아니에요.」

「음, 그럼 디킨스는 어딘가요? 저 물을 건너가야 되나요?」

「디킨스는 우리 머릿속에 있어요. 진짜 도시에는 경계가 있잖아요. 그리고 표지판도. 그리고 자매 도시도.」

「우리도 그런 게 곧 생길 건가요?」

「그랬으면 좋겠네요.」

「그리고, 주인님. 포이 체셔에게서 내 영화를 언제 받아 올 건가요?」

「디킨스를 재건하면 곧바로 받아 올게요. 그 사람이 그걸 갖고 있는지 알아봐요. 약속해요.」

호미니는 문 앞에 서더니 옷을 다 입은 채로 구두코 끝으로 물을 건드려 보았다.

「수영할 줄 알아요?」

「아니. 〈바다 수영〉 기억 안 나?」

그 무시무시한 「꼬마 악당들」 에피소드를 잊고 있었다. 악당들이 학교를 땡땡이치고 해안가에 나타난 무시무시한 상어를 잡으러 나간 고깃배에 타게 되는 이야기다. 강아지 피트가 미끼를 먹어 버렸기 때문에 그들은 꼬마 호미니에게 대구 간유를 묻히고 손가락을 찔러 피를 낸 뒤 벨트 구멍에 낚싯줄을 꿰어 바다에 넣어서 상어 미끼로 쓴다. 물속에서 호미니는 복어에게서 공기를 빨아 숨을 쉬어야 한다. 전기 뱀장어가 자꾸만 그의 사타구니를 찌른다. 이 에피소드는 거대한 문어가 상어의 위협에서 벗어난 데 대한 감사 인사로(앨팰퍼의 노랫소리가 너무 시끄러워 물속에서 상어를 쫓아낼 수 있었다) 꼬마 악당들에게 검은 잉크를 뿌려 감사를 표시하며 끝난다. 시커먼 악당들이 부모가 걱정하는 집으로 돌아오자 호미니와 벅위트의 두건 쓴 엄마는 이렇게 말한다. 「벅위트, 네 아빠에겐 이미 말했다. 그 인간의 다른 애들은 돌보지 않을 거라고!」

마페사는 내 무릎에서 잠이 들었고, 나는 바다를 바라보며 부서지는 파도 소리와 웃음소리를 듣고 있었다. 하지만 무엇보다도, 로라 제인이 은은한 분홍 산홋빛 알몸을 바다에 눕히고, 젖꼭지는 별들을 향해 세우고, 치모는 하늘하늘하고 붉은 해초처럼 맑은 바닷물 속에서 뽐내는 모습에 꼼짝 못 하고 얼어붙어 있었다. 발차기를 한 번 하고, 놀리는 시선으로 한 번 쳐다보더니, 그녀는 잠수했다. 마페사가 내 갈빗대를 세게 쳤다. 아픈 데를 문질러 마페사에게 만족감을 주지 않기 위해서 온 의지를 다해 참아야 했다.

「네 꼴 좀 봐라. LA의 다른 니거들처럼 백인 여자한테 침이나 흘리고.」

「백인 아가씨들 봐도 아무렇지도 않아. 너도 알잖아.」

「헛소리. 네가 발기하는 바람에 깼단 말이야.」

「혐오 요법 때문에.」

「그게 뭐야?」

나는 아버지가 내 머리를 순간 노출기에 넣고 세 시간 동안 아주 잠깐씩 아버지 시대의 금지된 과실, 핀업 사진이나 『플레이보이』 사진들을 내 얼굴 앞에 보여 주었던 것을 말하기 싫었다. 베티 페이지, 베티 그레이블, 바브라 스트라이샌드, 트위기, 제인 맨스필드, 메릴린, 소피아 로렌의 사진이었다. 그러고 나서 아버지는 토근과 오크라를 갈아 만든 스무디를 내게 억지로 먹였다. 나는 내장까지 게워 냈고, 아버지는 버피 세인트마리와 린다 론스타트의 노래를 스테레오로 쩌렁쩌렁 틀어 놓았다. 시각적인 자극은 효과가 있었지만, 청각적인 것은 듣지 않았다. 오늘날까지도 우울하고 심란할 때면 나는 리키 리 존스, 조니 미첼, 캐럴 킹을 듣는다. 그들 모두 비기, 투팍, 아이스 큐브보다 훨씬 이전에 캘리포니아를 외친 가수들이다. 하지만 조명이 적절할 때 잘 보면, 세일할 때 산 플라즈마 텔레비전처럼 바비 벤턴의 누드가 내 홍채 속에 각인되어 있는 것을 알 수 있다.

「아무것도 아니야. 아무튼 백인 여자는 안 좋아한다는 거야.」

마페사는 일어나 앉더니 내 목덜미에 머리를 묻었다. 「봉봉?」 그녀에게서 늘 나는 냄새가 났다. 베이비파우더와 고급 샴푸 냄새. 그녀에겐 그것만 있으면 충분했다. 「나를 언제 사랑하게 됐어?」

「타버린 토스트의 색.」 나는 디트로이트 출신의 남자가 쓴 베스트셀러 회고록 제목을 댔다. 그의 〈미친〉 백인 어머니는 흑인과의 사이에서 낳은 아이들에게 〈흑인〉이라는 말로 심리적인 상처를 주고 싶지 않아서 햇볕에 그을린 거라고 하면서 갈색인 역사의 달을 기념하며 키웠다. 그래서 그는 열 살이 될 때까지 자기 피부가 그렇게 검은 것은, 아버지가 저소득층 주택 단지 앞마당에 서 있는 벼락을 맞아 새카매진 목련나무이기 때문이라고 믿고 자랐다. 「네가 아버지 말을 듣고 덤 덤 도넛 북 클럽에 가입했잖아. 다른 사람들은 다 그 책을 좋아했지만, 질문 답변 시간에 너는 어떤 놈한테 화를 냈지. 〈나는 흑인 여자들을 항상 피부색으로 묘사하는 게 지겨워요! 꿀색이 어떻고! 다크 초콜릿색이 어떻고! 내 친할머니는 모카색이 감도는 카페오레, 망할 그레이엄 크래커 갈색이었다고 하다니! 대체 백인 여자들을 음식이나 뜨거운 액체의 색으로 묘사하지 않는 이유는 뭐죠? 어째서 이 인종 차별적이고 결말도 없는 책에 요구르트색, 달걀 껍질색, 스트링 치즈 피부, 저지방 우윳빛 백인 주인공은 안 나오는 거죠? 그래서 흑인 문학이 후지다는 거예요!〉」

「내가 〈흑인 문학이 후지다〉고 했어?」

「응. 그래서 내가 반해 버렸지.」

「젠장. 백인들도 피부색은 있다고.」

놀랍게 강한 파도가 치자 버스가 양옆으로 흔들렸다. 왼쪽에 큰 파도가 다가오는 것이 보였다. 나는 운동화와 양말을 벗어 던지고, 셔츠를 벗은 뒤 그 파도를 맞으러 헤엄쳐 나갔다. 마페사는 정강이까지 바닷물에 담그고, 손을 모아 문 앞에 서서 부서지는 파도와 차츰 거칠어지는 남남동풍 속에서도 들리도록 외쳤다. 「내가 너를 언제 사랑하게 됐는지 알고 싶지 않아?」

마치 나를 사랑한 적이 있다는 듯이.

「외식하러 나갈 때마다 널 사랑하게 됐어! 〈세상에 문 쪽을 바라보고 앉겠다고 우기지 않는 흑인 남자라니! 마침내 대장 행세 안 해도 되는 니거를 만났네! 쫓겨 다니느라 항상 망을 봐야 하는 나쁜 놈들이란!〉 이렇게 생각하곤 했지. 그러니 어떻게 너를 사랑하지 않았겠어?」

멋진 파도에서 바디 서핑을 잘하려면 타이밍이 중요하다. 물이 배에서 사타구니 아래로 내려가는 정확한 순간을 기다려야 한다. 파도보다 앞서 두 번 팔을 저어 헤엄을 치고, 바닷물에 몸이 붕 뜨는 느낌이 들면 두 번 더 헤엄을 친 뒤 고개를 든다. 한쪽 팔은 옆구리에 꼭 붙이고 다른 쪽 팔은 손바닥을 아래로 내려 앞으로 뻗은 뒤 팔꿈치를 살짝 구부리고서 해변까지 밀려오는 것이다.

시티 라이트: 막간의 이야기

나는 자매 도시라는 개념을 이해하지 못했지만, 늘 거기 매료되었다. 쌍둥이 도시라고도 하는 이 도시들이 서로를 선택하고 구애하는 방식은 입양보다는 근친상간에 가까운 느낌이다. 텔아비브와 베를린, 파리와 알제, 호놀룰루와 히로시마처럼 몇몇 자매 도시는 적대 관계가 끝나고 평화와 번영이 시작됨을 알리기 위한 것이기도 하다. 세월이 흐르면서 차츰 서로 사랑하게 되는 도시 간의 중매결혼이랄까. 한 도시(가령, 애틀랜타)가 수 세기 전 첫 데이트에 다른 도시(가령 라고스)를 임신시키고 일이 커지는 바람에 재빨리 결혼을 해치우는 경우도 있다. 어떤 도시들은 돈과 명예를 위해 결혼하고, 다른 도시들은 어머니 나라가 열 받으라고 결혼한다. 〈저녁 식사에 누가 오는지 알아? 카불이 오지!〉 이따금 두 도시는 만나 서로 존중하고 하이킹이나 폭풍우나 클래식 로큰롤 같은 취미가 맞아 사랑에 빠지기도 한다. 암스테르담과 이스탄불을 생각해 보라. 부에노스아이레스와 서울이라든가. 하지만 보통 소도시가 너무 바빠 예산 균형을 맞추고 인프라를 지켜 내기도 힘든 요즘, 대부분의 도시들은 소울메이트를 찾기가 어려워서 〈시스터 시티 글로벌〉이라는 외로운 도시에 연애 상대를 찾아 주는 국제 중매 조직을 찾는다. 호미니의 생일 파티 이틀 뒤, 내가, 그리고 디킨스 전체가 아직 숙취에 시달리고 있을 때, 도시 중매 컨설턴트 수전 실버먼 씨가 나의 신청서를 보고 전화를 걸어오자 나는 몹시 흥분했다.

「안녕하세요. 제출하신 국제 자매 도시 신청서를 확인했지만, 지도상에서 디킨스를 찾을 수가 없습니다. 로스앤젤레스 근처가 맞죠?」

「예전에는 공식적인 도시였지만, 지금은 점령 지구 같은 곳이에요. 괌처럼요. 미국령 사모아나 고요의 바다 같다고 보시면 돼요.」

「그럼 바다 근처인가요?」

「네. 슬픔의 바다죠.」

「음, 정식 도시가 아니라도 상관없어요. 시스터 시티 글로벌에서는 커뮤니티의 중매도 선 적이 있답니다. 예를 들어, 뉴욕의 할렘의 자매 도시는 이탈리아의 피렌체예요. 각각 르네상스를 갖고 있으니까요. 디킨스에는 르네상스가 없었죠?」

「네. 계몽의 날 하루조차 없었어요.」

「안됐군요. 하지만 해안의 커뮤니티라는 걸 알았더라면 좋았을 텐데 아쉽네요. 그러면 상황이 달라지니까요. 어쨌든 우리의 중매 컴퓨터 어배너에 디킨스의 특징을 입력했더니 자매 도시 후보가 세 군데 나왔습니다.」

나는 지도책을 움켜쥐고 누가 행운의 여인이 될 것인지 짐작해 보려고 했다. 로마나 나이로비, 카이로, 교토를 꿈꿀 정도로 순진하지는 않았다. 하지만 그다음 순위, 나폴리, 라이프치히, 캔버라 정도의 멋진 도시들은 떠올랐다.

「적합성 순서에 따른 자매 도시 셋을 보자면…… 후아레스, 체르노빌, 킨샤사가 나왔네요.」

체르노빌은 도시도 아닌데 어떻게 순위에 든 것인지 이해할 수 없었지만, 적어도 후아레스와 킨샤사는 좋은 평판을 받는 곳은 아니라 할지라도 세계적으로 유명한 주요 도시이긴 했다. 어쨌든 거지 주제에 이것저것 고를 수는 없는 노릇. 「셋 다 좋습니다!」 나는 전화에 대고 외쳤다.

「다 좋으시다니 다행이지만, 세 도시 모두 디킨스를 거절했네요.」

「네? 왜요? 무슨 근거로?」

「후아레스(일명 피가 멈추지 않는 도시)는 디킨스가 너무 폭력적이라고 합니다. 체르노빌은 끌리기는 하지만 디킨스가 로스앤젤레스강과 하수 처리 시설에 너무 가까운 게 문제라고 했고요. 그리고 그렇게 극심한 오염에 대해 자유방임적인 시민들의 태도도 문제 삼았어요. 그리고 콩고의 킨샤사는…….」

「설마 지구상에서 가장 가난한 도시, 1인당 연간 평균 소득이 염소 방울 하나, 마이클 잭슨 해적판 카세트테이프 두 개, 물 세 모금인 곳에서 우리가 너무 가난해서 어울릴 수 없다고 한 건 아니겠죠.」

「아뇨. 디킨스에 흑인이 너무 많답니다. 그들의 표현을 그대로 옮기자면, 〈그놈의 뒤처진 미국 니거들은 아직 멀었어!〉라고 했습니다.」

디킨스에 자매 도시를 찾아 주려는 시도가 실패했다고 말하기가 너무 창피해서, 호미니에게는 검은 거짓말로 얼버무려 놓았다. 「그단스크가 관심을 보인대요. 민스크, 키르쿠크, 뉴어크, 나이애크에서도 타진이 오고 있대요.」 결국 이름이 k나 다른 글자로 끝나는 도시가 떨어졌고, 호미니는 플라스틱 우유 상자를 뒤집어 집 앞에 놓고, 자신을 경매에 붙임으로써 실망감을 표시했다. 그는 셔츠를 벗어 축 처진 가슴을 드러내고는 잔디밭에 이런 안내문을 세워 두고 서 있었다. 〈팝니다: 흑인 노예, 목요일에만 구타 가능, 대화 상대로 훌륭함.〉

호미니는 일주일 넘게 그렇게 서 있었다. 경적을 울려도 꼼짝하지 않아서 차를 써야 할 때면 「이봐, 조심해요, 퀘이커교도들[106]이에요!」라거나 「프레더릭 더글러스[107]와 망할 노예제 폐지론자들이 오고 있어요! 목숨이 아까우면 달아나요!」라고 외쳐야 했다. 그러면 그는 옥수수 밭으로 숨어들었다. 하지만 사과나무 키우는 사람을 만나러 나가야 했던 날, 그는 유난히 고집을 부렸다.

106 퀘이커교도는 노예제 폐지를 지지하며 19세기 미국의 흑인 노예 해방 운동 조직인 언더그라운드 레일로드에서 주요 역할을 했다.

107 Frederick Douglass(1818~1895). 미국의 노예제 폐지론자. 노예로 태어나 19세기 미국에서 가장 영향력 있는 연설가이자 작가가 되었다.

「호미니, 길 좀 비켜 주면 안 돼요?」

「자매 도시도 하나 못 찾아 주는 주인님을 위해서는 아무 일도 안 해요. 그래서 오늘, 밭일하는 검둥이는 꼼짝도 안 할 거예요.」

「밭일 하는 검둥이라고요? 일을 하라는 건 아니지만, 일이라고는 손도 꼼짝하지 않잖아요. 자쿠지 욕조에서 하루 종일 놀면서. 밭일하는 검둥이라니, 어이가 없네. 온탕 사우나 바나나 주정뱅이 검둥이 같으니. 어서 비켜요!」

결국 나는 세 곳의 자매 도시를 정했는데, 모두 디킨스처럼 모호한 상황에서 사라진 진짜 도시였다. 첫 번째는 테베였다. 고대 이집트의 도시가 아니라, 세실 B. 드밀의 『십계』에 나오는 엄청난 세트장 말이다. 실제 크기에 맞추어 제작되었고, 1923년 이후로 캘리포니아 과달루페 해안가 니포모 사구에 묻혀 있는 그곳의 거대한 목재 문, 장대한 기둥이 가득한 신전, 종이 스핑크스는 람세스와 백인 대장과 부대원 엑스트라들의 고향이었다. 어쩌면 언젠가 해안 폭풍에 그곳이 드러나고 모래가 날아가면 모세가 이스라엘은 이집트로, 디킨스는 미래로 안내할 수 있을지도 모른다.

그다음, 번성한 투명 도시 디킨스는 두 곳의 도시와 또 자매결연을 맺었는데, 한 곳은 오스트리아의 될러스하임이었고, 또 한 곳은 〈사라진 백인 남성 특권 도시〉였다. 오래전 증발한 북부 오스트리아의 마을, 될러스하임은 체코 국경에서 수류탄을 던지면 떨어질 만큼 가까운 곳이었고, 히틀러의 외할아버지가 태어난 곳이다. 전설에 따르면, 전쟁 직전

히틀러는 의료 기록(고환이 하나이고, 코 성형을 했으며, 매독 진단을 받았고, 아기 때 사진이 못생겼던 것)과 원래의 이름(시클그루버부시)과 자신의 유대계 혈통을 삭제하기 위해 이 도시에 폭격을 퍼부었다고 한다. 역사 삭제로는 상당히 효과적인 전술이었다. 왜냐하면 히틀러가 전형적인 악당이며, 유머도 없고, 불만에 가득한 예술가라는, 거의 누구에게나 갖다 붙일 수 있는 특징 이외에는 그에 관한 확실한 사실을 아는 사람이 아무도 없기 때문이다.

전 세계 유령 도시로부터, 디킨스의 세 번째 자매 도시가 되는 영광을 얻기 위해 소리 없는 입찰 경쟁이 있었다. 버려진 바로샤, 한때는 활기 넘쳤지만 터키 침공 때 대피한 뒤 파괴되지도, 사람들이 다시 살지도 않는 키프로스의 파마구스타가 열을 올렸다. 우리는 오늘날까지도 캄보디아의 정글에서 로코코 양식의 건축물을 썩히고 있는 프랑스의 리조트 지역, 보코르 힐 스테이션에서도 엄청난 입찰을 받았다. 인상적인 프레젠테이션 끝에 자바섬 동부의 크라카타우가 선두 주자가 되었다. 전쟁으로 피폐해져 사람이 살지 않는 프랑스의 오라두르쉬르베르, 중앙아프리카 공화국의 파우아와 고로우모 같은 도시들이 자매결연을 강하게 밀어붙였다. 하지만 결국, 우리는 많은 사람들(주로 백인 남성 특권층)이 그 존재를 부인하는 논란 많은 도시, 사라진 백인 남성 특권 도시의 간절한 요청을 무시할 수 없었다. 지역 간의 장벽은 힙합과 로베르토 볼라뇨의 산문 때문에 완전히 사라졌다고 체계적으로 주장하는 사람들도 있다. 매운맛 참치 롤의 인기와 흑인 미국 대통령이 백인 남성의 우위에 미친 영향은 천연두가 아메리카 원주민의 존재에 미친 영향과 같다는 것이다. 자유 의지와 자유 시장을 믿고자 하는 이들은 사라진 백인 남성 특권 도시의 죽음은 자기 탓이라고 주장한다. 상호 위배되는 종교적, 세속적 포고령이 지속적으로 유입되어 남의 말에 쉽게 영향을 받는 백인 남성들에게 혼란을 준 것이라는 설명이다. 백인 남성을 극심한 사회적, 정신적 불안 상태로 몰아넣어 섹스를 못 하게 한 것이다. 투표도 못 하고. 독서도 못 하게. 그리고 가장 중요한 것을 들자면, 자신이 만물의 결말이자 핵심이라는 생각을 못 하게 한 것이다. 아니, 적어도 사람들 앞에서는 그렇지 않은 척하게 만든 것이다. 하지만 어쨌든, 사라진 백인 남성 특권 도시의 거리를 돌아다니며 〈우리가 이 나라를 세웠다!〉라고 외치면서 자부심을 느끼는 것은 불가능해졌다. 주위에 온통 갈색 남자들이 끊임없이 망치질을 하고, 못을 박고, 최고급 프랑스 요리를 하고, 차를 고치고 있으니까 말이다. 내심 토론토에서 살고 싶으면서 〈미국, 사랑하거나, 떠나라!〉라고 외칠 수는 없었다. 남들에게 〈너무나 국제적〉이라고 말했지만, 사실은 〈그렇게 국제적이지는 않다〉는 뜻이었던 도시. 백합처럼 새하얗고 올바른 당신 자식들이 자동차 열쇠를 안 준다고 당신을 〈니거〉라고 부른다면, 어떻게 남을 〈니거〉라고 부르거나 취급할 수 있단 말인가? 〈니거들〉이 올림픽 경기에 수영 선수로 출전한다거나, 마당을 꾸미는 등, 그들이 못 한다고 여겼던 일들을 날마다 하고 있는데. 세상에, 이런 말도 안 되는 일이 계속된다면, 언젠가는 니거가, 하느님 맙소사, 훌륭한 영화감독이 될 수도 있는 것이다. 하지만 걱정할 것 없다. 진짜건 가상이건, 사라진 백인 남성 특권 도시여. 나와 호미니가 그대를 지지하며, 흑인 최후의 보루 디킨스의 자매 도시로 지정하며 자부심을 느꼈으니까.

멕시코인이 너무 많아

열하나

「멕시코인이 너무 많아.」 카리스마 몰리나가 중얼거렸다. 남들이 듣지 못하도록, 완벽한 프렌치 매니큐어를 한 손으로 입을 가리고 말했다. 공공장소에서 인종 차별적인 감정을 드러내는 것을 그때 처음 본 것은 아니었다. 아메리카 원주민들이 매주 일요일 새벽녘에 울리는 짜증나는 종소리의 근원을 찾아서, 모카신을 신고 엘 카미노 리얼 도로를 오가며 큰뿔 야생양을 쫓아내고 메스칼린에 취해서 걷는 산책을 망쳐 놓은 이후로, 캘리포니아 사람들은 멕시코인들을 저주해 왔다. 평화와 고요를 찾던 인디언들은 예수와 강제 노동, 채찍질, 그리고 주기 피임법을 발견했다. 「멕시코인이 너무 많아.」 그들은 아무도 보지 않을 때 밀밭과 신도석 뒤쪽에서 혼잣말로 중얼거리곤 했다.

백인들, 〈빈 방 없어요〉라든가 〈방금 마지막 자리가 나갔네요〉라든가 〈농구공 리바운드해〉 이외에는 흑인에게 아무 할 말이 없었던 백인들이, 마침내 우리에게 할 말을 찾았다. 그리고 샌퍼낸도 밸리의 섭씨 40도에 육박하는 무더운 날,

우리가 차까지 그들이 장본 것을 들어다 주거나 우편함에 요금 청구서를 쑤셔 넣고 있으면, 그들은 돌아보며 〈멕시코인이 너무 많아요〉라고 말한다. 화가 난 타인들끼리 만났을 때, 더위 때문도, 습기 때문도 아니고, 남쪽과 북쪽, 옆집, 그로브, 캘리파스[108]의 모든 곳에 사는 우리의 갈색 형제들 탓이라고 하는 것이 묵계가 되었으니까.

흑인들에게 〈멕시코인이 너무 많아〉라는 말은, 역사상 가장 많이 기록된 노동자인 우리가, 기록되지 않은 노동자들이 더 나은 생활 조건을 요구하는 것에 반대하는 인종 차별 시위에 참가하는 핑계다. 〈멕시코인이 너무 많아〉는 살던 대로 계속 살겠다는 의지를 합리화하는 말이다. 우리는 차를 마시면서 부동산 광고를 훑어보며, 이사를 하고 더 나은 생활 환경을 찾는 꿈을 꾸기 좋아한다.

「여보, 글렌데일은 어때?」

「멕시코인이 너무 많아.」

「다우니는?」

「멕시코인이 너무 많아.」

「벨플라워는?」

「멕시코인이 너무 많아.」

멕시코인이 너무 많아. 이 말은 면허도 없는 도급업자가 가격 경쟁에 패배하는 것이 지겨울 때, 일자리가 없는 것을 기술력 부족, 친인척 중심 인사, 형편없는 온라인 신원 조회 탓으로 돌리기도 지겨울 때 꺼내 드는 패다. 캘리포니아에

108 Califas. 히스패닉 커뮤니티에서 캘리포니아주를 부르는 이름.

서 누가 재채기를 하면 〈게준트하이트〉[109]라고 말하지 않고 〈멕시코인이 너무 많아〉라고 말한다. 샌타애니타 경마장에서 당신의 말이 발을 절고 들어오면? 〈멕시코인이 너무 많아.〉 커머스 카지노에서 포커 초짜가 리버 카드로 세 번째 퀸을 밀어 내면? 〈멕시코인이 너무 많아.〉 그 말이 캘리포니아에서 끊임없이 들려오는 후렴구이지만, 채프 중학교의 교감이자 마페사(본인이 뭐라고 하든, 내 여자)의 가장 친한 친구, 카리스마 몰리나가 그렇게 말했을 때, 나는 멕시코계 미국인이 그 말을 하는 것을 처음 들었을 뿐 아니라, 그때는 몰랐지만, 누가 진심으로 그렇게 말하는 것도 처음이었다. 문자 그대로 말이다.

꼬마 악당들과는 달리, 나는 수업을 땡땡이칠 때마다 물고기를 잡으러 가지 않고, 학교로 갔다. 흑인학 수업 중 아버지가 잠들면 나는 집에서 몰래 빠져나와 채프 중학교로 달려가서 아이들이 핸드볼이나 축구를 하는 것을 울타리 틈으로 구경했다. 운이 좋으면 마페사, 카리스마, 그들의 친구가 뒤쪽 운동장에서 떠들고 있는 것이 보였다. 그들은 브라스 밴드처럼 멋지게, 훌라후프를 돌리며, 〈아 빕 빕 거리를 걷다가 일주일에 열 번…… 웅가와! 웅가와! 블랙 파워! 나는 소울 시스터 넘버 9, 한 번만 더 내게 던져 줘……〉 하는 노래를 불렀다.

채프에 다니는 아이들은, 매년 여름 방학 2주 전쯤 〈진로의 날〉이 있어서 대부분의 아이들이 적성 검사를 받거나 이

109 Gesundheit. 몸조심하세요. 재채기를 한 사람에게 쓰는 말.

력서를 쓰기 전에 적어도 한 번쯤 진로 자살을 생각해 볼 수 있었다. 운동장에서 열리는 그날 행사에 참석한 광부, 골프공 주워 오는 사람, 바구니 제작자, 도랑 파기 기술자, 제책가, 트라우마에 시달리는 소방관, 전 세계 최후의 우주 비행사는 별 영감을 주지 못한다. 매년 똑같은 행사였다. 우리는 우리가 맡은 직업이 반드시 있어야 하는 것이며 충족감을 준다고 발표하곤 했지만, 뒷줄에서 나온 질문에 대답해 준 사람은 아무도 없었다. 당신이 그렇게 뒈지게 중요하고 당신 없이 세상이 돌아갈 수 없다면, 어째서 당신은 여기서 우릴 이렇게 지루하게 만들고 있나요? 왜 그렇게 불행한 얼굴인가요? 어째서 여자 소방관은 하나도 없나요? 어째서 간호사들은 그렇게 뒈지게 느려 터졌나요? 아이들이 만족한 것은, 최후의 우주 비행사, 나이 지긋한 흑인 신사가 해준 대답뿐이었다. 그는 너무 허약해서 이곳 지구에서도 무중력을 경험하는 것처럼 보였다. 우주 비행사는 화장실에 어떻게 가요? 〈음, 지금은 어떤지 모르겠지만, 내가 우주에 갔을 때는 엉덩이에 비닐 봉투를 붙이고 있었지.〉

아무도 농부가 되고 싶어 하지 않지만, 호미니의 생일 파티 한 달쯤 뒤 카리스마가 내게 좀 다른 것을 해달라고 부탁했다. 우리는 내 집 베란다에서 마리화나를 피우고 있었고, 카리스마는 로페스 가족, 〈옆집의 스텟슨 멕시코인들〉이 비까번쩍한 마구를 씌운 말을 데리고 나와 구겨진 벨벳 카우보이 옷을 입고 화려한 밧줄 트릭을 선보이며 내게 창피를 주는 꼴을 보는 것도 지겹다면서 나를 들볶았다. 「거름과 비료의 미묘한 차이, 환경 친화적인 호박의 병충해 관리에 대해서는 아무도 신경 쓰지 않아. 애들은 집중 시간이 짧거든. 애들 시선을 곧바로 사로잡아서 놓아 주면 안 돼. 작년에 네 프레젠테이션이 너무 지루해서 애들이 너한테 네 유기농 토마토를 던진 것보다 더 나쁜 상황은 상상할 수도 없어.」

「그래서 안 가려는 거야. 괴롭힘당할 필요 없다고.」

카리스마는 한쪽 눈을 감고 마리화나 그릇 안을 살펴보더니 도로 내게 건넸다.

「이거 떨어졌어.」

「더 할래?」

카리스마가 고개를 끄덕였다.

「응. 그리고 이 풀을 뭐라고 부르는지도 알고 싶어. 왜 이걸 피우니까 주식 시장이라든가 대학원 영문학 세미나에서 읽은 온갖 것들이 다 이해가 되는 거지?」

「나는 통찰이라고 불러.」

「음, 그 이름이 어울린다. 한 번도 못 들어본 단어지만 〈통찰〉이 무슨 뜻인지 바로 알겠는데.」

개 한 마리가 짖었다. 수탉이 울었다. 소도 울었다. 하버 고속도로의 소음이 이야이야오 하고 들려왔다. 카리스마는 길고 곧은 검은 머리를 뒤로 넘기더니 인터넷, 『율리시스』, 진 투머의 『사탕수수』, 요리 프로그램에 대해 미국이 느끼는 매혹을 모두 설명해 주는 한 모금을 빨았다. 그리고 어떻게 하면 내가 〈진로의 날〉에 올지도 알아냈다.

「마페사도 올 거야.」

그녀에 대한 사랑이 식은 적 없었다는 사실을 깨닫는 데, 마리화나는 더 필요하지 않았다.

서쪽에서 먹구름이 몰려들면서 비가 올 것 같았다. 하지만 그 무엇이 온다 해도 오늘날 미국의 궁핍한 소수 민족 어린이들이 얻을 수 있는 직업에 대해 배울 기회를 카리스마가 취소할 리는 없었다. 쓰레기 수거인, 가석방 담당관, 디제이, 백업 래퍼가 발표를 마친 뒤, 체험 시간이 되었다. 종일 내 쪽을 쳐다보지도 않았던, 운송업 대표 마페사가 13톤짜리 버스를 교통 표지 사이사이로 몰면서 운동장 위로 타이어 연기를 뿜어 대고, 식당 의자와 테이블로 만든 임시 램프에 부딪치더니 두 바퀴로 달리게 해 영화 「분노의 질주」 제작진이 보고 뿌듯해할 만한 스턴트 운전을 선보였다. 멋진 운전이 끝나자 마페사는 아이들을 불러 버스를 구경시켜 주었다. 버스에 타고 요란하게 즐거워한 아이들은 10분쯤 조용히, 질서 정연하게 견학을 한 뒤, 내리면서 마페사에게 정중하게 감사 인사를 했다. 그 학교의 유일한 백인 교사인 젊은 남자는 얼굴을 손으로 가리고 흐느끼고 있었다. 그는 마지막으로 버스를 한 번 더 보고는 사람들이 모인 곳에서 걸어 나가 볼 박스에 기대고 앉더니 진정하려고 애썼다. 교통 시스템과 무임승차에 대한 설명이 사람을 그렇게 우울하게 만들 수 있을 줄 몰랐다. 보슬비가 내리기 시작했다.

카리스마는 좀 더 목가적인 프로그램이 시작될 거라고 안내했다. 네스터 로페스가 일어났다. 할리스코에서 라스

크루시스를 거쳐 온 로페스 집안은 〈농장 지역〉에 처음으로 편입한 멕시코계 가족이었다. 그들이 이주해 왔을 때, 나는 일곱 살 정도였다. 아버지는 그들의 음악과 닭싸움에 대해 불평하곤 했다. 홈스쿨에서 멕시코계 미국인 역사에 대해 배운 것은 〈멕시코인과는 절대 싸우지 마라. 멕시코인과는 일단 싸웠다 하면 죽여야 하니까〉라는 말뿐이었다. 하지만 네스터는, 나보다 네 살 많았고 언젠가는 장난감 자동차를 돌려주지 않았다는 이유로 죽여야 할지도 몰랐지만, 어쨌든 굉장히 멋졌다. 일요일 오후, 그가 성당에 갔다가 돌아오면 우리는 멕시코 카우보이 영화와 소도시 로데오 비디오테이프를 함께 보곤 했다. 우리는 그의 엄마가 만들어 도자기 컵에 담아 준 뜨거운 계피 향의 〈폰체〉를 마셨고, 오후 내내 *300 porrazos sangrientos*(3백 번의 피투성이 구타), *101 muertes del jaripeo*(101명의 하리페오 사망자), *1000 litros de sangre*(1천 리터의 피), *Si chingas al toro, te llevas los cuernos*(황소를 잡으려다 뿔에 받힌다) 등의 제목이 적힌 무서운 스페인 비디오를 보면서 떨었다. 그 액션 대부분을 손으로 얼굴을 가리고 보기는 했지만, 거대한 황소들이 그들을 짓밟아 무척추 헝겊 인형으로 만들어 놓는데도, 손도 대지 않고, 로데오 광대도, 구급대원도, 두려움도 없이 황소에 올라타던 카우보이들의 모습을 머릿속에서 지울 수 없었다. 뾰족한 황소 뿔이 그들의 셔츠와 대동맥을 꿰뚫을 때, 우리가 대신 비명을 질러 주었다. 떨어진 카우보이의 턱뼈와 두개골이 짓밟혀 피범벅이 된 진흙 속에 빠져들 때는 하이파이브도 했다. 시간이 지나며, 흑인 소년과 남미계 소년들이 으레 그렇듯이 우리는 멀어졌다. 우리와는 아무 관련도 없지만, 흑인과 남미계의 분리를 명시하는 교도소 범죄 조직의 규칙에 희생된 것이다. 이제, 가끔 주민 모임에서 만나는 것을 제외하면 네스터를 보는 것은 진로의 날뿐이다. 그날이 되면 그는 「빌헬름 텔」의 주제가에 맞추어 등장해서는 야생마 길들이는 시범을 죽어라 보여 준다.

아마도 〈잘난 체하기〉 아니면, 네스터가 보여 주는 진로가 정확히 무엇인지는 알 수 없었다. 하지만 로데오 쇼가 끝나면 그는 아이들의 요란한 박수를 받으며 술로 장식된 모자를 벗어 인사하고 〈이겼다〉는 표정으로 나를 비웃어 준 다음 안장에서 물구나무를 서서 들어갔다. 그다음 카리스마가 나를 소개하면 모두 하품을 어찌나 크게 하는지 디킨스 전체에 들릴 지경이었다.

「이게 무슨 소리죠? 비행기가 이륙이라도 하나요?」

「아니오. 니거 농부 때문이에요. 또 저 중학교에서 진로의 날 행사를 하나 봐요.」

나는 불안해하는 갈색 눈의 송아지를 끌고 울타리가 끊어진 야구 경기장의 본루에 섰다. 용감한 아이 몇 명은 꼬르륵거리는 배와 비타민 결핍증을 무시하고 앞으로 나와 송아지에게 다가왔다. 병에 걸리거나 사랑에 빠질까 봐 두려운 듯, 조심스레 송아지를 토닥이고 저주받은 흑인 말투로 말을 걸었다.

「피부 부드러워.」

「눈이 밀크 더드 초콜릿 같아. 그거 먹고 싶다.」

「이 소가 입술을 핥고 음메거리면서 침을 흘리는 걸 보니까 너희 정신 치체 엄마가 생각난다.」

「꺼져. 니가 정신 치체지!」

「너희 다 정신 치체야. 소도 사람 같은 거 모르냐?」

아이들이 〈정신 지체〉라는 틀린 말을 쓰긴 했지만, 나는 인기를 끌었다. 아니, 적어도 송아지는 인기를 끌었다. 카리스마는 잇새로 혀를 말아 넣어 축구 코치 호루라기 같은 소리를 냈다. 카리스마가 망을 보다가 나와 마페사에게 아버지가 돌아온다는 것을 알려 주던 그 호루라기 소리. 2백 명의 아이들이 순식간에 조용해지더니 결핍된 주의력을 내게로 돌렸다.

「안녕, 여러분.」 내가 땅에 침을 뱉으면서 말했다. 농부들은 그렇게 하는 법이니까. 「여러분처럼 나도 디킨스에 살아요…….」

「어디요?」 아이들이 외쳤다. 내가 마치 아틀란티스에 산다고 한 것 같은 반응이었다. 그 아이들은 〈디킨스〉에 살지 않았다. 아이들은 서서 갱단 표시를 보여 주면서 어디 사는지 외쳤다. 사우스사이드 조슬린 파크 크립 갱. 바리오 트레시엔토스 이 싱코. 베드락 스토너 애비뉴 블러즈.

나는 보복으로 농업 세계에서 갱단 표시와 가장 가까운 표시를 보여 주기로 하고, 손으로 목을 쓱 그었다. 모두가 다 아는 〈죽는다〉는 신호였다. 「음, 나는 농장 지역에 사는데, 여러분이 말한 모든 곳과 마찬가지로, 그곳도 디킨스에 있어요. 그리고 몰리나 교감 선생님이 농부의 하루가 어떤지 보여 달라고 부탁하셨는데, 오늘 송아지가 태어난 지 8주 되는 날이니 거세에 대해서 이야기하면 좋겠다고 생각했어요. 거세에는 세 가지 방법이 있는데…….」

「거세가 뭐예요, 선생님?」

「동물 수컷이 아이를 낳지 못하게 하는 거예요.」

「소는 콘돔 없어요?」

「좋은 생각이긴 하지만, 소는 콘돔을 끼울 손이 없고, 공화당과 마찬가지로 여성의 자기 결정권에 대한 개념도 없어요. 그래서 이런 식으로 송아지 수를 조절하는 거예요. 그리고 이 방법을 쓰면 소들이 더 양순해져요. 〈양순하다〉는 게 무슨 뜻인지 아는 사람?」

깡마른 분필색의 여자아이가 콧물을 한 번 훔치더니 손을 들었다. 그 손이 어찌나 혐오스러울 정도로 하얗고 건조한지, 검은색이 분명하다는 생각이 들었다.

「쌍년 같다는 뜻이에요.」 그 애가 송아지에게 다가와 폭신한 귀를 만져 주겠다고 자원하면서 이렇게 대답했다.

「그래요, 그렇게 말할 수도 있겠네요.」

〈쌍년〉이라는 말 때문인지, 성에 대해 습득하게 될 그릇된 관념 때문인지, 아이들이 원을 그리며 바짝 다가왔다. 앞의 두 줄에 서지 못한 아이들은 이리저리 돌아다니며 잘 보이는 위치를 찾았다. 몇몇 아이들은 백네트 위로 올라가 수술실의 의대생처럼 그 과정을 내려다보았다. 나는 송아지를 밀어 옆으로 쓰러뜨린 뒤, 목과 갈비뼈를 무릎으로 누르고 뒷다리를 벌려 조그만 성기를 드러냈다. 아이들이 주목하는 것을 확인하면서 살펴보니, 카리스마는 아직도 울고 있는 선생을 확인한 뒤 마페사의 버스로 살금살금 들어가고 있었다. 「아까 말한 대로, 거세에는 세 가지 방법이 있어요. 수술 방법, 고무줄 방법, 무혈 방법. 고무줄은 바로 여기 고무줄을 감아서 혈액이 고환으로 들어가지 못하게 하는 거예요. 그러면 고환이 점점 줄어들어 떨어져요.」 음낭 아래를 꽉 쥐었더니 송아지와 아이들 전체가 동시에 펄쩍 뛰었다. 「무혈 거세를 하려면 여기와 여기 정자관을 터뜨리는 거예요.」 수정관 두 곳을 꽉 꼬집자 송아지는 아프고 부끄러워 낑낑거렸고, 아이들은 가학적으로 웃어 댔다. 나는 잭나이프를 꺼내 높이 쳐들고 손을 흔들어 칼날이 햇빛을 멋지게 반사시키길 기대했지만, 구름이 너무 많았다. 「수술 방법은…….」

「내가 할래요.」 조그만 흑인 여자아이가 호기심 가득한 말간 갈색 눈동자로 송아지의 음낭을 뚫어져라 쳐다보고 있었다.

「부모님 동의서를 받아야 할걸.」

「무슨 부모요? 나는 엘 니도에 살아요.」 윌밍턴의 보육 시설을 가리킨 것인데, 이 동네에서 그 이름을 대는 것은 제임스 캐그니에게 싱싱 교도소 이름을 대는 것이나 마찬가지였다.[110]

「이름이 뭐지?」

110 제임스 캐그니(1899~1986)는 갱스터 역할로 유명한 할리우드의 배우다. 싱싱 교도소 역시 할리우드의 교도소 장면에 주로 쓰였다.

「실라요. 실라 클라크.」

실라와 나는 불쌍한 송아지를 누른 채로 자리를 바꿨다. 나는 뒤쪽으로 옮겨 간 뒤 실라에게 나이프를 건넸고, 전지가위와 비슷하게 생긴 거세 도구는 그 이름대로 정확히 임무를 수행한다. 피가 두 파인트는 쏟아져 나오고, 음낭의 윗부분을 놀라울 정도로 정확하게 제거하고, 고환을 멋지게 하늘로 쳐든 뒤, 정자관이 잘리는 소리가 들리고, 운동장에 모인 아이들과 교사들이 비명을 지르고, 송아지 한 마리가 영원히 성불구가 된 뒤, 나는 실라 클라크와 피바다 속을 헤치고 들어와 상처를 들여다보고 싶어 하는 학생 셋을 위해 강의를 마치면서 여전히 몸을 비틀고 있는 송아지와 싸웠다.「황소가 이렇게 옆으로 누워 있는 것을 농업계 종사자들은 〈횡와 자세〉라고 불러요. 지금 뿔을 자르거나, 예방 접종을 하거나, 낙인을 찍거나, 귀에 표식을 하는 등, 다른 아픈 작업을 하는 것도 나쁘지 않은데…….」

빗줄기가 좀 더 세졌다. 커다랗고 뜨뜻한 빗방울이 건조한 보도에 떨어지자 먼지가 날렸다. 운동장 한가운데 잡역부들이 황급히 쓰레기차에서 물건을 내리고 있었다. 그들은 망가진 책상, 금이 간 칠판, 개미들이 우글거리는 핸드볼 벽을 쌓아 놓은 뒤, 그 사이를 신문으로 채웠다. 보통 진로의 날은 모닥불을 크게 피우고 마시멜로를 구우면서 끝났다. 하늘이 더욱 어두워졌다. 아이들이 실망할 것 같았다. 점점 비에 젖어 들면서 세상의 종말을 맞은 사람처럼 바람 빠진 농구공을 보고 있던 울보를 제외하면, 교사들과 다른 진로

강연자들은 망가진 그네와 녹슨 정글짐에서 아이들을 데려다 모으려고 했고, 네스터는 겁에 질린 가축 주위를 뛰어다니며 교문으로 나가지 못하게 막았다. 마페사는 버스에 시동을 걸었고, 카리스마가 버스에서 내리는 순간 송아지는 충격 상태에서 벗어났다. 나는 조수 실라 클라크를 찾았지만, 그 애는 피 묻은 고환 두 개를 25센트짜리 딸랑이 장난감처럼 흔들어 소리를 내느라 여념이 없었다.

송아지의 머리를 누르고 뒤로 돌아 발뒤꿈치로 사타구니를 눌러 얼굴을 걷어차이지 않도록 하고 있는데, 마페사가 버스를 유턴하더니 손 한 번 흔들어 주지 않고 교문을 벗어나 셰넌도어가로 나가 버렸다. 나쁜 여자 같으니. 카리스마가 상처 받은 내 눈을 보고 빙글빙글 웃으면서 서 있었다.

「너희 둘은 정말 잘 어울려.」

「부탁 좀 들어줄래? 저기 내 가방에 항생제랑 〈플리겐슈츠〉라고 적힌 약통이 있어.」 카리스마 교감 선생님은 어릴 때부터 늘 하던 일을 했다. 온몸을 비트는 송아지의 고환이 있던 자리에 항생제와 끈적이는 연고를 듬뿍 발라 주며 손을 더럽히는 일.

카리스마가 일을 마치자 백인 교사가 눈물 자국이 가득한 얼굴로 교감의 어깨를 톡톡 두드렸고, 배지와 권총을 반납하는 드라마 속 경찰처럼 엄숙한 표정으로 반짝이는 〈미국을 위한 교육〉 배지를 스웨터 조끼에서 떼어내 카리스마의 손에 올려놓고 빗속을 걸어갔다.

「왜 저래?」

「버스에 탔을 때, 너의 그 깡마른 조수 실라가 자리에서 일어나더니 〈백인 우대석〉 스티커를 가리키면서 에드먼즈 선생에게 앉으라고 했어. 그러니까 그 멍청이가 아무 생각 없이 그 자리에 앉고는 지가 무슨 짓을 했는지 깨닫고 미쳐 버린 거지.」

「잠깐. 그 표지판이 아직도 붙어 있어?」

「몰랐어?」

「뭘 몰라?」

「맨날 이 동네 이야기를 떠들어 대면서 동네에 무슨 일이 있는지는 하나도 모르네. 네가 그 표지판을 붙인 후로 마페사의 버스가 시내에서 가장 안전한 곳이 되었어. 마페사도 잊어버리고 있었는데, 근무 감독자가 호미니의 생일 파티 이후로 아무런 사고 보고가 없다고 하니까 깨달았지. 그래서 마페사가 생각을 해봤대. 사람들이 서로 예의 바르게 대하고. 버스에 타면 인사도 하고, 내릴 때는 고맙다고 하고. 갱단 싸움도 없고. 크립이든 블러드든 아메리카 원주민 피가 섞인 남미계든 정차 버튼은 한 번만, 딱 한 번만 누르고. 애들이 숙제하러 어디 가는지 알아? 집도, 도서관도 아니야. 그 버스를 타. 그만큼 안전하다는 말이지.」

「범죄는 원래 주기적으로 일어나.」

「그 표지판 때문이야. 사람들이 처음에는 불평을 하지만, 인종 차별을 보고 깨닫지. 그걸 보면 겸손해져. 우리가 얼마나 멀리 왔는지 깨닫게 돼. 그리고 무엇보다도 우리가 얼마나 더 가야 하는지 깨닫고. 그 버스를 타면 인종 분리의 망령이 디킨스를 하나로 묶어 주는 것 같다니까.」

「그 울보 선생은 어쩌지?」

「에드먼즈 선생은 수학은 잘 가르치지만, 애들한테 자기가 누군지에 대해서는 못 가르치는 모양이니, 관두라 그래.」

어느 정도 나아진 송아지는 비틀거리며 일어섰다. 꼬마 거세 전문가, 실라는 보석처럼 고환을 귀에 걸고 있었다. 송아지는 마지막으로 자신의 남성성에 작별 인사를 한 뒤, 카페테리아 옆에 쓸모없이 구부러져 있는 공 없는 테더 볼 기둥들과 함께 위로를 나누러 걸어갔다. 카리스마가 피곤한 눈을 문질렀다.「자, 이 자식들을 버스에서처럼 학교에서도 말 잘 듣게 하려면 뭘 좀 해야겠어.」

상금을 받기 위해 다른 사람보다 한참 앞서 달려 들어온 네스터 로페스의 인도로, 실라의 학급 아이들은 비를 맞으며 콘크리트 위를 걸어서 타르 종이로 천장을 덮고 신문과 건설용 종이로 창문을 댄 방갈로들을 지나갔다. 그렇게 다 허물어져 가는 건물에 비하면, 심야 텔레비전에서 모금 운동을 하는 아프리카의 방 하나짜리 학교 건물은 대학 강의실처럼 보일 지경이다. 현대판 〈눈물의 길〉[111]이었다. 아이들은 망가진 학교 가구를 쌓아 놓은 고물 더미 주위에 모였다. 특대 사이즈 마시멜로 봉지에 빗방울이 투둑투둑 떨어지고, 나무와 신문지가 점점 젖어 드는데도, 아이들의 흥분은 가시지 않았다. 그들 뒤로 학교 강당이 있었는데, 94년

111 미국 남동부에서 1831년에서 1838년에 이루어진 아메리카 원주민들의 강제 이주길을 이르는 말.

노스리지 지진 때 지붕이 무너진 후로 방치된 상태였다. 카리스마는 네스터가 로즈 퍼레이드에라도 나가는 것처럼 안장에 줄줄이 매달아 놓은 종을 쓰다듬었다. 땡그랑땡그랑 소리에 아이들이 웃었다. 바로 그때 실라 클라크가 어깨를 부여잡고 달려와 울먹이는 목소리로 말했다. 「교감 선생님, 저 백인 애가 내 불알을 하나 훔쳐갔어요!」 실라는 통통한 남미계 아이를 가리켰다. 실라보다 피부색이 세 단계는 더 검은 그 남자애는 고환을 땅에 놓고 발로 차보려고 낑낑거리고 있었다. 카리스마는 실라의 땋은 머리를 부드럽게 쓰다듬어 주며 진정시켰다. 나는 처음 보는 광경이었다. 흑인 아이들이 남미계 아이들을 백인이라고 부르는 것. 내가 그 나이 때였을 때, 우리가 〈그건 아냐!〉 게임을 하며 놀았을 때, 〈캔 차기〉나 〈빨간불 초록불〉 게임이 나오기 전에, 폭력과 가난과 내분으로 인해 디킨스가 본래 갖고 있던 토지 면적이 갱단이 장악한 몇 개 블록으로 줄어들기 전, 디킨스의 모든 사람은 인종과 관계없이 흑인이었고, 한 사람이 어느 정도 흑인인지는 피부색이나 머리카락이 아니라 그 사람이 〈모든 의도와 목적에도 불구하고〉라고 말하는지, 아니면 〈모든 의도적인 목적에도 불구하고〉라고 부정확하게 말하는지에 따라 결정되었다. 카리스마의 길고 곧은 머리카락이 엉덩이까지 길었고, 피부는 호차타[112] 색인데도 흑인이 아니라는 사실을, 카리스마의 어머니가 학교에 딸을 데리러 왔던 날까지 몰랐다고 마페사가 이야기했다. 카리스마의 어

112 쌀과 견과류를 섞어 만든 음료. 남미에서 즐겨 마신다.

머니는 딸과 너무나 다르게 걷고 말했다. 깜짝 놀란 마페사는 가장 친한 친구를 쳐다보았다. 「너 멕시코인이었어?」 카리스마는 친구가 약에 취한 줄 알고서 핼쑥한 얼굴로 〈멕시코 사람 아니야〉라고 외치려다가, 하굣길 주위의 검은 얼굴들과 리듬 속에서 자기 어머니를 처음으로 제대로 보고 〈아 젠장, 내가 멕시코인이라니! *¡Hijo de puta!*(빌어먹을)〉 하고 생각했다. 오래전 이야기다.

모닥불에 불을 붙이기 전, 카리스마 몰리나 교감은 군대를 향해 연설을 했다. 진지한 표정과 어조로 보아, 그녀는 궁지에 몰린 장군이 분명했다. 세상으로 내보내는 흑인과 남미계 군인들이 살아남을 기회가 별로 없으리라는 운명을 받아들인 표정이었다. *Cada día de carreras profesionales yo pienso la misma cosa. De estos doscientos cincuenta niños, ¿cuántos terminarán la escuela secundaria? ¿Cuarenta pinche por ciento? Órale, y de esos cien con suerte, ¿cuántos irán a la Universidad? ¿Online, junior, clown college, o lo que sea? About five, máoo menos. ¿Y cuántos graduarán? Two, maybe. Qué lástima. Estamos chingados.* (이 직업을 가진 이후로 나는 날마다 같은 생각을 합니다. 이 250명의 아이들에 대해서요. 몇 명이나 고등학교를 마칠 수 있을까? 40퍼센트? 그렇다면, 그 운 좋은 백 명 중에서 대학은 몇 명이나 갈까? 온라인 대학, 전문대, 광대 학교, 그밖에 어디라도? 다섯 명쯤, 그보다 적을 수도 있죠. 대학은 얼마나 졸업을 할까? 둘쯤 되겠죠. 유감이에요. 우린 망했어요.)

그리고 로스앤젤레스에서 자란 대부분의 흑인 남성들과 마찬가지로, 나는 모든 인종의 여자들에게 그들의 모국어로 성희롱을 할 수 있을 정도로만 외국어를 알았지만, 카리스마가 하는 말의 핵심은 이해했다. 그 아이들이 망했다는 거다.

그렇게 많은 아이들이 라이터를 갖고 다니는 것이 놀라웠지만, 아무리 여러 번 시도를 해도 물에 젖은 나무에는 불이 붙지 않았다. 카리스마는 한 무리의 학생들에게 창고로 가라고 했다. 아이들은 판지 상자를 들고 돌아와서 그 안에 든 것을 땅에 쏟아 놓았다. 곧 폭이 5피트, 높이가 3피트에서 점점 올라가는 책 피라미드가 생겨났다.

「음, 뭘 기다리고 있죠?」

카리스마가 두 번 질문할 필요는 없었다. 책은 불쏘시개처럼 불이 잘 붙었고, 커다란 모닥불의 불길이 하늘로 치솟자 아이들은 연필에 마시멜로를 꽂아서 즐겁게 구웠다.

나는 카리스마를 옆으로 불러냈다. 책을 태우다니 믿을 수가 없었다. 「교구가 부족하다면서.」

「저건 책이 아니야. 포이 체셔가 보낸 거야. 그 사람이 〈정전 파괴!〉라는 커리큘럼을 만들고는 『톰 아저씨의 콘도』니 『호밀밭의 포인트 가드』니, 고전을 다시 써서 만든 책을 읽히라고 학교 위원회에 압력을 넣고 있어. 이봐, 우린 온갖 것을 다 해봤어. 학급 학생 수를 줄이고, 수업 시간도 늘이고, 두 개 언어를 썼다가, 하나만 썼다가, 언어를 안 쓰는 교육도 해보고, 에보닉스,[113] 발음 중심법, 최면까지. 최상의 교

113 흑인 영어.

육 환경을 만들어 준다는 색깔도 써보고. 하지만 벽에다 아무리 따뜻한 색을 칠해도, 결국 백인 교사들이 백포도주를 마시면서 백인 교육법을 이야기하다가 어느 백인 행정가 지망자가 포이 체셔를 안다는 이유로 저 책을 안 쓰면 학교를 법정 관리 상태로 만들겠다고 협박을 하는 거지. 아무것도 효과는 없어. 하지만 채프 중학교에서 학생들에게 『도프맨이 오다』를 나눠 주는 꼴을 보느니 나는 죽고 말 거야.」

나는 절반쯤 탄 책을 발로 차서 꺼냈다. 표지는 그을렸지만 아직 읽을 수 있었다. 『위대한 블랙스비』의 첫 페이지는 이랬다.

> 진심으로 말한다. 내가 어리고, 멍청하고, 동정이었을 때, 나의 편재하시고, 어머니에게 잘해 주시고, 전형적이지 않은 아프리카계 미국인 아버지가 알려 주신 지식을 나는 그 후로 늘 말해 왔다.

나는 내 라이터로 그 책을 마저 불살라 버렸고, 그 불에다 실라가 친절하게도 빌려준 나무 자에 꽂은 마시멜로를 구웠다. 실라는 줄넘기 줄로 송아지 머리를 문질러 주었고, 아까 그 남미계 아이는 엘머 풀과 종이 클립을 가지고 고환을 다시 붙여 보고 있었다. 카리스마가 그 애를 잡아 일으켰다.

「진로의 날 재미있니?」

「전 수의사가 되고 싶어요!」 실라가 대답했다.

「그거 게이 같아.」 실라의 남미계 원수가 한 손으로 생식

선을 저글링하면서 말했다.

「저글링이 게이 같아!」

「누가 자기한테 〈게이〉라고 했다고 그 사람을 〈게이〉라고 하는 건 게이 같아!」

「자, 그만 해라.」 카리스마가 야단쳤다. 「세상에, 너희들이 게이 같다는 말을 안 붙이는 것도 있니?」

뚱뚱한 아이는 한참 동안 생각했다. 「게이 같지 않은 건…… 게이 같아요.」

카리스마는 웃느라 눈물까지 흘리면서 벤치에 주저앉았고, 3시 하교를 알리는 종이 쳤다. 긴 하루였다. 나는 카리스마 옆에 슬쩍 앉았다. 먹구름이 마침내 자리를 잡더니 비가 주룩주룩 내리기 시작했다. 아이들과 교사들은 자동차와 버스 정류장, 기다리고 있는 부모의 품으로 달려갔고, 우리는 남부 캘리포니아인답게 우산도 없이 빗속에 앉아서 빗방울이 천천히 꺼져 가는 모닥불에 닿아 푸스스거리는 소리를 듣고 있었다.

「카리스마, 저 애들이 버스에서처럼 말 잘 듣고 서로 존중하게 만드는 법을 생각해 냈어.」

「뭔데?」

「학교에서 분리 정책을 실시하는 거야.」 그 말을 하자마자 디킨스를 되살려 내는 방법도 바로 인종 분리라는 생각이 들었다. 버스 안에서 나누던 공동체 감정이 학교로 퍼질 것이고, 그다음에는 도시 전체로 스며들 것이다. 인종 분리 정책이 남아공 흑인들을 결집시켰다면, 디킨스에서도 똑같은 일이 가능하지 않을까?

「인종별로? 피부색으로 학교를 분리시키자고?」

카리스마는 나를 마치 학생 대하듯 쳐다보았다. 멍청한 학생이 아니라, 아무것도 모르는 학생을 보듯이. 하지만 만약 내게 묻는다면 채프 중학교는 이미 여러 차례 분리에 분리를 거듭해 왔다고 할 것이다. 피부색이 아니라, 독해 능력이나 행동 문제로 아이들을 나누어 온 것은 사실이다. 영어를 제2언어로 삼고자 하는 학생은 하고 싶을 때만 영어를 하는 학생들과 다른 교육을 받았다. 흑인 역사의 달 동안 아버지는 밤중에 텔레비전에서 자유의 버스[114]를 불태우고 개들이 으르렁거리는 장면을 보며 내게 이렇게 말했다. 「얘야, 통합은 강제할 수 없다. 통합하고 싶은 사람들이 통합하는 거지.」 나는 아버지의 말에 얼마나 동의하거나 동의하지 않는지 알 수 없었지만, 그 말은 항상 내 머릿속에 남아 있었다. 그로 인해 많은 사람들에게 통합이란 한계를 가진 개념임을 깨닫게 되었다. 이곳 미국에서 〈통합〉은 은폐일 수 있다. 「나는 인종차별주의자가 아니다. 나의 졸업 파티 상대, 육촌, 대통령이 흑인(이든 뭐든)이니까.」 문제는 통합이 자연스러운 상태인지 부자연스러운 상태인지 우리가 모른다는 것이다. 강요한 것이든지 아니든지, 통합이 사회적 엔트로피인가, 사회적 질서인가? 그 개념은 아무도 정의하지 못

114 인종 분리에 반대해 흑인과 백인이 함께 버스를 타고 미국 남부 지역을 순회한 운동 프리덤 라이더스Freedom Riders. KKK단이 이 버스에 화염병을 던져 버스가 불탔다.

했다. 하지만 카리스마는 남은 마시멜로를 이리저리 돌려 구우면서 분리에 대해서 좀 생각해 보았다. 카리스마가 무슨 생각을 하는지 알 수 있었다. 자기 모교인 중학교에 과거에는 흑인이 80퍼센트였지만 현재는 75퍼센트가 남미계라는 생각을 하고 있었을 것이다. 어머니 샐리 몰리나가 1940년대와 50년대에 애리조나의 인종 분리 소도시에서 자라며 겪었다는 일들을 생각하고 있었을 것이다. 교회에서 가장 더운 자리, 예수와 비상구에서 가장 먼 자리에 앉아야 했던 것. 멕시코인 학교에 다니고, 60번 고속도로를 타고 시외로 가야 나오는 멕시코인 공동묘지에 부모님과 어린 남동생을 묻어야 했던 것. 가족이 1954년 로스앤젤레스로 왔을 때 인종 차별은 거의 똑같았던 것. 로스앤젤레스의 흑인과는 달리, 애리조나의 흑인들은 적어도 공유지 해변에서는 놀 수 있었다는 것.

「학교에서 인종 분리를 하자고?」

「응.」

「그럴 수 있다면 해봐. 하지만 분명한 건, 멕시코인이 너무 많다는 거야.」

아이들은 어땠는지 모르겠다. 하지만 거세시킨 송아지가 픽업트럭 옆자리에 앉아 창밖으로 머리를 내밀고 혀로 빗방울을 받아먹고 있을 때, 나는 언제나 그랬듯이 진로의 날에서 영감을 받았고, 이번에는 새로운 목표를 세웠음을 확신했다. 카리스마는 〈인종 분리의 망령이 디킨스시를 하나로 묶어 주는 것 같다〉고 했다. 나는 〈도시 복구 및 인종 분리 계획자〉로서의 경력을 6개월 더 연장하기로 했다. 일이 잘 풀리지 않는다면, 흑인이라서 그런 거라고 언제든지 변명할 수 있으니까.

열둘

진로의 날이 지나고, 그해 여름에는 비가 억수같이 퍼부었다. 해변의 백인 남자아이들은 그해 여름을 〈서머〉가 아닌 〈버머〉[115]라고 불렀다. 일기 예보는 끊임없이 기록적인 강수량과 계속되는 구름 소식을 전했다. 날마다 9시 30분쯤 해안에는 저기압이 자리 잡았고, 초저녁까지 비가 내렸다가 그치기를 반복했다. 폭우 후에 태평양으로 쏟아져 들어오는 진흙탕과 오염물 때문에 간염이 걱정되어서 빗속에서 서핑을 하지 않고, 폭우 뒤에는 아예 바다에 나가려고 하지 않는 사람들도 있었다. 개인적으로 나는 빗속에서 파도타기를 좋아한다. 줄 서서 기다리는 자식들도 적고, 윈드서퍼도 없으니까. 패혈증 일으키는 오염물이 들어오는 말리부와 링콘에만 가지 않으면 괜찮다. 그래서 그해 여름 나는 대변이나 미생물 걱정을 하지 않았다. 다만 귤과 분리 정책 때문에 고민했다. 장마 속에서 습기에 가장 예민한 감귤류 과일을 어떻게 기를까? 이미 분리되어 있는 학교에서 인종 분리 정책을

115 *Bummer*. 실망스러운 일.

어떻게 실시할까?

인종 문제 반동주의자 호미니도 도움은 되지 않았다. 그는 디킨스가 백인들을 더 끌어들일 것이라는 이유로 인종 분리 교육을 되살리는 데 찬성했다. 그는 자신의 젊은 시절처럼, 디킨스가 활기 넘치는 백인들의 교외 지역이 될 거라고 했다. 테일 핀을 단 멋진 차들이 달리는 곳. 밀짚모자와 삭 홉[116]이 유행하는 곳. 성공회교도와 아이스크림 파티가 있는 곳. 백인 중산층의 교외 이주 현상과는 반대가 될 것이다. 〈KKK단의 유입.〉 하지만 어떻게 그렇게 되는지 물었더니 호미니는 어깨를 으쓱이고는, 아무 생각도 없는 보수파 상원 의원처럼 아무 상관도 없는 과거 호시절 이야기로 의사 진행을 방해했다. 「예전에, 〈팝 퀴즐링〉이라는 에피소드에서 스타이미가 책상에 불을 질러 역사 시험을 피하려고 했는데, 당연히 학교 전체에 불이 붙었고, 애들은 소방차 위에서 시험을 쳐야 했어. 크랩트리 선생님이 그런 꼼수에 넘어가지 않았으니까.」 그리고 인종 분리주의자라는 사실에 따라다니는 죄책감이 고개를 들었다. 나는 오래되어 털이 뭉개지고 햇빛 같은 노란색이 갈색으로 변색된 펀사인 곰돌이에게 인종 분리를 재도입하는 것이 좋을 거라고 설득하며 밤을 새웠다. 파리에는 에펠 탑이 있고 세인트루이스에는 게이트웨이 아치가 있고 뉴욕에는 엄청난 임금 격차가 있듯이 디킨스에는 인종 분리 학교가 있는 거라고. 다른 건 몰라도, 상공 회의소 브로슈어는 멋지게 보일 거라고. 〈영광의

116 *Sock hop*. 양말만 신고 추는 춤.

도시 디킨스에 오신 것을 환영합니다. 로스앤젤레스 강가의 천국 같은 도시. 떠돌이 청년들, 은퇴한 영화배우, 인종 분리 학교의 고향!〉

많은 사람들이 물속에서 가장 좋은 아이디어를 얻는다고 주장한다. 샤워를 하다가. 수영장에서 떠다니다가. 파도를 기다리다가. 음이온과 백색 소음, 혼자 있는 것과 관련이 있다고. 그렇다면 빗속에서 서핑을 하는 것은 혼자만의 브레인스토밍 시간에 해당한다고 생각할 테지만, 나는 그렇지 않다. 나는 서핑할 때가 아니라 서핑을 하고 집으로 돌아가는 길에 좋은 아이디어를 얻는다. 그래서 7월의 장마 속에서 멋진 서핑을 마치고 하수도와 미역 냄새를 풍기며 차 속에 앉아서, 해변의 명문 사립 교육 지주, 인터섹션 아카데미의 여름 학교에서 쏟아져 나오는 부잣집 아이들을 지켜보았다. 그들은 대기 중인 리무진과 고급 차를 타러 가기 위해 길을 건너면서 내게 걱정 말라는 신호와 갱단의 신호를 보내며 운전석에 머리를 들이밀고는 이렇게 말했다.「이봐, 마리화나 좀 있어? 힘내, 아프리카계 미국인 서퍼!」

끊임없이 비가 내리는데도 그 학생들은 젖는 법이 없는 것 같았다. 대체로 기사와 하녀들이 뒤를 따라다니며 우산을 씌워 주기 때문이겠지만, 어떤 아이들은 그저 너무 하애서 젖지 않았다. 윈스턴 처칠, 콜린 파월, 콘돌리자 라이스, 또는 론 레인저[117]가 머리에서 발끝까지 흠뻑 젖었다고 상

117 백인 텍사스 경비대원 캐릭터. 1933년 라디오에 처음 등장한 이후 다양한 미국 대중 문화의 여러 장르에서 활약해 왔다.

상해 보면 무슨 말인지 알 수 있을 것이다.

여덟 살 때, 아버지는 똑똑하지만 게으른 나를 명문 학교에 입학시킬 생각을 아주 잠시 했다. 내가 정강이까지 물에 담근 채 논에서 모내기를 하고 있을 때, 아버지가 다가왔다. 그리고 샌타모니카의 유대인과 홈비 힐스의 비유대인 사이에서 골라야 한다는 말을 중얼거리더니 종교를 막론하고 백인 아이들과 학교에 같이 다니는 흑인 아이들이 〈더 좋은 성적〉을 받는다는 조사 결과를 이야기하고, 흑인들이 인종 분리 시절에 〈더 잘 살았다〉는 별로 믿음이 가지 않는 조사 결과도 말했다. 〈더 잘 산다〉는 말에 대한 아버지의 정의도 기억나지 않고, 내가 인터체인지나 하버퍼드 메도브룩 같은 학교에 가지 않은 이유도 기억나지 않는다. 아마도 멀어서였을 것이다. 교육비도 너무 비싸고. 하지만 그 아이들, 음악 산업과 영화 산업계 거물들의 자녀들이 근사한 건물에서 줄지어 나오는 광경을 보고 있으니, 아버지 홈스쿨의 유일한 학생으로서 나는 굉장히 분리된 교육의 수혜자였다는 생각이 들었다. 그래서 다행히 인피니티 풀, 가정식 푸아그라, 미국 발레에 노출된 적이 없었다. 그리고 귤 농사를 어떻게 구할 수 있을지는 생각나지 않았지만, 모든 의도와 목적과 남미계 학생에도 불구하고, 학생 전원이 이미 흑인인 학교를 인종에 따라 분리시키는 방법이 한 가지 떠올랐다. 나는 아버지의 음성을 머릿속에 가득 채운 채 집으로 돌아왔다.

집에 도착하니 호미니가 마당에 나와 커다란 녹색과 흰색이 섞인 골프 우산을 받치고, 맨발로 젖은 잔디를 밟고 서서 기다리고 있었다. 중학교를 인종 분리 시키기로 한 뒤, 호미니는 훨씬 열심히 일했다. 어느 모로 보나 그가 존 헨리[118]는 아니었지만, 농장에 흥미로운 일이 생기면 적어도 약간의 근로 동기를 보여 주기는 했다. 얼마 전부터 그는 귤나무를 열심히 보호했다. 몇 시간씩 귤나무 옆에 서서 새와 벌레를 쫓아내기도 했다. 귤을 보면 영화사 시절이 떠오른다고 했다. 위저와 손가락 레슬링을 하던 것. 뚱보 아버클의 머리를 때려 주던 것. 진실 혹은 대담 게임을 해서 진 사람이 「로럴과 하디」 세트장을 벌거벗고 뛰어다닌 것. 〈파리가 보인다 프랑스가 보인다〉 편을 찍다가 긴 휴식 시간 중, 호미니는 귤을 발견했다. 대부분의 아이들은 간식 테이블에 모여 컵케이크와 크림 소다를 먹었다. 하지만 그날 세트장에 남부의 극장주들이 찾아왔는데, 영화사는 유색 인종 아이와 백인 아이가 어울리는 장면이 있다는 이유로 영화를 상영하지 않겠다는 극장주들과 잘 지내 보려는 뜻에서 호미니와 벅위트에게 일본인 엑스트라들과 함께 간식을 따로 먹으라고 청했다. 36년 일본 이민자들이 늘어날 때, 그들을 멕시코 도적 떼 엑스트라 역으로 모아 온 것이다. 엑스트라들은 호미니와 벅위트에게 일본에서 가져온 메밀국수와 귤을 먹어 보라고 권했다. 아이들은 신맛과 단맛이 완벽하게 조화를 이루는 귤 맛이야 말로 역겨운 수박 맛[119]을 가시게 해주는 것임

118 노예 출신의 흑인 광부로, 미국 민담에 나오는 가공의 인물이다. 19세기 후반, 철도 터널 건설 공사 현장에 증기 굴착 기계를 도입하려고 하자, 해고 위기에 처한 노동자들 중 존 헨리라는 자가 나와 기계와 대결한다. 존 헨리는 이 대결에 승리한 직후 숨을 거두었다고 한다.

을 알게 되었다. 결국 호미니와 벅위트는 계약서에 새로운 조항을 추가했다. 세트장에는 귤만 들여올 수 있다는 조항이었다. 다른 감귤류 과일은 불가였다. 니거 역할을 하느라 하루 종일을 힘들게 보낸 뒤, 인간적 품위를 되찾는 데 달콤한 귤만큼 도움이 되는 것은 없었으니까.

호미니는 여전히 내가 그 나무를 키우는 것이 자신을 위해서라고 생각하고 있어서, 내가 마페사와 공식적으로 헤어진 날 그 나무를 심은 것을 모르고 있다. 1학년 중간고사를 마치고 CA-91번 도로를 달려오면서 축하의 섹스가 기다릴 줄 알고 속력을 높였지만, 뜻밖에도 날 기다리고 있었던 건, 〈아니야, 니거〉라고만 적힌 쪽지였다.

호미니는 내 잠수복 소매를 붙잡고 늘어졌다. 「주인님, 귤이 당구공 크기가 되면 말하라고 하셨잖아요.」 골프 캐디들이 망한 라운드를 포기하는 것에 반대하듯이, 호미니는 내 머리 위에 우산을 씌우고 버텼다. 내게 당도 측정기를 건네며 뒷마당에 나가서 진창을 가로질러 물에 흠뻑 젖은 나무에 가보자고 했다. 「부탁입니다, 주인님. 어서요. 이제 버티지 못할 거 같습니다.」

대부분의 감귤류 과일은 물을 자주 주어야 하지만 귤은 반대다. 귤은 물을 많이 주면 오줌 맛이 나는데, 아무리 가지를 쳐내도 열매가 나뭇가지에 묵직하게 매달려 있었다.

119 흑인이 수박을 좋아한다는 편견이 있다. 19세기 초 노예 제도 때부터 시작된 편견으로 수박은 지저분하고 공개적으로 먹기에 좋지 않은 음식을 상징한다.

물을 줄일 방법을 찾지 못하면 수확은 망할 것이고, 10년의 노력과 일본 수입 비료 50파운드를 날릴 참이었다. 나는 가장 가까운 나무에서 귤을 하나 땄다. 귤 배꼽 위에서 4분의 1인치를 잘라 낸 뒤, 엄지손가락으로 꾹 눌러 껍질을 찢어 즙을 몇 방울 기계에 떨어뜨렸다. 과즙에서 당분 비율을 측정하는 작고 비싼 일제 기계였다.

「뭐라고 합니까?」 호미니가 간절한 목소리로 물었다.

「2.3이요.」

「그러면 얼마나 단 건가요?」

「에바 브라운[120]이랑 남아프리카의 소금 광산 중간쯤이에요.」

나는 식물을 상대로 니거 위스퍼러 일을 해본 적은 없었다. 식물에 지각이 있다고 믿은 적도 없다. 하지만 호미니가 집으로 간 뒤 한 시간 동안 귤나무들에게 말을 걸었다. 시를 읽어 주고, 블루스를 불러 줬다.

120 히틀러의 부인.

열셋

인종 때문에 직접적인 차별을 당해 본 것은 평생 단 한 번이었다. 어느 날 나는 어리석게도 아버지에게 미국에 인종 차별이 없다고 말했다. 평등한 기회가 있지만, 우리 흑인들은 스스로 책임을 지기 싫어서 발로 걷어차 버린다고 했다. 바로 그날 한밤중에 아버지가 나를 깨우더니, 준비도 제대로 하지 않은 채 가장 깊고 가장 하얀 미국 속으로 크로스컨트리 여행을 데려갔다. 사흘 동안 계속 달린 뒤, 우리는 타는 것 같은 더위와 까마귀, 목화밭, 그리고 아버지의 얼굴에 떠오른 기대감과 흥분에 미루어, 절대적인 인종 차별이 존재할 먼지 자욱한 교차로에 불과한 어느 이름 모를 미시시피의 소도시에 도착했다.

「저기다.」 아버지는 다 쓰러져 가는 잡화점을 가리켰는데, 창밖에서 들여다본 불빛이 깜빡이는 핀볼 게임 기계는 어찌나 구식이던지 10센트 동전만 넣을 수 있고, 최고 점수는 경악스럽게도 5637점이었다. 나는 인종 차별을 찾아 주위를 둘러보았다. 앞에는 볕에 그을려 눈가 주름이 또렷이 보이는 나이를 가늠할 수 없는 덩치 큰 백인 셋이 코카콜라 상자에 걸터앉아서 다음번 자동차 경주에 대해 잡담을 하고 있었다. 우리는 길 건너 주유소에 차를 세웠다. 벨이 울리자 흑인 직원과 내가 깜짝 놀랐다. 그는 내키지 않는 표정으로 텔레비전 체스 게임을 그만두고 일어났다.

「가득 채워 주세요.」

「알겠습니다. 오일 체크할까요?」 아버지는 고개를 끄덕이면서 상점에서 눈을 떼지 않았다. 파란 작업복의 하얀 명찰에 빨간색 필기체로 멋지게 수놓은 이름을 믿어도 된다면, 클라이드는 맡은 일을 하러 달려갔다. 그는 엔진 오일과 타이어 공기압을 확인한 뒤 앞쪽과 뒤쪽 창문을 걸레로 닦았다. 그전까지는 미소를 지어 보이며 서비스하는 사람을 본 적이 없었던 것 같다. 그리고 그 스프레이 병에 뭐가 들었는지 몰라도, 차창이 그렇게 깨끗해진 적도 없었다. 연료 탱크를 가득 채운 뒤 아버지는 클라이드에게 물었다. 「이 애랑 여기 좀 앉아 있어도 될까요?」

「그럼요. 그러세요.」

나는 아버지의 흑인 영어 발음이 창피해 고개를 숙였다. 사람들이 자기보다 못하다고 생각하는 흑인 앞에서 흑인 말투를 쓰는 것이 싫다. 다음에는 또 뭐라고 하려는지? 「후 렛 더 독스 아웃Who Let the Dogs Out」이라도 부를 건지?

「아버지, 여기서 뭐 하려는 거예요?」 나는 멤피스를 지난 후부터 계속 입에 쑤셔 넣고 있던 짭짤한 크래커를 한가득 물고 중얼거렸다. 더위, 그리고 끝없는 목화밭, 그리고 캐나

다가 그렇게 멀지 않다고 굳게 믿는 사람에게 노예 제도가 얼마나 나빴을까 하는 생각들을 떨치기 위해 뭐라도 해보는 중이었다. 직접 말한 적은 없었지만, 도망친 선조들과 마찬가지로, 아버지도 캐나다로 달아나서 징병과 월남전을 피했다. 흑인들이 노예 배상을 받는다면, 캐나다 덕분에 집세와 세금 감면을 얻게 될 놈들을 나는 많이 알고 있다.

「아버지. 여기서 뭐 하려는 거예요?」

「무모한 눈알 굴리기 중이다.」 아버지는 고급 가죽 케이스에서 패튼 장군[121]이 썼을 법한 5백 배율 쌍안경을 꺼내더니 그 커다랗고 못생긴 것을 눈에 갖다 대고 나를 쳐다보았다. 두꺼운 렌즈를 통해 아버지의 눈이 당구공처럼 크게 보였다. 「무모하다는 건 농담이 아니야!」

아버지가 여러 해 동안 흑인 방언 퀴즈를 냈고 화장실에 오랫동안 이슈마일 리드[122]의 책을 두었던 덕분에 나는 〈무모한 눈알 굴리기〉라는 것은 흑인 남자가 남부의 백인 여성을 쳐다본다는 의미라는 것을 알고 있었다. 그리고 아버지가 가게에서 30피트도 안 되는 곳에서 쌍안경을 들고, 미시시피의 태양이 아버지의 거대한 쌍안경을 두 개의 할로겐 등대처럼 비추고 있었던 것이다. 한 여자가 깅엄 원피스에 앞치마를 두르고, 한 손에는 빗자루를 들고 건물 앞으로 나왔다. 그녀는 눈이 부시자 햇빛을 손으로 가리고서 마당을

121 George S. Patton(1885~1945). 제2차 세계 대전 당시 활약했던 미군 장군.

122 Ishmael Reed(1938~). 미국의 작가이자 출판인. 아프리카와 아프리카계 미국인의 시각을 표현하기 위해 노력해 왔다고 평가받는다.

쓸기 시작했다. 백인 남자들은 망할 니거의 뻔뻔함에 놀라 다리와 입을 딱 벌리고 있었다.

「저 젖가슴 좀 봐!」 아버지는 온 동네 사람들이 다 듣도록 크게 외쳤다. 그렇게 큰 가슴은 아니었지만, 허블 망원경에 해당하는 쌍안경으로 보면 B컵 가슴이 각각 힌덴부르크 비행선과 굿이어의 비행선처럼 보이는 모양이다.

「이제 어떻게 해요?」

「저기 나가서 백인 여자한테 휘파람을 불어.」

아버지는 나를 밀어냈고, 나는 붉은 흙먼지를 일으키며 단단한 진흙이 어찌나 두껍게 깔려 있던지 포장을 한 적이 있는지도 알 수 없는 2차선 도로를 건너갔다. 그리고 아버지가 시키는 대로 그 백인 아가씨 앞에 서서 휘파람을 불기 시작했다. 아니, 불어 보려고 했다. 아버지가 모른 것은 내가 휘파람 부는 법을 모른다는 사실이었다. 휘파람은 공립학교에서 배우는 몇 안 되는 기술이다. 나는 홈스쿨링을 받았고, 그래서 점심 시간에는 뒷마당 목화밭에 서서 흑인 재건 시대[123]의 국회 의원 이름을 암송했다. 블랜치 브루스, 하이럼 로즈, 존 R. 린치, 조사이어 T. 월스……. 그러니 나는 아무리 간단한 일이라고 해도 어떻게 입술을 붙이고 바람을 부는지 알지 못했다. 말이 나왔으니 말인데, 나는 손가락을 갈라 벌칸[124]의 비밀 신호를 만드는 법도 모르고, 알파벳을

123 남북 전쟁이 끝나고 1863년 1월 1일 노예 해방 선언 이후의 미국 재건 시기.

124 「스타 트렉」 시리즈에 등장하는 외계인종.

트림하는 것처럼 부르는 법도 모르고, 다른 손으로 네 손가락을 접고는 가운뎃손가락만 치켜드는 법도 모른다. 입안 가득 크래커가 든 것도 문제였다. 그래서 결국 그녀의 예쁜 분홍색 앞치마에 씹다 만 귀리를 뱉어 놓게 되어 버렸다.

「이 미친놈이 뭐 하는 거야?」 백인 남자들이 어이없다는 표정으로 침을 뱉으면서 서로에게 물었다. 세 명 중 가장 말이 없던 사람이 일어나더니 〈나스카에서 니거를 퇴출하라〉라고 적힌 티셔츠를 내보였다. 그는 물고 있던 이쑤시개를 천천히 빼더니 이렇게 말했다. 「〈볼레로〉야. 저 니거 꼬마가 휘파람으로 〈볼레로〉를 불고 있어.」

나는 깡총깡총 뛰면서 신이 나서 그의 손을 잡았다. 물론, 그가 옳았다. 나는 라벨의 걸작을 휘파람으로 재탄생시키려는 중이었다. 휘파람을 불 줄은 몰라도, 노래는 부를 수 있었으니까.

「〈볼레로〉라고? 야, 이 멍청한 개자식아!」

아버지였다. 차에서 내려 어찌나 빠르게 움직였던지, 먼지구름이 겹겹이 피어올랐다. 아버지가 화를 낸 것은 내가 휘파람을 어떻게 부는지 몰랐을 뿐 아니라 무엇을 불어야 하는지도 몰랐기 때문이었다. 「야유하는 휘파람을 불어야지! 이렇게…….」 아버지는 내내 무모하게 눈알을 굴리면서 입술을 오므렸고, 어찌나 음란하고 야하게 휘파람을 불었는지 백인 여자의 예쁜 발가락과 금발에 묶은 앙증맞은 붉은 리본이 모두 움츠러들었다. 이제 그녀의 차례였다. 아버지가 거기서 시커멓고 음흉한 얼굴로 서 있자, 그녀가 무모한 눈알 굴리기를 했을 뿐 아니라 손으로 아버지의 바지 위를 무모하게 문질렀다. 피자 반죽을 하듯이, 아버지의 사타구니를 마구 비벼 댔다.

아버지는 재빨리 그녀의 귀에 대고 뭐라고 속삭이더니 내게 5달러 지폐를 건네고 곧 오겠다고 했고, 둘은 급히 차에 타더니 흙길을 달려갔다. 아버지가 한 짓에 내가 두들겨 맞도록 버려 두고는.

「여기서 내치스시 사이에 레베카가 붙어먹지 않은 흑인 놈이 있나?」

「뭐, 적어도 취향은 확실하잖아. 네 멍청한 엉덩이는 아직도 남자를 좋아하는지 아닌지 모르지만.」

「난 양성애자야. 둘 다 좋아한다고.」

「그런 건 없어. 기면 기고 아니면 아니지. 데일 언하트한테 맨 크러시 같은 소리.」

선량한 아저씨들이 섹슈얼리티의 장점과 발현에 대해 토론하는 가운데, 나는 살아남은 것에 감사하며 탄산음료를 사러 가게에 들어갔다. 거기에는 한 가지 브랜드, 한 가지 사이즈, 그러니까 코카콜라 클래식 7온스 병밖에 없었다. 나는 병을 따서 들고 햇볕 속에서 탄산 가스가 보글거리며 춤추는 것을 보았다. 그 콜라가 얼마나 맛있었는지 설명할 수 없지만, 그 갈색의 묘약이 목구멍으로 넘어가는 순간에야 이해할 수 있었던 옛날 우스갯소리가 있다.

촌뜨기[125] 하나, 니거 하나, 멕시코인 하나가 버스 정류장에 앉아 있는데, 짠! 하더니 어디선가 램프의 요정이 연기를 피워 올리며 나타났다. 「한 사람에 하나씩 소원을 들어주겠습니다.」 그 요정이 터번과 루비 반지를 만지작거리며 말했다. 니거는 「나의 모든 흑인 형제자매가 아프리카에 가서 살 수 있기를 바랍니다. 땅이 우리를 살찌워 주고, 모든 아프리카인들이 풍요롭게 살 수 있도록.」 요정이 손을 흔들자, 짠! 흑인들이 모두 미국을 떠나 아프리카로 갔다. 그러자 멕시코인은 「*Órale*(오케이), 그거 멋지군. 모든 멕시코인들이 메-히-꼬로 돌아가 잘 살면서 일자리도 얻고 멋진 테킬라를 마시면 좋겠어요.」 짠! 그들은 모두 미국을 떠나 멕시코로 갔다. 그다음 요정이 촌뜨기에게 물어보며 이렇게 말했다. 「그럼 나리의 소원은 무엇인지요? 바라는 대로 이뤄 드리겠습니다.」 촌뜨기는 요정을 보더니 이렇게 말했다. 「그럼 멕시코인들은 다 멕시코에 갔고, 니거들은 다 아프리카에 갔어요?」

「네, 나리.」

「뭐, 오늘 좀 더우니까 콜라나 한 잔 주세요.」

그날 마신 콜라는 그 정도로 좋았다.

「7센트로구나. 돈은 카운터에 놔라. 네 새엄마가 곧 돌아올 테니까.」

125 *redneck*. 남부의 가난한 백인 노동자를 가리키는 말. 햇볕에 목둘레가 빨갛게 탄 남부의 농부를 놀리는 뜻에서 붙여진 이름이나, 점차 편견이 심하고 보수적인 시골 백인 남성을 뜻하는 속어가 되었다.

콜라 열 병을 마시며 70센트를 썼지만 새엄마도 옛 아버지도 돌아오지 않았고 나는 오줌이 마려웠다. 주유소 사람들은 아직도 체스를 두고 있었다. 좀 전의 주유소 직원은 말을 움직이는 커서의 다음 수가 마치 세계의 운명을 결정하기라도 한다는 듯 구석에 몰린 말 옆에서 머뭇거리고 있었다. 그는 나이트를 네모 안에 놓았다. 「그놈의 시칠리아 갬빗으로 아무도 못 속여. 사선으로 뻥 뚫려 있잖아.」

방광이 터질 것 같아서, 나는 흑인 체스 챔피언에게 화장실이 어디 있는지 물었다.

「화장실은 손님용이야.」

「하지만 아버지가 좀 전에 주유를 했잖아요…….」

「그러니까 네 아버지는 여기서 원하는 대로 똥 눠도 돼. 하지만 넌 백인이 파는 콜라를 마시고 있잖아. 그 집 냉장고가 우리 집보다 더 시원하기라도 하냐.」

나는 냉장고에 든 7온스짜리 콜라 병을 가리켰다. 「얼마예요?」

「1달러 50센트.」

「하지만 길 건너에선 7센트에 판다고요.」

「흑인한테서 사든지, 꺼지든지. 마음대로 해라.」

내가 불쌍하기도 하고, 점수를 따서 기분이 좋아지기도 한 흑인 체스 챔피언이 예전에 버스 정류장이었던 곳을 가리켰다.

「저기 조면기 옆에 버려진 버스 정류장 보여?」

나는 그 길을 따라 내달렸다. 방치된 건물이었지만, 목화

씨가 여전히 바람에 눈송이처럼 날리고 있었다. 나는 조면기와 텅 빈 화물 운반대, 녹슨 지게차, 엘리 휘트니[126]의 유령을 지나 뒤로 갔다. 더러운 화장실에는 파리가 들끓었다. 파리 끈끈이처럼 끈적이는 바닥과 변기는 4세대에 걸쳐 청년들이 숱하게 소변을 본 결과 노랗게 번들거렸다. 변기로 씻어 내리지 못한 인종 차별이 풍기는 지린내에 얼굴은 구겨지고 팔에는 소름이 돋았다. 나는 천천히 뒤로 물러났다. 더러운 화장실 문에 새겨진 〈백인 전용〉이라는 글자 밑, 쌓인 먼지를 손가락으로 훑어 〈다행이다〉라고 적고는 개미집 위에다 오줌을 누었다. 그곳 이외에 지구상의 모든 곳이 〈유색인 전용〉인 모양이니까.

126 Eli Whitney(1765~1825). 조면기를 발명한 미국의 공학자.

열넷

디킨스에서 10마일 떨어진 동네, 마페사가 MC 퍼나시와 결혼해서 사는 돈스라는 곳은 처음 보면 여느 잘 사는 흑인 지역과 다를 바 없다. 가로수가 서 있는 거리는 구불구불하다. 주택 앞에는 완벽한 일본식 정원이 꾸며져 있다. 풍경이 바람을 스티비 원더의 노래로 꿰어 들이는 것 같은 느낌이 든다. 미국 국기와 사기꾼 정치가들을 지지하는 선거 운동 표지판이 앞마당에 보란 듯이 걸려 있다. 우리가 사귈 때, 밤에 데이트를 한 다음에 마페사와 나는 아버지의 픽업트럭을 타고 돈 루고, 돈 마리노, 돈 펠리페 같은 스페인 이름이 붙은 거리를 돌아다니기도 했다. 우리는 수영장과 유리 창문, 석조 장식, 로스앤젤레스 시내를 내려다보는 실내 발코니가 딸린, 현대식이지만 작은 편에 속하는 집들을 〈브레이디 번치 하우스〉라고 불렀다. 〈이봐, 망할 놈의 윌콕스 가족이 왔어. 돈키호테 거리 옆의 브레이디 번치 하우스에 사는 그 니거들 말이야〉라는 식으로. 우리도 언젠가 그런 집에 살면서 아이들을 잔뜩 낳기를 바랐다. 우리에게 일어날 수 있는 최악의 일은 장남이 담배를 피운다고 착각하거나, 잘못 날아온 축구공에 딸의 코가 부러진다거나, 약간 헤픈 가정부가 집배원에게 자꾸 집적거리는 것 정도였다. 그다음에는 모든 선량한 미국의 가정이 그렇듯이 우리가 죽으면 우리 이야기는 영화로 만들어져 전 세계에 상영될 것이었다.

마페사와 헤어진 뒤 10년 내내, 나는 주기적으로 마페사의 집 앞에 차를 대고 서서 불이 꺼지기를 기다렸고, 쌍안경을 쓰고 살짝 열린 창문 커튼 틈새로 내가 살고 있어야 하는 삶을, 스시를 먹고 스크래블 게임을 하고 아이들이 거실에서 공부를 하고 개와 노는 삶을 보았다. 아이들이 자러 가면 나는 그녀와 「노스페라투」와 「메트로폴리스」를 볼 것이고, 폴렛 고더드와 찰리 채플린이 「모던 타임스」에서 서로 빙글빙글 도는 모습이 우리를 보는 것 같아서 엉엉 울었을 것이다. 가끔은 베란다에 살그머니 다가가, 뒷면에 〈우리 아들 카즈오가 인사하네〉라고 적은 귤나무 사진을 놓아 두기도 했다.

학교가 방학 중인데 인종 분리를 실행에 옮길 수는 없으니 그해 여름 나는 그것이 합법인지 의아할 만큼 숱한 밤을 그녀의 집 앞에서 보냈다. 그러다 8월의 어느 날 밤, 마페사의 집 앞에 40피트 길이의 메트로 버스가 주차되어 있는 바람에 스토킹 규칙을 어길 수밖에 없었다. 화이트칼라 동료들과 마찬가지로, 흑인 블루칼라 노동자가 직장 일을 집에 가져오는 것은 드문 일이 아니다. 소득 수준에 관계없이, 원래 일하던 백인 남자보다는 두 배, 중국인보다는 절반, 마지막 흑인보다는 네 배 더 잘해야 한다는 옛말은 여전히 사실이다. 그럼에도 불구하고, 나는 12번 버스가 마페사의 집 앞에 서서 뒤쪽으로 보도를 막고, 오른쪽 타이어로 완벽했던 잔디밭을 망쳐 놓은 것을 보고 깜짝 놀랐다.

나는 나무 사진을 쥐고 치자나무와 웨스텍 보안 표지를 지나 살금살금 기어갔다. 그리고 소리 없이 일어나 양손으로 눈 옆을 가리고 옆쪽 창문 안을 들여다보았다. 한밤중 공기가 차가웠지만 버스는 아직 따뜻했고 휘발유와 노동자들의 땀 냄새가 짙게 풍겼다. 호미니의 생일 파티 이후로 넉 달이 지났지만, 〈노약자, 장애인, 백인 우대석〉 표지는 아직도 붙어 있었다. 어떻게 저러고 다녔을까, 혼잣말이 입에서 튀어나왔다.

「예술 작품이라고 한단다, 니거.」

내 광대뼈를 누르는 38구경 권총의 총열은 차갑고 인간미라고는 없었지만, 그 뒤의 음성은 정반대로 따뜻하고 다정했다. 익숙했다. 「이봐, 그 엉덩이에서 쇠똥 냄새가 나는 걸 알아차리지 못했으면, 지금쯤 흑인 음악처럼 죽어 있을 거라고.」

스티비 도슨, 마페사의 남동생이 나를 돌려세우더니 총을 쥔 채로 꽉 끌어안았다. 그 뒤에는 눈이 빨간 커즈가 머그잔을 든 채로 씩 웃고 있었다. 그가 애지중지하는 스티비가 출소한 것이다. 커즈도 반가웠다. 최소한 10년 만에 다시 만났으니까. 스티비의 명성은 커즈보다도 더 무시무시했다. 그는 크립에 들어가기에는 너무 미쳤고, 블러즈에 들어가기에는 너무 비열했다. 스티비는 별명을 싫어한다. 진짜 나쁜 놈에게는 별명이 필요 없다고 생각하기 때문이다. 그리고 자기 본명을 쓰는 고지식한 사람들이 몇 명 있긴 하지만, 흑인들이 스티비라고 하면, 중국어의 동음이의어나 같다. 주위에서 지내다 보면 어느 스티비를 말하는 것인지 정확히 알게 된다. 캘리포니아에는 삼진 아웃 규칙이 있다. 두 번 중죄를 짓고 나면, 그다음은 아무리 사소한 죄로 유죄 판결을 받는다고 해도 종신형을 받을 수 있다. 어쩌다 보니 포수가 스티비의 세 번째 스트라이크를 놓친 모양이다. 그를 도로 내보냈으니 말이다.

「어떻게 나온 거야?」

「퍼나시가 도와줬다.」 커즈가 이렇게 말하면서 다이어트 자몽 소다만큼이나 역겨운 탱커레이 진을 한 모금 마시라고 내밀었다.

「뭐, 그 자선 콘서트를 하고 널 스피커 안에 숨겨서 빼낸 거야?」

「펜의 힘으로. 퍼나시가 텔레비전 경찰 역을 하고, 맥주 광고를 하다 보니 거물 백인들을 알게 됐어. 편지를 보냈더니, 이렇게 나오게 됐어. 조건부 가석방이라고.」

「무슨 조건?」

「안 잡힌다는 조건이지. 뭐겠어?」

개 한 마리가 짖기 시작했다. 부엌 커튼이 열리면서 불빛이 바깥으로 흘러나왔다. 보이지 않는 곳에 있었는데도, 나는 몸을 움츠렸다.

「겁낼 거 없어. 퍼나시는 여기 없으니까.」

「알아. 여기 있는 법이 없더라.」

「그걸 어떻게 알아? 누나를 또 스토킹한 거야?」

「거기 누구야?」 마페사가 이렇게 외쳐 줘서 나는 망신을 모면할 수 있었다. 나는 스티비에게 내가 왔다고 말하지 말라고 입모양으로 말했다.

「나랑 커즈야.」

「야, 무슨 일 나기 전에 들어와.」

「알았어. 금방 갈게.」

스티비를 처음 만났을 때, 그와 그의 누나가 디킨스에 살던 시절, 그들 집 앞에 리무진이 한 대 서 있었다. 졸업 파티 밤이 아니고서야, 빈민 지역에서 리무진을 보는 일은 드물었다. 그런데 그 기다란 캐딜락에는 미니바에서부터 뒷유리까지, 하얗고, 검고, 키가 크고, 작고, 똑똑하고, 멍청한 스티비의 부하들이 가득 타고 있었다. 몇 년 사이에 하나둘씩, 그리고 정말 심한 날에는 셋씩 친구들이 사라졌다. 은행 강도. 푸드 트럭 강도. 암살. 그에게 남은 고향 친구란 퍼나시와 캥 커즈뿐이었다. 그리고 스티비와 퍼나시는 서로 정말 좋아하기도 했지만, 두 사람의 관계는 양쪽에 모두 득이 되었다. 퍼나시가 불량한 놈이긴 했지만 스티비는 그에게 랩 신에서 먹힐 만한 평판을 마련해 주었고, 스티비는 퍼나시의 성공을 보고 제대로 된 백인만 한편으로 삼으면 모든 것이 가능하다고 생각하게 되었다. 과거에 퍼나시는 자신이 포주라고 생각했다. 물론, 그는 여자들에게 일을 시켜 돈을 벌긴 했지만, 안 그런 흑인이 어디 있나? 퍼나시가 거실에서 마페사를 아래위로 훑어보며 훗날 첫 번째 골드 레코드가 될 랩을 할 때, 스티비가 디제이를 해준 것이 기억난다.

오후 3시, 모르몬교도들이 내 집에
기분이 나빠 새로운 목사가 필요해
구원을 약속해 나 같은 니거
브리검 영은 얼간이, PCP에 취한 거

스티비에게 라틴어 좌우명이 있다면, *Cogito, ergo Boogieum* 일 것이다. 나는 생각한다, 고로 즉흥 연주를 한다.

◆

「어째서 마페사의 버스가 여기 있어?」 내가 물었다.

「니거, 너는 여기 왜 있냐?」 그가 받아쳤다.

「네 누나한테 이거 주고 싶어서.」 나는 귤나무 사진을 보여 줬고, 스티비는 그것을 내 손에서 낚아채 갔다. 그간 내가 보낸 온갖 과일, 파파야, 키위, 사과, 블루베리를 받았는지 묻고 싶었지만, 탄력 있는 피부에 깨끗한 눈 흰자위, 윤기 나는 머리에, 그가 내 어깨에 편안히 기대는 것을 보니 받은 것 같았다.

「누나 말이, 네가 이 사진을 놔둔다고 하더라.」

「화를 내?」

스티비는 어깨를 으쓱이더니 폴라로이드 사진을 뚫어져

라 보고 있었다. 「버스는 로자 파크스 버스가 없어져서 여기 있는 거야.」

「로자 파크스의 버스를 누가 잃어버렸어?」

「백인들이. 그럼 누구겠냐? 아마 2월마다 학생들이 로자 파크스 박물관인지, 그놈의 버스가 있는 곳에 찾아가나 보지. 애들한테 민권 운동의 탄생지라고 가르치는 그 버스는 가짜야. 어딘가 쓰레기장에서 낡은 버밍엄시 버스를 찾아온 거지. 어쨌든 누나가 그랬어.」

「글쎄.」

커즈는 진을 두 모금 마셨다. 「〈글쎄〉라니 무슨 소리야? 로자 파크스가 백인들의 미국 빰을 후려갈겼는데, 로자 파크스가 원래 탔던 버스를 백인들이 일부러 남겨 놨단 말이야? 보스턴 셀틱스 팬들이 매직 존슨의 유니폼을 보스턴 가든 서까래에 걸어 놓는 셈인데.[127] 어림도 없지.」

「어쨌든, 누나는 네가 버스에다 스티커를 붙인 게 특별하다고 생각해. 니거들을 생각하게 만든다고. 누나 나름대로 널 자랑스러워하는 거지.」

「정말?」

나는 버스를 보았다. 버스를 다른 눈으로 보려고 노력했다. 미션 오일을 땅에 뚝뚝 떨어뜨리는 사소한 권리를 상징하는 40피트짜리 고철 덩어리 이상의 어떤 것으로. 그 버스가 스미스소니언 박물관 천장에 매달려 있고, 여행 가이드

127 매직 존슨은 미국 프로 농구 NBA 역대 최고의 선수로, LA 레이커스 소속이었다. 보스턴 셀틱스는 LA 레이커스와 오랜 기간 숙명의 라이벌이었다.

가 그것을 가리키며 〈이것이 바로 「꼬마 악당들」의 마지막 악당 호미니 젠킨스가 미국 흑인의 권리란, 신께서 주신 것도 헌법이 보장하는 것도 아닌 무형의 것임을 주장했던 바로 그 버스입니다〉라고 말하는 광경을 떠올려 보았다.

스티비는 사진을 얼굴에 갖다 대고 숨을 들이쉬더니 물었다. 「이 오렌지는 언제 익어?」

나는 아직 푸르스름한 오렌지를 가리키며 나무 주위의 땅에 하얀 방수지를 깔면 수분이 땅에 스며드는 것을 막을 뿐 아니라 흰색이 햇빛을 나무에 반사해 과일 색깔이 짙어진다는 것을 알아 냈다고 자랑하고 싶었다. 하지만 겨우 한 말은 「곧. 곧 익을 거야」뿐이었다.

스티비는 사진을 마지막으로 한 번 더 킁킁거리더니 캥커즈의 커다란 콧구멍 밑으로 넘겼다.

「상큼한 냄새 나? 그게 바로 자유의 냄새다.」

그러더니 그는 내 어깨를 잡고 말했다. 「참, 흑인 중국 식당 얘긴 또 뭐야?」

열다섯

그들을 불러 모은 것은 냄새였다. 아침 6시쯤, 한 아이가 집 앞에 웅크리고 앉아서 발정 난 개처럼 대문 밑에 코를 박고 헉헉거리는 것을 발견했다. 그 애는 행복해 보였다. 출입에 방해되지 않기에, 나는 그 애를 그냥 두고 우유를 짜러 갔다. 이유는 모르겠지만, 로스앤젤레스에는 자폐아들이 굉장히 많아서, 그 애도 그중 하나인 줄 알았다. 하지만 그날 좀 지나자 그 애 옆에 친구가 생겼다. 정오 무렵에는 그 블록의 거의 모든 아이들이 내 앞마당에 모였다. 아이들은 풀밭에서 우노 카드 게임을 하면서 누가 제일 약한지 견주며 여름 방학 마지막 날을 보냈다. 아이들은 선인장에서 침을 뽑아 서로 엉덩이를 찌르고 내가 키우는 장미 꽃잎을 떼어 내고 바위 소금으로 우리 집 앞 길에다 이름을 썼다. 로페스의 아이들, 옆집에 살면서 2에이커 넓이의 뒷마당과 꽤 큰 수영장까지 갖고 있는 로리, 도리, 제리, 찰리도 막내 빌리 주위에 모여서 빌리가 피넛 버터 샌드위치를 먹는 모습에 까르르 웃고 있었다. 그러다가 내가 누군지 모르는 여자

아이가 느릅나무 쪽으로 비틀비틀 가더니 구역질을 해 개미들을 익사시켰다.

「그래, 무슨 일이야?」

「악취요.」 빌리가 피넛 버터 — 그리고 그 애 혀에 보이는 벌레 다리로 봤을 때 — 파리 샌드위치를 삼키면서 말했다. 나는 아무 냄새도 나지 않는다고 했더니 빌리가 나를 끌고 거리로 나갔다. 어째서 그 여자아이가 토했는지 알 수 있었다. 냄새가 압도적이었다. 악취가 밤새 흘러 들어와 주위에 자리를 잡고는 꼼짝하지 않은 것이다. 세상에. 하지만 왜 나는 진작 몰랐을까? 내가 버나드 애비뉴 가운데 서 있으니, 아이들이 마치 1차 대전 병사들이 부상당한 동료에게 머스터드 가스를 피해 상대적으로 안전한 참호로 오라고 부르듯이 미친 듯이 손을 흔들어 나를 불렀다. 커브에 다다르자마자, 그것이 느껴졌다. 신선하고 새콤한 시트러스 향이. 아이들이 내 집에서 나가지 않는 것도 이상하지 않았다. 귤나무가 10피트 높이의 방향제처럼 향기를 뿜어 내고 있었으니까.

빌리가 내 바짓가랑이를 잡아당겼다. 「저 오렌지는 언제 익어요?」

나는 내일이라고 말하고 싶었지만, 여자아이를 밀어내고 느릅나무에 토하느라 정신이 없었다. 냄새 때문이 아니라, 빌리 이에 빨간 파리 눈알 두 개가 붙어 있었기 때문이다.

이튿날 아침, 개학 첫날, 동네 아이들과 부모들이 대문에 모였다. 어린아이들은 반짝반짝 새 교복을 입고 나무 울타리를 붙잡고는 농장 동물을 보려고 했다. 어른들은, 그중에서도 몇 명은 파자마를 입은 채 하품을 하면서 시계를 보았고, 가운 허리띠를 고쳐 매면서 아이들 손에 점심값을 쥐여 주었다. 저온 살균을 하지 않은 내 우유 1파인트는 25센트였다. 나는 부모들에게 공감했다. 밤새 악취의 여운 속에서 잠들지 못한 채, 상상 속의 백인 전용 학교를 짓다 보니 나도 피곤했기 때문이다.

귤이 언제 익는지 알기는 어렵다. 색깔만 봐서는 잘 알 수 없다. 껍질의 질감도 마찬가지다. 냄새는 좋지만, 가장 좋은 방법은 맛을 보는 것이다. 하지만 나는 나의 미뢰보다 당도 측정기를 더 신뢰한다.

「주인님, 몇이랍니까?」

「16.8이요.」

「그러면 좋은 건가요?」

호미니에게 귤을 하나 던져 줬다. 귤이 적당하게 익으면 껍질이 너무 부드러워서 저절로 까지는 것 같다. 호미니는 한 쪽을 입에 넣더니 엉덩방아를 쿵 찧으며 쓰러져 죽은 척을 어찌나 잘하는지, 노인이 죽은 줄 알고 수탉도 공포에 질려 울음을 멈추었다.

「오 젠장.」

아이들은 호미니가 다친 줄 알았다. 나도 그랬다. 하지만 그는 떠오르는 태양처럼 환하고 따뜻하게 〈네, 맞아요. 아주 맛있어요!〉 하는 미소를 지어 보였다. 호미니는 천천히 일어나더니 가볍게 탭 댄스를 추고 재주까지 넘으며 울타리로 다가가 자신에게 아직도 보드빌 배우와 스턴트 배우 기질이 남아 있음을 과시했다. 「백인들이 보여!」 그가 두려운 척 외쳤다.

「들어오라고 해요, 호미니.」

호미니는 치틀린 서킷[128] 공연장 커튼 사이를 내다보는 것처럼, 문을 빼꼼 열었다. 「흑인 꼬마가 부엌에서 제 엄마가 닭고기를 튀기는 걸 보고 있어. 밀가루를 본 애는 얼굴에 좀 묻혀. 〈엄마, 나 좀 봐요.〉 그 애가 말해. 〈나 백인이에요?〉 〈무슨 소리니?〉 그 애 엄마가 말하니까 그 애는 〈나 좀 봐요, 나 백인이에요!〉라고 해. 딱! 그 애 엄마가 애 따귀를 갈겨. 〈그런 소리 절대 하지 마!〉 그 애 엄마는 이렇게 말하고 아버지에게 가서 그 말을 하라고 해. 애는 나이아가라 폭포처럼 눈물을 흘리면서 아버지에게 가. 〈왜 그러니, 아들아?〉 〈어-어-엄마가 나-나-날 때렸어요!〉 〈왜 그랬지, 아들아?〉 아버지가 물어. 〈내-내-내가 배-배-백인이라고 해서요.〉 〈뭐라고?〉 딱! 아버지는 엄마보다 더 세게 때렸어. 그래서 애는 울고 떨면서도 영문을 몰라. 그래서 할머니에게 가. 〈아이고, 내 새끼, 왜 그러니?〉 할머니가 물어. 그러니까 아이가 〈따-따-따귀를 맞았어요〉라고 해. 애가 이야기를 마치자 피유! 할머니가 어찌나 세게 때리는지 애가 쓰러질 뻔해. 〈그런 말은 절대 하지 마.〉 할머니가 말해. 〈자, 뭘 배웠지?〉 애는 뺨을 문지르면서 〈백인이 된 지 10분밖에 안 됐는데 벌써 니거들이 미워요!〉라고 해.」

128 Chitlin' Circuit. 인종 분리 시대(19세기 초부터 1960년대) 때 흑인 음악가와 코미디언 등이 공연을 올릴 수 있었던 장소들을 통칭.

아이들은 호미니가 농담을 하는 건지, 신세 한탄을 하는 건지 알 수 없었지만, 어쨌든 그의 표현과 어미 변화와 그렇게 늙은 사람 입에서 〈니거〉라는 말이 나오는 것을 듣고 느끼는 인지 부조화에서 저마다 우스운 점을 찾아 웃었다. 그들 대부분은 호미니의 연기를 본 적 없었다. 그저 그가 스타였다는 것만 알고 있었다. 그게 바로 음유 시인의 찬양이 갖는 아름다움이다. 시대를 초월한다는 것. 그가 아이들을 농장으로 맞아들일 때 팔다리의 나른한 움직임, 춤사위의 리듬, 숭고한 깊이, 그리고 가만있지 못하고 잔과 보온병을 들고 뛰어다니며 망할 닭들을 흩어 놓는 아이들에게 그 이야기를 스페인어로 다시 이야기해 주는 모습에서 느껴지는, 어쩐지 영원하리라는 느낌. *Un negrito está en la cocina mirando a su mamá freír un poco de pollo. . . ¡Aprendí que he sido blanco por solo diez minutos y ya los odio a ustedes mayates!*(흑인 꼬마가 부엌에서 제 엄마가 닭고기를 튀기는 걸 보고 있어. …… 백인이 된 지 10분밖에 안 됐는데 벌써 니거들이 미워요!)

아침이 하루 중 가장 중요한 식사라고들 하고, 그 아이들 중 몇 명에게는 그것이 유일한 식사이기도 하다. 그래서 우유와 함께, 나는 아이 어른 할 것 없이 갓 딴 귤을 권했다. 전에는 개학 첫 날, 아이들에게 사탕을 돌리고 말을 태워 주기도 했다. 애들 셋을 안장에 앉히고 학교까지 태워다 주는 것이었다. 더 이상은 그러지 않았다. 2년 전, 프레스콧 플레이스에 사는, 엘살바도르인과 흑인 사이의 혼혈아, 6학년 시프리아노 〈캔디〉 마르티네스가 말을 몰아 학대당하던 집에서 가출하려 들었던 이후로는 그만두었다. 나는 모락모락 김이 나는 말똥을 따라 파노라마 시티까지 가서 그 애를 붙잡아야 했다.

마구간 주위에서 돌아다니는 아이 둘을 잡아 하늘 높이 들어 올렸다.

「말 근처에 가지 마라!」

「오렌지나무는요?」

귤의 유혹적인 냄새를 무시하고 휴식 시간이나 한낮의 드라마 시간까지 버틸 수 없었던 내 손님들은 귤나무 밑에 모여서 입술에 과당을 잔뜩 묻히고 찔리는 표정으로 귤껍질 더미 옆에 서 있었다.

「원하는 대로 가져가요.」

아버지는 〈니거한테 1인치를 내어 주면 1엘을 가져갈 거다〉라고 말하곤 했다. 〈엘〉이 뭔지 몰랐지만, 이 경우 그것은 내 소중한 귤을 싹 다 따 간다는 뜻이었다. 호미니는 감귤을 스무 개쯤 임신한 터라 불룩 나온 배를 끌어안고 내게 다가왔다.

「주인님, 저 탐욕스러운 니거들이 오렌지를 다 가져갈 겁니다!」

「괜찮아요. 두어 개만 있으면 돼요.」

그리고 내 말을 증명하듯이, 통통한 귤 하나가 광란의 배급을 피해 내 발밑으로 굴러왔다.

얼굴에는 햇볕을, 분홍색 혀에는 달콤한 귤 맛을 가득 담고 의기양양해진 호미니는 아이들을 피리로 꾀어 갔다. 그 뒤를 아이들을 오냐오냐 사랑하며 과잉보호하는 부모들과 나, 그중 가장 큰 쥐가 따랐다. 몇 년 째 나의 우유를 소비한 덕분에 멀쑥한 뼈대와 하얀 치아를 갖게 된 키 큰 소녀, 크리스티나 데이비스가 다가오더니 내 손을 꼭 잡았다.

「어머니는 어디 있니?」 내가 물었다.

크리스티나는 입술에 손가락을 대더니 숨을 들이쉬었다.

부모가 귀에 비밀 요원이 쓰는 이어폰을 끼고 아이들의 일거수일투족을 통제하기 전까지만 해도, 디킨스 같은 동네에서는 학교보다 등하굣길에서 더 많은 것을 배웠다. 아버지는 그것을 알고서 나의 과외 교육을 심화하기 위해서 이따금 나를 낯선 동네에 내려놓고 그 지역의 교육 기관까지 걸어가게 시키곤 했다. 그것은 사회적 오리엔티어링 훈련이었지만, 내게는 지도도, 나침반도, 휴대용 식기도, 은어 사전도 없었다. 다행히, 로스앤젤레스 카운티 대부분에서는 한 지역의 위협 수준을 거리 표지판의 색으로 잴 수 있다. 로스앤젤레스 시내에서는 표지판이 진한 청색이다. 솔잎으로 지은 새 둥지가 그 표지판 안에 들어 있다면, 근처에 상록수와 골프장이 있다는 뜻이다. 부모가 체비엇 힐스, 실버레이크, 팰리세이즈 등 중산층 지역에서 수입 이상의 돈을 쓰며 사는, 주로 백인으로 이루어진 공립 학교 아이들이 있는 곳이다. 표지판에 총알구멍이 나 있고 기둥에 도난 차량 수배 전단이 붙어 있는 와츠, 보일 하이츠, 하일랜드 파크

같은 동네는 나와 머리카락, 용돈, 옷 입는 스타일이 비슷한 아이들이 있다는 의미였다. 하늘색은 샌타모니카, 란초 팔로스 베르데스, 맨해튼 비치 같은 쿨한 베드타운이라는 뜻이었다. 스케이트보드에서 행글라이더까지, 온갖 교통수단으로 통학하는 멋진 애들이 돈 많고 매력적인 엄마가 인사로 뺨에 찍어 놓은 립스틱 자국을 묻힌 채 사는 곳이었다. 카슨, 호손, 컬버시티, 사우스게이트, 토런스는 모두 노동자 계층의 초록색으로 지정되어 있다. 그곳 사람들은 독립적이고, 친근하고, 여러 언어를 쓴다. 히스패닉, 흑인, 사모아 계열의 갱단 신호도 잘 안다. 허모사 비치, 라 미라다, 두아르테의 거리 표지판은 싸구려 몰트위스키 갈색이다. 그곳 애들은 대농장 스타일의 규격 주택을 지나, 우울하고 졸린 얼굴로 발을 질질 끌며 학교에 간다. 새하얀 표지판은 물론 베벌리힐스를 의미한다. 엄청나게 넓은 언덕길에 늘어선 부잣집 아이들은 나의 외모에 겁먹지 않았다. 내가 거기 있다면, 거기 사람이라고 생각하는 것이다. 그들은 내게 테니스 라켓 텐션이 어떠냐고 물었다. 내게 블루스와 힙합의 역사, 라스타파리아니즘,[129] 콥트 교회, 재즈, 가스펠, 고구마를 요리하는 수많은 방법을 가르쳤다.

나는 크리스티나를 야생에 풀어놓고 싶었다. 학교까지 가장 돌아가는 길을 골라서 가라고. 디킨스의 새카만 거리 표지판 아래를 혼자 내달려 달팽이 길 찾기에서 우등반에

129 예수가 흑인이었다고 주장하는 신앙. 에티오피아의 옛 황제 하일레 셀라시에를 예수의 재림으로 숭상하는 자메이카 종교.

들어가라고. 친구가 밥스 빅 보이 레스토랑에 들어가 카운터에서 팁을 훔치는 것을 보고 배우는 세미나를 청강하라고. 스프링클러의 무지개와 새벽 새처럼 일찍 일어나 보라색 반짝이 탑을 입고 롱비치 대로에서 남자를 찾는 매춘부에 대한 시를 연구하는 개별 과제를 제출하라고. 크리스티나를 놓아주려고 하는데, 9시 종이 치는 순간 학교에 도착해 버렸다.

「어서 가. 지각하겠다.」

「다들 벌써 늦었어요.」 크리스티나는 이렇게 말하더니 친구들에게 달려갔다.

모두 늦었다. 학생, 교직원, 교사, 부모, 법적 보호자, 모두 채프 중학교 앞에 모여서 종소리를 무시하고 길 건너 새로 생긴 라이벌 학교의 크기를 가늠해 보고 있었다.

〈휘턴 아카데미 차터 매그닛 미술, 과학, 인문, 경제, 패션 및 그 밖의 모든 것 학교〉의 미끈하게 잘빠진 유리 건물은 교육 시설이라기보단 데스 스타처럼 생겼다. 그곳 학생들은 백인이고 기세가 등등했다. 물론, 이건 모조리 사실이 아니었다. 휘턴 아카데미는 사기 건설 부지였으니까. 지금은 공터인 곳에 파란색으로 칠한 합판 울타리를 에워싸 놓았는데, 그 사이에 난 네모난 구멍으로 행인들이 결코 지어지지 않는 학교를 들여다보았다. 그 학교는 이스턴 메인 대학교의 해양 과학 센터 수채화를 다운로드해서 확대한 뒤 플라스틱에 고정시켜서 자물쇠로 잠가 둔 대문에 붙여 놓은 것에 불과했다. 학생들은 발레 댄서, 하이다이빙 선수, 바이올리니스트, 펜싱 선수, 배구 선수, 도자기 공예가였고, 그들의 흑백 사진은 인터섹션 아카데미와 하버퍼드 메도브룩 웹사이트에서 훔쳐다가 확대한 뒤 울타리에 붙인 것이다. 눈여겨본 사람이 있었다면, 사실 휘턴 아카데미가 공터 부지보다 열 배는 더 크다는 것을 알아차렸을 것이다. 하지만 그 그림 아래 찍어 놓은 붉은 글자에 따르면, 휘턴 아카데미는 〈개교 임박!〉이었다.

물론, 디킨스에는 임박한 것도 아니었다. 관심도 많지만 의심도 많은 디킨스의 학부모들은 자식들이 금속제 치아 교정기가 하얀 미소뿐 아니라 미래까지 환하게 밝혀 주는 백인 아이들과 어울리기를 간절히 바랐기에 조급증이 났다. 지나치게 열성적인 어느 어머니는, 학구적인 아이와 주의 깊은 교사가 별을 향하고 있는 분광기에서 나온 결과를 들여다보는 사진을 가리키면서 모두의 머릿속에 들어 있는 질문을 카리스마에게 던졌다.

「교감 선생님, 저 학교에 가려면 우리 애가 뭘 해야 하나요? 시험을 봐야 하나요?」

「비슷합니다.」

「무슨 말씀이세요?」

「저 사진 속의 아이들의 공통점이 뭘까요?」

「백인이요.」

「음, 정답이 나왔네요. 학생이 시험을 통과하면, 들어갑니다. 하지만 제가 대답해 드린 건 아닙니다. 좋아요, 이제 그만. 배울 준비가 된 사람은 들어갑시다. 문을 잠글 거니까요.

Vámonos(갑시다), 여러분.」

9시 49분 서쪽으로 가는 버스가 로즈크랜스와 롱비치에 유해하지만 정확한 배기가스를 뿜어 대며 도착했을 때, 사람들은 이미 흩어진 뒤였고 나는 호미니 옆에서 버스 정류장에 앉아서 대마초를 피우며 마지막 두 개 남은 귤을 만지작거리고 있었다. 마페사는 버스 문을 열면서 성난 흑인 여자 핼러윈 가면처럼 무시와 혐오의 중간쯤 되는 험악한 표정을 짓고 있었다. 그 표정에 동료들이나 니거들은 구석으로 숨겠지만, 나는 아니었다. 나는 마페사에게 귤을 던져 주었고, 그녀는 고맙다는 말 한마디 없이 출발했다.

5백 피트 정도 달린 뒤, 브레이크가 닳아빠진 125번 버스는 귀가 찢어지는 소리를 내며 서더니 후진을 한 뒤 우회전을 했다. 마페사와 내가 정말로 싸운 것은 우회전 세 번이면 좌회전이 되는지를 놓고 말다툼을 했을 때뿐이었다. 나는 세 번 아무렇게나 우회전을 하면 왼쪽으로 갈 수는 있겠지만 원래의 출발점에서 한 블록 뒤에 있을 수도 있다고 믿었다. 버스가 내게 돌아와, 불법 유턴 두어 번이면 다른 것은 몰라도 출발점으로 곧장 돌아올 수 있음을 증명했을 때, 9시 49분은 9시 57분이 되어 있었다.

문이 열렸고 마페사는 여전히 운전석에 있었다. 이번에 그녀의 얼굴은 귤 과즙과 참지 못한 미소로 가득했다. 나는 언제나 안전벨트 푸는 소리를 좋아했다. 찰칵 하고 벨트가 주르륵 말려 들어가는 소리를 들을 때마다 쾌감이 느껴진다. 마페사는 무릎에 놓아 둔 귤 껍질을 털어 내더니 버스에서 내렸다.

「좋아, 봉봉. 네가 이겼어.」 마페사는 내 입에서 대마초를 뽑아 내더니 완벽하고 통통한 엉덩이를 흔들며 다시 버스에 올라타면서 늦어져서 미안하다고 사과했지만, 냄새에 대해서는 아무 말도 하지 않았다. 그리고 다시 안전벨트를 매고 자동차 사이로 들어가 좁은 운전석 창문으로 연기를 내뿜고 분홍색 손톱으로 멋지게 재를 떨어냈다. 마페사는 모르고 있었지만, 그때 피운 것은 아파시아[130]였다. 그래서 나는 우리 사이에 과거사는 과거로 묻고 지나갈 수 있을 것이라고 생각할 수 있었다. 혹은, 디킨스에서 다들 이야기하듯이, 「가끔은 그럴 수도 있는 법이다…… *Is exsisto amo ut interdum*.」

130 실어증.

열여섯

그날 오후, 훌륭한 방화범들이 그러듯이 나도 범죄 현장을 다시 찾았다. 현장에서 방화를 조사하는 사람은 포이 체셔뿐이었다. 그가 덤 덤 도넛 밖으로 나와 실제 디킨스의 대지를 밟고 있는 것은 스물몇 해 만에 처음 보았다. 그는 벤츠를 보도에 반쯤 걸쳐 세워 놓고, 장차 휘턴 아카데미가 될 곳의 파란 판자 앞에 서서 비싸 보이는 카메라로 사진을 찍고 있었다. 나는 채프 중학교 쪽에서 말에 탄 채로 그가 사진을 찍고 노트에 뭐라고 끼적이는 것을 지켜보았다. 중학교 건물 2층에서 아이가 창문을 열더니 레이우엔훅[131]도 골동품이라고 부를 만큼 오래된 학교 현미경에서 고개를 들고, 창밖으로 파마머리를 내밀더니 칼텍[132]도 부러워할 만한 신식 전자 현미경을 들여다보는 휘턴 아카데미의 고질라만큼 커다란 수재 학생을 쳐다보았다.

131 Antonie van Leeuwenhoek(1632~1723). 현미경을 제작한 네덜란드의 박물학자.

132 캘리포니아 공과 대학.

거리 반대편에 있던 포이가 나를 알아보았다. 그는 손을 모아 입에 대더니 나를 불렀고, 로즈크랜스 애비뉴를 요란하게 오가는 자동차 때문에 나는 까꿍놀이 하듯이 그의 모습을 보고 말을 들을 수 있었다.

「이거 보이나, 셀아웃? 누가 한 짓인지 아나?」

「네! 알아요!」

「그럼 그렇지, 알겠지. 악의 세력만이 빈민 지역 한가운데 백인 학교를 세울 테니까.」

「예를 들어서 누구요? 북한 사람이나 그런 사람이요?」

「북한 사람들이 포이 체셔에게 무슨 관심이 있겠나? 이건 틀림없이 CIA의 음모일 거네. 아니면 그보다 더 큰 거, HBO에서 비밀리에 내 다큐멘터리를 제작하고 있다거나! 뭔가 비도덕적인 작전이 시작된 거네! 자네가 지난 두 달 동안 모임에 왔다면……. 어떤 인종 차별주의자 놈이 버스에다 표지판을 붙인 걸 알고 있……」

어느 멍청한 놈이 몰래 차로 사람을 치어 죽이려고 할 때, 이유 없이 속도를 늦추는 것만으로 들킬 수 있다. V6엔진이 마력을 줄이고 기어를 1단으로 바꾸는 소리가 들리는 것은, 숲에서 사냥꾼이 나뭇가지 밟는 소리를 내어 사냥감이 놀라 도망치게 하는 상황과 마찬가지인 것이다. 하지만 요즘 나오는 저소음 에너지 절감 하이브리드 자동차는 아무 소리도 나지 않는다. 무슨 상황인지 알아차렸을 때는 이미 탄환이 은색 벤츠의 뒤쪽 패널에 박히고, 암살자들은 이미 멀리, 갤런당 55마일의 연비로 달려가며 〈백인의 나라 미국으로 돌아가, 니거!〉라고 외치는 것이다. 나는 마페사의 동생 스티비가 2주 전 내 머리에 댄 것과 매우 비슷해 보이는 낯익은 권총을 쥐고 있는 가느다란 검은 팔과 그 웃음소리가 누구 것인지 알 것 같았다. 전기 차로 몰래 공격하다니, 전형적인 캥 커즈의 작전 방식이었다. 길을 건너가 포이가 무사한지 확인하는 사이, 공격자가 던지고 간 냄새도 아는 것이었다. 내가 키운 귤이었다.

「포이, 괜찮아요?」

「건드리지 말게! 이건 전쟁이야. 그리고 난 자네가 누구 편인지 알고 있네!」

나는 뒷걸음질 쳤고, 포이는 옷을 털며 음모라고 중얼거리면서 포위당한 필리핀을 떠나는 사람처럼 반항적인 몸짓으로 차로 걸어갔다. 클래식 스포츠카의 날개형 문이 열렸고, 포이는 차에 타기 전에 조종사 선글라스를 쓰더니 블랙아더 장군 같은 말투를 애써 흉내 내며 말했다. 「반드시 돌아온다, 개자식아. 명심해라!」[133]

우리 뒤에서 2층 학생이 창문을 닫고는 현미경으로 돌아가 눈을 깜빡이며 초점을 맞추고 슬라이드를 이리저리 돌리더니 공책에 관찰 내용을 적었다. 포이나 나와는 달리, 그 아이는 자신의 상황에 순응했다. 디킨스에서는 반드시 그래야만 할 때가 아니더라도, 가끔은 그렇게 살아야 하니까.

133 필리핀 철수 당시 더글러스 맥아더 장군이 남긴 말 〈반드시 돌아온다*I shall return*〉를 패러디.

사과냐 오렌지냐

열일곱

나는 불감증이다. 내게 성욕이 전혀 없다는 뜻이 아니라, 자유연애가 유행하던 70년대 남자들이 자신이 성적으로 무능한 것을 〈불감증〉이라든가 〈죽은 물고기〉라고 하면서 여자들에게 투사하는 불쾌한 방식에 따르면, 나도 불감증이라는 뜻이다. 나는 완전히 죽은 물고기다. 나는 마치 수족관에서 배를 뒤집고 떠다니는 구피처럼 섹스한다. 하루 묵은 생선회도 나보다는 〈물 만난 고기처럼〉 팔팔하다. 그래서 포이의 차에 총을 쏘고, 오렌지를 던지는 공격이 있었던 날, 마페사가 수상할 정도로 새콤한 귤 맛이 나는 혀를 내 입에 밀어 넣으며 외음부를 내 골반에 문질러 댈 때, 나는 침대에 누워서 — 꼼짝하지 않았다. 양손으로 얼굴을 감싸 쥐고 있었다. 나랑 섹스하는 건 투탕카멘의 석관과 섹스하는 것과 같으니까. 나의 성적인 무능이 문제가 되었다 해도, 마페사는 절대 그것을 거론하지 않았다. 그저 내 귀싸대기를 때리고, 토요일 밤 레슬러가 복수전을 벌이듯이 고래 시체 같은 나의 몸뚱이를 주무를 뿐이었다.

「이건 우리가 다시 사귄다는 뜻이야?」

「생각 중이란 뜻이야.」

「좀 더 빨리 생각하면 안 될까? 아니면 조금 오른쪽으로? 어, 그렇게.」

마페사는 나를 진단해 낸 유일한 사람이었다. 아버지조차 나를 이해하지 못했다. 나는 실수를 저지르곤 했다. 가령, 내가 메리 매클리우드 버순을 그웬돌린 브룩스로 착각하면, 아버지는 「이 녀석아, 대체 네가 왜 그러는지 도무지 모르겠구나!」라고 했다. 그리고 943페이지나 되는 『흑인의 정신 질환 진단 및 통계 편람 4판*BDSM IV*』을 내 머리에 던졌다.

하지만 마페사는 내 문제를 알아냈다. 내가 열여덟 살 때였다. 대학 첫 학기 종강을 2주 남긴 시점이었다. 우리는 게스트 하우스에 있었다. 마페사는 피 묻은 *BDSM IV* 책을 훑어보고 있었다. 나는, 섹스 후에 주로 그러듯이 겁에 질린 10대 아르마딜로처럼 몸을 동그랗게 말고 펑펑 울고 있었다.

「여기, 드디어 네가 왜 그러는지 알아냈어.」 마페사가 내 곁으로 다가오며 이렇게 말했다. 「이거야. 애착 장애.」 어째서 사람들은 자신이 옳다고 생각하면 책을 손으로 두드려야 할까? 재빨리 읽어 주면 될 텐데. 잘난 체 손가락으로 그렇게 문지르지 않아도 될 것을.

「애착 장애 — 대부분의 경우, 사회적 관계에 있어서 현저한 장애가 있고 발달에 있어서 부적절함. 5세 이전에 시작되어 성년까지 지속되며 1번이나 2번 항목을 나타냄.」

1. 발달 측면에서 적절한 방식으로 대부분의 사회적 상호 작용을 시작하거나 반응하지 못함(예를 들면, 아이나 어른이 보호자나 흑인 연인에게, 다가가기도 하고 피하기도 하고 위로에 저항하기도 한다. 냉담한 경계심을 드러낼 수도 있다).

번역하면 — 당신이 만질 때마다 움츠리거나 깜짝 놀란다. 뜨거웠다 식었다 하고, 친구라고는 없다. 그리고 그 니거가 바나나 보트에서 막 내린 것처럼 쳐다봐 주지 않을 때는 어린애처럼 울어 댄다.

2. 흑인, 그리고 흑인과 관련된 것들에 적절한 선택적 애착을 드러내지 못하며 무차별적인 사교로 애착을 분산시킨다(예를 들면, 낯선 사람에게 지나치게 친하게 대하거나, 애착 상대를 고르는 데 있어서 선택성이 없다).

번역하면 — 그 니거는 UC 리버사이드에서 백인과 어울리고 있다.

우리가 그렇게 오래 사귄 것도 기적이었다.

나는 마페사가 체스보드 무늬의 샤워 커튼에서 머리를 내밀 때까지, 그녀의 흐릿한 실루엣을 오래오래 쳐다보고 있었다. 마페사의 피부가 얼마나 갈색인지 잊고 있었다. 흐트러진 머리를 얼굴 옆에 붙이고도 얼마나 멋진지. 가장 달콤한 키스는 가장 짧을 때도 있다. 치모를 깨끗이 면도한 것에 대해서는 나중에 이야기해도 무방했다.

「봉봉, 기간은 어떻게 돼?」

「우리 사이는 지금부터 영원히. 인종 분리는 후드 데이[134]까지는 마무리하고 싶어. 그러면 앞으로 6개월 남았지.」

마페사는 나를 끌어안더니 그녀가 여기서 마지막으로 샤워했던 날 마지막으로 열었던 살구 씨 스크럽을 내게 쥐여 주었다. 나는 그녀의 등을 문지르면서, 피부를 부드럽게 해 준다는 그 스크럽제를 긁어 메시지를 적었다. 마페사는 항상 내가 뭐라고 쓰는지 읽을 수 있었다.

「그 니거 포이랑 세상사람들이 주시하고 있으니, 이 일은 결국 네 발목을 잡고 말 거야. 인종 분리는 잊어버려. 그게 있었을 때도 망할 놈들이 디킨스에 별 관심 없었던 거 알잖아.」

「너도 오늘 그 차에 타고 있었지? 그렇지?」

「젠장. 커즈랑 동생이 나를 태우러 와서 여기까지 오는데, 네가 칠한 흰 선을 건너자마자 말이야. 신나는 하우스 파티에 가서 쿵쿵거리면 가슴이 막 뛰고 지금 당장 죽어도 좋다 싶을 때 있잖아. 꼭 그랬어. 경계선을 건너는 게.」

「네가 그 오렌지를 던졌구나. 그럴 줄 알았어.」

「그 망할 놈의 새끼 얼굴에 정통으로 맞췄지.」

마페사는 맵시 있는 엉덩이를 내 사타구니에 눌러 댔다. 그녀는 아이들에게 돌아가야 했고, 우리는 시간이 별로 없었지만, 나라는 걸 감안하면 긴 시간이 필요하지도 않았다.

열일곱 살 때 근질거리던 것을 처음 긁어 준 사이임에도 불구하고, 마페사는 우리가 천천히 시작해야 한다고 고집을 부렸다. 마페사가 주말에 일하고 초과 근무도 미친 듯이 하

134 로스앤젤레스 지역의 주요 갱단이 모여 총을 쏘고 싸우는 날.

기 때문에, 우리는 월요일과 화요일에 데이트를 해야 했다. 시내에서 만나 쇼핑몰도 가고 커피숍에서 열리는 시 낭독회에도 갔고, 가장 성가신 것은 플레서러 코미디 클럽의 오픈 마이크 행사에 가는 것이었다. 마페사는 내가 계획한 휘턴-채프 인종 분리 장난을 싫어했고, 우스갯소리를 배워서 유머 감각을 키워야 한다고 주장했다. 내가 싫다고 하면 마페사는 이렇게 말하곤 했다. 「봐, 세상에서 섹스 못 하는 흑인이 너뿐만은 아니지만, 유머 감각이 전혀 없는 인간과는 데이트를 할 수 없어.」

뮤직 클럽부터 교도소까지, 또 백인 거주 지역에서만 한국식 타코 트럭을 발견할 수 있다는 사실에 이르기까지, 로스앤젤레스는 인종 분리가 극심한 도시다. 그 인종 분리의 진원지가 바로 스탠드 업 코미디 클럽이다. 흑인 코미디언의 오랜 전통에 디킨스시가 보잘것없게나마 기여한 일이 있다면, 바로 덤 덤 도넛 지식인들이 후원하는 오픈 마이크의 밤이다. 매월 둘째 주 화요일, 그들은 도넛 가게를 테이블스무 개짜리 클럽으로 바꾼 뒤 다음과 같은 이름을 붙인다. 〈아프리카계 미국인들의 위트 및 매너리즘의 자유를 위한 코미디 연기 및 포럼으로서 과잉된 아프리카계 미국인 유머리스트들을 초청하여…….〉 아직 더 있지만 그들이 주차장에 붙어 있는 거대한 도넛 표시 위에 덮는 임시 천막에 적힌 글을 끝까지 읽은 적이 없다. 그저 그곳을 줄여서 〈과잉〉이라고 부른다. 마페사는 나더러 유머 감각이 없다고 하지만, 지적으로 말하려는 흑인 스포츠 분석가들이 그러듯이 〈과잉〉이라는 단어를 기회만 있으면 맥락에 안 맞게 쓰는 재미없는 흑인들이 과다하기 때문이다.

예를 들면,

> 전구를 바꾸는 데 백인 소년 몇 명이 필요하지?
>
> — 과잉 명! 그들이 흑인에게서 전구를 훔쳤으니까! 전구를 발명한 흑인, 루이스 래티머와 다른 과잉 명의 똑똑한 애들한테서 말야!

그리고 장담하는데, 그런 농담이 과잉의 박수를 받곤 했다. 피부색이 얼마나 검든지, 어떤 정치적 입장을 갖고 있든지 관계없이, 모든 흑인 남성은 자신이 세상 그 누구보다 이 셋 중에 하나는 잘한다고 내심 생각한다. 농구, 랩, 농담.

마페사가 나를 재미없다고 생각한다면, 우리 아버지 이야기를 들어 보지 못한 것이다. 흑인 스탠드 업 코미디 전성기 시절, 아버지도 나를 화요일 밤 오픈 마이크 행사에 끌고 갔다. 미국 흑인사에서 농담을 전혀 할 줄 모르는 사람은 단 둘뿐이었다. 마틴 루서 킹 목사와 내 아버지. 〈과잉〉 클럽에서 〈코미디언〉은 이따금 의도하지 않은 유머로 빠져들곤 했다. 「저는 톰 크루즈의 신작 영화에 배역을 맡으려고 오디션을 보고 있습니다. 톰 크루즈는 지능이 낮은 판사 역을 맡고 있는데…….」 과잉 클럽 오픈 마이크 밤의 문제는 시간 제한이 없다는 것이다. 〈시간〉은 백인의 개념이기 때문인데, 맞는 말인 것이, 아버지의 코미디가 갖는 문제는 타이밍의 개념이 없다는 것이었기 때문이다. 적어도 킹 목사는 농담을 시도조차 안 할 정도의 개념은 있었다. 아버지는 피자를 주문하고, 시를 쓰고, 박사 논문을 쓸 때와 똑같은 방식으로, 즉 미국 심리학 협회 논문 작성 형식에 따라서 농담을 했다. 미국 심리학 협회의 기준을 따라서 아버지는 무대로 올라가 〈제목〉에 해당하는 부분을 말로 펼쳤다. 자신의 이름과 농담의 제목을 말하는 것이다. 그렇다. 아버지의 농담에는 제목이 있었다. 「이 농담은 〈음주 시설에서의 인종적 종교적 차이〉라고 합니다.」 그리고 아버지는 농담의 개요를 전한다. 그러니까 그냥 「랍비와 신부, 흑인이 술집으로 걸어 들어갔습니다」라고 말하는 대신, 아버지는 「이 농담의 주체는 세 명의 남성이며, 그중 둘은 성직자이고, 하나는 유대교 성직자이며 하나는 가톨릭 사제입니다. 아프리카계 미국인의 종교와 교육 수준은 밝혀지지 않았습니다. 이 농담의 배경은 주류 판매 허가를 받은 곳입니다. 아니, 잠시만요. 비행기입니다. 죄송합니다. 착각했습니다. 그들은 낙하산을 탑니다」라고 말했다. 마침내, 아버지는 목청을 가다듬고, 마이크에 지나치게 가까이 다가서서는 아버지 말마따나, 농담의 〈본문〉을 전했다. 코미디는 전쟁이다. 코미디언이 정해 놓은 농담이 성공하면 〈죽여 줬다〉고 표현한다. 농담이 실패하면 〈죽어 간다〉고 한다. 아버지는 무대에서 죽지 않았다. 아버지는 외계 생명체가 반드시 있다고들 하는 저 너머 어딘가에 존재하는 정체불명의 재미없는 흑인을 위해 순교했다. 아마 어떤 사람들이 이야기하는 자기희생의 경험담조차 아버지의 농담보다는 재미있었을 것이다. 그래도 그만 끝내라고 공을 치는 일도, 큰 지팡이로 아버지를 끌어내리는 일도 없었다. 아버지는 관중의 야유를 무시하고, 급소를 찌르는 말을 던진 뒤 결론으로 넘어갔다. 그 농담의 결과는 기침 소리였다. 소리 내어 불만을 표시하고, 과잉의 하품 소리가 터져 나왔다. 아버지는 농담을 참고 문헌 목록으로 마쳤다.

졸슨, 앨(1915).「5번 활주로에서 이륙을 위해 끌어낸 삼보와 매미」,『지그필드 우화』.

윌리엄스, 버트(1917).「니거가 날 수 있다면」, 순회공연.

작자 미상(1899년경).「보더빌의 망할 백인 촌놈들이 내 물건을 훔쳐 가고 있어」, 오하이오주, 클리브랜드.

「그리고 종업원께 팁 주시는 거 잊지 마세요.」

마페사는 대중을 수송하느라 긴 하루를 보내고 녹초가 되었어도, 꼭 일찍 도착해서 내 이름을 자원자 목록 제일 위에 적도록 했다. 사회자가 내 이름을 부르는 소리가 얼마나 두려웠는지 모른다.「자, 봉봉을 위해 박수를 쳐주세요.」

나는 마치 유체 이탈을 하는 느낌으로 무대에 서곤 했다. 사람들을 바라보면서, 아버지가 모아 놓은 레코드에서 주워들은 케케묵은 리처드 프라이어 농담이나 하려는 놈에게 썩은 토마토, 달걀, 상한 양상추를 던질 태세를 하고 있는 내 자신을 보았다. 하지만 매주 화요일 밤마다 마페사는 나를 무대로 내보내면서 내가 웃길 때까지 섹스를 미루겠다고 했다. 보통은 이른바 나의 농담을 마친 뒤 자리로 돌아와 보면 마페사는 쿨쿨 자고 있었다. 일 때문에 피곤해서 잠든 것인지, 지루해서 잠든 것인지 알 수가 없었다. 어느 날 밤, 나는 마침내 독창적인 농담을 할 수 있었는데, 아버지에 대한 경의의 표시로 거기에는 좀 긴 제목도 있었다.

〈애벗과 코스텔로의 모든 버라이어티쇼가 흑인 커뮤니티에서 성공하지 못하는 이유〉

1루수가 누구야?

글쎄, 너희 엄마인가.[135]

마페사는 웃음을 터뜨리며 통로에 놓인 접이식 의자 사이 좁은 공간에서 데굴데굴 굴렀다. 나는 섹스 가뭄이 그날 밤 끝난다고 생각했다.

자기가 한 농담에는 웃지 말라고들 하지만, 최고의 코미디언들은 다 자기 농담에 웃는다. 그리고 그날 오픈 마이크 행사가 끝나자마자 나는 밖으로 뛰어나가 클럽 바로 앞에 세워 둔 125번 버스에 올라탔다. 마페사가 그 기념비적인 버스를 잠시도 떼어 놓을 수가 없어 자가용으로 쓰고 있었기 때문이다. 마페사가 주차 브레이크를 풀 생각을 미처 하기도 전에, 나는 이미 벌거벗고 뒷자리에 누워서 선팅한 창문 뒤에서 채비를 마치고 있었다. 마페사는 운전석 아래 손

135 코미디 듀오 애벗과 코스텔로의 가장 유명한 농담 〈1루수가 누구야 Who's on first?〉를 흑인들이 이해하지 못하는 상황을 전달하는 대화. 〈누구〉, 〈뭐〉, 〈몰라〉라는 선수들의 독특한 이름 탓에, 1루수가 누구야, 2루수 이름이 뭐야, 3루수는 몰라 등으로 꼬리에 꼬리를 무는 오해가 이어지는 내용이다.

을 넣더니 커다란 종이 상자를 꺼내 상자를 끌면서 통로를 걸어와 그 내용물을 내 무릎 위에 쏟아 놓았다. 저릴 정도로 발기한 페니스 위에 성적표, 컴퓨터 인쇄물, 중간 보고서가 수북이 쌓였다.

「이게 다 뭐야?」 내가 물었다. 내 거시기가 숨을 쉬도록 서류들을 옆으로 치워 놓으면서.

「카리스마가 전해 주래. 아직 이르긴 하지만, 6주밖에 되지 않았지만, 인종 분리 학교 교육이 벌써 효과가 있대. 성적이 올라가고 비행 문제가 줄었어. 하지만 카리스마는 네가 그 결과를 통계 분석으로 확인해 주면 좋겠대.」

「젠장, 마페사! 이 망할 것들을 상자에 도로 넣을 시간이면 된다고.」

마페사는 내 페니스 뿌리를 쥐더니 비틀었다.

「봉봉, 내가 버스 기사인 게 부끄러워?」

「뭐? 그건 또 무슨 소리야?」

「그냥.」

내가 귓불을 아무리 어설프게 문질러 대도 마페사의 아쉬운 표정이 가시거나 젖꼭지가 일어서지 않았다. 전희를 하려는 나의 시도에 지루해진 그녀는 성적표 한 장을 내 오줌 구멍에 넣더니 귀두를 비틀어서 내가 이른 저녁 메뉴를 읽듯이 읽을 수 있게 했다. 마이클 가예고스라는 6학년 학생은 나도 모르는 과목을 듣고 내가 해석할 수 없는 성적을 받았다. 교사 의견란에 따르면 그는 〈수 지각력과 조작력〉에 있어서 현저한 발전을 이루었다고 한다.

「대체 무슨 성적이 PR이지?」

「PR은 능숙하다는 뜻이야.」

카리스마는 나도 이제야 깨닫고 있는 내 계획의 미묘한 심리적 요소를 직관적으로 파악하고 있었다. 그녀는 백인의 존재를 장악하려는 유색 인종의 욕망을 알고 있었는데, 이제 그 백인의 존재는 휘턴 아카데미가 대변하고 있었다. 그녀는 이처럼 인종 평등이 이루어진 시대에도 누군가 우리보다 희거나, 우리보다 부자이거나, 우리보다 검거나, 우리보다 중국인 같거나, 우리보다 뛰어나거나, 우리보다 뭐가 어떻든지 더한 사람이 나타나 우리에게 평등을 과시하면, 우리는 좋은 인상을 주려고 하고, 좋은 행동을 하려고 하고, 셔츠를 단정하게 하고, 숙제를 하고, 제시간에 등교하고, 자유투를 하고, 가르치고, 자신의 가치를 증명하면서, 해고당하거나, 체포당하거나, 트럭에 실려 가 총에 맞는 일이 생기지 않도록 애쓰게 된다. 결국, 휘턴 아카데미는 카리스마의 학생들에게 위대한 교육자이자 터스키기 기술 학교의 창립자인 부커 T. 워싱턴이 교육받지 못한 흑인들에게 한 말과 같은 말을 하고 있다.「네가 있는 그 자리에서 양동이로 물을 길어라.」왜 하필 양동이인지. 왜 근시안적인 부커 T.는 책이나 자나 노트북을 내려놓으라고 하지 않았는지 모르겠지만, 그와 카리스마에게 언제든지 이용할 수 있는 백인 패놉티콘이 필요하다는 것에는 공감할 수 있었다. 그렇다. 예수, NBA와 NFL의 위원들, GPS(심지어 일제인 경우도)의 음성이 백인인 것은 우연이 아니다.

인종 차별과 요도에 끼운 성적표만큼 성욕을 떨어뜨리는 것도 없으니, 반쯤 벌거벗은 마페사가 내 위에 올라탔을 때, 그녀와 나의 페니스 모두 졸린 머리를 내 배꼽 근처에 눕히고 있었다. 그녀는 나의 남근을 쥔 채로, 버스 기사의 꿈나라로 떠나 버렸다. 아마 비행 교습소일 것이다. 마페사의 꿈속에서 버스는 날 수 있으니까. 버스는 제시간에 도착하고, 절대 고장 나지 않는다. 다리 대신 무지개를 이용하고 차고지 대신 구름을 이용하며 휠체어를 탄 사람들은 굴러다니며 포탄을 피하는 전투기처럼 옆으로 기우뚱한 상태로도 내달린다. 순항 고도에 도달하면, 갈매기 떼와 록시 뮤직, 본 이베어, 서니 리바인, 니코의 「디즈 데이즈These Days」를 연주하는 경적을 달고, 남은 평생 남부에서 살기 위해 이주하는 흑인들은 사라진다. 그리고 모든 승객이 최저 생활 임금은 번다. 부커 T. 워싱턴도 정기적으로 버스에 탄다. 그는 버스에 타면 마페사에게 이렇게 말한다. 「전 우주적인 셀아웃, 당신의 하나뿐인 진정한 사랑, 봉봉을 보시거든 그 자리에서 팬티를 벗어 던지세요.」

열여덟

총격 이후 약 6주가 지나고 11월이 되었을 때, 마페사와의 사이는 잘 진척되고 있었지만, 이제 반정기적으로 섹스를 하다 보니 내 인생에서 좀 더 당면한 목표 두 가지, 디킨스에서 인종 분리를 실시하고, 남부 캘리포니아에서 감자를 키우는 일에는 별로 진전이 없었다. 감자를 키우지 못하는 이유는 알고 있었다. 날씨가 너무 따뜻했기 때문이다. 하지만 사람들을 인종별로 분리할 좋은 방법을 생각하다 보면, 갑자기 아이디어가 꽉 막혔고, 후드 데이는 몇 달밖에 남지 않았다. 아마 나는 다른 동시대 예술가들과 같이, 훌륭한 책 한 권, 앨범 한 장, 말로 표현할 수 없는 자기혐오 하나밖에 없는 것 같았다.

호미니와 나는 덩이줄기 식물을 심고 있었다. 나는 엎드려 비료 성분과 토양 점도를 확인하며 땅에 씨감자를 심고 있었고, 호미니는 도시 전체에서 인종 차별 제도를 실시할 방법을 생각하느라 단 한 가지 맡은 일, 구멍 뚫은 호스를 땅에 까는 일을 망치고 있었다.

「주인님, 우리가 싫어하는 사람에게 배지를 나눠 주고 수용소에 보내면 어떨까요?」

「그건 전에도 했잖아요.」

「그렇군요. 그럼 이건 어떻습니까? 사람들을 흑인, 유색, 신이라는 세 가지 집단으로 나누는 겁니다. 통행 금지법과 통행권 시스템을 실시해서…….」

「다 해봤던 수법이라니까요.」

「디킨스에선 효과가 있을 거야. 멕시코인, 사모아인, 흑인, 죄다 기본적으로는 갈색 계열이니까.」 호미니는 호스를 엉뚱한 곳에 놓더니 주머니에 손을 넣었다. 「자, 맨 밑에는 불가촉천민을 두는 거지. 전혀 쓸모없는 인간들로. 클리퍼스 팬들, 교통경찰, 인간과 동물 폐기물을 갖고 더러운 일을 하는 사람들. 너처럼 말이야.」

「그럼 내가 불가촉천민이고, 아저씨는 내 노예면, 아저씨는 뭐가 되는 거예요?」

「재능 있는 예술가이자 연기자. 브라만이 되는 거지. 죽으면 열반을 얻고. 너는 지금이랑 똑같이 환생할 거야. 소똥에서 허우적거리는 꼴로.」

나는 도와줘서 고맙다고 말했지만, 호미니가 그 계급 제도에 대해서 떠들며 인도의 카스트 제도를 디킨스에 적용할 방법을 설명하고 있으니 나는 아무런 아이디어도 떠오르지 않는 이유를 차츰 깨닫게 되었다. 죄책감을 느끼는 것이었다. 내가 반제 회의[136]의 나쁜 놈이 되었다는 사실, 1948년 남아프리카 연방 총선거의 아프리카너[137]가 되었다는 사실,

그래미 시상식을 좀 더 폭넓게 만든답시고 〈듀오 혹은 보컬 그룹 R&B 공연상〉이니, 〈프로그래밍은 알지만 악기 연주는 못 하는 솔로이스트 록 기악곡상〉이니 하는 부문을 만들어 내는 위원회의 힙스터 지망생 같은 놈이 되었다는 사실을 깨달았던 것이다. 철도 차량 배치라든가, 아프리카 반투족의 입지라든가, 얼터너티브 뮤직 같은 주제가 나와도 〈지금 무슨 헛소리를 하고 있는지 아무도 모르겠냐?〉라고 말할 수 없는 소심한 얼간이가 바로 나였다.

감자를 심고, 비료를 뿌리고, 호스를 겨우 제자리에 설치하고, 내가 만든 임시 관개 시설을 테스트할 차례였다. 나는 물을 틀고서 물이 차오르는 1백 피트 길이의 녹색 정원 호스가 껍질 콩을 가로질러 양파를 지나 양상추를 돌아서 하늘로 여섯 개의 분수를 쏘아 올리는 것을 보았다. 물줄기는 위로 높이 솟아오르기는 했지만 감자에 직접 떨어지지는 않았고, 뒤쪽 울타리 근처의 척박한 땅을 작은 범람원으로 바꿔 놓았다. 구멍이 너무 작거나 수압이 너무 높은 것 같았다. 어쨌든, 올해는 집에서 기른 감자는 먹지 못할 것이다. 다음 주 일기 예보에 따르면 섭씨 27도에 육박할 예정이다. 종류 불문하고 뿌리채소를 기르기에는 너무 더운 날씨다.

「주인님, 물 안 끄세요? 물을 낭비하고 계시잖아요.」

「알아요.」

136 베를린 교외 반제에서 열린 나치 독일 수뇌부의 회합. 이 회의에서 유대인 문제에 대한 최종 해결책을 절멸(絕滅)로 확정했다.

137 선거 이후 인종 차별 정책인 아파르트헤이트가 법적으로 공식화됐다.

「음, 다음번에는 물이 떨어지는 곳에다 감자를 심으면 되겠네요.」

「그럴 순 없어요. 저긴 아버지가 묻힌 곳이에요.」

멍청이들은 내가 아버지를 뒷마당에 묻었다고 하면 믿지 않았다. 하지만 사실이다. 내 변호사 햄프턴 피스크에게 서류 몇 가지를 작성하게 하고 예전에 물웅덩이가 있던 한쪽 구석에 아버지를 심었다. 그 땅에서는 아무것도 자라지 않는다. 아버지가 돌아가시기 전에도, 돌아가신 다음에도. 비석은 없다. 마페사의 귤나무를 심기 전에, 기념비 삼아 사과나무를 심으려고 했다. 아버지는 사과를 좋아했으니까. 아버지는 늘 사과를 먹었다. 잘 모르는 사람들은 아버지가 굉장히 건강하다고 생각했다. 밖에서는 거의 항상 매킨토시와 야채 주스를 들고 있었으니까. 아버지는 브레이번 사과나 갈라 사과도 좋아했지만, 가장 좋아하는 것은 허니크리스프 종이었다. 아버지에게 레드 딜리셔스 사과를 하나 건네면, 마치 어머니 욕하는 사람을 보듯이 쳐다볼 것이다. 아버지가 돌아가셨을 때, 재킷 주머니를 확인해 보지 않은 것이 후회된다. 분명 사과가 들어 있었을 텐데. 아버지는 늘 모임이 끝난 뒤에 먹을 사과를 가져갔다. 아마 골든 러싯 사과였을 것이다. 겨울에도 잘 견디는 종이니까. 하지만 우리는 사과나무를 심지 않았다. 아버지가 웨스트사이드의 잘난 체하는 백인들을 늘 욕하기는 했지만, 겔슨 슈퍼마켓에서 오펄레슨트 사과를 파운드당 4.5달러에 세일할 때나, 파머스 마켓에 엔터프라이즈 사과가 들어올 때 거기 찾아가는 걸 몰래 좋아했던 것 같다. 나는 심을 만한 나무를 찾아 샌타폴라까지 갔다. 특별한 나무. 1890년대 말 이후로 코넬 대학교는 세계 최고의 사과를 키워 왔다. 그 학교는 멋지다. 상냥한 목소리로 부탁하면서 배송료만 지불하면 그 학교에서는 그저 입소문을 내달라고 지난 시즌에 수확한 조나골드를 한 상자 보내 주기도 한다. 하지만 얼마 전부터 무슨 영문인지 코넬 대학교에서 변종 재배 인가권을 챙겼고, 뉴욕주에 농장을 갖고 있지 않는 한, 가끔 수입되는 플로리나를 키울 수밖에 없게 되었다. 그래서 이제 콜롬비아의 메데인이 코카인 암시장의 중심지이듯, 뉴욕주 제네바에 있는 코넬 대학교가 사과 거래 암시장의 중심지가 되어 버렸다. 나의 연줄은 리버사이드 대학교에서 실험을 함께 했던 오스카 조칼로였다. 그는 코넬에서 박사 후 과정을 밟는 중이었다. 우리는 에어쇼 중 공항 주차장에서 만났다. 야후들이 복엽 비행기를 날리며 소프위드 캐멀과 커티스의 기량을 시험하고 있었다. 오스카는 우리가 영화처럼 차창 너머로 〈거래〉를 해야 한다고 주장했다. 샘플은 너무 맛있어서 나는 턱에 흐르는 과즙을 손가락으로 훑어서 도로 입에 넣었다. 이게 무슨 아이러니인지 모르겠지만, 가장 맛이 좋은 사과는 복숭아 맛이 난다. 사과 세계의 마약, 엄청난 수확량과 완벽한 맛, 비타민C가 가득한 벨벳 스크럼프셔스 나무를 심을 생각에 들떠 집으로 왔다. 아버지를 묻은 곳에서 2피트 정도 떨어진 곳에 그 나무를 심었다. 아버지에게 그늘이 생기면 좋을 것 같았다. 이틀 뒤, 나무가 죽었다. 그리고 사과는 멘톨 담배, 양파를 넣은 간 요리, 싸구려 럼 맛이 났다.

나는 감자에 주려던 물줄기 아래, 진흙탕이 된 아버지 무덤에 서 있었다. 거기서 농장 전체가 보였다. 줄줄이 늘어선 과일 나무들. 색깔별로 구분해 심었다. 연한 색부터 진한 색으로. 레몬. 살구. 석류. 자두. 귤. 무화과. 파인애플. 아보카도. 밭은 옥수수에서 밀로, 그리고 수도 요금을 낼 마음이 있으면 쌀로, 돌아가며 농사를 지었다. 온실은 가운데 있다. 잎이 무성한 양배추, 양상추, 콩, 오이가 자라고 있었다. 남쪽 울타리를 따라 덩굴에는 포도가 자라고, 북쪽에는 토마토가 자랐으며, 그리고 하얀 목화밭이 펼쳐져 있었다. 아버지가 돌아가신 이후로 목화에는 손도 대지 않았다. 디킨스를 되살릴 거라는 이야기를 처음 했을 때, 호미니가 뭐라고 했던가? 〈나무만 보면 숲을 볼 수 없다는 말 아시죠? 니거를 보느라 목화밭을 보지 못하고 있습니다.〉 무슨 헛소리인가? 나는 농부이고, 농부들은 타고난 분리주의자다. 우리는 밀과 겨를 분리한다. 나는 루돌프 헤스[138]도, P. W. 보타[139]도, 캐피틀 레코드도, 현재의 미합중국도 아니다. 그 자식들은 권력을 쥐기 위해 분리를 원한다. 나는 농부다. 우리는 모든 나무, 모든 식물, 모든 가난한 멕시코인, 모든 가난한 흑인에게 햇볕과 물을 동등하게 얻을 기회를 주기 위해 분리한다. 우리는 모든 생물이 숨 쉴 공간을 만들어 준다.

138 Rudolf Hess(1894~1987). 나치당의 주요 인물이자 아돌프 히틀러의 부관.

139 P. W. Botha(1916~2006). 남아프리카 공화국의 정치가. 국내외의 압력에도 마지막까지 인종 분리 정책 아파르트헤이트를 유지할 것을 주장했다.

「호미니!」

「네, 주인님?」

「오늘 무슨 요일이죠?」

「일요일이요. 덤 덤에 가시려고요?」

「네.」

「그럼 그 개자식에게 내 〈꼬마 악당들〉 영화를 어디 뒀는지 물어보세요!」

열아홉

열 명쯤 될까, 출석률이 저조했다. 면도도 하지 않고 구겨진 셔츠를 걸친 포이는 구석에 서서 자꾸만 움찔거리며 눈을 깜빡였다. 포이는 얼마 전 뉴스에도 나왔다. 그의 수많은 혼외 자식들이 그가 기회 있을 때마다 카메라나 마이크 앞에 서서 감정적인 고통을 준다고 집단 소송을 걸었다. 이 시점에서 그와 덤 덤 도넛 지식인들을 뭉치게 해주는 것은 유클리드 기하학을 완벽 재현하며 네모나게 자른 머리와 인맥뿐이었다. 아무리 힘든 시기라도 머리는 각을 잡아 자르고 노예 시절 얻은 이름에 최근 〈맥〉을 덧붙인 흑인 보수주의자 존 맥존스 같은 친구를 불러 낼 수 있는 사람에게서 믿음을 잃기가 어려우니까. 맥존스는 신작 『믹.[140] 부탁해요: 게토에서 게일까지 아일랜드 흑인의 여정』을 발췌해서 낭독했다. 그는 포이가 보기에 훌륭한 사람이고, 공짜로 부시밀 위스키도 나눠 주는 행사이니 더 많은 사람들이 올 거라고 기대했지만, 덤 덤 도넛 지식인 모임이 사양길에 들어선 것

140 아일랜드인을 얕잡아 부르는 말.

이 분명했다. 어쩌면 멍청한 흑인 지식인이라는 개념 자체가 드디어 쓸모없어진 모양이다. 「나는 슬리고라는 에메랄드섬 북쪽 연안의 작은 예술인 마을에 와 있다.」 맥존스가 이렇게 읽고 있었다. 그가 혀짤배기소리를 내며 백인 발음을 흉내 내는 것을 듣고 있자니 얼굴을 한 대 갈겨 주고 싶었다. 「텔레비전에서는 아일랜드 전국 헐링 대회가 방송 중이었다. 킬케니 대 골웨이. 스틱을 든 남자들이 하얀 공을 좇고 있었다. 두꺼운 스웨터를 입은 어깨가 둥근 남자가 내 뒤에 서더니 곤봉 끝을 손으로 톡톡 두드렸다. 고향에 온 느낌이었다.」

나는 평소처럼 뒤에 앉아서 과자를 우적거리며 『로라이더*Lowrider*』 잡지를 뒤적이는 캥 커즈 옆에 자리를 잡았다. 포이 체셔는 나를 보더니 내가 마치 성당에 지각한 보제라도 된다는 듯 파텍 필립 시계를 톡톡 두드렸다. 포이는 어딘가 이상해 보였다. 무의미한 질문으로 맥존스를 자꾸 방해하고 있었다.

「헐링이라는 건 구토를 가리키는 대학 은어이기도 하죠, 그렇죠?」

커즈가 읽지 않고 있기에, 『티커』를 빌려 보았다. 휘턴 아카데미를 착안한 이후 한 사분기 동안 디킨스의 취업률이 12.5퍼센트 상승했다. 주택 가격은 37.5퍼센트 상승했다. 심지어 졸업률도 25퍼센트 상승했다. 마침내 흑인이 흑자로 돌아섰다. 아직 초기 단계이고 샘플 크기가 상대적으로 작기는 하지만, 수치는 거짓말을 하지 않았다. 휘턴 아카데미가 등장한 이후로 지난 석 달 동안 채프 중학교 학생들은 상당한 성적을 내고 있었다. 누가 월반을 하거나 곧 「백만장자 되는 법」 퀴즈 쇼에 나오는 것은 아니지만, 주에서 실시하는 학업 성취도 평가에서 최고는 아니더라도 유망한 점수에 다가가고 있다. 그리고 주에서 내놓은 가이드라인에서 내가 최대한 이해한 바로는, 학생들의 향상도로 보았을 때, 채프 중학교가 당장 법정 관리 상태로 들어갈 가능성은 없었다.

낭독이 끝난 뒤 포이는 인형극을 처음 보고 신난 아이처럼 박수를 치면서 앞으로 나갔다. 「자극이 되는 낭독을 해주신 맥존스 씨에게 감사드립니다. 하지만 오늘 오후의 주제로 넘어가기 전에 발표할 것이 있습니다. 우선, 제가 최근 맡은 쇼, 〈블랙 체커〉의 방송이 중단되었습니다. 두 번째는, 이미 많은 분들이 알고 계시겠지만, 새로운 전쟁이 시작되었다는 것입니다. 적은 바로 여기, 해안에 서 있는 휘턴 아카데미라는 백인 전용 학교입니다. 자, 높은 자리에 있는 친구들은 휘턴 아카데미의 존재를 모두 부인하고 있습니다. 하지만 염려 마세요. 비밀 무기를 개발했으니까요.」 포이는 가까이 있던 테이블에 가방의 내용물을 올려놓았다. 새 책이었다. 사람들 중 두 명이 곧바로 일어나더니 나가 버렸다. 나도 따라 나가고 싶었지만, 여기 온 이유가 있다는 사실도 기억했고, 한편으로는 포이가 또 어떤 미국 고전 작품을 망쳐 놓았는지 몹시 궁금했다. 모임 사람들에게 한 권씩 돌리기 전, 포이는 수줍은 표정으로 그 책을 존 맥존스에게 보여 주었다. 맥존스는 〈니거, 정말로 이런 쓰레기를 세상에 퍼뜨리고 싶은 거냐?〉는 표정으로 쳐다보았다. 책이 뒷줄까지 오자 캥 커즈는 쳐다보지도 않고 내게 넘겼고 나는 제목을 보고는 그냥 보낼 수가 없었다. 『톰 소어러의 모험』. 포이의 저술이 〈흑인 민속 예술〉이며 언젠가는 가치를 얻을 거라는 생각이 들었다. 책을 불태워 버린 것과 이 시리즈를 모으지 않은 것이 후회되기 시작했다. 지난 10년 동안 이제는 찾아내기도 불가능한 초판이자 유일한 판본의 『흑인 노인과 곰돌이 푸 수영장』, 『측정된 유산』, 『미들마치 사월 중순, 네 돈을 가지겠다 — 맹세한다』를 무시하며 제대로 간수하지 않았으니까. 『톰 소어러』의 표지에는 단정한 흑인 소년이 고래 무늬가 그려진 연두색 바지 밑에 구두와 아가일 무늬 양말을 드러내고서 백색 도료를 들고 갱단의 낙서가 그려진 벽 앞에, 위협적인 불량배들이 노려보는 앞에 용감하게 서 있었다.

포이가 내 손에서 『톰 소어러』를 낚아채 가자 결승 터치다운을 실수로 놓친 것 같은 기분이 들었다. 「이 책은, 대중교육의 무기임을 자랑스레 말씀드립니다!」 포이는 흥분을 억누를 수 없었고, 두 옥타브 올라간 음성으로 히틀러 지지자들처럼 열렬하게 말했다. 「그리고 저에게 영감을 주었듯이, 톰 소어러라는 인물은 민족 전체로 하여금 저 울타리를 백색으로 가릴 것을 촉구할 것입니다! 휘턴 아카데미가 대변하는 인종 차별이라는 무시무시한 이미지를 가려 버리라고. 누가 저와 함께합니까?」 포이는 현관문을 가리켰다. 「이 위대한 미국의 흑인들은 대의를 위해 봉사했습니다…….」

법적으로 나는 포이가 거론한 사람들을 여기 적을 수 없다. 왜냐하면 포이가 환각을 본 거라고 생각하고 고개를 돌려 보니 덤 덤 도넛 현관 앞에 현재 살아 있는 미국 흑인 중 세계에서 가장 유명한 세 사람, 저명한 텔레비전 패밀리 맨 빌 코×비와 흑인 정치가 콜× 파×과 콘돌×× 라××가 서 있었던 것이다. 덤 덤 도넛 지식인 모임이 죽어 가는 것을 감지한 포이가 온갖 노력을 다해 그들을 불러들인 것이다. 모인 사람 수가 그렇게 적은 데 좀 놀란 세 슈퍼스타는 조심스레 자리에 앉더니 커피와 도넛을 시키고 모임에 참석했다. 대부분의 시간은 존 맥존스가 1860년에 노예로 태어난 아이는 미국 최초의 흑인 대통령이 선출된 이후의 아이보다 부모가 다 있는 가정에서 자랄 확률이 높았다는 공화당의 개소리를 떠들며 보냈다. 맥존스는 자기혐오를 자유의지론으로 포장하는 속물 흑인이었다. 적어도 나는 자기혐오를 감추지 않고 드러낼 정도의 지각은 갖췄다. 남북 전쟁 이전에 부모가 다 있는 가정이 반드시 애정의 결합체가 아니라 강제 짝짓기일 가능성이 높다는 것. 그는 남매와 모자 사이에도 결혼이 강제되었다는 사실을 언급하지 않았다. 혹은, 노예 제도가 있던 동안 이혼은 불가능했다는 사실도. 〈담배 한 대 피우고〉 온다면서 나갔다가 돌아오지 않는 일도 없었다. 아이가 어딘지도 모르는 곳에 팔려 간 두 부모 가정은 다 뭐란 말인가? 현대의 노예주로서, 나는 노예 제도라는 존경할 만한 제도가 지니는 사악함과 잔인함을 제대로 인정하지 않는 처사에 모욕감을 느꼈다.

「모조리 개소립니다.」 나는 학생처럼 손을 들며 맥존스의 말을 가로막았다.

「여기보다는 아프리카에 태어나는 게 낫다는 말인가요?」 ×린 ×월이 이력서와 V넥 스웨터와 어울리지 않는 억양으로 받아쳤다.

「뭐요, 여기요?」 나는 바닥을 가리켰다. 「디킨스 말인가요?」

「음, 디킨스 같은 거지 소굴은 아닐지도 모르죠.」 맥존스는 이렇게 말하며 다른 손님들에게 〈신경 쓰지 마세요. 내가 알아서 할 테니〉라는 눈짓을 했다. 「아무도 여기서 살고 싶어 하지는 않지만, 미국의 다른 곳에 태어나느니 아프리카에서 태어나는 게 낫겠다는 말은 못 할 겁니다.」

〈아프리카보다는 여기가 낫다.〉 모든 편협한 배척주의자들이 꺼내드는 비장의 카드. 물론, 내 머리 위에 컵케이크를 들이대고 강요한다면,[141] 아프리카의 모든 곳보다 여기 사는 게 나을 것이다. 요하네스버그도 그렇게 나쁘지는 않고, 케이프 버디언 해변의 파도가 죽인다고들 하지만 말이다. 그러나 나는 24시간 칠리 버거를 구할 수 있고, 블루레이와 에어론 사무용 의자를 쓸 수 있다는 나의 상대적 행복이 여러 세대가 고통받을 가치가 있다고 생각할 만큼 이기적이지는 않다. 노예선을 타고 온 어느 조상님이 강간을 당하고 구타당하는 사이, 자기 똥물에 다리를 무릎까지 담그고 잠시

141 〈머리에 총을 들이대고 강요한다면〉이라는 관용적 표현을 비튼 것.

쉬는 사이, 언젠가 손자의 손자의 손자의 손자가 와이파이를 쓸 수 있을 테니 숱한 세대를 걸쳐 살인과 견딜 수 없는 고통과 정신적 괴로움과 극심한 질병을 겪을 가치가 있다고 생각했을 것 같지는 않다. 더군다나 그 와이파이가 속도도 늦고 신호도 불안정하다면.

나는 아무 말도 하지 않고 캥 커즈가 대신 싸우게 했다. 20년 동안 그가 아이스티에 설탕을 좀 더 넣는 게 좋겠다는 말 이외에 의미 있는 말을 하는 것을 들어 본 적 없었지만, 그날 그는 석박사 학위 네 개를 갖고 10개 국어(그중 프랑스어를 빼면 어느 것도 흑인의 언어는 아닌)를 구사하는 사람과 맞서고 있었다.

「니거, 그따위로 디킨스에 의문을 제기하게 두진 않겠다!」 커즈는 벌떡 일어나더니 새로 매니큐어를 한 손톱으로 맥존스를 가리키며 말했다.「여긴 도시지, 거지 소굴이 아니다!」

의문을 제기해? 20년 동안 덤 덤 도넛 모임에서 주고받은 지식인의 대화가 영 허사는 아니었던 모양이다. 대견하게도, 커즈의 말투와 덩치에도 불구하고 맥존스는 물러서지 않았다.「말실수를 한 것 같군요. 하지만 디킨스가 도시라는 말에 대해서는 예외를 두겠습니다. 디킨스는 분명히 도시가 아니고, 미국의 빈민촌에 불과하니까요. 굳이 이렇게 말하겠다면, 흑인의 무지가 낭만화되던 시대를 회고하는, 포스트 흑인 문제, 포스트 인종 문제, 포스트 소울 시대를 보여주는 장소라고나 할까요…….」

「이봐, 멍청이. 포스트 소울, 포스트 흑인 문제 따위는 딴 놈들한테나 써먹어. 내가 아는 건 내가 프리*pre* 흑인이라는 것뿐이니까. 나는 디킨스에서 태어나서 자랐다. 망할 놈의 원시 시대 채찍질에서 태어난, 호모 사피엔스 오리지널 갱스터 크립이란 말이다, 니거.」

캥 커즈의 짧은 독백은 라×× 씨에게 강한 인상을 남긴 모양이었다. 그녀가 꼬고 있던 다리를 풀며 우익 허벅지 안쪽을 조금 드러내더니 내 어깨를 톡톡 두드렸기 때문이다.

「저 덩치 큰 놈이 풋볼은 안 하나요?」

「고등학교 때 조금 했어요.」

「Мои трусики мокрые(내 팬티가 젖었네).」 그 여자가 입맛을 다시는 듯한 러시아어로 이렇게 말했다.

내가 언어학자는 아니지만, 커즈가 원한다면 언제든지 자기한테 거시기를 찔러 넣어도 좋다는 뜻일 것 같았다. 노련한 베테랑은 도넛 가게 한가운데로 걸어왔고, 한 걸음 옮길 때마다 운동화 고무창에서 삐걱거리는 소리를 냈다. 「여긴 말이지, 잘난 체하는 재수 없는 놈아, 여긴 디킨스다.」 그러고는 그에게만 들리는 박자에 맞추어 〈크립 워크〉[142]라고 하는 갱단의 춤을 췄다. 사람들에게 등 돌리는 법 없이, 그는 뒤꿈치를 이용해 빙글빙글 돌았다. 무릎은 모으고 손은 마음대로 놀리며, 그는 실내를 빙글빙글 동심원을 그리며 돌았다. 마치 바닥이 뜨거워서 1초도 한 자리에 서 있지 못

142 크립 갱단의 춤으로 C-워크라고도 부른다. 발로 스텝을 밟으면서 바닥에 C-R-I-P 알파벳을 그린다.

하는 사람처럼. 캥 커즈는 자신이 가장 잘 아는 방식으로 맥존스와 토론하고 있었다.

원하는 게 있어, 가져 가, 간절히 원해, 빼앗아 가…….

Velis aliquam, acquires aliquam, caninus satis, capis aliquam.

두 사람 주위에 몇 안 되는 사람들이 모여들자 나는 내 목적을 실행에 옮겼다. 아버지의 사진을 벽에서 떼어 내 팔에 꼈다. 아버지 사진을 거기 붙여 둔 채 인종 분리를 한다면 부모 침실 바로 옆방에서 섹스를 하는 것과 같을 것이다. 집중할 수가 없다. 원하는 대로 소리를 지를 수 없다. 캥 커즈가 맥존스와 빌 ×스비, 콜× ×월과 멍한 눈을 한 ××리자×이스에게 크립 워크를 가르치는 동안 나는 가게를 조용히 빠져나왔다. 그리고 그들은 습득력이 좋았다. 노련한 갱스터처럼 발을 놀렸다. 마사이 부족에서 전해져 내려오고, 옛날 서부극에서 보는 체로키 부족 전쟁의 춤에서 훔쳐 온 크립 워크는 고대 전사의 춤인 것이다. 배기 바지를 입은 *danseur noble*(발레의 남자 무용수)을 타깃으로 삼은 춤이랄까. 〈준비되면 쏘게, 그리들리〉라고 말하는 춤이다.[143] 그리고 눈에 띄는 모든 흑인은, 보수주의와 한통속인 흑인조차 등에 과녁을 정통으로 붙이는 것이 어떤 느낌인지 알고

143 마닐라 만 전투에서 미국과 스페인 간 교전 중에 조지 듀이 대장이 기함 올림피아의 함장 그리들리 대령에게 내린 지침을 패러디한 말.

있다.

말을 풀고 있는데 포이가 아버지상이라도 된다는 듯 내 어깨에 팔을 얹었다. 그렇게 긴장한 얼굴은 처음 보는 것이었다. 목에는 때가 껴 있었고, 강한 체취가 나를 덮쳤다.

「석양을 향해 달려가는 건가, 셀아웃?」

「네.」

「긴 하루였네.」

「노예 제도가 더 낫다는 헛소리는 당신이 보기에도 너무 심하지 않아요?」

「맥존스는 그래도 관심을 갖고 있네.」

「이봐요, 저 작자는 키가 7피트인 사람이 농구에 관심을 갖듯이 흑인에게 관심을 갖는 거예요. 잘하는 게 아무것도 없으니까 그냥 관심을 둘 수밖에 없는 거라고요.」

포이는 내가 다시는 덤 덤 도넛 지식인 모임에 오지 않으리라는 걸 알고 선교사들이 정글의 이교도들을 보고 지었을 서글픈 표정을 지었다. 〈네가 너무 어리석어 신의 사랑을 이해하지 못한다 하도 상관없어. 그래도 그분은 널 사랑하시니 여자들과 장거리 달리기 선수들과 천연자원만 내놔〉라고 말하는 표정.

「백인 전용 학교가 걱정되지 않나?」

「아뇨, 백인 애들도 배워야죠.」

「하지만 백인 애들은 내 책을 사지 않을 것이네. 말이 나왔으니…….」 포이는 내게 『톰 소어러』를 한 부 건네더니 내가 부탁하지도 않았는데 사인을 했다.

「포이, 뭐 하나 물어봐도 돼요?」

「그럼.」

「떠도는 풍문이라는 건 알지만, 당신이 정말 인종 차별적인 〈꼬마 악당들〉 에피소드를 갖고 있는 게 사실인가요? 그렇다면, 제안을 하나 하려고요.」

아마 내가 아픈 데를 건드린 모양이다. 포이는 고개를 젓더니 그 책을 가리키고는 안으로 들어갔다. 유리문이 열리자 캥 커즈와 미국에서 가장 돈이 많은 흑인과 전설적인 흑인 장관 둘이 목청이 터져라 NWA의 「퍽 더 폴리스Fuck tha Police」 랩을 하는 소리가 들려왔다. 『톰 소어러』를 안장 가방에 넣기 전에 그의 사인을 읽어 보았다. 어쩐지 위협적인 느낌이었다.

셀아웃에게
부전자전…….

포이 체셔

뭐라는 거야 개새끼가. 나는 집을 향해 달렸다. 거스리 대로를 따라 말을 거칠게 몰면서 교통경찰을 무시하고, 차단된 중앙선의 주황색 로드콘을 8자를 그리며 가로지르면서 시내에서 마술 경연 대회를 벌였다. 채리턴 드라이브에서 지친 모습으로 스케이트보드를 타고 가는 여자를 보고는 한 손으로 고삐를 잡고 한 손으로는 여자를 잡아 에어드롬에서 소여까지 끌고 간 뒤 급회전을 해서 번사이드에 세워 주었다. 디킨스의 영광이란 애초에 없었는데, 그것을 되살리는 데서 무엇을 기대한 것인지 모르겠다. 디킨스가 언젠가 공식적으로 인정받게 된다 하더라도 팡파르나 불꽃놀이는 없을 것이다. 공원에 내 동상을 세우거나 내 이름을 딴 초등학교를 짓는 일도 없을 것이다. 장 바티스트 푸앵 뒤사블과 윌리엄 오버턴이 시카고와 포틀랜드에 깃발을 꽂으며 느꼈던 감격도 없을 것이다. 결국 내가 뭔가 세우거나 발견한 것은 아닐 테니까. 나는 그저 묻힌 적도 없는 물건에서 먼지를 털어 내는 것뿐이다. 집에 돌아오자 나를 기다리고 있던 호미니가 신이 나서 말에서 안장을 벗겼다. 누군가 무명의 학자가 온라인 백과사전에 새로 써넣은 항목을 내게 보여 주고 싶었던 것이다.

> 디킨스는 로스앤젤레스 카운티 남서쪽에 위치한 미인가 도시이다. 과거에는 주민이 모두 흑인이었지만, 현재는 멕시코인이 엄청 많다. 과거에는 세계의 암살 수도로 알려졌지만, 전처럼 그렇게 나쁘지는 않다. 하지만 여행은 가지 말라.

그렇다. 디킨스가 혹시라도 다시 진짜 도시가 된다면, 아마도 호미니의 함박웃음이 내가 받을 보상의 전부일 가능성이 높다.

스물

비밀이지만, 그다음 몇 달 동안 디킨스의 재분리는 재미있는 편이었다. 호미니와 달리 나는 직업을 가진 적이 없었고, 돈이 되지는 않았지만 사악한 사회 과학자로서 호미니를 흑인 조수 이고르[144]로 삼아 시내를 돌아다니다 보면 나름대로 힘이 나는 것 같았다. 비록 우리가 힘이 없다는 개념 자체를 조롱하는 것이긴 했지만 말이다. 월요일에서 금요일까지 정확히 1시가 되면 호미니는 앞에 나와 트럭 옆에 서 있었다.

「호미니, 분리시키러 갈 준비 됐어요?」

「네, 주인님.」

우리는 소박하게 시작했지만, 호미니의 명성과 인기가 큰 도움이 되었다. 그는 가벼운 탭 댄스로 시작했다가 옛날 치틀린 서킷 시절의 엄청나게 복잡한 노래와 춤을 만들어 내 니컬러스 형제, 호니 콜스, 벅 앤드 버블스[145]가 봤더라면

144 드라큘라나 프랑켄슈타인 박사 등 악당의 조수로 등장하는 판에 박힌 캐릭터.

145 모두 인종 분리 시대의 흑인 공연자 및 탭 댄서.

부러움에 까만 얼굴이 초록색이 되었을 것이다.

내 머리는 곱슬이니까
내 이가 진주처럼 하야니까
나는 언제나 미소를 걸치고
유행하는 스타일로 옷을 입으니까

나는 살아 있어 기쁘니까
이 모든 일을 미소로 견뎌
내 피부가 검으니까
어쩌면 상관없을 거야
그들이 날 〈샤인〉[146]이라고 부르니

그다음, 호미니는 그것도 공연의 일부라는 듯 레스토랑이나 미용실 앞쪽 창문에 〈유색인 전용〉이라는 표지를 붙여 놓았다. 아무도 그것을 떼어 내지 않았다. 적어도 우리 앞에서는 그랬다. 호미니가 너무나 열심히 했으니까.

가끔은 아버지에 대한 존경의 뜻으로, 호미니가 점심을 먹으러 가거나 트럭에서 자고 있을 때 나는 아버지의 하얀 실험복을 입고 클립보드를 들고 들어가기도 했다. 주인에게 내 명함을 건네고 연방 인종 불평등 부서에서 일하는데 한

146 유명한 흑인 음악으로, 루이 암스트롱을 포함해 수많은 가수들이 부른 곡.

달 간 〈인종 분리를 당한 이들의 정상 행동에 인종 분리가 미치는 영향〉에 대해 조사를 실시하고 있다고 설명했다. 그들에게 수수료 50달러를 내면 세 가지 표지판 중에 택일할 수 있다고 했다. 〈흑인, 아시아계, 남미계 전용〉, 〈남미계, 아시아계, 흑인 전용〉, 〈백인 출입 금지〉. 굉장히 많은 소규모 사업자들이 내게 돈을 내고 〈백인 출입 금지〉 표지를 붙이겠다고 해서 놀랐다. 그리고 대부분의 사회 실험이 그렇듯이 나는 약속한 실험 결과를 알려 주지 않았지만, 한 달이 지난 뒤 봉봉 박사에게 전화해 표지판을 떼지 않고 창문에 그대로 붙여 두어도 괜찮은지 묻는 사람들이 있는 것도 이상하지 않았다. 표지판 때문에 손님들이 특별 대우를 받는 느낌이라고 했다. 「손님들이 좋아해요. 마치 전용 클럽 회원이 된 느낌이라고 해요!」

시내 유일의 영화관 머럴타의 매니저에게 1층 좌석은 〈백인 및 말 없는 사람 전용〉으로 지정하고 2층은 〈흑인, 남미계, 청각 장애인 전용〉으로 둔다면 손님들의 불만이 절반으로 줄어들 것이라고 설득하는 데 오래 걸리지 않았다. 항상 허가를 구하지는 않았다. 페인트와 브러시를 가지고 가서 완다 콜먼[147] 공공 도서관의 이용 안내판을 〈일요일~화요일: 휴관, 수요일~토요일: 10시부터 5시 30분까지 개관〉에서 〈일요일~화요일: 백인 전용, 수요일~토요일: 유색 인종 전용〉이라고 바꾸어 버렸다. 카리스마가 채프 중학교에서 거두고 있는 성공에 대한 소문이 퍼지면서 이따금 기관에서 나를 찾

147 Wanda Coleman(1946~2013). 로스엔젤레스의 시인.

아 맞춤형 인종 분리 방식을 논의하기도 했다. 인근 지역에서 청소년 범죄율을 낮추고자 하는 〈멕시코 청소년 모임〉 지부에서는 한밤의 농구[148] 이외에 다른 시도를 원했다. 〈멕시코계 미국인과 아메리카 원주민의 지위에 조금 더 도움이 되는 것〉으로, 넓은 공간이 필요하지 않고 아이들이 동등한 위치에서 경쟁할 수 있는 스포츠를 원했다. 에두아르도 나헤라, 타니 로빈슨, 얼 왓슨, 숀니 시멜, 올랜도 멘데스발데스[149]의 성공 사례를 거론해 봐도 그들을 꺾을 수는 없었다.

내가 두 가지를 질문하고 회의는 짧게 끝났다.

첫째. 「돈 있습니까?」

「〈위시 어폰 어 스타〉에서 얼마 전에 10만 달러의 보조금을 받았습니다.」

둘째. 「그건 불치병에 걸린 아이들을 위해서 쓰는 것인 줄 알았는데요?」

「그렇습니다.」

정부에서 시민권법을 한창 시행하던 기간에 인종 분리를 실시하던 일부 도시에서는 시립 수영장에 유색 인종 아이들이 오줌을 싸며 변태적인 즐거움을 누리게 하느니, 수영장을 시멘트로 메워 버리는 편을 택했다. 하지만 인종 역분리를 하느라 우리는 노숙자라는 사람을 구조대원으로 고용하는 데 돈을 쓰고 아이들이 뛰어넘기 좋아하는 쇠사슬 울타

148 한밤의 농구Midnight basketball는 도심 범죄를 억제하기 위한 1990년대의 운동이다. 범죄 발생율이 높은 밤 10시부터 오전 2시 사이에 청소년들을 농구 프로그램에 참가시켜 위험한 환경에서 벗어나게 도왔다.

149 모두 농구 선수.

리를 친 〈백인 전용〉 수영장을 지었다. 아이들이 그곳에서 마르코 폴로 게임을 하고 순찰차가 지나갈 때마다 모두 함께 물속에 들어가 숨을 참도록.

카리스마는 〈흑인 역사 및 남미계 전통의 달〉 동안 학생들에게 강요하는 솔직하지 못한 자부심과 틈새 마케팅을 상쇄해 줄 것이 필요하다고 느꼈고, 나는 〈백인 주간〉이라는 아이디어를 내놓았다. 이름과 달리 백인 주간은 사실 미지의 백인들이 레저 세계에 기여한 경이로운 업적을 30분 동안 축하하는 행사였다. 그동안 교실에서 이주 노동자, 불법 이민자, 노예 무역에 대해 억지로 연극을 해온 아이들에게 주는 짧은 휴식이랄까. 아이들은 너와 같은 인종이 해낸 일은 너희 모두가 해낸 일이라는 허위를 억지로 떠먹이는 데 지쳐 있었다. 로버트슨 대로의 버려진 자동 세차장을 백인의 터널로 바꾸는 데 이틀 정도 걸렸다. 우리는 표지판을 바꾸어 디킨스의 아이들이 줄을 서서 인종 세척 모드 가운데 고를 수 있도록 했다.

일반 백색:
의심이라는 혜택
높은 수명
낮은 보험 보장

딜럭스 백색:
일반 백색의 혜택과 더불어
경찰에 체포되는 대신 경고
콘서트장과 경기장의 적당한 좌석

세상이 당신과 당신의 관심사를 중심으로 돈다

슈퍼 딜럭스 백색: 딜럭스 백색의 혜택과 더불어
매년 보너스가 나오는 직장
군 복무는 멍청이들을 위한 것
원하는 대학에 기부 입학
귀 기울여 들어주는 상담사
사용하지도 않는 보트
모든 악행과 나쁜 습관은 〈지나가는 단계〉라고 부름
잠재의식 속의 상처, 균열, 여러 사항에 대해 면책

우리가 생각할 수 있는 가장 백인스러운 음악(마돈나, 클래시, 후티 앤드 더 블로피시)에 맞춰 아이들은 수영복과 반바지를 입고 따뜻한 물과 비누 거품 속에서 춤을 추며 웃었다. 붉은 경고등 불빛을 무시하고서, 아이들은 왁스 폭포 밑으로 달려 들어갔다. 우리는 아이들에게 사탕과 탄산음료를 나눠 주고 더운 공기가 나오는 곳에 원하는 만큼 서 있으라고 했다. 따뜻한 바람이 얼굴에 닿는 그 느낌이 바로 백인 부자로 사는 느낌이라고 일깨워 주었다. 운 좋은 소수의 사람들에게 삶이란 하루 24시간 컨버터블 자동차의 앞자리에 앉아 있는 느낌이라고.

이 얘기를 하려고 굳이 마지막까지 기다린 건 아니지만, 후드 데이가 가까워 오면서 호미니와 나는 디킨스 내 거의 모든 부문과 공공시설에서 어떤 형태로든 인종 분리를 시행

할 수 있었다. 역설적이게도 폴리네시안 가든스에 위치한 마틴 루서 〈킬러〉 킹 병원만 예외였다. PG라고도 부르는 폴리네시안 가든스는 흑인에게 적대적이라고 소문난 남미계 주류 지역이었다. 사실 일설에 따르면 디킨스의 흑인들이 PG를 통과해 병원으로 가는 동안 당하는 부상이 원래 부상보다 더 심한 경우가 많다고 했다. 경찰과 갱단 사이에서 로스앤젤레스 카운티의 모든 지역, 특히 익숙하지 않은 지역에서 길을 찾아다니는 것은 위험할 수 있다. 색깔이 다르다고, 혹은 엉뚱한 색의 옷을 입었다고, 언제 몰려와서 괴롭힐지 모르는 일이다. 나는 폴리네시안 가든스에서 그런 문제를 겪어 본 적 없었지만, 솔직히 말하면 밤에 거기 가본 적이 없었다. 그리고 병원에서 작전을 실행하기 전날 저녁, 철자와 발음 문제로 오랫동안 유혈 분쟁을 벌여 온 B로 시작하는 바리오 갱단과 V로 시작하는 바리오 갱단 사이에 총격전이 있었다. 나와 호미니의 안전을 위해서 나는 픽업트럭 앞쪽 펜더에 보라색과 금색 레이커스 깃발 두 개를 달고, 혹시 모르니 지붕에는 커다란 1987년 레이커스 우승기를 달았다. 로스엔젤레스 사람이라면, 모두 레이커스를 좋아하게 마련이니 말이다. 시속 10마일 이상 달리지 않는 로라이더 뒤에서 가기는 했지만, 센테니얼 애비뉴를 달리는 동안 레이커스 깃발이 밤바람에 멋지게 펄럭여 내 픽업트럭에 사절단 같은 느낌을 주어서 우리는 임시 외교상 면책 특권을 갖고 돌아다닐 수 있었다.

마틴 루서 〈킬러〉 킹 병원의 원장 윌버포스 밍고 박사는 아버지의 오랜 친구였다. 도시 경계선을 그리고, 출구 표지판을 붙이고, 휘턴 아카데미를 꾸며 낸 것이 나라고 설명하니 병원에 인종 분리 정책을 허락해 주었다. 원장은 의자에 기대앉아서 체리 2파운드만 주면 내 마음대로 인종 분리 정책을 실시해도 좋다고 했다. 그리고 〈아무도 상관 안 하는〉 어둠 속에서 호미니와 나는 그때까지는 아무것도 적혀 있지 않았던 킹 병원의 응급실 입구에 핏빛의 굵은 호러 영화 포스터 글씨체로 〈베시 스미스[150] 응급 센터〉라고 적어 두었다. 그리고 한가운데 콘크리트 기둥에 흑백 금속 플래카드를 붙였다. 거기에는 〈백인 소유의 구급차 전용〉이라고 적혀 있었다.

이런 일을 하면서 두렵지 않았다고는 말할 수 없다. 병원은 외부인들이 내가 하는 일을 볼 가능성이 꽤 높은 장소였다. 안으로 들어가기가 두려워져서, 나는 호미니에게 그 전 날 밤에 뽑은 신선한 당근을 하나만 달라고 했다.

「웬일이셔, 선생?」 나는 당근 끝을 씹으며 놀리듯이 말했다.

「주인님, 벅스 버니는 에이전트가 더 나은 브레어 래빗이나 다름없다는 걸 알잖아요.」[151]

150 Bessie Smith(1894~1937). 블루스의 여제라고 불린 미국의 가수. 교통 사고로 심각한 부상을 입었으나 백인 전용 병원에서 응급 처치를 거부, 흑인 병원으로 재차 이송 도중 사망했다는 루머가 있다. 공식적으로는 G. T. 토머스 흑인 병원에 입원해 다음 날 오전 사망했다고 기록되어 있다.

151 브레어 래빗은 흑인 민담집 『리머스 아저씨』(각주 62 참조)에 나오는 토끼. 벅스 버니는 루니 툰에 나오는 토끼 캐릭터로 「웬일이셔, 선생*What's up, Doc?*」이란 대사가 유명하다.

「여우가 브레어 래빗을 잡은 적이 있나요? 이번에는 백인들이 우리를 반드시 잡을 테니까요.」

호미니는 트럭 옆에 선샤인 새미 건설 표지를 세우더니 페인트 깡통과 브러시를 집어 들었다.

「주인님, 백인이 여기까지 와서 이걸 본다면 늘 생각하는 대로 이놈의 니거들이 미쳐서 발광을 하는구나 하고 말 겁니다.」

몇 년 전, 인터넷이 생기기 전, 힙합이 생기기 전, 구어로 쓴 시와 카라 워커[152] 실루엣이 나오기 전이었다면, 나는 호미니의 말에 동의하는 쪽으로 기울었을 것이다. 하지만 흑인으로 산다는 것이 예전과는 달라졌다. 흑인으로서의 경험에는 온갖 짜증나는 일들이 들어 있었지만, 과거에는 적어도 프라이버시가 있었다. 흑인의 은어와 패션은 몇 년 지나서야 유행을 탔다. 우리에겐 특급 비밀 섹스 테크닉도 있었다. 놀이터에서, 현관 구석에서, 그리고 〈꼬맹이들이 좀 배우라고〉 방문을 일부러 조금 열어 둔 술 취한 부모들에 의해 전해져 내려오는 흑인 카마수트라라고나 할까. 하지만 인터넷으로 흑인 포르노가 확산되면서 매달 25달러 이용권을 낼 돈이 있거나, 지적 재산권에 관심이 없는 사람은 누구든지 우리 고유의 섹스 테크닉을 배울 수 있게 되었다. 그리고 이제 백인 여성뿐만 아니라, 모든 종교와 인종과 성적 지향의 여성들이 파트너가 1분당 1마일 속도로 섹스하며 두 번

152 Kara Walker(1969~). 미국 흑인 화가로, 폭력적이고 불안정한 이미지를 통해 미국의 노예와 인종 차별의 역사를 다룬 실루엣 작품으로 유명하다.

칠 때마다 한 번씩 〈네년 거시기의 주인이 누구지?〉라고 외치는 꼴을 겪어야 하게 되었다. 바스키아, 캐슬린 배틀,[153] 패트릭 유잉[154]을 제대로 평가한 적 없고, 「양의 살인자」[155]나 리 모건,[156] 탤컴파우더, 프랜 로스,[157] 조니 오티스[158]를 아직 발견하지 못한 그들, 주류 미국이 요즘은 우리한테 관심이 많으니, 나는 결국엔 감방에 가게 될 줄 알았다.

호미니는 자동문에 나를 밀어 넣었다. 「주인님, 이 동네에서는 누가 관심 갖기 전에는 아무도 관심 없어요.」

요즘 병원에는 색깔로 구분된 방향 지시선이 없다. 접형포대를 쓰고, 봉합사가 녹지 않고, 외국 억양을 쓰는 간호사들이 없던 그 시절에는 접수 간호사가 환자에게 파일을 주면 환자는 파일의 색대로 빨간 선을 따라 방사선과로, 주황선을 따라 종양학과로, 보라 선을 따라 소아과로 찾아갔다. 하지만 킬러 킹 병원에서는, 도무지 돌아올 것 같지 않은 자

153 Kathleen Battle(1948~). 흑인 소프라노 가수. 1980년대 큰 인기였다.

154 Patrick Ewing(1962~). 자메이카 출신의 농구 선수로, 1985년 신인 드래프트 1순위로 뉴욕 닉스에 입단해 1990년대 활약했다. 역대 NBA 선수 순위 50위 안에 꼽힌다.

155 Killer of Sheep. 찰스 버넷의 1978년작 흑백 영화로, 1970년대 로스엔젤레스 와츠의 도시 흑인들의 모습을 담았다.

156 Lee Morgan(1938~1972). 재즈 트럼펫 연주가. 1960년대 하드밥의 대표 주자였다.

157 Fran Ross(1935~1985). 1974년 출간된 소설 『오레오*Oreo*』의 작가. 흑인과 유대인 커뮤니티의 관계를 풍자했다.

158 Johnny Otis(1921~2012). 그리스 출신의 가수로, 백인으로서는 거의 최초로 세계적으로 알려진 R&B 뮤지션이다.

기 차례를 기다리다 지친 사람들, 한참 전에 녹아 버린 얼음 속에 잘린 손가락이 담긴 플라스틱 컵을 들고 있거나 피가 나는 곳을 주방 스폰지로 누르고 있는 데 지친 사람들이, 오로지 너무 지루한 나머지 유리 파티션 밖으로 나와 간호사에게 저 흐릿한 색의 선이 어디로 가는지 묻기도 한다. 간호사는 어깨를 으쓱일 것이다. 그러면 환자들은 호기심을 무시할 수 없어서 호미니와 내가 밤새 그리고 다음 날 반나절 동안 덜 마른 페인트를 아무도 밟지 못하도록 지킨 선을 따라 나선다. 그 선은 환자들에게 〈노란 벽돌길〉[159]에 가장 가까운 것이다.

콘플라워 블루 색깔도 약간 있긴 하지만, 팬톤 426C 색상은 낯설고 신비한 색이다. 그 색이 조명과 보는 사람의 키, 기분에 따라 검정으로 보이거나 갈색으로 보여서 선택했다. 그리고 그 폭 3인치의 선을 따라 대기실에서 나오면 두 개의 문을 지나고 환자들이 여기저기 앉아 있는 미로 같은 복도를 따라 여러 차례 급회전을 하고 지저분한 층계를 세 개 내려가면 흐릿한 붉은 전구가 밝히고 있는 안쪽 대기실에 도착한다. 처음 나오는 문으로 나가면 뒷골목이 나오고, 두 번째 문으로 들어가면 영안실, 세 번째 문으로 들어가면 탄산음료와 정크푸드 자동판매기가 나온다. 나는 의료 시설에서 인종 및 계급의 불평등 문제를 해결하지 못했지만, 갈색-검정색 길을 따라 내려가는 환자들이 좀 더 주도적으로 상황에 대처한다는 말은 들었다. 즉 마침내 그들의 이름이

159 『오즈의 마법사』에서 주인공을 원하는 목적지에 데려다준다는 길.

불리면, 의사에게 가장 먼저 이렇게 말한다고 한다. 「선생님, 치료하기 전에 하나만 알고 싶어요. 나한테 관심이 있어요? 그러니까, 정말로 고쳐 주고 싶은 건가요?」

스물하나

과거에는 후드 데이를 기념하기 위해 캥 커즈와 그의 최근 멤버들, 〈콜로세움 대로 에 투 브루테[160]갱스터 뮤니피슨트 네이버후드 크립스 앤드 싯〉 스물네 명의 얼간이들은 차 네 대에 나눠 타고 그들의 라이벌 베니스 시사이드 보이스의 구역으로 쳐들어가 해를 등지고 브로드웨이가를 누비며 싸움거리를 찾았다. 교도소에 가지 않는 한, 그들이 자기 구역을 떠나는 것은 한 해 중 그날 하루뿐이었다. 하지만 변동금리 주택 융자 시대가 도래한 이후 베니스 시사이드 보이스 대부분은 와인 바와 대체 의학 의료상, 4분의 1에이커 방갈로를 2백만 달러짜리 저택으로 바꿔 15피트짜리 체리목 담벽을 둘러 놓은 영화배우들에게 밀려났다. 이제 베니스 시사이드 보이스 대다수가 〈사업〉을 하려고 하거나 자기 구역을 지키려고 할 때마다 팜데일이나 모레노 밸리 등의 먼 곳에서 이동해 와야 한다. 적이 맞서 싸우겠다고 하지 않으면 재미가 없다. 용기가 없거나 탄약이 떨어져서가 아니라

160 브루투스 너마저*Et tu, Brute*의 라틴어.

피곤하기 때문이라니. 고속 도로 정체와 도로 폐쇄와 세 시간 동안 싸우고 나니 지쳐서 방아쇠를 당길 힘도 없다나. 그래서 두 라이벌 갱단은 이제 후드 데이를 기념하기 위해 남북 전쟁 재연 같은 나름대로의 방식을 개발했다. 그들이 과거의 격전지에서 만나 서로 공포탄과 불꽃놀이 폭죽을 쏘면 카페에 앉아 있던 민간인들이 몸을 숙이고 달아난다. 갱단은 개조한 자동차와 폐차 직전의 자동차에서 내려 진흙탕에서 축구를 하는 학생들처럼 몸을 날리며 베니스 비치 보도에서 서로 쫓고 쫓기며 주먹을 지르고 앞다투어 싸우면서 역사를 바꾸어 놓은 갱단 폭력 사태를 오마주했다. 셰넌도어가의 전투, 링컨 대로의 접전, 악명 높은 로스아미고스 파크의 학살을 재연하는 것이다. 그러고 그들은 시내 한복판의 비무장 지대, 소프트볼 구장 레크리에이션 센터에서 가족 친지와 모두 모여 맥주를 마시고 바비큐를 즐기면서 평화를 재확인했다.

〈엄중 처벌〉 정책이 범죄율을 낮추는 데 큰 기여를 했다고 유세를 떠는 경찰서들과는 달리, 나는 6개월간 인종 분리 정책을 실시한 것이 그해 봄 디킨스가 상대적으로 평화로웠던 것과 관련이 있다고 주장하고 싶지는 않지만, 그해 후드 데이는 분명히 좀 달랐다. 마페사와 호미니, 스티비, 내가 원정팀 더그아웃에 물건을 쌓아 두었을 때, 평소보다 과일이 빨리 떨어지고 있었다. 사람들은 마리화나에 너무 비싼 값을 지불하고 있었다. 보통 갱단은 각자 후드 준비를 위해 정해진 날에 공원을 사용한다. 예를 들어 식스 트레이스트리트 스나이퍼 시티 킬러스는 6월 3일에 공원을 예약한다. 6월이 한 해의 여섯 번째 달이고 트레이는 3이라는 뜻이기 때문이다. 로스오소스 네그로스 도세 이 오초는 예상대로 12월 8일이 아닌 8월 12일에 예약을 한다.[161] 사람들 생각과는 달리, 캘리포니아는 겨울에 엄청나게 춥기 때문이다. 나는 그 따사로운 3월 15일 레크리에이션 센터에 있었다. 콜로세움 대로 에 투 브루테 크립스에게 후드 데이란 카이사르의 암살일, 3월 15일과 같기 때문이다. 그때가 아니라면 언제겠는가?

80년대 후반, 〈후드〉라는 말을 칼라바사스 힐스, 셰이커 하이츠, 어퍼 이스트 사이드 등의 상류층 지역부터 주립 대학교의 동물원에 이르기까지 장소를 가리키는 말로 쓰기 전, 로스앤젤레스 사람들이 〈내가 너라면 저 개자식을 주시하겠다. 저 자식은 후드 출신이야!〉라거나 〈아부엘라 실비아의 임종을 지키지는 못했지만, 나한테 뭘 바라냐? 그 여자는 후드에 사는데!〉라고 말할 때 후드란 딱 한 곳, 디킨스를 가리켰다. 그리고 거기, 레크리에이션 센터 야구장, 후드 데이 깃발을 내건 홈팀 더그아웃에는 온갖 갱단과 그들의 가족이 다 모여 있었다. 폭동 이후 유고슬라비아처럼 한때 통일된 지역이었던 디킨스는 숱한 소규모 후드로 나누어졌고, 지금은 캥 커즈와 퍼나시가 티토[162]와 슬로보단 밀로셰비치[163]처럼 오클리 선글라스를 쓰고, 도리스 데이처럼 컬

161 스페인어로 도세*doce*는 12, 오초*ocho*는 8.

162 Tito(1892~1980). 유고슬라비아의 혁명가.

을 넣은 머리를 넓은 어깨에서 찰랑이며 임시 무대에서 쿵쿵거리면서 미친 듯한 랩으로 재통합을 축하하고 있었다.

몇 년 동안 퍼나시를 만나지 못했다. 그가 마페사와 내가 같이 자는 것을 알고 있는지도 알 수 없었다. 허락을 구한 적은 없었으니까. 하지만 그가 비비 킹의 기타에 해당하는 12구경 샷건 룰루 벨을 한 손에 들고 무대에 서서 하늘로 던졌다가, 잡아 장전하고 총을 쏘는 것을 보고 있자니 허락을 받는 편이 나았겠다는 생각이 들었다. 캥 커즈는 마이크에 대고 소리를 질렀다. 「너희 니거들 중에 적어도 하나는 중국 음식을 가져왔다는 걸 알고 있다!」

경찰 혹은 아이큐가 50 이상이 되는 사람이라면 누구나 〈수상한 남미계 남성〉이라고 부를 사내 둘이 축제 분위기에서 살짝 벗어난 1루에서 팔짱을 끼고 서 있었다. 공원에 모인 사람들과 어느 정도 비슷해 보이기는 했지만, 모두를 경멸하는 그들의 눈초리를 보고 있자니 디킨스 출신인지 판별하기 쉽지 않았다. KKK단 모임에 껴들어 온 나치단원처럼, 그들은 이념적으로는 편안해 보였지만 전체적인 문화에는 익숙지 않아 보였다. 그들이 폴리네시안 가든스 출신이라는 말이 퍼졌다. 그럼에도 불구하고, 히코리나무 훈제 바비큐와 축축한 연기가 덮쳐 오자 두 사람은 내야로 점점 더 다가왔다. 그들이 다음 타자석까지 다가오자 도끼로 파인애플을 썰고 있던 스티비가 이렇게 물었다. 「저 니거들 알아?」 그는

163 Slobodan Milošević(1941~2006). 전 유고슬라비아 대통령. 유고 내전과 보스니아 내전의 전범.

두 사람이 더그아웃 계단을 내려오는 동안 눈을 떼지 않았다. 두 사내 모두 헐렁한 카키 바지를 입고 있었고, 바지 자락이 나이키 코르테스 운동화를 덮고 있었는데, 운동화가 너무 새것이라 한 짝을 벗어 소라 껍데기처럼 귀에 대면 제3세계에서 착취당한 노동력의 소리가 들릴 지경이었다. 스티비는 버킷 해트를 쓰고 축구 유니폼을 입고 턱 선에 〈스톰퍼*stomper*〉라고 문신한 남자를 교도소에서처럼 노려보았다. 후드에서는 어느 팀의 팬이라고 해서 유니폼을 입고 다니지 않는다. 색, 로고, 등 번호는 모두 갱단과 관련되어 있기 때문이다.

교도소에서 갓 출소하면 모든 것이 인종과 관련되어 있다. 흑인이 주로 모인 크립 갱단과 블러드 갱단에 멕시코인이 없다거나, 남미계 갱단에 흑인이 없는 것은 아니다. 따지고 보면 실제로는 가까운 것이 최고니까. 동맹은 인종과 무관하게 동네 사람들, 지역 사람들과 맺는 것이다. 하지만 교도소에 들어가면 이런 정체성 개념에 변화가 생긴다. 백인 대 흑인 대 멕시코 대 백인으로 상황이 전개되는 영화처럼, 다른 어떤 가정도 고려 사항도 없다. 교도소에 들어와 수감원인이 된 흑인이나 멕시코인과 춤을 추며 잘 지내는 하드코어 색맹 갱도 있다는 이야기를 들었다. 인종 따위, 흑인 따위, 이 니거의 엄마가 내가 배고플 때 날 먹여 줬으니 멍청한 짓거리는 나중에 따지자.

새하얀 티셔츠를 입고 식도를 따라 수직으로 〈퍼핏*puppet*〉이라는 문신을 한 얼간이가 내게 고개를 끄덕였다.

「*¿Qué te pasa, pelón?*(왜 그래, 대머리)?」

우리 같은 대머리들은 인종간의 적대감을 늘 공유하지는 않는다. 우리는 인종과 무관하게 모든 신생아는 멕시코인처럼 보이고, 모든 대머리 남자는 흑인처럼 보인다는 것을 인정하게 되었다. 나는 그에게 마리화나를 한 모금 건넸다. 그의 귀가 새빨개지더니 눈이 일제 칠기처럼 번들거렸다.

「이게 대체 뭐야?」 퍼핏이 쿨럭거리며 물었다.

「카펄 터널[164]이라고 불러. 주먹 한 번 쥐어 봐.」

퍼핏은 주먹을 쥐어 보려고 했지만 잘 되지 않았다. 스톰퍼가 그를 미친놈처럼 보더니 화를 내며 마리화나를 빼앗았다. 누가 가르쳐 주지 않아도, 외모가 비슷해 보여도 퍼핏과 스톰퍼가 같은 편이 아님을 알 수 있었다. 스톰퍼는 마리화나를 한 번 길게 빨더니 손가락으로 온갖 복잡한 갱단 표시를 만들어 보였지만, 아무리 애를 써도 주먹은 쥘 수 없었다. 그는 허리띠에서 니켈 판을 댄 권총을 뽑았다. 방아쇠를 당기기는커녕, 권총을 제대로 쥐지도 못했다. 스티비는 웃어 댔고, 주위에는 차가운 파인애플이 가득 쌓여 있었다. 동네 녀석들은 파인애플을 한 입 물었고, 달콤한 과즙과 민트 향이 살짝 감도는 뒷맛에 눈을 찡그리며 아이들처럼 웃어 댔다. 그리고 다른 놈들이 노려보는 가운데, 멕시코 갱 두 명은 차분하게 파인애플을 먹으며, 마리화나 남은 것을 나눠 피우면서 센터 깊숙이 걸어 들어갔다.

「조니 유니타스[165]의 목에다 쓴 NK가 〈나이스 키드〉란 뜻

164 수근관, 흔히 터널 증후군이라고 하는 손목 통증의 원인이 되는 곳.

이 아닌 거 알아?」

「무슨 약자인지 나도 알아.」

「니거 킬러의 약자이지. 하지만 저 니거들은 다른 데 출신이야. B로 시작하는 바리오 갱과 V로 시작하는 바리오 갱이 저렇게 사이가 좋다니 그들답지 않은걸.」

호미니와 나는 마주 보고 웃었다. 우리가 병원 일을 마치고 집으로 오는 길에 폴리네시아 가든스에 붙여 놓은 표지판의 효과인 것 같았다. 우리는 두 가지 표지를 만들었다. 녹슨 기찻길이 나누고 있는 베이커가 양옆, V로 시작하는 바리오와 B로 시작하는 바리오 사이의 전신주에 그 표지를 붙였다. 거리 한 쪽에 있는 사람들이 반대편의 표지가 뭐라고 하는지 궁금해져 기찻길을 지나 그것을 읽어 보도록 방향을 정해 붙여 두었다. 그래서 그들은 적의 영역을 침범하지만, 거리 북쪽에 붙은 표지판이 남쪽과 똑같은 내용이라는 것을 확인할 따름이었다. 양쪽의 표지판 모두 〈기찻길의 오른쪽〉이라고 적혀 있었으니까.

마페사는 나를 더그아웃에서 본루 쪽으로 끌고 갔다. 캥커즈와 늙어 가는 갱들, 갱 지망생들이 타자 대기석에 서서 립과 파인애플을 와구와구 먹고 있었다. 퍼나시가 파인애플을 껍질까지 먹으면서 투어를 다니는 뮤지션의 삶에 대해 이야기하고 있는데 마페사가 그의 말을 잘랐다.

「내가 봉봉이랑 자는 걸 당신이 알았으면 해.」

퍼나시는 가시가 있는 것도 모르고 남은 파인애플을 껍

165 1960년대 활약한 백인 미식축구 선수.

질째 입에다 쑤셔 넣고는 마지막 과즙 한 방울까지 쭉쭉 빨고 있었다. 과일이 사막의 뼈처럼 마르자 그는 내게 다가오더니 룰루 벨의 총신 끝으로 내 가슴을 툭 치며 말했다. 「젠장, 이 파인애플을 매일 아침 먹을 수 있다면, 나라도 이 니거랑 자겠다.」

총성이 한 차례 울려 퍼졌다. 카펄 터널의 효과를 아직도 느끼는지, 스톰퍼가 맨발로 센터에 드러누워 발로 과녁을 맞추고는 미친 듯이 웃어 대며 발가락으로 총을 쏘고 있었다. 그 모습이 재미있어 보이자 경찰들이 오기 전에 몇 발이라도 쏴볼 요량으로 남자들 대부분, 그러고 몇몇 여자들이 마리화나를 피우면서 권총을 꺼내고, 한쪽 신발은 벗고, 한쪽 신발은 신은 채로 내야의 흙바닥을 뛰어갔다.

스물둘

흑인들은 튄다. 〈튄다〉는 것은 카메라 앞에서 역동적인 존재감을 갖는다는, 좀 지나치게 사진을 잘 받는다는 뜻의 할리우드 은어다. 호미니는 백인과 흑인의 버디 무비를 더 이상 찍지 않는 까닭이 그 때문이라고 한다. 더 유명한 스타들의 존재감이 줄어드니까. 토니 커티스. 닉 놀티. 이선 호크가 흑인 배우와 영화를 찍지만 그것은 누가 정말 〈보이지 않는 인간〉[166]인지 알아보는 스크린 테스트가 되었다. 그리고 흑인 여성과 누군가가 등장하는 버디 무비가 존재했는가? 영화적 매력을 가진 유일한 영화는 진 와일더와 스팽키 맥팔랜드가 나오는 것뿐이다. 그 밖에 토미 리 존스, 마크 월버그, 팀 로빈스 등, 그 누구라도 그저 달아난 말의 갈기를 붙잡고 달리는 데 불과하다.

로스앤젤레스 금지 영화 및 극심한 인종 차별 애니메이션 페스티벌 때, 뉴어트의 대형 스크린에서 호미니가 스팽

166 랠프 엘리슨은 소설 『보이지 않는 인간』을 통해 흑인은 피부색으로 인해 무시당하고, 보이지 않는 존재가 된다고 설명했다.

키와 대사를 주고받는 것을 보고 있자니 어째서 그 시절 영화계에서 그가 차세대 흑인 스타가 될 것이라고 생각했는지 쉽게 알 수 있었다. 그의 반짝이는 눈빛, 천사같이 빤질거리는 뺨에는 자석 같은 흡인력이 있었다. 머리카락은 어찌나 바짝 말라 비틀어졌는지 곧 연소할 것 같았다. 그에게서 눈을 뗄 수가 없었다. 누더기 작업복을 입고 10사이즈쯤 큰 하이탑 운동화를 신은 그는 사춘기 이전의 이성애자 남자의 결정판이었다. 그 누구도 호미니처럼 그 역할을 감당할 수 없었다. 그가 그렇게 가차 없는 수박 세례와 심한 농담을 견뎌 내는 것이 놀라웠다. 모든 모욕을 진심으로 반가워하며 〈야우자!〉라고 외치다니. 그가 포화 속의 비겁함을 보여 주는 것인지, 위엄을 보여 주는 것인지 알기 어려웠다. 오늘날까지도 흑인 코미디의 필수 장면으로 통하는, 휘둥그런 눈에 입을 헤 벌린 놀란 표정을 그가 완성시켰기 때문이다. 하지만 현대의 흑인 연예인은 영화 한 편에서 그 표정을 한두 번만 지어야 한다. 불쌍한 호미니는 릴 하나당 그 얼간이 흑인 표정을 세 번이나 지어야 했고, 항상 극단적인 클로즈업으로 나왔다.

극장에 불이 켜지자 사회자는 꼬마 악당들의 마지막 생존자가 와 있다고 하면서 호미니를 무대로 불렀다. 그는 기립 박수를 받은 뒤 눈물을 훔치고서 몇 가지 질문을 받았다. 앨팰퍼와 패거리에 대해 이야기할 때, 호미니는 믿을 수 없이 명쾌했다. 그는 촬영 스케줄도 설명했다. 연기 지도는 어떻게 했는지. 누가 누구랑 친했는지. 카메라가 돌아가지 않을 때 누가 제일 웃겼는지. 누가 가장 못됐는지. 그는 벅위트의 감정을 아무도 알아주지 않았다고 아쉬워했고 벅위트의 말솜씨와 말투가 MGM 시절에 굉장히 좋아졌다고 찬양했다. 나는 아무도 달라에 대해서는 묻지 않기를, 그래서 「풋볼 로미오」를 찍다가 5분간 휴식할 때 기승위로 섹스한 이야기를 듣지 않고 넘어가기를 간절히 빌었다.

「질문 하나만 더 받겠습니다.」

내 자리에서 통로 맞은편, 뒷자리에서 검은 얼굴의 여대생들이 함께 일어났다. 가슴에 그리스어 N I Γ를 수놓고 빅토리아 시대의 블루머를 입고 머리는 나무 빨래집게로 고정시켜 굵게 땋은 뉴 요타 감마 여학생회 학생들은 골동품 경매장에 나오는 인형처럼 보였다. 그들은 질문을 합창했다.

「저희가 알고 싶은 건…….」

하지만 그들을 향해 야유와 종이컵, 팝콘 통이 날아왔다. 호미니가 관객들을 조용히 시켰다. 실내는 조용해졌고, 그러면서 그에게도 관심이 되돌아가면서, 나는 내 가까이 앉아 있는 여자가 흑인임을, 귀가 아주 작은 것을 보고 알 수 있었다. 일요일 오후 보기 드문 광경이었다. 70년대 펑크처럼 새카만, 유기 화학 C^+학점처럼 새카만, 나처럼 새카만, 진짜 여자 흑인이라니.

「뭐가 문제죠?」 호미니가 사람들에게 물었다.

내 자리에서 두어 줄 앞에 앉은, 페도라를 쓰고 턱수염을 기른 백인 학생이 일어나더니 여학생회 탑시[167]들을 가리켰

167 해리엇 비처 스토의 소설 『톰 아저씨의 오두막』에 나오는 노예 소녀.

다. 「저 사람들은 아이러니가 없는 블랙페이스를 했잖아요.」 그 학생이 반항적인 말투로 말했다. 「그건 멋지지 않아요.」

호미니는 손으로 눈을 가리고 사람들을 멍하니 보더니 물었다. 「블랙페이스요? 그게 뭐죠?」

처음에 관객들은 웃었다. 하지만 호미니가 웃지 않자 백인 학생은 스테핀 페치트[168]와 최초의 얼간이 대통령 조지 W. 부시 같은 위대한 광대들만 보일 수 있던 멍한 표정으로 눈을 휘둥그레 뜨고 그를 쳐다보았다.

백인 청년은 정중히 우리가 방금 본 영화를 들어 호미니에게 설명했다. 스팽키가 얼굴에 잉크를 뿌리고 호미니인 척해서 철자 시험을 통과하고 놀이 공원으로 같이 학교 체험 학습을 갈 수 있었던 〈삼보놀이〉편. 앨퍼퍼가 흑인만 연주하는 밴드에서 리드 반조 연주자가 되려고 꾸미는 〈흑인 악당〉편. 프로기가 옷을 벗고 머리끝부터 발끝까지 숯덩이를 묻히고는 멜빵에 손을 끼우고 〈부가! 부가! 부우우우!〉하고 외치면서 홱 돌아서 유령을 놀라게 하는 〈지가부!〉편. 호미니는 고개를 끄덕이더니 멜빵에 손을 끼우고 홱 돌았다. 그다음 보이지 않는 시가에 불을 붙이더니 입 한 쪽에서 다른 쪽으로 시가를 옮겼다. 「오, 예전에는 그걸 블랙페이스라고 부르지 않았어요. 연기라고 불렀죠.」

그는 다시 관객들 말에 맞추어 주었다. 그들은 그가 웃기

168 Stepin Fetchit(1902~1985). 흑인 배우로서는 최초로 영화 크레디트에 이름을 올렸다. 1930년대 할리우드에서 정형화된 편견적인 흑인 캐릭터 〈세상에서 제일 게으른 남자〉로 활동했다.

려고 그런다고 생각했지만, 그는 아주 진지했다. 호미니에게 블랙페이스는 인종 차별이 아니다. 그저 상식일 뿐이다. 검은 피부는 더 멋있어 보인다. 더 건강해 보인다. 더 예뻐 보인다. 더 강해 보인다. 그래서 보디빌더들과 국제 라틴 댄스 대회 참가자들은 몸을 검게 만드는 것이다. 베를린 사람들, 뉴욕 사람들, 사업가들, 나치들, 경찰관들, 스쿠버다이버들, 흑표범단원들, 악당들, 가부키 무대 담당자들이 검은색 옷을 입는 것이다. 모방이 진정으로 가장 수준 높은 형태의 아첨이라면, 백인이 흑인음악을 하는 것은 그게 찬사이기 때문이다. 그것은 정말로 흑인이 아니라면, 흑인 〈분장〉을 하는 것이 진정한 자유에 가장 가까이 다가갈 수 있는 상태임을 내키지 않아도 인정하는 셈이기 때문이다. 앨 졸슨[169]이나 〈흑인〉 연기를 해서 먹고 사는 아시아계 코미디언에게 물어보라. 자리에 앉아 유일한 진짜 흑인 회원은 알아서 자기 앞가림하도록 버려 두는 여대생들에게 물어보라.

「호미니 씨, 그게 사실인가요? 포이 체셔가 정말로 인종 차별적인 〈꼬마 악당들〉 영화의 판권을 갖고 있나요?」

젠장, 이 사람에게 포이 체셔 이야기를 꺼내게 하지는 말아줘.

나는 블랙페이스를 한 사람들 중 검은 얼굴의 여자를 쳐다보면서 그녀 역시 연기를 하고 있는지, 자유를 느꼈는지 궁금했다. 그녀의 본래 피부가 〈블랙페이스〉보다 사실 더

169 Al Jolson(1886~1950). 블랙페이스를 하고 연기했으며 재즈와 블루스 등 흑인 음악을 불렀다. 1911년 브로드웨이에서 인종 차별에 맞서 싸웠다.

검다는 것을 알고는 있는지. 즉, 엄밀히 따지자면 그녀는 검은 분장보다는 조금 더 하얀 분장을 한 것이다. 호미니는 객석의 나를 가리켰고, 나를 〈주인님〉이라고 소개하자 몇 명이 진짜 노예주는 어떻게 생겼는지 보려고 고개를 돌렸다. 나는 호미니가 〈주인님〉이 아니라 〈매니저〉라고 말한 것이라고 정정하고 싶었지만, 할리우드에서 어차피 두 단어는 같은 뜻이라는 생각이 들었다. 「사실이라고 믿고 있습니다. 그리고 내 주인님이 그것을 찾아다 줄 겁니다. 그래서 언젠가 전 세계가 나의 가장 모욕적이고 가장 무기력한 연기를 보게 될 것이라고 믿습니다.」 다행히 객석 조명이 흐려지고 있었다. 인종 차별 영화가 시작되고 있었다.

나는 베티 붑을 좋아한다. 그녀는 몸매도 멋지고, 성격도 자유 분방하고, 재즈를 좋아하며, 아편도 좋아하는 것 같다. 왜냐하면 〈업스 앤드 다운스〉라는 몽환적인 에피소드에서 달이 대공황 시대의 지구를 다른 행성에 경매로 팔아 치우고 있기 때문이다. 이가 다 썩고 심한 이디시 억양을 쓰는, 안경 쓴 늙은 유대 행성, 토성이 경매에서 이기고 탐욕스레 손을 문질러 댄다. 「내가 얻었어. 내가 온 세상을 얻었어. 세상에.」 그는 이렇게 중얼거린 뒤 지구의 중심에서 중력을 제거한다. 그때는 1932년이었고 맥스 플라이셔[170]의 유대인 은유는 이미 혼란스러운 세계정세를 더욱 악화시키고 있었다. 그렇다고 베티가 신경을 쓴다는 건 아니다. 고양이와 소가 날아다니고 비가 내리는 대신 솟아오르는 세상에서도 영

170 Max Fleischer(1883~1972), 미국의 애니메이터. 베티 붑을 제작했다.

순위는 스커트 끝자락이 하늘로 올라가 멋진 팬티를 드러내는 것이니까. 게다가 붑 씨도 우리와 같은 부류가 아니라고 누가 말할 수 있나? 지난 60분 동안 몇몇 술에 취해 깃털을 늘어뜨린 아메리카 원주민들이 동화하기는커녕 워너 브라더스의 토끼도 잡지 못했다. 멕시코의 생쥐는 미국 고양이를 속이고 국경을 넘어 *queso*(치즈)를 훔치려고 한다. 끝이 없어 보이는 아프리카계 미국 고양이, 까마귀, 황소개구리, 하녀, 노름꾼, 목화밭 일꾼, 야만인들이 「스와니 강」이나 듀크 웰링턴의 「정글 나이츠 인 할렘」 곡조에 맞추어 루니 툰의 멍청이 역할을 했다. 가끔은 샷 건을 쏘거나 다이너마이트가 터지면 포키 피그 같은 명목상 백인 캐릭터가 새카매진다. 명예 흑인 지위를 얻은 그는 엔딩크레디트와 함께 「캠프타운 레이시즈Camptown Races」 같은 즐거운 노래를 불러도 비난을 받지 않는다. 프로그램은 뽀빠이와 벅스 버니가 번갈아 가면서, 앞니가 툭 튀어나오고 눈이 네 개 달린 모습으로 헛소리를 주절거리며 도끼를 휘두르는 일본 병사들을 당황하게 하고 2차 대전에서 승리하는 장면으로 끝난다. 슈퍼맨 이후 마침내, 환호하는 관객의 지지를 받아서 일본군을 굴복시킨 뒤 극장 안의 불이 다시 켜진다. 어둠 속에서 수위 조절 없는 인종 차별을 보며 웃고 난 뒤, 주위가 밝아지자 죄책감이 자리를 잡는다. 모두 네 얼굴을 볼 수 있으니, 마치 자위를 하다가 엄마한테 들킨 기분이 든다.

내 자리에서 세 줄 앞, 흑인 남자, 백인 남자, 아시아계 남자가 재킷을 들고 증오를 떨치면서 일어나려고 했다. 「흑탄

공주와 일곱 난쟁이Coal Black and de Sebben Dwarfs」 같은 만화 영화 고전에서 품위를 잃고 조롱당한 것에 부끄러워진 흑인이 슈퍼맨의 망토 뒤에 숨은 채 장난치듯 아시아 친구를 공격했다. 「패트릭을 잡아라! 얘가 적군이다!」 그가 이렇게 외치자 패트릭은 양손을 들어 보이며 이렇게 말했다. 「난 적이 아니야. 중국인이거든.」 벅스 버니의 〈일본 놈, 원숭이, 찢어진 눈〉이라는 소리가 아직도 그의 귓전에 울렸다. 백인은 다치지도, 동요하지도 않고서 웃으면서 담배를 입에 물었다. 가졌으면 피워야지. 「꼬마 악당들」 단편과 거의 백 년 가까이 된 만화 영화가 얼마나 빠르게 인종적 반감의 분노와 수치심을 불러일으킬 수 있는지, 믿을 수 없다. 방금 내가 본 〈오락〉보다 더 인종 차별적인 것을 상상할 수 없었고, 그래서 포이가 「꼬마 악당들」 판권을 소유하고 있다는 소문은 거짓이 분명하다고 생각했다. 우리가 방금 본 것보다 더 인종 차별적인 것이 무엇이란 말인가?

호미니는 로비에서 기념품에 사인을 해주고 있었다. 대부분 「꼬마 악당들」과는 무관한 것이었다. 하지만 옛날 영화 포스터, 리머스 아저씨 관련 수집품, 재키 로빈슨[171] 기념품, 1960년대로 거슬러 올라가는 모든 물건은 다 있었다. 가끔 나는 호미니가 얼마나 웃기는 사람인지 잊어버린다. 그 시절, 백인이 놓은 부비 트랩들을 피하기 위해 흑인들은 끊임없이 달리며 생각해야 했다. 백인 선동가를 무장 해제하

171 Jackie Robinson(1919~1972). 미국 프로 야구 역사상 최초의 흑인 메이저 리그 선수.

고 겸손하게 만들 즉흥적인 재담이나 소박한 진정제를 늘 준비하고 있어야 했다. 유머 감각을 발휘해 그가 흑인에게도 인간성 비슷한 것이 존재한다는 것을 기억해 내면, 매질을 피할 수도 있고, 밀린 급료를 받을 수 있을지도 모르니까. 젠장, 40년대 흑인으로 산다는 것은 3백 년 동안 그라운들링스와 세컨드 시티[172]에서 즉흥 연주 훈련을 받는 것이나 같을 것이다. 토요일 밤 텔레비전을 15분만 봐도 재미있는 흑인이 얼마 남지 않았으며 공공연한 인종 차별이 예전 같지 않다는 것을 알 수 있다.

호미니는 뉴 요타 감마의 블랙페이스 여학생들과 단체 사진을 찍었다. 「커튼이랑 고리 색이 같은가?」[173]라고 무미건조하게 말한 뒤 씩 웃었다. 그중 진짜 흑인만 말장난을 알아들었고, 애를 썼지만 웃음을 참지 못했다. 그 여학생은 내가 묻기도 전에 대답했다.

「난 의대 예과생이에요. 왜냐고요? 이 백인 애들이 하고 싶다고 했으니까. 그래서 한 거예요. 여대생들 네트워크는 아직도 존재해요. 장난 아니라고요. 이길 수 없으면, 패거리가 돼야죠. 엄마가 그랬어요. 인종 차별은 어디에나 있으니까.」

「어디에나 있을 리는 없지.」 내가 말했다.

장래의 탑시 의사 선생님은 땋은 머리를 손가락으로 비틀면서 잠시 생각해 보았다. 「인종 차별이 없는 유일한 곳이

172 로스앤젤레스에 있는 즉흥 공연단 및 학교.

173 머리를 염색한 여자를 보고 〈카펫과 커튼 색이 같은가?〉라고 묻는 속어를 바꾼 말장난.

어딘지 알아요?」그녀는 여대생 동지들이 들리지 않는 위치에 있는지 확인하더니 속삭였다.「흑인 대통령이 가족과 팔짱을 끼고 백악관 잔디밭을 걸어가는 사진을 생각해 봐요. 그 사진 안에, 그 순간에, 딱 그 순간에만 망할 인종 차별이 없어요.」

하지만 극장 로비의 인종 차별은 충분한 수준을 넘었다. 어깨가 구부정한 백인 고양이가 야구 모자를 오른쪽 귀 너머로 쓱 넘기더니 호미니에게 어깨동무를 하고 뺨에다 입을 맞췄다. 둘은 온갖 짓을 다했지만 서로를 탐보와 본즈[174]라고 부르지는 않았다.

「그냥 이 말을 하고 싶었소. 〈마지막 진짜 니거〉라고 외치며 뛰어다니는 래퍼들 말이오. 그자들은 당신하고는 견줄 수도 없소. 당신은, 〈마지막 꼬마 악당〉일 뿐만 아니라, 진정한 마지막 니거니까. 진짜 니거.」

「어이, 고맙소, 백인.」

「이제 니거들이 없어진 이유를 알고 있소?」

「아뇨, 모릅니다.」

「백인들이 새로운 니거니까. 우리는 우리 일만 신경 쓰다가 그걸 깨닫지 못하고 있소.」

「〈새로운 니거〉라고 했습니까?」

「그렇소. 나와 당신 모두, 최후까지 니거요. 빌어먹을 체제와 싸울 수 있는 동등한 개인이지.」

「당신은 징역형을 절반밖에 받지 않는다는 것만 빼면 말

174 민스트럴 쇼의 등장인물.

이죠.」

탑시는 의상을 입고 블랙페이스를 한 채로, 하지만 명품 선글라스를 쓰고 책가방을 열심히 뒤지면서, 뉴어트 주차장에서 우리를 기다리고 있었다. 나는 호미니가 그녀를 보기 전에 트럭에 어서 태우려고 했지만, 그녀가 선수를 쳤다.

「젠킨스 씨. 보여 드릴 게 있어요.」 그녀는 커다란 파일을 꺼내더니 픽업트럭 보닛 위에다 펼쳐 놓았다. 「이건 핼 로치 스튜디오와 MGM에서 촬영한 〈꼬마 악당들〉의 회계 자료 사본이에요.」

「세상에.」

호미니가 보기 전에 내가 빼앗아 항목을 훑어보았다. 모두 있었다. 227편 전편의 제목, 사진 촬영 일자, 출연진과 제작진, 촬영 일자, 총 제작비, 그리고 수익 및 손실. 뭐, 227편이라고?

「영화는 총 221편인 줄 알았는데요?」

탑시는 미소를 지으며 맨 끝에서 두 번째 페이지를 찾았다. 1944년에 촬영된 여섯 편이 줄지어 완전히 삭제되었다. 즉, 내가 전혀 보지 못한 두 시간 분량이 어딘가 존재할지도 모른다는 뜻이었다. 케네디 암살에 대한 FBI 극비 문서를 보는 기분이었다. 나는 바인더를 활짝 펼쳐서 햇빛에 비추어 검은색으로 지워 놓은 내용을 들여다보았다.

「누가 이렇게 한 것 같아요?」 내가 탑시에게 물었다.

탑시는 책가방에서 또 하나의 복사물을 꺼냈다. 이것은 1963년 이후로 그 회계 자료를 대출해 간 모든 사람들의 목록이었다. 네 명의 이름이 적혀 있었다. 메이슨 리스,[175] 레너드 몰틴,[176] 포이 체서, 버터플라이 데이비스. 마지막 이름이 탑시의 본명인 모양이었다. 서류에서 내가 눈을 들기 전, 호미니와 버터플라이는 차에 올라타 앉아 있었다. 호미니는 버터플라이의 어깨를 감싸 안고 몸을 앞으로 기울이고 있었다.

「그 니거가 내 영화를 갖고 있어! 어서 가자!」

로스앤젤레스 서부에서 포이의 할리우드 힐스 집까지는 평소보다 오래 걸렸다. 포이가 참석하는 흑인 지식인 모임에 아버지가 나를 데려갔을 때, 분지에서 산지까지 북쪽에서 남쪽으로 가로지르는 지름길을 아무도 몰랐다. 그 시절 크레슨트 하이츠와 로스모어는 골목길이라 잘 뚫렸다. 지금 그 길은 2차선의 꽉 막힌 주요 간선 도로가 되었다. 전에는 아버지와 포이가 정치와 인종 문제를 논의할 때, 나는 그 집 수영장에서 놀곤 했다. 포이가 아직도 내 방 벽에 원본 스토리 보드가 걸려 있는 「검정고양이와 신나는 아이들」에서 번 돈으로 그 저택을 샀다는 사실에, 아버지는 단 한 번도 억울함을 내비치지 않았다. 「잘 닦아라, 이놈아!」 아버지는 이렇게 외치곤 했다. 「이 집 브라질산 체리목 마룻바닥에 물이 떨어지잖냐!」

올라가는 내내, 버터플라이와 호미니는 그녀가 친구들과 다문화주의의 즐거움을 기념하는 사진을 보며 친목을 다졌

175 Mason Reese(1965~). 로스앤젤레스 출신의 아역 배우로, 1970년대 수많은 CF를 찍으며 인기를 누렸다.

176 Leonard Maltin(1950~). 영화 평론가. 1977년 「꼬마 악당들」에 관한 책을 출간해 5만 부 이상 판매되었다.

다. 로스앤젤레스시의 인종이란 인종과 구역이란 구역을 모조리 폄하하면서. 모든 교통 신호와 사회적 금기를 어기면서, 버터플라이는 호미니의 무릎에 앉아 안전벨트를 풀고 있었다. 「이건 콤프턴 쿡아웃[177]에서 찍은 거예요……. 전 오른쪽에서 세 번째 〈빈민촌 아가씨〉예요.」 나도 그 사진을 흘끔 보았다. 여자들과 데이트 상대들은 검은 칠에 아프로 가발을 쓰고 위스키와 농구공을 들고서 마리화나를 피우고 있었다. 입은 금니와 닭다리로 채워져 있었다. 나는 인종 차별적인 조롱보다는 상상력 부재가 더 기분 나빴다. 집 쿤[178]들은 어디 있나? 헵 캣[179]은? 흑인 유모들은? 벅[180]은? 수위들은? 위협적인 쿼터백은? 주말 기상 예보관은? 시내 모든 영화사와 연예 기획사의 접수대 안내원은? 〈위더스푼 씨는 곧 내려오실 겁니다. 물 좀 드릴까요?〉 이 세대의 문제는 그것이다. 역사를 모른다는 것.

「이건 싱코 데 마요[181] 때 열었던 백인의 밤에서 빙고 게임하는 거예요.」 콤프턴 쿡아웃 때와는 달리, 그 사진에서는 버터플라이를 찾기 어렵지 않았다. 이번에 그녀는 아시아계 여자 옆에 앉아 있었는데, 두 사람은 다른 여학생처럼 커다란 솜브레로 모자를 쓰고 판초, 반돌레라 가방을 걸치고, 축

177 빈민 지역의 삶을 주제로 2010년 2월, UCSD에서 열린 파티. 흑인을 조롱한 인종 차별적인 행사로 거센 비판을 받았다.

178 민스트럴 쇼에 자주 등장하는 거만하고 잘난 체하는 흑인 캐릭터.

179 1940년대 흑인 재즈 음악가들과 그들의 팬을 가리킨다.

180 백인 중심의 법을 지키지 않고, 폭력적이며 외설적인 흑인 남성 유형을 인종 차별적으로 가리키는 말.

181 푸에블라 전투에서 멕시코군의 승전 기념일.

처진 판초 비야[182] 콧수염을 기르고서 테킬라를 마시며 카드를 들고 있었다. 〈*Beocho*(8 나와라)*!* 빙고!〉 버터플라이는 사진을 뒤졌다. 사진 제목도 현란했다. 순수 유전자 풀풀 파티. 샤부샤부 슬립 오버! 맥주의 길 — 하이킹과 페요테 마약 여행.

멀홀런드 드라이브 바로 옆, 샌퍼낸도 밸리가 내려다보이는 포이의 집은 내 기억보다 더 컸다. 원형의 관내 도로를 가진 거대한 튜더 양식 저택은, 입구에 압류 표지가 커다랗게 붙어 있음에도 불구하고 집이라기보다는 영국의 신부 수업 학교 같았다. 우리는 차에서 내렸다. 산 공기가 상쾌하고 맑았다. 나는 심호흡을 하고 숨을 참아 보았고, 호미니와 버터플라이는 대문 쪽으로 다가갔다.

「저기서 내 영화 냄새가 나.」

「호미니, 여긴 비어 있어요.」

「저기 있어. 분명해.」

「뭐, 〈예상 못 한 재산〉 편처럼 마당에 굴을 파고 들어가려고요?」 나는 스팽키의 「꼬마 악당들」 최종편을 들먹이며 물었다.

호미니는 울타리를 흔들어 보았다. 그때 나는 마치 어릴 때 가장 친한 친구의 전화번호를 기억하듯이, 암호가 기억났다. 1-8-6-5를 눌렀다. 대문이 윙윙거리더니 롤러 체인이 팽팽해지면서 문이 천천히 열렸다. 1865라니. 흑인들이란 어찌나 빤한지.[183]

182 Pancho Villa(1878~1923). 멕시코의 혁명가.

「주인님, 같이 갈래요?」

「아니, 둘이서 해요.」

멀홀런드 건너편은 경치가 좋았다.

나는 질주하는 마세라티와 생일 선물로 받은 BMW 컨버터블을 타고 가는 10대 둘 틈에서 북쪽을 향해 달리며 기록을 쟀다. 산기슭에서 덤불까지 1마일 정도 흙길이 이어지더니 겉길과 크리스털워터 캐니언 파크로 이어졌다. 그 공원은 피크닉 테이블 몇 개, 그늘을 만들어 주는 나무들, 농구장으로 이루어진 작지만 깔끔한 곳이었다. 나무줄기에 흘러내리는 수액을 무시하고, 나는 두툼한 무화과나무 밑에 앉았다. 농구를 하는 사람들은 해가 지기 전 일을 마치고 한두 게임 뛰려고 찾아온 사람들이었다. 30대로 보이는 유일한 흑인이 웃통을 벗고 농구장 가운데서 걸어다녔다. 그는 브렌트우드나 러구나처럼 호화로운 지역의 백인 농구장에 다니면서 낄 만한 경기, 경기를 장악할 기회, 어쩌면 직장까지 찾는 사람이었다.

「관심받으려고 온 니거들은 농구장에서 썩 꺼져.」 그 형제가 이렇게 외치자 백인들이 즐거워했다.

안식년 중인 철학과 교수가 인바운드 패스를 했다. 신체 상해 전문 변호사가 코너 점프 슛을 막았다. 뚱뚱한 약사가 놀라운 손놀림을 과시하며 소아과 의사를 제쳤지만, 레이업 슛에 실패했다. 펀드 매니저가 슛을 쏘았지만 실패했고, 튀

183 남북 전쟁이 끝난 해. 수정 헌법 13조가 공식 발효되면서 노예 제도가 폐지되었다.

어나온 공은 주차장 쪽으로 굴러갔다. 슈퍼마켓의 쇼핑 카트처럼 고급 차가 사방에 널린 로스앤젤레스에서도 포이의 56년형 300SL은 눈에 띄었다. 지구상에 그 차는 백 대도 남아 있지 않을 것이다. 포이는 티셔츠와 팬티만 입고 샌들을 신고서 앞쪽 펜더 근처에서 작은 의자에 앉아 전화로 뭐라고 지껄이면서 차만큼이나 오래된 노트북을 두드리고 있었다. 그는 옷을 말리고 있었다. 셔츠와 바지는 자동차의 걸윙 도어에 고정시킨 옷걸이에 걸려 있었다. 물어보아야 했다. 나는 일어나서 농구장을 지나쳐 걸어갔다. 공을 좇던 두 명이 굴렀다. 그리고 일어나기도 전에 누구 공인지 놓고 말다툼을 했다.

「누구 공인가요?」 낡은 운동화를 신은 사람이 내게 팔을 벌려 자비를 구하면서 물었다. 나는 그 사람을 알아보았다. 오래전 취소되었지만, 아직 여러 군데 방송국에서 틀어 주는 경찰 드라마에 나왔던 주인공. 우크라이나에서 인기라고 했다. 「저 가슴에 털 난 사람 거예요.」 영화배우는 아니라고 했다. 하지만 그게 맞았다.

포이는 의자에서 고개를 들고 나를 보았지만, 통화도 타이핑도 멈추지 않았다. 그는 속사포로 알아들을 수 없는 말을 지껄이고 있었는데, 고속 철도와 풀먼 포터의 귀환이라는 앞뒤도 맞지 않는 이야기였다. 메르세데스 쿠페의 피렐리 타이어는 벗겨져 있었다. 갈라지고 튼 가죽 좌석에서는 노란 고무가 흘러나와 있었다. 포이는 아마 노숙자 신세였을 테지만, 시계도, 차도 경매에서 팔지 않았다. 그런 망한 상태로도 그 차는 수십만 달러는 되었을 것인데 말이다. 물어볼 수밖에 없었다.

「뭘 쓰는 거예요?」 포이는 전화를 어깨에 얹었다.

「〈나도 백인 말을 하는 남자가 되고 싶었다〉[184]라는 에세이집이네.」

「포이, 마지막으로 독창적인 생각을 한 게 언젠가요?」

포이는 전혀 기분 나빠 하지 않고 잠시 생각하더니 이렇게 말했다. 「아마 자네 아버지가 돌아가신 후로는 없는 것 같네.」 그리고 다시 통화로 돌아갔다.

포이의 예전 집으로 돌아가 보니 호미니와 버터플라이가 알몸으로 수영을 하고 있었다. 참견 많은 이웃이 경찰에 신고하지 않은 것이 좀 놀라웠다. 흑인 노인은 다 비슷해 보이는 모양이다. 밤이 되자 수중 전등이 자동으로 소리 없이 켜졌다. 한밤중에 불이 켜진 수영장의 부드러운 하늘색이 내가 가장 좋아하는 색이다. 호미니는 수영을 못하는 척하면서 깊은 곳에서 버터플라이의 튜브를 꽉 붙잡고 있었다. 그는 찾으려던 영화는 발견하지 못했지만, 그가 얻어 낸 것에 만족하는 것 같았다. 나는 옷을 벗고 물속에 들어갔다. 포이가 파산한 것도 놀랍지 않았다. 수온이 적어도 30도는 되는 것 같았다.

나는 누워서 둥둥 떠다니며 물에서 피어오르는 김 사이

184 데이비드 세다리스의 에세이 『나도 말 잘하는 남자가 되고 싶었다*Me Talk Pretty One Day*』의 패러디.

로, 내게 필요한 줄도 몰랐던 자유를 가리키는 북극성을 보았다. 아버지가 떠올랐다. 이제는 은행 소유인 그 저택을 사게 해준 아이디어의 주인이었던 아버지. 나는 몸을 뒤집어 시체처럼 떠다니며 거리에서 목격한 아버지의 자세를 취해 보려고 했다. 총에 맞기 전, 아버지의 마지막 말은 무엇이었을까? 〈내 아들이 누군지 아냐.〉 디킨스, 인종 분리, 마페사, 농사일, 이 모든 것을 했지만, 나는 아직도 내가 누군지조차 모르겠다.

〈네 자신에게 두 가지 질문을 해야 한다. 나는 누군가? 그리고 어떻게 하면 나 자신이 될 수 있는가?〉

나는 언제나 그렇듯이 갈피를 잡을 수 없었다. 농장을 닫고, 농작물은 뽑아 버리고, 가축은 팔아 치우고, 엄청난 파도 풀이나 놓을까 진지하게 고민했다. 뒷마당에서 서핑을 하면 얼마나 멋질까 싶어서.

스물셋

〈로럴 캐니언의 잃어버린 영화 보물〉을 찾은 지 2주쯤 되었을 때, 비밀이 밝혀졌다. 린드버그 유괴 사건 이후 표지에 아기 사진을 올려 본 적 없는 『뉴 리퍼블릭』 잡지가 그 사연을 밝혔다. 〈새로운 짐 크로법,[185] 공교육이 백인 아동의 날개를 잘랐는가?〉라는 설명 위에 인종 역차별의 상징으로서 열두 살짜리 백인 남자아이 사진이 실려 있었다. 새로운 짐 크로는 채프 중학교 계단에서 묵직한 금목걸이를 걸고 서 있었다. 모자와 헤드폰 밑으로 흐트러진 금발이 삐져나와 있었다. 그는 한 손에는 흑인 영어 교과서를, 한 손에는 농구공을 들고 있었다. 입술을 비틀며 웃자 금색의 치아 교정기가 반짝였고, 그가 입고 있는 XXXL사이즈 티셔츠에는 〈Energy = an Emcee^2〉[186] 라고 적혀 있었다.

오래전, 아버지는 뉴스 잡지 표지에 실린 질문의 대답은

185 1876년부터 1965년까지 공공장소에서 인종 분리를 시행한 미국의 주법. 짐 크로는 시골의 흑인을 희화한 캐릭터로 행복한 노예로 묘사되었다.

186 언더그라운드 래퍼 Beast 1333의 노래 제목.

항상 〈노〉라고 가르쳐 주었다. 담배 경고 사진과 고름이 흘러내리는 성기 확대 사진이 흡연과 안전하지 않은 섹스를 그만두게 하는 것이 아니라 장려하듯이, 〈예스〉라는 대답이 나오는 질문은 독자를 겁주어 쫓아낸다는 것을 편집진도 알고 있기 때문이라고 했다. 그래서 이런 황색 언론이 나오는 것이다. 〈O. J. 심슨과 인종: 평결이 미국을 갈라놓을 것인가?〉 아니다. 〈텔레비전이 선을 넘었는가?〉 아니다. 〈반유대주의가 다시 진행 중인가?〉 아니다. 멈춘 적이 없으므로. 〈공교육이 백인 아동의 날개를 잘랐는가?〉 아니다. 그 잡지가 판매된 지 일주일 뒤, 책과 강간 신호 호루라기, 곤봉을 가방에 넣은 백인 아이 다섯이 렌트한 학교 버스에서 내려 채프 중학교를 재통합하려고 했지만, 카리스마 몰리나 교감이 문에 버티고 서서 유사 인종 분리 기관에 들어오는 것을 막았기 때문이다.

카리스마는 채프 중학교가 이런 발전 속도를 유지한다면 1년 안에 카운티 내 공립 학교 중에서 4위를 차지할 것이라는 언론을 믿지 않았지만, 250명의 수준 낮은 교육을 받는 가난한 유색 인종 아이들은 결코 신문 1면에 날 리 없는 반면, 단 한 명의 백인 학생이 괜찮은 수준의 교육 기회를 거부당한다면 언론이 발칵 뒤집히리라는 것을 알았어야 했다. 정말로 아무도 예상하지 못했던 것은 짜증나는 백인 학부모 몇 명이 포이 체셔의 조언을 듣고서 연합해 아이들을 수준 낮은 공립 학교든 학비만 비싼 사립 학교든 빼낸 뒤 여기로 끌고 온 처사였다. 그리고 그들의 부모들이 한 세대 전에 그

토록 격렬히 반대했던 다인종 통합 교육으로 돌아가겠다고 외친 것이다.

예산도 없고 창피하기도 해서 무장 경호원을 제공하지 못한 캘리포니아주는 재통합의 희생양, 수지 홀런드, 해나 네이터, 로비 헤일리, 키건 굿리치, 멜로니 밴더웨이가 주 방위군이 아닌 생방송 텔레비전과 시끄러운 포이 체셔의 보호를 받으며 버스에서 내리는 광경을 구경했다. 그가 차에서 사는 것을 본 지 2주 정도 지난 시점이었고, 들리는 소문에 따르면 마지막 덤 덤 모임에는 아무도 참석하지 않았다고 했다. 저명한 커뮤니티 조직자 버× 오×마가 연설을 하기로 예정되어 있었는데도 말이다.

어깨를 숙이고, 팔로 얼굴을 가린 채, 훗날 디킨스 파이브로 알려지는 다섯 명의 아이들은 역사를 향해 달려 나가면서 돌팔매와 유리병 세례를 예상했다. 하지만 1957년 9월 3일 아칸소의 리틀록과는 달리,[187] 디킨스는 그들 얼굴에 침을 뱉거나 인종 차별 욕설을 던지지 않았다. 오히려 디킨스는 그들에게 사인해 달라고 청하고 졸업 파티에 같이 갈 상대가 있는지 물었다. 그러나 전학 희망자들이 계단 맨 위에 다다르자 카리스마 교감이 아칸소 주지사 포버스 역할에 최선을 다하며 문을 꽉 잡고 꿈쩍도 하지 않았다. 다섯 명 중 키가 제일 큰 해나가 돌아서 가려고 했지만 카리스마는 단

187 공립 학교의 인종 분리 정책이 철폐된 뒤, 1957년 9월 아칸소주 리틀록의 센트럴 공립 고등학교에 등교하기 시작한 아홉 명의 흑인 학생들을 〈리틀록 나인〉이라고 부른다. 당시 아칸소 주지사 오벌 포버스는 주 방위군을 동원해 흑인 학생들의 등교를 막았다.

호했다.

「백인은 금지예요.」

호미니와 나는 소동의 반대편에 있었다. 카리스마의 뒤, 리틀록 센트럴 고등학교나 1962년 미시시피 대학교[188]의 보호 및 급식 담당 직원 이외의 모든 사람들이 그렇듯, 역사의 반대편에 서 있었던 것이다. 호미니는 그날 짐 크로를 가르치러 학교에 갔다. 카리스마는 포이 체셔가 최신 다문화 교과서로서 존 스타인벡의 고전을, 무대는 철도 건설 시절 아시아인 노동자들의 생활상으로 하고, 등장인물은 전부 중국인으로 다시 쓴 『쌀과 옌*Of Rice and Yen*』을 보내면서 동봉한 편지를 읽어 보라고 나를 불렀다. 그 책은 원본에서 관사를 모두 삭제하고 모든 L과 R을 뒤바꿔 놓은 복사본이었다. 아마도 이 빌러머그르 세상에 사는 살람 모두는 설로 둘려워하는 것 같아. 찰리 챈의 활약,[189] 스매싱 펌킨스의 기타리스트, 근사한 음악 프로듀서들, 스케이트보더들, 철물점 광고에 백인 남자와 결혼한 유순한 아시아계 부인들이 등장한 지 50년이 넘었는데도 왜 포이 체셔는 아직도 옌이 중국의 통화라고 생각하고, 아시아계 미국인들이 L을 제대로 발음하지 못한다고 생각하는지 도저히 이해할 수 없지만, 급히 휘갈긴 메시지를 보니 어딘가 불안해졌다.

188 흑인 학생 제임스 메러디스의 입학을 반대하는 소요가 일어나 사망자 2명이 발생했고 연방군까지 투입되었다.

189 얼 데어 비거스가 만든 중국계 미국인 탐정 캐릭터로, 기존의 동양인에 대한 스테레오타입에서 벗어난 점이 긍정적으로 평가받는다.

진보주의 어젠다의 앞잡이 보시오

당신이 이 대단히 훌륭하고 고된 사업을 시작하지 않으리라는 건 알고 있지만, 그건 당신 손해요. 이 책은 나를 버지니아 울프, 가와바타, 미시마, 마야콥스키, DFW(데이비드 포스터 월리스)와 같은 독학 작가의 전통 속에 자리 잡게 해줄 거요. 이번 주 월요일, 등교 첫날 봅시다. 수업은 당신 학교에서 있을지 모르지만, 당신은 내 세상을 청강하고 있을 거요. 펜과 종이, 그리고 니거 위스퍼러 셀아웃을 가져오시오.

진심을 담아,

포이 〈간디가 부인을 때린 걸 알고 있소?〉 체셔 드림.

카리스마가 그가 왜 그런 작가들을 거론했는지 물었을 때, 나는 모른다고 했지만, 그 명단이 자살한 소설가로만 이루어져 있다는 말은 하지 않았다. 그 편지가 일종의 자살성 사고라고 보기는 어려웠지만, 누구나 희망은 가질 수 있는 법이니까. 요즘 흑인이 최초로 할 수 있는 일은 별로 남지 않았고, 포이가 〈자살한 최초의 흑인 작가〉의 후보에 오를 수 있으므로, 나는 마음의 준비가 필요했다. 그가 정말로 〈독학 작가〉라면 세상에서 제일 후진 선생을 둔 것이 틀림없었다.

포이는 협상을 담당하기 위해 다섯 아이 앞에 나서더니 마치 마술처럼 DNA 검사 결과를 꺼냈다. 그리고 그것을 카리스마의 눈앞이 아닌, 가장 가까운 텔레비전 카메라 렌즈

앞에 내밀었다. 「저는 여기 이 아이들 중 하나의 모계 혈통이 케냐의 그레이트리프트 밸리까지 거슬러 올라간다는 사실을 증명하는 검사 결과를 들고 있습니다.」

「니거, 넌 누구 편이냐?」

학교의 신성하지 않은 홀에서 울려 나온 이 질문을 누가 한 것인지 알 수 없었지만, 좋은 질문이었고, 침묵에 미루어 포이도 대답할 수 없었던 모양이다. 그렇다고 내가 누구 편인지 알았다는 뜻은 아니다. 내가 아는 것이라고는 성경, 자각 있는 래퍼, 포이 체셔가 내 편은 아니라는 것뿐이었다. 하지만 카리스마는 자신이 어느 쪽에 서 있는지 알았고, 그녀는 포이의 가슴을 양손으로 밀어 그 아이들과 함께 계단 밑으로 마치 볼링핀처럼 넘어뜨렸다. 나는 문턱을 중심으로 내 쪽에 선 사람들을 돌아보았다. 호미니, 교사들, 실라 클라크, 저마다 조금씩 겁을 먹었지만, 결의에 찬 표정이었다. 젠장, 결국 나는 역사의 옳은 쪽에 서 있었던 모양이다.

「디킨스의 학교에 그렇게 꼭 가고 싶다면, 길 건너 저 학교가 열길 기다리세요.」

장래의 백인 학생들이 일어나더니 돌아서서 휘턴 아카데미의 자랑스러운 개척자들을 보았다. 깔끔한 시설과 효율적인 교사진, 녹색 가득한 캠퍼스와 함께, 휘턴에는 분명 매력적인 점이 있었고, 아이들은 류트 음악과 적절한 카페테리아 음식에 끌리는 천사들처럼, 학업의 천당을 향해 끌려가기 시작했다. 그때 포이가 그들 앞을 가로막았다. 「저 위험한 모습에 속지 마라.」 그가 외쳤다. 「저 학교는 만악의 근원이다. 저것은 평등과 정의를 지지한 모든 사람에 대한 모욕이다. 저건 너무 지쳐 달리지 못하는 늙은 말 앞에 당근을 들고 있는 것처럼 이곳, 그리고 모든 지역 사회의 근면한 사람들을 조롱하는 인종 차별의 헛소리다. 게다가, 저건 존재하지 않는다.」

「하지만 진짜 같은걸요.」

「진짜처럼 느껴지는 것이 최고의 꿈이지.」

그들은 실망했지만 기죽지 않고 깃대 옆의 잔디밭에 앉았다. 흑인 포이와 백인 아이들이 중간에 끼고, 카리스마와 휘턴 아카데미의 유령이 양옆에 자리 잡고 있는, 다문화주의 멕시코의 대치 상태였다.

주말에 스킨스 게임[190] 중 어린 타이거 우즈의 아버지가 아들의 신경을 긁을 생각으로 아들이 6피트짜리 퍼트를 앞두고 있을 때 주머니에 든 잔돈을 쩔그렁거렸다고 한다. 그러자 그 집중력 높은 선수가 뒤땅치기를 했다고 한다. 나는 쉽게 산만해졌다. 항상 곁길로 샜다. 아버지는 〈이후의 사실〉이라는 게임을 좋아했는데, 내가 무슨 일을 하고 있든지 도중에 아버지가 유명한 역사 사진을 보여 주며 〈그 다음은 어떻게 됐지?〉라고 묻는 게임이었다. UCLA 브루인스 경기를 보다가도 중요한 타임아웃 중에 아버지는 닐 암스트롱의 달 표면 발자국 사진을 내 얼굴에 들이밀곤 했다. 그다음에는 어떻게 됐지? 나는 어깨를 으쓱이곤 했다. 「몰라요. 크라

190 골프에서 홀별로 상금을 걸고 그 홀에서 가장 낮은 스코어를 기록한 경기자가 상금을 받는 방식.

이슬러 광고를 찍었죠.」

「틀렸어. 그는 알코올 중독자가 되었다.」

「아빠, 그건 버즈 올드린…….」

「사실, 여러 역사학자들이 그가 달에 첫 발을 디뎠을 때도 취해 있었다고 생각한다. 〈인간에게는 작은 한 걸음, 인류에게는 큰 도약〉이라니. 그게 무슨 개소리냐?」

나의 첫 어린이 야구단 경기 중, 10대의 발기처럼 강하고 첫 성경험처럼 초현실적으로 빠른 공을 던지는 투수 마크 토레스가 내게 0-2 강속구를 던졌는데, 나도 심판도 제대로 보지 못했지만 내 이마에 난 상처 때문에 공이 높이 안쪽으로 굽었을 것이라고 판단했다. 아버지는 더그아웃에서 달려 나왔다. 내게 타구 조언을 주는 대신, 엘베강에서 미국과 러시아 군인들이 만나 악수를 하며 사실상 2차 대전의 종식을 축하하는 유명한 사진을 보여 주었다. 그래서 다음엔 어떻게 됐지?

「미국과 소련이 계속 싸워서 냉전은 50년 가까이 지속되었고 두 나라가 피라미드식 자국 방어에 엄청난 돈을 썼어요. 드와이트 D. 아이젠하워는 그걸 군산복합체라고 불렀고요.」

「부분 점수다. 스탈린은 이 사진에 등장하는 모든 러시아 군인을 적과 교제한 죄로 사살했지.」

SF 팬이라면 이 편을 스타워즈 2편으로 부르든지 5편으로 부르든지 어느 쪽이든, 다스 베이더와 루크 스카이워커의 라이트세이버 결투 절정에서 다크 로드가 루크의 팔을 자른 직후, 아버지는 안내원에게서 플래시를 빼앗아서 내게 흑백 사진을 내밀었다. 그래서 다음에는 어떻게 됐지? 흐릿한 불빛 속에서 구김살 하나 없이 다린 하얀 블라우스와 식탁보 무늬의 치마를 입은 어린 흑인 여자가 아직 덜 자란 가슴과 마음을 보호하듯이 파일을 꼭 끌어안고 있었다. 그 여자는 짙은 검은 피부색을 하고, 나와 뒤에서 괴롭히는 백인 여자 너머를 응시하고 있었다.

「리틀록 나인 중 하나예요. 연방군을 보냈어요. 이 아이는 학교에 갔어요. 그리고 행복하게 끝났죠.」

「그다음에 일어난 일은 이듬해 주지사가 법에 따라 학교의 인종 분리를 없애는 대신, 시내 모든 고등학교를 폐쇄한 거다. 니거들이 배우고 싶으면 아무도 못 배운다는 거였지. 그리고 배운다는 얘기가 나왔으니 말인데, 학교에선 그들이 이 부분은 가르치지 않는다는 걸 알아 둬라.」 나는 〈그들〉이 아버지와 같은 교사라는 말은 하지 않았다. 그저 루크 스카이워커가 왜 갑자기 별이 빛나는 심연으로 고꾸라졌는지 궁금했던 것만 기억난다.

가끔 나는 다스 베이더가 내 아버지였으면 좋았을 거라고 생각한다. 그러면 나는 더 잘 살았을 것이다. 오른손은 없더라도 흑인이라는 짐도, 흑인이라는 사실에 언제 신경을 써야 하는지, 신경을 써야 할지, 말아야 할지, 끊임없이 결정할 필요도 없었을 것이다. 게다가 나는 왼손잡이다.

그래서 거기서 모두가 지워지지 않는 풀물 든 자국처럼 고집스럽게 누군가 개입해 주기를 기다리며 버티고 있었다.

정부라든가. 신이라든가. 색깔 옷에도 쓸 수 있는 표백제. 군대. 누구든지.

카리스마는 화를 내며 나를 쳐다보았다. 「이놈의 짓거리, 언제 끝나지?」

「안 끝나.」 나는 중얼거린 뒤, 완벽한 캘리포니아의 봄날 아침 속으로 나섰다. 포이는 병사들에게 「우리 승리하리라 We Shall Overcome」을 크게 합창하도록 시켰다. 그들은 팔짱을 끼고 몸을 흔들며 천천히 박자에 맞추어 콧노래를 불렀다. 대부분의 사람들은 「우리 승리하리라」가 아직도 공유 저작물이라고 생각한다. 흑인 투쟁의 관대한 처사로, 그 힘을 주는 노래가 부당과 배신의 고통을 느낄 때면 언제 어디서나 자유롭게 부를 수 있는 노래일 것이라고. 물론 그래야 한다. 하지만 미국 저작권 사무소 앞에 서서 노래를 훔쳐 이윤을 얻는 사람들에게 반대 시위를 할 목적으로 「우리 승리하리라」를 부른다면, 이 노래를 부를 때마다 피트 시거의 후손에게 5센트씩 내야 한다. 그리고 포이가 〈그날에〉라는 신랄한 가사를 〈당장!〉이라고 고치는 것이 적절하다고 판단했더라도, 나는 예방 조치로 10센트를 보도에 던져 주었다.

포이가 양손을 하늘로 높이 쳐들자, 스웨터가 올라가면서 똥배와 이탈리아제 벨트에 꽂아 둔 권총 손잡이가 드러났다. 그것은 가사를 바꾼 이유, 그의 초조함, 편지, 그리고 필사적인 눈빛을 모두 설명해 주었다. 게다가 평소에는 단정했던 머리의 네모난 각이 없어진 것을, 어째서 나는 진작 알아보지 못했을까?

「카리스마, 경찰 불러.」

대학 히피, 흑인 기념일 가수, 컵스 팬, 그 외의 이런저런 이상주의자 이외에는 그 누구도 「우리 승리하리라」의 2절에서 6절까지를 외지 못한다. 그래서 사람들이 2절부터 가사를 얼버무리기 시작하자 포이는 권총을 뽑아 들더니 45구경 큐 카드처럼 흔들어 댔다. 합창단이 등을 지고 있지만, 포이는 그들에게 어려움을 견뎌 내야 한다고 촉구하고는 나와 호미니를 지나 학교 교문으로 다가갔다. 카리스마가 닫아 버렸기 때문에, 문은 폐쇄된 상태였다.

디킨스는 그렇게 쉽게 흩어지지 않는다. 갱단의 싸움과 끝이 없어 보이는 사이코 킬러에 익숙한 지역 방송사도 마찬가지다. 그래서 포이가 로즈크랜스에 비뚜름히 세워 둔 벤츠 뒤에 총을 두 발 쏘았을 때도 사람들은 백인 아이들이 학교 버스로 숨을 수 있도록 길을 터줄 뿐이었다. 아이들은 버스 자리에 앉아 웅크렸다. 인종 통합은 어느 방향이든 쉬운 일이 아니다. 그래서 포이가 그들의 민권 운동을 향해 두 발의 총을 더 쏘자 전진은 더욱 느려졌다. 자유의 버스 타이어 두 개에 펑크가 났기 때문이다.

포이는 메르세데스벤츠 로고에 한 발을 더 쐈다. 이번에는 트렁크가 벤츠 특유의 속도로, 느릿느릿 당당하게 열렸고, 포이는 뒤에서 오래된 백색 도료를 집어 들었다. 하지만 나나 그 누가 말리기 전에 그는 홱 돌아서서 권총과 음정 안 맞는 노래로 우리를 쫓아냈다. 그는 또 가사를 바꿨다. 이번에는 후렴을 〈나는 승리하리라〉로 바꿨다. 텔레비전 노래

대회에서 심사위원들이 늘 뭐라고 하는가? 노래를 정말 자기 것으로 만드셨군요.

페인트 통 뚜껑이 퐁 열리는 소리는 언제 들어도 기분 좋다. 그래서 포이는 자신과 자동차 열쇠에 당연히 만족감을 느끼면서, 여전히 목청이 터져라 노래하며 일어나 거리를 등지고서 권총을 내 가슴에 정통으로 겨눴다. 「수백만 번쯤 보았다.」 아버지가 종종 이야기했다. 「가면놀이가 끝났다는 이유로, 전문직 니거들이 미쳐 버리는 거 말이다.」 그들을 소모시켜 왔던 흑인으로서의 자질이 불현듯, 창문에 묻었던 먼지가 빗속에 씻기듯이 날아가 버린다. 남은 것이라고는 인간 조건의 투명성뿐이고, 모두가 당신의 속내를 그대로 볼 수 있다. 이력서의 거짓말이 마침내 드러났다. 그들이 보고서를 쓰는 데 그렇게 오래 걸린 이유가 밝혀졌고, 늦은 것은 디테일을 꼼꼼히 살펴서가 아니라 난독증 탓이었다. 유색인 책상에 늘 놓여 있는 구강 청결제 병이 〈구취를 제거하고 잇몸 질환과 치은염을 일으키는 세균을 24시간 막아 주는 액체〉로 채워진 것이 아니라, 페퍼민트 슈냅스 술로 채워져 있다는 의혹이 사실로 판명된다. 슈냅스는 악몽을 죽이고 리스테린으로 가글을 한 뒤 미소를 짓는 것으로 저들을 부드럽게 죽일 수 있다는 안도감을 제공해 주는 액체다. 「숱하게 봤다.」 아버지가 종종 말했다. 「적어도 이스트코스트 쪽의 니거들은 빈야드와 새그 하버는 있지. 우리는 뭐가 있니? 라스베이거스와 망할 엘 포요 로코[191]밖에 없지.」 개인

191 닭고기 레스토랑 체인.

적으로, 나는 엘 포요를 좋아하지만, 그렇다고 포이가 나나 다른 사람에게 위험이 되는 존재라고 확신하지도 않았다. 내가 여기서 살아 나간다면 가장 먼저 버몬트와 58번가 교차로에 있는 엘 포요에 가볼 것이다. 그리고 3피스 콤보를 시킬 것이다. 불에 구운 옥수수와 매시트포테이토를 곁들인 세트, 그리고 내 여덟 살 생일처럼 맛있는 붉은 과일 펀치도 시킬 것이다.

사이렌이 시내 절반쯤 되는 거리에서 울리고 있었다. 로스앤젤레스 카운티도 과대평가된 주택에 대한 세수로 얼굴을 붉히고 있건만 디킨스는 제 몫의 공공 서비스를 제대로 받아 본 적 없었다. 그리고 지금, 인력 감축과 중노동으로 인해 대응 시간은 끝도 없이 길어지고 있으며, 홀로코스트 당시, 르완다 내전 당시, 운디드 니 학살[192] 당시, 폼페이 화산 폭발 당시 긴급 구조 요청 전화를 받던 전화 교환원들이 아직도 그 자리를 차지하고 있다. 포이는 내게서 총을 돌리더니 자기 귀에 대고 다른 쪽 손으로 흰색 도료 절반을 자신에게 들이부었다. 페인트가 꿀렁거리면서 그의 왼쪽 얼굴과 그쪽 몸통 절반을 뒤덮어 하나의 눈, 하나의 콧구멍, 하나의 소맷자락, 하나의 바짓가랑이, 하나의 필립 파텍 시계가 새하얗게 칠해졌다. 포이는 지식의 나무는 아니었고, 기껏해야 〈의견의 덤불〉이었다. 하지만 이게 보여 주기 위한 쇼든 진짜든 그가 안에서부터 죽어 가고 있는 것은 분명했다. 나는 그의 뿌리를 내려다보았다. 콧수염과 턱을 타고 흐른 그

192 미군이 1890년 일으킨 원주민 대학살.

의 우윳빛 폭포가 뚝뚝 떨어져 갈색 구두 한쪽에 튀어 자국을 냈다. 포이는 미친 것이 분명했다. 포이 같은 성공한 흑인이 신보다, 국가보다, 그리고 통통한 어머니보다 더 사랑하는 것이 하나 있다면, 그건 바로 그의 구두였으니까.

나는 그에게 다가갔다. 팔을 벌리고, 손은 벌리고. 포이는 헝클어진 머리에 권총을 더 꾹 누르며 자신을 인질로 삼았다. 경찰에 의한 자살인지, 경찰에 의하지 않은 자살인지 나는 별로 신경 쓰지 않았지만, 그가 결국 노래를 멈춘 것은 기뻤다.

「포이.」 내가 놀라울 정도로 아버지와 비슷한 목소리로 이렇게 말을 걸었다. 「당신은 스스로 물어야 할 두 가지 질문이 있어요. 나는 누군가? 그리고 어떻게 하면 나 자신이 될 수 있는가?」

나는 예상대로 「나는 니거들을 위해 이 고생인데 고맙다는 인사가 고작 이거야」라며 아무도 자기 책을 안 산다는 한탄이 나오기를 기다렸다. 그가 두 개 대륙에서 방송 중이며 흑인 지식인의 사상을 재미있게 통일시키고 낭만화해서 6개국 이상의 수십 개 가정에 전달해 온 텔레비전 토크쇼의 프로듀서이자, 감독, 편집자, 식사 조달자, 주인공을 맡아 왔는데 세상이 우리를 보는 시각은커녕, 우리가 우리를 보는 시각도 변한 게 없다고. 흑인이 대통령으로 선출되는 데 그가 직접적인 영향을 주었지만, 아무것도 변한 게 없다고. 지난 주 흑인 꼬마 하나가 〈10대 퀴즈 쇼〉에서 7만 5천 달러를 상금으로 받았지만, 아무것도 변한 게 없다고. 사실 상황은 더 나빠졌다고. 그리고 상황이 더 나빠지고 있는 것을 어떻게 알 수 있느냐. 그건 지역 언어와 우리의 의식에서 〈빈곤〉이 사라졌기 때문에. 세차장에서 백인이 일하고 있기 때문에. 포르노에 나오는 여자들이 그 어느 때보다 인물이 좋고, 곧바로*straight* 지불하는 사람들은 잘생긴 게이 남자들이기 때문에. 유명한 배우들이 전화 회사와 미국 군대의 장점을 극찬하는 광고를 찍기 때문에. 망했다는 걸 언제 알 수 있는지 아는가? 누군가 지금이 아직도 1950년대이고 미국의 기풍에 인종 분리를 재도입하는 것이 적절하다고 생각하기 때문이다. 그 사람이 바로 너 아닌가, 그렇지, 셀아웃? 표지판을 세우고? 이 빈민촌을 1차 대전 중에 독일 폭격기를 속이기 위해 기차역도 있고, 개선문과 에펠 탑까지 세워 만든 가짜 파리라는 양, 모조 학교를 세우고. 그래서 그다음 전쟁 때 적십자를 속여 잔혹 행위는 없었다고 믿게 하기 위해 테레진에 가짜 상점과 극장, 공원을 지은 독일인처럼. 하지만 그 전쟁은 사실 망할 놈의 잔학행위로 이루어져 있었다. 하나의 탄환, 하나의 불법 수용, 하나의 불임 수술, 하나의 원자 폭탄이 차례로. 나를 속일 수 없다. 나는 나치 공군도, 적십자도 아니다. 나는 이 더러운 동네에서 자라지 않았어…… 부전자전이라더니…….

손가락 사이로 흘러나오는 것이 피라면, 그 양은 〈엄청나다〉고밖에 설명할 수 없다. 배수로에 쓰러져 내장을 움켜쥐고 있던 나는 뭔가 종결에 가까운 느낌이 들기 시작했다. 총

소리를 듣지 못했지만, 평생 처음으로 아버지와 공통점을 갖게 되었다. 배짱 없는 개자식의 총에 배를 맞은 것이다. 그리고 거기에는 모종의 만족감도 있었다. 마침내 아버지에게, 그리고 흑인의 삶과 아동기에 대해 아버지가 갖고 있는 내가 진 괴상한 관념에 빚을 갚는 느낌이 들었다. 아버지는 분석에 종결이라는 것이 있다고 믿지 않았다. 아버지는 그것이 위조된 심리적 개념이라고 했다. 백인 서구인들의 죄책감을 덜어 주기 위해 상담사들이 지어낸 것이라고. 아버지는 평생 연구하고 상담하는 동안 유색 인종 환자가 〈종결〉을 원하는 것을 보지 못했다. 그들은 복수를 원했다. 그들은 거리를 원했다. 용서와 훌륭한 변호사를 원할지는 모르지만, 종결은 아니었다. 그는 사람들이 자살, 살인, 위 밴드 수술, 타 인종과의 결혼, 지나치게 많은 팁을 종결과 혼동하지만, 사실 그들이 성취한 것은 종결이 아니라 삭제라고 했다.

종결의 문제는 일단 그 맛을 보면 삶의 모든 사소한 면면에서 그것을 원하게 된다는 것이다. 특히 피를 흘리며 죽어가고 있을 때, 그리고 자신의 노예가 복수심에 불타 「내 〈꼬마 악당들〉 영화를 내놔라, 이 개새끼야!」라고 외치며 공격자에게 어찌나 무섭게 주먹질을 하는지 로스앤젤레스 카운티 보안관 절반이 달려들어 그를 떼어 내야 할 때. 당신은 누군가 배수로에 버린 『바이브』 잡지로 출혈을 막아 보려는 와중에, 그 무엇도 악화되도록 버려둘 시간이 없을 때. 카녜이 웨스트는 이렇게 선언했다. 「나는 랩이다!」 제이지는 자신이 피카소라고 생각한다. 그리고 삶이 주마등처럼 지나가고 있다.

「구급차가 곧 올 겁니다.」

상황이 마침내 정돈되었다. 호미니는 울음을 그치지 못하고 티셔츠를 벗어 뭉쳐서 내 머리에 받치고 나를 자기 무릎에 뉘였다. 한 보안관보가 내 옆에 쪼그리고 앉더니 손전등 끝으로 내 상처를 살짝 눌러 보았다. 「그거 참 용감했어요, 니거 위스퍼러. 뭐 필요한 거 없어요?」

「종결이요.」

「꿰맬 것까진 없어 보이는데. 복부 총상은 아닌 것 같아요. 허리 군살에 스쳤지. 사실, 상처가 얕아요.」

총상을 얕다고 하는 사람은 총에 맞아 본 적 없는 사람이다. 하지만 그에게 공감 능력이 좀 부족하다고 해서 나의 대단원 종결에 방해를 받을 생각은 없었다.

「사람 많은 극장에서 〈불이야!〉라고 외치는 건 불법이죠?」

「불법이죠.」

「음, 나는 포스트 인종 시대에 〈인종 차별이다〉 하고 속삭였어요.」

나는 보안관보에게 디킨스를 재건하려고 이런저런 일을 했고, 그 학교를 지으면 도시가 정체성을 깨닫게 될 거라고 생각했다고 이야기했다. 그녀는 안됐다는 듯 내 어깨를 두드려 주더니 무전으로 상사에게 연락했고, 구급차를 기다리는 동안 우리 셋은 이 범죄의 경중을 놓고 실랑이를 벌였다. 카운티에서는 내게 공공 기물 파손 이상의 죄를 묻지 않으려고 했고, 나는 휘턴 아카데미를 세운 이후 지역 범죄율이 낮아지긴 했어도 내가 한 짓은 여전히 수정 헌법 1조, 민권 법규, 그리고 〈가난과의 전쟁〉에 휴전이 있는 게 아니라면 제네바 협정 조항 가운데 최소한 네 개의 조항을 어긴 것이라고 설득했다.

구급차가 도착했다. 거즈와 몇 마디 다정한 말로 나를 진정시킨 후, 구급대원은 표준 평가 프로토콜을 시작했다.

「가족은요?」

정확히 죽는 것은 아니었지만, 비슷한 상태로 누워 있던 나는 마페사를 생각했다. 새파랗고 아름다운 하늘에 높이 떠 있는 태양의 위치를 보고 짐작하자면, 그녀는 바로 이 거리의 저 반대편에서 점심 시간을 보내고 있을 것이다. 버스를 바다 쪽으로 세워 두고, 대시보드에 맨발을 올려놓고, 카뮈에 코를 박고서, 토킹 헤즈의 「디스 머스트 비 더 플레이스This Must Be the Place」를 들으면서.

「여자 친구는 있지만, 유부녀예요.」

「이 사람은요?」 구급대원은 웃통을 벗고 옆에 비켜서서 보안관보에게 진술을 하고 있는 호미니를 볼펜으로 가리키며 물었다. 보안관보는 공책에 그가 하는 말을 적으면서 믿을 수 없다는 표정으로 고개를 저었다. 「가족인가요?」

「가족이요?」 호미니는 구급대원의 말을 듣고 좀 불쾌해져서 티셔츠로 주글주글한 겨드랑이를 닦더니 내 상태를 보러 왔다. 「뭐 난 가족보다 더 가까운 사람입니다.」

「노예라는데요.」 보안관보가 적은 내용을 읽어 주었다.

「이 미친놈 말에 따르면, 지난 4백 년 동안 그를 위해 일했답니다.」

구급대원은 고개를 끄덕이고 파우더를 묻힌 고무장갑을 낀 손으로 호미니의 처진 등을 쓰다듬었다.

「이 상처는 어디서 났어요?」

「채찍을 맞았어요. 그게 아니면 나처럼 쓸모도 개뿔도 없는 니거가 등에 그런 상처를 어디서 얻겠어요?」

보안관보는 내 손목을 등 뒤에 수갑으로 묶었고, 드디어 나를 기소할 이유를 얻었다. 하지만 우리는 구급차로 가는 동안에도 죄목에 대해서는 합의하지 못했다.

「인신매매?」

「아뇨, 팔거나 산 적은 없어요. 비자발적 봉사는 어때요?」

「괜찮은 것 같지만, 당신이 저 사람에게 일을 억지로 시킨 건 아니잖아요.」

「일을 한 건 아니에요.」

「정말로 채찍질을 했어요?」

「직접 한 건 아니에요. 다른 사람에게 돈을 줘서……. 이야기가 길어요.」

구급대원 한 명이 운동화 끈을 묶어야 했다. 그들은 나를 버스 정류장 의자에 내려놓고 운동화 끈을 묶었다. 의자 등받이에 붙어 있는 사진 속의 낯익은 미소와 레드 파워[193] 타이가 위로가 되었다.

「좋은 변호사 있어요?」 보안관보가 물었다.

193 미국 원주민의 문화 정치 운동 슬로건.

「여기 이 사람에게 전화해 줘요.」 나는 그 광고를 똑똑 두드렸다.

> 변호사 햄프턴 피스크
>
> 기억하십시오, 무죄 선고에는 4단계가 있습니다.
>
> 1. 혓소리 말 것! 2. 도망치지 말 것!
>
> 3. 체포를 거부하지 말 것! 4. 혓소리 말 것!
>
> T: 1-800-FREEDOM, Se Habla Español(스페인어 합니다)

대배심 기소에 지각하긴 했지만, 햄프턴은 돈값을 충분히 했다. 나는 그에게 징역형을 받을 수 없다고 했다. 곧 농작물이 익을 것이고, 암말 한 마리는 이틀 후에 새끼를 낳을 예정이었다. 이런 것을 알고서 그는 정장 재킷에서 나뭇잎을 떨어내고, 파마머리에서 나뭇가지를 떼어 내며, 과일 한 그릇을 들고 공판에 들어갔다. 「농부로서 제 의뢰인은 영양실조로 잘 알려져 있는 소수 지역 사회에 없어서는 안 될 일원입니다. 그는 캘리포니아를 떠난 적 없으며, 에탄올로 달리는 20년 된 픽업트럭을 몰고 있습니다. 이 도시에서는 찾을 수도 없는 물건이죠. 따라서 그는 도주의 위험이 없으며…….」

내 사건을 기소하기 위해서 새크라멘토에서 날아온 캘리포니아 검찰총장은 프라다 구두를 신은 발로 벌떡 일어났다. 「반대합니다! 이 피고는 사악한 천재이며, 뻔뻔한 노예 소유는 물론이거니와, 혐오스러운 행동으로 모든 인종을 차별했습니다. 캘리포니아주는 피고가 1866년, 1871년, 1957년, 1964년, 1968년의 민권 법규, 1963년 평등 권리법, 수정 헌법 13조, 14조를 어겼으며, 망할 십계명 중에서도 최소한 여섯 가지는 어겼음을 증명하기에 충분한 증거를 갖고 있습니다. 제게 그럴 능력이 있다면, 피고를 인간성에 대한 범죄로 기소하겠습니다!」

「이것이 바로 제 의뢰인이 지닌 인간성의 사례입니다.」 햄프턴은 침착하게, 판사석에 과일 그릇을 가만히 올려놓은 뒤 고개 숙여 인사를 하고 물러났다. 「의뢰인의 농장에서 갓 딴 것입니다, 재판장님.」

응우옌 판사는 지친 눈을 비볐다. 그는 그릇에서 복숭아를 하나 골라 만지면서 말했다. 「우리가 앉아 있는 이 법정의 아이러니를 놓칠 수 없군요. 흑인과 아시아계 혈통의 여성 주 법무장관, 흑인 피고, 흑인 변호사, 남미계 집행관, 그리고 베트남계 미국인 판사인 제가 우리의 사법 체계에 표현된 백인 우월주의의 적용 범위, 효과, 그 존재에 관한 사법적 논쟁의 기준을 정하다니 말입니다. 그리고 여기 모인 사람들 중 누구도 〈민권〉의 기본 개념을 부인하지는 않지만, 이 피고가 어겼다고 고소된 헌법의 조항에서 정의된 〈법 앞에 평등한 대우〉가 무엇인지 아무리 논쟁을 해도 끝이 나지 않을 겁니다. 비록 인종 분리니 노예 제도니 하는 것이 헌법에 맞지 않고 존재하지 않는다고는 하지만, 그것이 피고의 지역 사회를 규정하게 되었고, 그 인종 분리와 노예제를 재도입해서 지역 사회를 재건하려는 시도에 있어서, 피고는 우리가 미국인으로서 평등을 바라보는 시각에 근본적인 문제가 있다는 것을 지적했습니다. 〈당신이 까맣든, 하얗든, 갈색이든, 노란색이든, 붉은색이든, 초록색이든, 자주색이든 상관없습니다.〉 우리는 모두 그렇게 말하죠. 그리고 그것을 우리의 편견 없는 태도의 증거로 삼습니다. 하지만 우리 중 누군가를 자주색이나 초록색으로 칠한다면, 엄청 화를 낼 겁니다. 그리고 그것이 피고가 하고 있는 일입니다. 피고는 모두의 색을 다시 칠하고, 이 지역 사회를 자주색과 초록색으로 칠하며 누가 평등의 존재를 아직도 믿는지 확인했습니다. 피고가 한 일이 합법인지는 모르겠습니다만, 제가 이 피고에게 보장해 줄 수 있는 한 가지 민권은 빠른 신속한 재판의 권리입니다. 내일 아침 9시에 재판을 소집합니다. 하지만, 여러분 준비하십시오. 평결이 유죄든 무죄든 이 사건은 대법원으로 가게 될 겁니다. 그러니 향후 5년간 아무 계획도 없길 바랍니다. 보석금은 정해졌습니다.」 응우옌 판사는 복숭아를 한 입 베어 물더니 십자가에 입을 맞췄다. 「보석금은 멜론 하나와 금귤 두 개입니다.」

순전한 흑인

스물넷

「12명의 성난 사람들」이라든가, 「앵무새 죽이기」 등, 훌륭한 법정 영화에서 전부 그렇듯이, 대법원의 에어컨은 엉터리일 줄 알았다. 영화에서 재판은 늘 한여름 습한 지역에서 일어난다. 심리학 책에서 기온과 함께 범죄율도 올라간다고 하기 때문이다. 쉽게 짜증이 난다. 땀을 뻘뻘 흘리는 목격자와 변호사들이 서로 고함을 지르기 시작한다. 배심원들은 부채질을 해대며, 너머에 자유와 찬 공기가 있는 사중 창문을 연다. 워싱턴 D.C.는 이 시기에 상당히 후텁지근하지만, 법정 안은 거의 얼어붙을 지경이다. 그래도 나는 창문을 열어야 했다. 연기와 사법 체제에 느끼는 5년간의 불만을 내보내기 위해서.

「당신은 이 마리화나 감당 못 해요!」 나는 훌륭한 법정 화가이자 영화광인 프레드 만에게 외친다. 역사상 가장 긴 대법원 사건의 저녁 휴식 시간이다. 우리는 이름 없는 대기실에 앉아 시간을 보내며 마리화나를 주거니 받거니 나눠 피우면서 「어 퓨 굿 맨」의 클라이맥스에 대해 이야기하고 있었다. 위대한 영화는 아니었지만, 잭 니콜슨이 배우들과 대본을 무시하는 태도와 그의 마지막 독백이 영화를 떠받쳐 준다.

「코드 레드를 명령했어요?」

「그럴지도. 지금 너무 취해서…….」

「코드 레드를 명령했냐고요?」

「젠장 명령했다고! 다시 하라고 해도 그렇게 하겠어. 이 마리화나가 끝내주니까.」 프레드는 캐릭터 붕괴를 일으키고 있다. 「이게 뭐라고?」 이거라면 그가 들고 있는 마리화나다.

「아직 이름은 없지만, 코드 레드도 꽤 좋은 것 같은데.」

프레드는 중요한 재판의 스케치를 담당해 왔다. 동성 결혼, 투표권법 폐지, 고등 교육 기관에서 그리고 다른 모든 곳에서의 차별 조치 철폐까지. 그는 법정 화가로서 30년 세월 동안 법정이 저녁 식사를 위해 휴정하는 것은 이번에 처음 본다고 한다. 판사들이 언성을 높이고 서로를 노려보는 것도 처음 본다고 한다. 그는 오늘 재판을 그린 그림을 내게 보여 준다. 그림 속에서 보수주의 가톨릭 판사가 뺨을 긁는 척하면서 브롱크스 출신의 진보주의 가톨릭 판사에게 가운뎃손가락을 들어 보인다.

「〈코뇨〉가 무슨 뜻이죠?」

「뭐?」

「그 사람이 조그맣게 그렇게 중얼거리고는 *Chupa mi verga, cabrón*(엿이나 먹어라, 개자식)이라고 했어요.」

색연필로 그린 나의 캐리커처는 끔찍한 꼴이다. 나는 그림의 왼쪽 아래에 있다. 정치 캠페인에 기업이 무제한 돈을 쓸 수 있게 하거나, 미국 국기를 태워도 된다고 하는 법원의 결정에 대해서는 좋은 말을 할 수 없지만, 법원에서 내린 최선의 결정은 법정에서 카메라 사용을 금지한 것이다. 왜냐하면, 나는 못생긴 놈이니까. 나의 뭉툭한 코와 커다란 귀가 후지산처럼 생긴 대머리에서 풍속계처럼 툭 튀어나와 있다. 나는 젊은 유대인 판사를 향해 마치 그녀의 가운 속을 들여다보는 것처럼 누런 이를 드러내며 미소를 짓고 있다. 프레드는 법원에 카메라 반입을 허용하지 않는 이유는 격식과 위엄을 지키는 것과는 무관하다고 한다. 그것은 국민이 플리머스 바위[194] 밑에 존재하는 것을 보지 못하도록 막기 위함이다. 대법원은 미국이 페니스와 젖가슴을 꺼내 놓고 누가 거기에 당할지, 누가 모유의 맛을 볼지 정하는 곳이기 때문이다. 그곳에서는 법적인 포르노가 진행되고 있다. 포터 판사가 외설에 대해 무엇이라고 했던가? 보면 안다고 했다.

「프레드, 최소한 내 앞니 좀 깎아 줄 수 있어요? 블라큘라처럼 생겼잖아요.」

「〈블라큘라.〉 저주받은 걸작이지.」

프레드는 끈에서 라미네이트 판을 빼내더니 금속 고정장치를 이용해 마지막 남은 마리화나를 한 번에 태워 버린다. 그는 눈과 콧구멍을 꽉 닫았고, 나는 연필을 빌릴 수 있는지 묻는다. 그는 그렇다며 고개를 끄덕이고 나는 그 기회

194 메이플라워를 타고 아메리카 대륙으로 이주해온 필그림이 처음 밟았다는 바위.

를 이용해 그의 고급 색연필 통에서 갈색을 전부 없애 버린다. 내가 대법원 역사상 가장 못생긴 피고로 역사에 남는다면 어쩌냐고.

아버지의 커리큘럼에서 〈끈질길 백인의 사고방식과 수단〉이라고 불렀던 사회 연구 수업 동안, 아버지는 모르는 백인과 랩이나 블루스를 듣는 것은 위험하다고 경고했다. 그리고 나이가 들면서 나는 그들과 모노폴리도 하지 않고, 맥주도 두 잔 이상 마시지 않으며, 마리화나를 함께 피우지 않는 것이 좋다는 가르침을 받았다. 친하다고 착각할 수 있으니까. 그리고 굶주린 정글의 맹수부터 아프리카의 연락선에 이르기까지 그 어떤 것도, 익숙한 환경에 있다고 생각하는 백인보다 더 위험한 존재는 없다. 그리고 프레드는 워싱턴 D. C.의 밤공기 속으로 연기를 내뿜고 나더니 〈우리가 영혼을 나눈 형제 아니냐〉라는 표정을 짓고 있다. 「이봐, 내가 한마디 해줄게. 여기서 별의별 걸 다 봤어. 인종 문제, 타 인종과의 결혼, 혐오 연설, 인종을 근거로 한 차별. 우리와 자네들의 차이가 뭔지 아나? 우리 둘 다 〈테이블〉에 자리를 원하지만, 자네들은 일단 안에 들어가면 절대 탈출 계획을 세우지 않는다는 거야. 우리? 우리는 순식간에 떠날 준비를 하지. 레스토랑이든, 볼링장이든, 섹스 파티든, 들어가면서 〈놈들이 이 순간 날 잡으러 온다면 대체 어떻게 나오지?〉라는 생각을 안 하는 법이 없어. 한 세대를 희생시키긴 했지만, 우린 망할 교훈을 얻었지. 〈학교는 끝났다. 더 이상 배울 게 없다〉고들 하지. 그러면 너희 멍청이들은 그 말을 믿었고. 잘 생각해 보라고. 망할 놈의 돌격대원이 지금 저 문을 두드린다면, 자네는 어떻게 할 건가? 탈출 전략이 뭐냐고?」

문을 두드리는 소리가 난다. 법정 경찰이 마지막 남은 매운 참치 롤을 우적거리고 있다. 그녀는 내가 왜 한쪽 다리를 창밖으로 내밀고 있는지 묻는다. 프레드는 고개만 젓는다. 아래를 내려다본다. 3층에서 떨어져 살아남는다고 해도 나는 대리석 정원에 갇힐 것이다. 높이 30피트의 식민지 시대 건축물에서 빠져나가지 못할 것이다. 사자 머리, 대나무 줄기, 붉은 난꽃, 분수대에 에워싸인 채. 나가는 길에 프레드는 화분 뒤의 조그만 호빗 크기의 문을 가리킨다. 그곳이 아마 약속의 땅으로 통하는 모양이다.

법정에 다시 들어가니 내 자리에 말도 안 되게 새하얀 남자아이가 앉아 있다. 그 아이는 마치 야구 경기가 거의 다 끝나기를 기다렸다가 안내원 몰래 숨어 들어와 길이 막히기 전에 먼저 돌아간 팬의 빈자리를 차지한 것 같다. 나는 흑인 스탠드업 코미디에서 늘 나오는, 백인 손님이 돌아와 보니 〈니거가 자기 자리에 앉아 있다〉는 상황을 떠올리고, 이번에는 내가 비켜 달라고 할 차례인 것이 반갑다.

「얘, 그거 내 자리야.」

「저, 저의 합법성도 재판받고 있는 느낌이라는 말씀을 드리려고 왔어요. 그리고 아저씨 편이 별로 없는 것 같아서요.」 그 애는 맨손으로 응원하는 시늉을 한다. 〈리카로카! 리카로카! 시스! 붐! 바!〉

「응원 고맙다. 꼭 필요했어. 이제 좀 비켜 주렴.」

판사들이 다시 법정에 입장한다. 내가 새로 발견한 파트너에 대해서는 아무도 언급하지 않는다. 긴 하루였으니까. 다들 눈 밑이 시커멓다. 법복은 구겨지고 광택도 사라졌다. 사실, 흑인 판사의 법복에는 바비큐 소스가 묻은 것 같다. 법정에서 산뜻해 보이는 사람은 제퍼슨주의자 수석 재판관과 햄프턴 피스크뿐이다. 그들 모두 머리카락 한 올 흐트러지지 않았고, 조금도 피로해 보이지 않는다. 하지만 햄프턴이 의상 교체로 수석 재판관을 눌렀다. 그는 지금 헐렁한 연녹색의 점프 수트를 입고 있다. 그는 모자와 망토, 상아 손잡이가 달린 지팡이를 공손히 내려놓고 옷매무새를 가다듬은 뒤 옆으로 비켜서고, 수석 재판관은 이렇게 발표한다.

「힘든 하루였음을 압니다. 우리 문화 속에서 〈인종〉이란 특히 이야기하기 어려운 문제이며, 그런 면에서 우리는 결…….」

내 옆의 백인 아이가 기침을 하는 척하면서 손으로 입을 가리고 〈개소리〉라고 중얼거린다. 그래서 나는 그 유령 같은 놈에게 작은 소리로 이름을 묻는다. 참호 속에서 누가 옆에서 싸우는지는 알아 두는 게 옳으니까.

「애덤 요×예요.」

「알았어.」

나는 엄청 취했지만, 인종이 이야기하기 어려운 문제이기 때문에 이야기하기 어려운 것을 모를 정도로 취하지는 않았다. 이 나라에서 아동 성추행이 만연했다는 주제도 이야기하기는 어렵지만, 사람들이 그 문제로 불평하는 소리는 들은 적이 없다. 그들은 그저 이야기하지 않는 것이다. 상호

합의하의 근친상간에 대해서 차분하게 또박또박 대화를 나누는 걸 들어 본 적이 있는가? 가끔은 그저 이야기하기 어려운 문제가 있는 법이고, 나는 사실 미국은 인종에 대해서 적절히 이야기하고 있다고 생각한다. 사람들이 〈어째서 우리는 인종에 대해서 좀 더 정직하게 이야기하지 못하지?〉라고 말할 때 그 참뜻은 〈어째서 너네 니거들은 이성적으로 행동하지 못하지?〉라거나 〈꺼져, 백인 새끼야. 인종 문제를 좀 더 쉽게 이야기할 수 있다면, 내가 정말 하고 싶은 말을 하면 내가 너한테 잘리는 것보다 더 빨리 잘렸을 거다〉라는 것이다. 그리고 인종이라 하면 〈니거〉라는 말이다. 어떤 사람도 아메리카 원주민, 남미인, 아시아인, 아메리카의 최신 인종 유명인에 대해서는 헛소리를 하는 것이 어려워 보이지 않으니까.

흑인들은 인종 문제에 대해서 이야기하지도 않는다. 피부색에는 더 이상 그 어떤 것도 적용시키기가 어렵다. 죄다 〈상황을 완화시키는 것〉뿐이다. 〈인종 문제〉를 조금이라도 직관과 용기를 가지고 이야기하는 사람은 케네디 일가와 모타운을 낭만적으로 보는 목소리 큰 중년 백인 남자들, 〈티벳과 보바 펫에게 자유를〉이라고 쓴 티셔츠를 입고 내 옆에 앉아 있는 꼬마 같은 열린 마음의 백인 애들, 디트로이트의 몇몇 프리랜서 기자들, 그리고 끝도 없이 쏟아져 나오는 인종 차별적인 온라인 논평에 지하실에서 적확한 답글을 달고 있는 미국의 히키코모리들뿐이다. 그러니 MSNBC, 릭 루빈,[195] 『애틀랜틱』 잡지사의 흑인, 브라운 대학교, 그리고 멋지게 마이크 쪽으로 몸을 숙이며 마침내 말이 되는 질문을 처음 던지는 어퍼 웨스트 사이드 출신의 아름다운 대법원 재판관에게 고마운 일이다. 「앞에서 언급한 것과 같은 성취를 이룬 민권 법규 위반이 앞에서 말한 민권의 침해를 증진하려는 것이었지만, 그럼에도 불구하고 그것을 성취했는지 여부에 대해서 법적으로 진퇴양난의 상황에 처했다고 생각합니다. 우리가 기억해야 하는 것은 〈분리하되 평등하다〉는 정책이 윤리적인 근거에서뿐만 아니라 대법원이 분리가 평등할 수 없음을 발견했기 때문에 철폐되었음을 기억해야 합니다. 그리고 적어도 이 재판은, 분리가 정말로 평등한지를 자문할 것이 아니라, 〈분리되고 별로 평등하지 않지만, 전보다 형편은 훨씬 나아졌다〉면 뭐가 문제인가라는 데 대해 자문해 봐야 한다는 사실을 시사합니다. 미 대 미합중국의 재판은 우리가 〈분리〉와 〈평등〉이란 말, 〈흑인〉이라는 말을 어떤 의미에서 쓰는지 근본적으로 점검해 볼 것을 요구합니다. 그러니 핵심으로 넘어갑시다. 〈흑인〉이라는 건 무슨 뜻입니까?」

70년대 패션을 고수한다는 점 이외에 햄프턴 피스크의 최고 장점은 항상 답변이 준비되어 있다는 것이다. 그는 거대한 텐트 천처럼 가슴에 펼쳐져 있는 옷깃의 주름을 펴더니 목청을 가다듬는다. 그는 그런 행동에 어떤 사람들은 긴장한다는 것을 알고 있다. 그리고 그는 청중을 초조하게 만들고 싶어 한다. 초조해지면, 다른 것은 몰라도, 주의를 기

195 Rick Rubin(1963~). 미국의 음악 프로듀서로 비스티 보이스와 Run-DMC의 프로듀싱을 맡아 힙합을 메이저 신에 올려놓았다.

이다. 나는 이 헛소리를 이미 알고 있다. 내가 〈서로 맞지 않는 것을 고르기〉 게임을 할 수 있을 만큼 자랐을 때 이후로 아버지는 그 개념을 내 머릿속에 주입했고, 내게 레이커스 팀 사진에서 백인을 골라내도록 시켰다. 마크 랜즈버거, 필요할 땐 어디 가고 없나요?「2단계 흑인의 특징은 인종에 대한 자각이 높아진 것입니다. 여기서 인종은 여전히 온통 마음을 빼앗는 주제이지만, 좀 더 긍정적인 각도에서 그렇습니다. 흑인성은 한 사람의 경험적, 개념적 틀에서 핵심적인 요소가 됩니다. 흑인성이 이상화되고 백인성은 매도됩니다. 감정은 분함, 분노, 자기 파괴에서 흑인을 긍정하는 행복감, 흑인 우월성 개념에 이르기까지 다양하게 변합니다…….」 들키지 않으려고 나는 테이블 밑으로 들어가지만, 마리화나에 불이 붙지 않는다. 숨을 들이쉴 수가 없다. 새로 발견한 은신처에서 나는 불씨가 꺼지지 않도록 애를 쓰면서 포이체셔, 제시 잭슨,[196] 소저너 트루스,[197] 맘스 메이블리,[198] 킴 카다시안, 아버지의 사진을 이상한 각도에서 본다. 아버지에게서 벗어날 수가 없다. 아버지가 옳았다. 종결 따위는 없다. 어쩌면 마리화나가 너무 끈적여서 잘 타지 않는 모양이다. 어쩌면 내가 너무 단단히 말았나 보다. 어쩌면 마리화나

196 Jesse Jackson(1941~). 성직자, 정치가, 흑인 인권 운동가. 1984년과 1988년에 민주당 대통령 경선에 출마했다.

197 Sojourner Truth(1797~1883). 흑인 해방 운동가. 남북 전쟁 때 여성 선거권과 노예 제도 폐지를 주창했다.

198 Moms Mabley(1894~1975). 스탠드업 코미디언으로 치틀린 서킷에서 공연했다. 시대를 앞서 인종 차별 이슈를 공연의 소재로 삼았다.

가 하나도 없는데 너무 취해서 지난 5분 동안 내 손가락을 피우려고 한 걸지도 모른다. 「3단계 흑인은 인종 초월주의입니다. 억압에 맞서 싸우고 평온을 찾는 집단의식이죠.」 됐다 그래. 나는 관두련다. 나는 유령이다. 나는 이 끝없는 재판에서 정의의 사도처럼 일해 온 햄프턴이 창피해지지 않도록 조용히 빠져나가기로 결심한다. 「3단계 흑인의 예로는 로자 파크스, 해리엇 텁먼, 시팅 불,[199] 세사르 차베스,[200] 스즈키 이치로[201] 등이 있습니다.」 어둠 속에서 나는 얼굴을 가린다. 내 그림자가 「용쟁호투」에서 악당을 혼내 주는 브루스 리의 사진에 드리운다. 법정 화가 프레드 덕분에 나는 탈출로를 생각해 두었고, 어둠 속에서도 빠져나갈 수 있다. 「3단계 흑인은 여러분의 왼쪽에 앉아 있는 여성들, 오른쪽에 앉아 있는 남성들입니다. 그들은 아름다움을 위한 아름다움의 존재를 믿는 사람들입니다.」

대부분의 도시와 마찬가지로, 워싱턴 D. C.는 밤이면 더 아름다워진다. 하지만 대법원 계단에 앉아 탄산음료 캔으로 파이프를 만들면서 백화점처럼 불을 밝힌 백악관을 보고 있으니 우리 나라의 수도가 뭐가 그렇게 다른지 알 수 없다.

펩시 알루미늄 캔을 말아 피우는 한 모금이 최고는 아니지만, 그래도 그거면 됐다. 나는 연기를 하늘로 뿜어 올린다. 흑인 정체성의 IV단계도 있어야 한다. 〈순전한 흑인.〉 순전

199 Sitting Bull(1831~1890). 본명은 타탕카 이오타케, 라코타족의 전투 대추장이었다. 보호 구역을 점령하려는 백인들에 맞서 싸웠다.

200 César Estrada Chávez(1927~1993). 미국의 농장 노동 운동가.

201 메이저 리그 마이애미 말린스 소속의 일본인 프로 야구 선수.

한 흑인이 무엇인지 나도 잘 모르지만, 그게 무엇이든, 팔리지는 않을 것이다. 표면적으로 순전한 흑인은 겉보기에 성공할 마음이 없는 것이다. 도널드 고인스,[202] 체스터 하임스,[203] 애비 링컨,[204] 마커스 가비,[205] 앨프리 우더드,[206] 그리고 진지한 흑인 배우다. 티파릴로 시가, 치털링,[207] 교도소에서 밤을 보내는 것이다. 크로스오버 드리블이며, 실내화를 밖에서 신는 것이다. 그것은 〈반면〉과 〈그런 성질의 것〉이다. 우리의 아름다운 손과 망가진 발이다. 순전한 흑인이란 그저 아무 상관도 하지 않는 것이다. 클래런스 쿠퍼,[208] 찰리 파커, 리처드 프라이어,[209] 마야 데렌,[210] 선 라,[211] 미조구치,[212] 프리다 칼로, 흑백의 고다르, 셀린, 공 리, 데이비드 해먼스,[213]

202 Donald Goines(1936~1974). 추리 소설 작가. 『네버 다이 얼론』, 『크라임 파트너스』 같은 책을 썼다.

203 Chester Himes(1909~1984). 추리 소설 작가. 할렘의 두 흑인 경찰 수사관이 나오는 『권총을 든 장님』 등의 책이 있다.

204 Abbey Lincoln(1930~2010). 재즈 보컬리스트, 작사가, 작곡가.

205 Marcus Garvey(1887~1940). 아프리카 복귀 운동을 시작한 흑인 운동가. 라스타파리인들은 가비를 종교적 예언가라 여겼다.

206 Alfre Woodard(1952~). 배우이자 프로듀서. 「마블 루크 케이지」, 「애나벨」 등의 영화에 출연했다.

207 돼지 소장으로 만든 요리.

208 Clarence Cooper(1934~1978). 저널리스트. 추리 소설 작가.

209 Richard Pryor(1940~2005). 스탠드업 코미디언.

210 Maya Deren(1917~1961). 독립 영화 감독. 댄스 필름의 창시자.

211 Sun Ra(1914~1993). 재즈 음악가. 신비주의 사상에 영향을 받았다.

212 미조구치 겐지(1898~1956). 일본의 영화감독. 「기온의 자매」 등의 대표작이 있다.

213 David Hammons(1943~). 개념 미술가. 범아프리카주의의 색깔(초록, 빨강, 검정)을 사용한 성조기 작품이 있다.

비요크, 그리고 지역마다 존재하는 우탱 클랜이다. 순전한 흑인의 삶이란 사람들이 소설인 줄 아는 에세이다. 절대적인 가치란 웬만해서는 없다는 각성이다. 모순이란 죄와 범죄가 아니라 갈라진 머리카락이나 진보주의 같은 인간의 약점임을 받아들이는 것이다. 순전한 흑인이란 늘 그렇듯이 망하고 무의미한 속에서도 가끔은 삶을 살 가치가 있게 만들어 주는 것이 허무주의임을 깨닫는 사람이다.

여기 대법원 계단에 앉아, 〈법 앞에 평등한 정의〉라는 문구 아래서 마리화나를 피우며 별들을 내다보고 있으니 워싱턴 D. C.에 뭐가 문제인지 마침내 깨달았다. 건물들의 높이가 전부 다 같아서, 세상을 향해 거대한 가운뎃손가락을 치켜든 것 같은, 워싱턴 기념비 이외에는 스카이라인이 전혀 없다는 사실이다.

스물다섯

황당한 것은, 대법원의 판결에 따라 나의 환영 파티가 교도소 입소 환송 파티로 바뀔 수 있다는 사실이다. 그래서 부엌문에 걸린 현수막에는 〈환영 혹은 환송 — 미정〉이라고 써 있다. 마페사는 친구와 옆집 로페스 가족만 초대해 작은 파티를 열었다. 모두 내 집에 모여 유실되었던 「꼬마 악당들」을 보면서 진정한 주인공 호미니 주위에 모여 있다.

포이는 한시적 심신 장애로 인해 살인 미수 혐의에 대해서는 무죄 판결을 받았지만, 나는 그에 대한 민사 소송에서 승소했다. 나의 승소가 당연하지 않았단 말은 아니지만, 대부분의 유명인들이 그렇듯이 포이 체셔에게 그렇게 많다는 재산은 루머에 불과했다. 자동차를 팔아 변호사 수임료를 내고 나니 그에게 값어치가 정말 있는 물건은 내가 원하는 「꼬마 악당들」 영화뿐이었다. 수박, 진, 레모네이드, 16밀리 프로젝터를 장만한 우리는 「국가의 탄생」이나 ESPN 채널에서 곧잘 방영해 주는 옛날 영화가 나오던 시절 이후로는 아무도 만들지 않는, 화질도 나쁘고 구세대적인 인종 차별

흑백 영화를 보며 즐거운 시간을 보낼 참이었다. 두 시간이 지나자 우리는 어째서 포이가 굳이 그 영화들을 감추었는지 궁금해진다. 호미니는 영화 속 자신의 모습에 환희를 느끼고 있지만, 그 보물은 주로 MGM 영화사가 갖고 있던 「꼬마 악당들」의 미공개 장면으로 이루어져 있다. 40년대 중순, 그 시리즈는 이미 아이디어 고갈로 사망 상태였지만, 이 단편들은 특히 후지다. 패거리 멤버는 그대로다. 프로기, 마이키, 벅위트, 별로 알려지지 않은 재닛, 그리고 물론 다양한 단역을 담당하는 호미니. 이 전후 단편들은 너무 진지하다. 〈핫시 탓시 나치〉 편에서 패거리는 소아과 의사로 위장한 독일 전범을 추적한다. 열이 나서 병원에 온 호미니가 「전쟁 중에는 너희들을 받지 않았어. 이 비소 약을 먹으면 어떻게 되는지 볼까?」라는 말을 들었을 때, 존스 박사의 인종 차별주의가 정체를 드러낸다. 「사회성 없는 나비」에서 호미니는 드물게 주인공 역할을 맡는다. 숲에서 너무 오래 잔 왕나비는 제멋대로 흐트러진 호미니의 머리에 고치를 짜놓았고, 당황한 그는 모자를 벗어 크랩트리 선생님에게 자신이 발견한 것을 보여 준다. 선생님은 신이 나서 그에게 〈번데기〉가 생겼다고 알려 주는데, 늘 호기심이 많은 패거리는 그 말을 〈매독〉이 생겼다는 말로 잘못 듣고[214] 그를 〈반성의 집〉에 격리시키려고 한다. 하지만 두어 가지 보물 같은 에피소드도 있다. 활기를 잃은 시리즈를 되살려 내기 위해, 영화사는 패거리가 다시 연기한 연극 작품 몇 편을 제작했다. 〈황제

214 번데기*chrysalis*와 매독*syphilis*이 비슷한 발음인 데서 비롯한 착각.

존스〉에서 벅위트가 브루투스 존스로, 프로기가 어두운 스미더스로 연기하는 모습을 세상이 보지 못한 것은 참 아쉽다. 복귀한 달라는 고집불통의 〈안티고네〉에서 멋진 연기를 선보인다. 앨팰퍼는 클리퍼드 오데츠의 〈실락원〉에서 사면초가에 몰린 레오로 대활약한다. 하지만 대체로, 포이가 보관한 필름 중에서 중에 그가 어째서 그렇게 이 작품들을 감추어 두었는지 이해할 만한 것은 없다. 언제나 그렇듯이 인종 차별은 심하지만 애리조나주 입법부 견학보다 더 치명적이지는 않다.

「릴에 얼마나 더 남았어요, 호미니?」

「15분쯤 남았습니다, 주인님.」

〈우드파일의 니거 — 테이크 #1〉이라는 글자가 화면의 장작 위로 지나간다. 2~3초가 지나간다. 그리고 짠! 조그맣고 검은 머리가 씩 웃으며 튀어나온다. 「흑인들이란!」 그 애가 이렇게 말하더니 귀여운 아기 바다표범 같은 눈을 깜빡인다.

「호미니, 저거 당신이에요?」

「그랬으면 좋겠군요. 저 애는 타고난 배우인데!」

갑자기 화면 바깥에서 감독이 외치는 소리가 들린다. 「장작은 충분하지만, 니거가 더 필요하군. 자, 포이, 이번엔 제대로 해라. 네가 다섯 살밖에 안 된 건 알지만 이번에는 제대로 니거 짓을 해야 한다.」 테이크 #2도 마찬가지로 장관이지만, 그다음에는 〈오일 타이쿤스!〉라는 저예산 단편이 따라 나온다. 벅위트, 호미니, 그리고 지금까지 알려지지 않았던 「꼬마 악당들」의 멤버, 릴 포이 체셔라고 엔딩크레디트에 적혀 있는 꼬마가 등장한다. 〈흑인 친구들〉이라는 제목으로도 알려져 있는 이 걸작은 내가 알기에 꼬마 악당들의 마지막 에피소드다.

「이거 기억나! 오 이런, 기억난다고!」

「호미니, 그만 뛰어다녀요. 화면 막고 있잖아요.」

〈오일 타이쿤스!〉에서 기사 딸린 차를 타고 커다란 모자를 쓴 마른 카우보이와 뒷골목에서 회동을 한 뒤, 우리 꼬마들은 범죄 없는 그린빌의 거리에서 현금이 가득 담긴 수레를 밀고 간다. 실크해트와 연미복을 차려입은 부자 니거 3인방은 점점 더 의심을 품는 패거리에게 끝도 없이 영화를 보여 주고 과자를 준다. 그들은 심지어 가난한 미키가 스포츠용품 가게 앞에서 보고 있던 값비싼 투수 장비까지 사준다. 어디서 그런 돈이 났는지 벅위트의 설명(네잎 클로버를 찾아서 복권에 당첨됐어)에 만족하지 못한 패거리는 몇 가지 이론을 세운다. 그 애들은 복권을 조작하고 있다. 그들은 경마에 돈을 건다. 해티 맥대니얼이 죽고 그들에게 돈을 전부 물려주었다. 결국 패거리는 벅위트에게 돈이 어디서 났는지 말해 주지 않으면 쫓아내겠다고 협박한다. 「석유를 찾았어!」 패거리는 여전히 의심스럽기도 하고, 유정 탑도 찾을 수 없어서 호미니를 따라 감추어진 창고로 간다. 그리고 거기서 사악한 악당들이 니거타운의 모든 아이들에게 정맥주사를 꽂고, 1파인트당 5센트를 주고서 석유통에 검은 피를 뽑아 가고 있다. 결말에서 기저귀를 찬 포이가 돌아서면서 카메라를 향해 〈흑인들이란!〉이라고 외치고 꼬마 악당들의 주제곡과 함께 고맙게도 그 장면은 페이드아웃으로 사라진다.

한참 뒤에야 캥 커즈가 침묵을 깬다. 「이제 저 얼간이 포이가 왜 미쳤는지 알겠네. 저런 쓰레기가 양심에 걸리면 나도 맛이 갈 거야. 나는 이유도 없이 개자식들을 쏘면서 돈을 버는 놈인데도 말이야.」

자유 시장처럼 가차 없고 아스퍼거 증후군이 있는 벌칸처럼 무감정한 하드코어 갱스터 스티비는 눈물을 줄줄 흘리고 있다. 그는 호미니를 향해 맥주 캔을 들면서 건배를 청한다. 「무슨 뜻인지는 모르겠지만, 〈호미니를 위해 건배. 당신은 나보다 나은 사람이에요.〉 오스카에서 흑인 배우에게도 평생 공로상을 줘야 해요. 당신들이 힘들게 고생했으니까.」

「지금도 그래.」 여기 온 줄도 모르고 있었는데 퍼나시가 말한다. 그는 분명 「힙합 캅」 세트장에서 힘든 하루를 보내고 퇴근했을 것이다. 「호미니가 어떤 일을 겪었는지 알아. 감독들이 나한테 〈이 장면에 검은색이 더 필요해. 자네가 검은색 좀 넣어 주겠나?〉 이러지. 〈꺼져, 이 인종 차별주의자 새끼야!〉 그러면 그들은 〈바로 그거야. 그런 기세를 잃지 말게〉라고 하지.」

네스터 로페스는 벌떡 일어나서 보드카와 마리화나가 머리로 쏠리자 잠시 휘청거린다. 「적어도 너희들은 할리우드 역사가 있지. 우린 뭐야? 스피디 곤잘레스, 머리에 바나나 꽂은 여자, 〈냄새나는 배지 필요 없어〉, 그리고 교도소 영화

몇 편이잖아!」

「하지만 위대한 교도소 영화들이 있잖아!」

「꼬마 악당 중에는 흑인이 있긴 하잖아. 초리소나 박초이[215]는 어디 있냐고?」

초리소가 없다는 네스터의 말에 일리가 있긴 하지만, 나는 아시아 꼬마 악당으로 싱 조이나 에드워드 수 후 이야기는 하지 않았다. 그들이 스타는 아니었지만, 영화사에서 카메라 앞에 세워 놓은 숱한 코흘리개들보다는 오래 출연한 이들이었다. 나는 새로 산 스웨덴 양이 잘 있는지 보러 헛간으로 향한다. 우리 아기 양들이 감나무 밑에 모여 있다. 빈민촌에서 첫날 밤이라 염소와 돼지들이 괴롭힐까 봐 두려운 것이다. 양 한 마리는 완전히 하얗고 다른 한 머리는 점박이 회색이다. 둘을 껴안아 주둥이에 입을 맞추자 녀석들이 몸을 떤다.

호미니가 내 뒤에 서 있다. 그가 있는 것을 몰랐는데, 그가 살그머니 다가와 내 입에 쪽하고 입을 맞춘다.

「이게 뭔 짓이에요, 호미니?」

「그만둘 거야.」

「뭘 그만둬요?」

「노예. 배상금은 내일 아침에 이야기해.」

양들은 아직도 두려움에 떨고 있다. *Vara modig*(용기를 내). 나는 그들의 떨리는 귀에 이렇게 속삭인다. 무슨 뜻인

215 초리소는 스페인과 멕시코 등지에서 흔한 소시지, 박초이는 청경채의 영어 명칭. 중국 요리에 많이 쓰인다.

지는 모르지만, 브로슈어에 그들에게 첫 주에는 하루에 적어도 세 번씩 그렇게 말해 주라고 적혀 있었다. 양을 산 건 잘못이지만, 멸종 위기에 처한 동물이고, 연로한 농사 전공 교수가 뉴스에서 나를 보고 내가 양들을 잘 돌보리라고 생각했다. 나도 겁이 난다. 내가 교도소에 가면 어쩌지? 그러면 누가 애들을 돌볼까? 수정 헌법 1조, 13조, 14조 위반이 아니라 해도, 국제 형사 재판이 열려 나를 인종 분리죄로 기소한다는 설도 있다. 남아공 사람은 인종 분리 정책 때문에 단 한 명도 기소하지 않았으면서, 이제 와서 나를 체포한다고? 나처럼 무해한 남쪽 중앙 흑인을? *Amandla awethu!*(민중에게 권력을!)[216]

「거기 일 끝나면 안으로 들어와.」 마페사가 침실에서 부른다.

그녀의 음성에서 다급함이 느껴진다. 지금은 그녀도 진심이다. 양에게 젖병을 물리는 건 나중에 해야 되겠다. 〈목격자 뉴스〉가 방송 중이다. 5년 동안 사귄 내 여자 친구는 침대에 엎드려서 예쁜 머리를 손에 괴고 서랍장 위에 놓인 텔레비전으로 일기 예보를 보고 있다. 카리스마가 옆에 앉아 있다. 헤드보드에 기대앉은 카리스마는 스타킹을 신은 다리를 꼬아 마페사의 엉덩이에 걸치고 있다. 매트리스에 남은 공간을 찾아서 내 꿈의 스리섬을 위해 올라앉는다.

「마페사, 내가 교도소 가면 어쩌지?」

「닥치고 텔레비전이나 봐.」

216 본래는 줄루족의 말이지만 남아공 시위 구호로 사용했다.

「호미니의 〈노예 생활〉이 인간의 구속에 해당한다면, 미국 회사는 무급 인턴들에게서 엄청난 집단 소송에 걸릴 준비를 해야 한다는 햄프턴의 말은 일리가 있었어.」

「그만 좀 떠들래? 저거 놓칠 거야.」

「하지만 교도소 가면 어떻게 하냐고?」

「그럼 나는 상상력 없는 섹스를 할 또 다른 니거를 찾아야 되겠지.」

나머지 사람들은 침대 문가에 모여 있다. 안을 들여다보며. 마페사가 뒤로 손을 뻗어 내 뺨을 쥐더니 화면 쪽으로 돌려놓는다. 「잘 봐.」

기상 캐스터 샌탈 매팅리가 로스앤젤레스 지역 위로 손을 흔들고 있다. 〈남쪽에서 높은 습도가 올라오고 있습니다. 샌타클래리타 밸리와 벤투라 카운티 계곡 지역에는 폭염 주의보가 계속 발효 중입니다. 다른 지역의 경우 자정까지 기온이 낮아질 것으로 예상됩니다. 대부분의 지역에서 하늘이 맑거나 약간 구름이 낄 것이며 샌타바버라에서 오렌지 카운티까지 해안 지역을 따라 기온은 온난하거나 보통이며(그게 무슨 소린지 모르겠지만), 내륙 지역은 훨씬 더 높을 겁니다. 이제 지역별 예보입니다. 지금부터 늦은 밤까지 큰 변화는 없으리라 예상됩니다.〉 나는 날씨 지도가 항상 좋다. 예보가 남쪽 내륙으로 이동하면서 3D 효과를 준 해안선 지도가 빙빙 돌며 자리를 바꾼다. 산지와 저지대의 색깔 그라데이션을 볼 때마다 나는 강한 인상을 받는다. 〈현재 기온은……

팜데일 39/31도, 옥스나드 25/21도, 샌타클래리타 42/41도, 사우전드옥스 25/20도, 샌타모니카 26/18도, 밴나이스 40/27도, 글렌데일 35/26도, 디킨스 31/23도, 롱비치 27/23도…….

「잠깐, 디킨스라고 나온 거야?」

마페사는 미친 듯이 웃는다. 나는 사람들과 이름 부르고 싶지 않은 마페사의 아이들을 밀치고 나간다. 밖으로 달려 나간다. 뒷마당에 걸려 있는 온도계가 정확히 31도다. 울음을 멈출 수가 없다. 디킨스가 지도상에 다시 나타났다.

스물여섯

아버지 기일이었던 날 밤, 마페사와 나는 오픈 마이크의 밤에 참석하러 덤 덤 도넛에 갔다. 우리는 평소 앉는 무대에서 멀찍이 떨어진 자리, 화장실과 소화기 옆에 앉아서 〈출구〉 표지의 붉은 불빛을 가득 받고 있었다. 나는 만일의 경우에 대비해 다른 비상구를 찾아 마페사에게 알려 주었다.

「무슨 만일의 경우? 혹시 기적이라도 일어나서 누가 정말 재미있는 농담을 하면 밖으로 달려 나가 리처드 프라이어와 데이브 셔펠의 무덤을 파헤쳐서 시체가 아직 땅속에 있는지, 흑인 부활절이라도 아닌지 확인해야 할까 봐? 오늘 데려온 저놈의 흑인 코미디언들을 보고 있으니까 속이 메슥거려. 조너선 윈터스, 존 캔디, W. C. 필즈, 존 벨루시, 재키 글리슨, 로잔 바의 흑인 버전이 없는 데는 이유가 있다고. 진짜 재미있고 덩치가 큰 흑인을 보면 미국이 겁이 나서 자빠질 테니까.」

「요즘은 뚱뚱한 백인 코미디언도 별로 없어. 그리고 데이브 셔펠은 죽지 않았다고.」

「데이브에 대해서는 네가 믿고 싶은 대로 믿어. 그 사람은 죽었어. 놈들이 죽여야 했다니까.」

클럽의 누군가가 나를 한 번 웃게 한 적이 있었다. 아버지와 함께 갔을 때, 새로운 사회자인 땅딸한 흑인이 무대에 뛰어올라 갔다. 그는 내지 못한 전기 요금 청구서처럼 시커멓고 미친 불독처럼 생겼다. 눈은 머릿속에 든 광기에서 달아나려는 듯 툭 튀어나와 있었다. 그리고 생각해 보면, 그는 좀 뚱뚱한 편이었다. 우리는 보통 앉는 자리에 앉아 있었다. 평소라면 아버지가 무대에 오를 때를 제외하면 나는 책을 읽으면서 섹스 관련 농담이나 백인/흑인 농담은 배경의 소음처럼 흘려 넘기려고 했다. 하지만 이 개구리 같은 인간이 처음 한 우스갯소리에 나는 웃다가 눈물이 다 났다.「당신 어머니가 생활 보조금을 아주 오래 받으면.」그는 백스테이지에서 누가 줬으니 들고 있을 뿐, 마이크가 필요 없다는 듯 태평스럽게 들고는 굵은 목소리로 말했다.「당신 어머니가 생활 보조금을 아주 오래 받으면 식권에 얼굴이 나옵니다.」『캐치-22』를 내려놓게 한 사람이라면 분명 웃기는 사람이다. 그다음부터는 내가 아버지를 끌고 오픈 마이크 밤에 갔다. 평소 앉는 자리를 차지하려면 점점 더 일찍 도착해야 했다. 로스앤젤레스 흑인 사회에 웃긴 놈이 오픈 마이크의 밤 진행을 맡고 있다는 소문이 퍼졌기 때문이다. 도넛 가게는 8시부터 끝없이 흑인들의 껄껄거리는 웃음소리로 가득 찼다.

이 인기 많은 광대는 그저 우스갯소리만 한 것이 아니다. 그는 당신의 잠재의식을 뽑아내어 흠씬 때려 주는데, 자신을 알아볼 수 없게 될 때까지가 아니라, 자신이 누군지 알아

볼 수 있게 될 때까지 때려 준다. 어느 날 밤, 〈오픈〉 두 시간 뒤 백인 커플이 클럽 안으로 걸어 들어오더니 맨 앞 가운데 앉아 코미디를 함께 보았다. 가끔 그들은 소리 내어 웃기도 했다. 가끔은 평생 흑인으로 산 사람처럼 다 안다는 듯이 키득거리기도 했다. 무엇이 그의 시선을 끌었는지 모르겠지만, 그의 동그란 머리가 땀에 흠뻑 젖어 있었다. 어쩌면 그들의 웃음소리가 좀 지나치게 높았을지도 모른다. 긴장해야 하는데 히히거리고 웃었을지도 모른다. 어쩌면 그들이 무대에 너무 가까이 앉았던 걸지도 모른다. 어쩌면 백인들이 내내 꼿꼿이 앉아 있지 않았더라면 그 일이 벌어지지 않았을지도 모른다. 「젠장 너희 흰둥이들은 뭐 때문에 웃는 거야?」 그가 외쳤다. 객석에서 웃음소리가 더 터져 나왔다. 백인 커플이 가장 크게 웃어 댔다. 테이블을 두드리며. 눈에 띈 것이 좋아서. 받아들여진 것이 좋아서. 「헛소리 아니야. 너희 침입자 놈들은 뭘 보고 있는 거야? 어서 꺼지라고!」

긴장한 웃음에는 재미가 없다. 뚝뚝 끊어지는 후진 재즈와 뒤섞인 억지웃음이란. 시내에 나와 밤을 즐기려고 했던 흑인들과 남미계 사람들은 웃음을 멈춰야 할 때를 알았다. 하지만 그 커플은 알지 못했다. 우리들은 소리 없이 캔 맥주와 탄산음료를 마시며 소란에 껴들지 않기로 결심하고 있었다. 그들은 이것 역시 쇼의 일부라고 생각해서 둘이서만 웃고 있었다.

「내가 지금 웃으라고 이러는 것 같아? 이건 너희 보라고 하는 게 아냐. 알겠어? 알았으면 어서 꺼져! 이건 우리 거라고!」

웃음이 끊어졌다. 애걸하며 도와 달라는 눈초리, 그다음에는 의자 둘을 테이블에서 최대한 소리 없이 뒤로 미는 소리. 추운 12월의 강풍과 길거리의 소리. 매니저가 문을 닫는 소리는, 다 마시지 못한 음료 두 잔과 도넛 세 개 이외에 백인들이 이 자리에 있었다는 유일한 증거였다.

「그럼, 그렇게 무례하게 방해를 받기 전에 어디까지 했었더라? 아, 당신 어머니가, 대머리인데…….」

그날 밤, 흑인 코미디언에게 쫓겨 백인들이 꽁지와 자칭 역사를 내리고 달아나던 것을 생각해 보면, 옳냐 그르냐를 생각하지 않는다. 그렇다. 그날 저녁을 떠올리면, 나는 나의 침묵에 대해 생각한다. 침묵은 저항도 동의도 될 수 있지만, 대부분 그것은 두려움이다. 그래서 나는 그렇게 조용했고, 니거든 아니든 그렇게 좋은 위스퍼러가 된 것 같다. 나는 늘 두려우니까. 내가 무슨 말을 할까 두려우니까. 어떤 약속을 하고, 어떤 협박을 할지, 그리고 지켜야 할지 두려우니까. 그 코미디언이 〈나가. 이건 우리 것이야〉라고 말한 것에는 동의하지 않지만, 그래서 그 사람이 좋았던 것 같다. 나는 그가 멋대로 군 것이 존경스러웠다. 하지만 내가 그렇게 겁을 먹지 않고, 일어나서 저항할 용기가 있었으면 더 좋았을 것이다. 그렇다고 그를 크게 책망하는 것도, 불쌍한 백인들을 옹호하는 것도 아니다. 따지고 보면, 그들은 스스로 들고 일어날 수 있었다. 그들은 관계자를 부르거나, 신을 호출해서 그 자리의 모든 사람들을 공격할 수 있었다. 하지만 내가 거기 있었더라면, 그 코미디언에게 맞서서 이렇게 물었더라면 좋았을 것 같다. 「그런데 〈우리 것〉이 정확히 무엇인가요?」

종결

흑인이 대통령으로 취임한 다음 날, 포이 체셔가 의기양양하게 쿠페를 몰고 돌아다니면서 경적을 울리고 미국 국기를 휘날리던 것이 기억난다. 그만 축하하는 것이 아니었다. O. J. 심슨이 무죄를 선고받았을 때나 2002년 LA 레이커스가 우승했을 때 같지는 않았지만, 주변 사람들의 반응은 비슷했다. 포이는 우리 집 옆을 지나갔고 나는 앞마당에 앉아 옥수수 껍질을 벗기고 있었다. 「국기는 왜 흔들어요?」 내가 물었다. 「지금은 왜 흔들어요? 전에는 흔드는 거 한 번도 못 봤는데.」 포이는 나라가, 미국이 마침내 빚을 청산한 것 같다고 했다. 「그러면 아메리카 원주민들은요? 중국인, 일본인, 멕시코인, 가난한 사람들, 숲, 물, 공기, 망할 캘리포니아 콘도르는요? 그들은 언제 빚을 받아요?」 내가 물었다.

그는 그저 나를 보며 고개를 저었다. 아버지가 나를 부끄러워할 것이며, 나는 절대 이해하지 못할 거라는 내용의 말을 했다. 그리고 그가 옳다. 나는 결코 이해하지 못할 것이다.

감사의 글

세라 챌펀트, 진 아우, 콜린 디커먼께 감사드립니다.

그리고 케미 일리산미와 크리에이티브 캐피탈에 특별히 감사드립니다. 여러분의 믿음과 지지가 없었더라면 이 책은 나올 수 없었습니다.

루 애시코프, 실라 말도나도, 리디아 오퍼드에게 포옹을 전합니다.

우리 가족, 어머니, 애나, 셰런, 그리고 아인카에게 외칩니다. 사랑해요.

윌리엄 E. 크로스 주니어께 존경과 감탄을 전합니다. 흑인 정체성 발달에 대한 획기적인 연구, 특히 내가 대학원 때 읽고 늘 기억하는 「니그로에서 흑인으로 변환 경험」(『블랙 월드』 20호, 1971년 7월)에서 영감을 받은 데 감사드립니다.

옮긴이의 말

작년, 맨부커상 심사위원장 어맨다 포먼은 2014년 백인 경찰의 총격에 18세의 흑인 청년 마이클 브라운이 사망한 사건으로 촉발된 〈흑인의 생명도 중요하다*Black Lives Matter*〉 운동의 맥락에서 볼 때, 특히 수상작인 이 소설, 『배반』이 우리 시대의 문제를 반영한 소설이라고 평가했다. 그렇다. 오바마 대통령 시대의 미국, 로스앤젤레스에서 노예를 소유하고, 인종 분리를 시도한 죄목으로 재판을 받는 흑인 청년이 주인공 화자로서 법정에 서게 된 과정을 서술하는 『배반』의 풍자는 법적으로 인종 차별이 금지되고, 인권을 보장하는 오늘날의 인종 문제다. 1960년대 민권 운동이 시작되기 이전, 〈정치적 올바름〉의 개념이 부재하던 시절 흑인 아역 배우로서 활동했고 그때를 가장 호시절로 기억하는 호미니가 노예 제도와 공공연한 인종 차별을 집착적으로 그리워하게 된 심리적 기제로부터, 인종 분리 정책이 폐지되었으나 실질적으로는 흑백의 영역이 철저히 분리되어 있는 오늘날 사회 구조, 그리고 백인 경찰들이 쏜 총에 주인공 아버지가 어이없이 목숨을 잃는 부당한 현실에 이르기까지, 작가 폴 비티는 미국 흑인의 역사, 혹은 흑인 차별이 역사에서 핵심이 되는 사건들을 한편으로는 우스꽝스럽게, 또 한편으로는 먹먹하게 환기시키며 이야기를 전개한다.

그런데 이 소설이 미국의 인종 갈등과 사회 구조에 대해 드러내는 문제는 백인의 흑인에 대한 편견이나 차별에서 그치지 않는다. 학자이자 텔레비전 토크쇼 진행자이며, 주인공의 아버지에게서 표절한 아이디어를 이용해 큰돈을 벌어들인 포이 체셔가 로스앤젤레스 흑인 커뮤니티의 지도자를 자처하며 벌이는 이중적인 행각은 이 소설의 가장 신랄한 조롱 대상이다. 포이 체셔와 같이 체면과 이익을 위해서 자신이 누구인지를 버리고 전혀 다른 사람을 연기하는 사람들, 그들의 위선 역시 이 소설이 현재의 미국 사회를 부조리를 구성하는 요소를 향해 던지는 비판의 화살을 피하지 못한다.

『배반』의 풍자가 외부로만 향하는 것도 아니다. 이 소설은 궁극적으로 주인공이 아버지와 고향 디킨스를 상실하고, 그 부재와 상실에 대처하면서 정체성을 찾아가는 성장 소설이지만, 주인공의 탐색 여정에 완전히 진지하거나 경건한 면은 없다. 흑인 정체성에 집착하는 심리학자 아버지의 홈스쿨링 과정에서 온갖 실험 대상으로 자란 주인공은 로스앤젤레스 주변의 빈민 지역에서 〈농장주〉가 되어 자의는 아니지만 흑인 노예를 두고, 마리화나를 키운다. 아버지의 억울한 죽음에 큰소리 한 번 내지 못할 정도로 소심하며, 말재주도 없는 주인공은 무기력하고 순응적이다. 그래서 그는 이른바 〈포스트 인종 시대〉를 대변한다. 그리고 그의 바로 이런 면이 인종과 국경을 넘어 공감대를 형성하는 것 같기도 하다. 그가 기상천외한 방식으로, 아버지의 뜻을 이어받아 자신들의 도시를 되살려 내고 거기 속한 자신의 정체성을 찾아가는 과정을 독자들은 결국 응원하게 된다.

흑인을 비하하는 단어가 수도 없이 등장하고, 사람들이 사라졌다고 믿는 인종 차별의 상징들이 마치 농담처럼 튀어나오며, 미국 역사에 길이 남은 성공한 흑인들이 거의 실명으로 조롱당하는 등, 종종 〈선을 넘는〉 것처럼 느껴지는 가차 없는 풍자 덕분에 이 소설은 독서 과정이 그다지 마음 편치 않다는 소감을 자주 듣게 된다. 하지만 『배반』에 그런 부분만 존재하는 것이 아니다. 빈곤과 절망이 만연한 저소득층 흑인 사회의 우울. 부당한 죽음과 차별로 인한 트라우마. 그리고 그 모든 것 가운데, 주인공이 생일을 맞은 호미니와 함께 연인 마페사가 모는 시내버스를 타고 달려간 밤 바닷가 별빛처럼 반짝이는 서정적인 순간들이 군데군데 포진하고 있다.

입에 담아서는 안 된다고 배웠건만, 소설을 다 읽고 나면 〈친근한〉 느낌이 들 정도로 자주 튀어나오는 단어들이 주는 어감, 풍자와 조롱, 연민과 슬픔, 공감을 오가는 다양한 온도 차를 갖는 화자의 태도, 그 태도가 만드는 미묘한 차이의 말투. 그리고 노예 제도와 링컨으로부터 로자 파크스에서 LA 폭동, 오바마 대통령의 당선까지 미국 흑인 역사와 문화에 대한 방대한 인용, 언급은 모두 이 작품이 지니는 매력이자 미덕이며, 한편으로는 번역의 한계를 절감하게 해준 요소였다. 특히 우리에게는 조금 더 낯설 수 있는 이 소설의 맥락과 디테일이 잘 전달되기를 바란다. 그리고 무엇보다도 〈재미있는〉 이야기이므로, 번역과 주석이 이 풍부한 텍스트를 재미있게 읽는 데 도움이 되기를 바란다.

2017년 9월
이나경

옮긴이 **이나경** 이화여자대학교 물리학과를 졸업했고, 서울대학교 대학원 영어영문학과에서 르네상스 로맨스 연구로 박사 학위를 받았다. 현재 덕성여자대학교에 출강하고 있다. 그동안 옮긴 책으로는 제임스 페니모어 쿠퍼의 『모히칸족의 최후』, 스티븐 킹의 『샤이닝』, 닉 혼비의 『피버 피치』, 『딱 90일만 더 살아 볼까』, 제프리 디버의 『XO』 등 다수가 있다.

배반

발행일 2017년 10월 20일 초판 1쇄
2017년 11월 20일 초판 3쇄

지은이 폴 비티
옮긴이 이나경
발행인 홍지웅·홍예빈
발행처 주식회사 열린책들

경기도 파주시 문발로 253 파주출판도시
전화 031-955-4000 팩스 031-955-4004
www.openbooks.co.kr

ISBN 978-89-329-1859-4 03840

이 도서의 국립중앙도서관 출판예정도서목록(CIP)은 서지정보유통지원시스템 홈페이지(http://seoji.nl.go.kr)와 국가자료공동목록시스템(http://www.nl.go.kr/kolisnet)에서 이용하실 수 있습니다.(CIP제어번호:CIP2017023785)